# Henri Troyat

Russe d'origine, Henri Troyat, de son vrai nom Lev Tarassov, est né à Moscou en 1911. Ayant fui son pays natal avec sa famille au moment de la Révolution, il arrive en France à l'âge de 9 ans, au terme d'un long exode. Après des études de droit, il devient rédacteur à la préfecture de la Seine. Son premier roman, *Faux jour* paraît en 1935 ; trois ans plus tard, il reçoit le prix Goncourt pour *L'araigne*. Riche d'un double héritage culturel et linguistique, à l'écart des écoles et courants littéraires contemporains, son œuvre déploie de vastes fresques romanesques restituant les soubresauts de l'histoire russe, notamment *La lumière des Justes* (1961-1963), *Les héritiers de l'avenir* (1968-1970) et *Tant que la terre durera* (1972). Elle fait aussi place à des sagas « françaises », parmi lesquelles *Les semailles et les moissons* (1956-1957), des pièces de théâtre, des essais, des récits de voyage, des nouvelles et surtout des biographies, consacrées à de grandes figures historiques et littéraires russes et à des romanciers français du XIX^e^ siècle.

Henri Troyat vit à Paris. Comme Stendhal, qui avait fait du code civil son livre de chevet, cet académicien (depuis 1959) entretient son style par la lecture quotidienne du dictionnaire …

LES SEMAILLES ET LES MOISSONS

# LA GRIVE

DU MÊME AUTEUR
*CHEZ POCKET*

LES SEMAILLES ET LES MOISSONS
I. LES SEMAILLES ET LES MOISSONS
II. AMÉLIE
III. LA GRIVE
IV. TENDRE ET VIOLENTE ÉLISABETH
V. LA RENCONTRE
LA BALLERINE DE SAINT-PÉTERSBOURG

HENRI TROYAT

*de l'Académie française*

LES SEMAILLES ET LES MOISSONS

# LA GRIVE

*roman*

PLON

ISBN 2-266-10703-8

LES SEMAILLES ET LES MOISSONS

# LA GRIVE

## DU MÊME AUTEUR
*CHEZ POCKET*

LES SEMAILLES ET LES MOISSONS
- I. LES SEMAILLES ET LES MOISSONS
- II. AMÉLIE
- III. LA GRIVE
- IV. TENDRE ET VIOLENTE ÉLISABETH
- V. LA RENCONTRE

LA BALLERINE DE SAINT-PÉTERSBOURG

# PREMIÈRE PARTIE

# 1

« Ce n'est pas trop chaud ? demanda Louise.

— Non », dit Élisabeth.

Et elle rentra la tête dans les épaules. L'eau tiède ruisselait sur son visage, aveuglait ses yeux, enveloppait le haut de son corps d'un chatouillement agréable. Accroupie, nue, dans la grande lessiveuse, elle se retenait de respirer et de rire, tandis que la bonne tournait autour d'elle en inclinant le broc pour le vider jusqu'à la dernière goutte. Quand le flot tarit, Élisabeth réclama encore une douche, parce qu'il lui restait du savon dans les oreilles et sous les bras. En fait, elle usait de ce subterfuge pour retarder l'instant où il lui faudrait monter, seule, dans sa chambre. Louise lança un coup d'œil soucieux à la bassine qui bouillait sur le fourneau et grogna :

« Tu vas me prendre toute mon eau chaude ! Avec quoi que je ferai ma vaisselle, après ?

— Rien qu'un peu, là et là !... Autrement, ça colle !...

— Si tu fais tant d'histoires à dix ans, qu'est-ce que tu diras quand tu seras grande ?

— Quand je serai grande, répliqua Élisabeth, j'aurai une salle de bains comme dans les catalogues, avec autant d'eau que je voudrai, et des serviettes blanches, et des flacons de parfum partout, et... »

Une averse brûlante lui coupa la parole. Elle écrasa son menton contre ses genoux :

« Assez ! Assez !

— Ne gigote pas comme ça, tu éclabousses toute la cuisine !

— Assez, je te dis ! »

La cataracte s'arrêta. Louise jeta une serviette sur les épaules de l'enfant. La cuisine était embuée. Élisabeth enjamba le bord de la lessiveuse et commença à s'essuyer méthodiquement, comme sa mère le lui avait appris. En même temps, elle observait la bonne, qui vidait l'eau sale dans l'évier et épongeait avec une serpillière. Louise sentait mauvais. C'était indéniable. Pourquoi ne prenait-elle jamais de douches, puisqu'elle avait tout le nécessaire sous la main ?

« Si tu veux te laver un peu, dit Élisabeth, je resterai pour t'arroser.

— Et puis quoi encore ? s'écria Louise. J'ai pas le temps ! »

Elle était blonde, fade, molle, avec de gros yeux bleus stupides, un menton fuyant et des pieds plats. Pourtant elle avait un amoureux. Élisabeth les avait vus, le dimanche précédent, assis, côte à côte, sur un banc du square d'Anvers. Ils se pressaient la main et se parlaient à voix basse. Sans doute suffisait-il d'être femme et d'avoir vingt ans pour trouver un fiancé !

« Tu vas le rencontrer demain ? demanda Élisabeth.

— Qui ?

— Le monsieur avec qui tu étais l'autre jour. »

Louise remua les épaules à contretemps :

« De quoi tu te mêles ?

— Tu peux bien me le dire, je ne le répéterai pas à maman ! »

La bonne se radoucit et daigna sourire du haut de sa réussite sentimentale :

« Eh bien, oui, là ! Demain, on sort ensemble, à quatre heures.

— Qu'est-ce que vous allez faire ? »

Un gloussement gonfla les lèvres de Louise :

« On va causer, pardi !

— Et vous embrasser ?

— T'es trop petite pour t'occuper de ça !

— Je sais bien que vous allez vous embrasser. Je vous ai vus...

— Et alors, c'est défendu peut-être ? »

Élisabeth sentit qu'elle avait eu raison d'entamer cette conversation après la toilette du soir. Sur le point d'être envoyée au lit, elle ne doutait plus d'obtenir un délai de grâce en incitant Louise à lui parler de son amoureux.

— Tu veux te marier avec lui ? demanda-t-elle en nouant la serviette autour de ses reins.

— Ah ! non, alors ! s'écria Louise.

— Pourquoi ?

— Comme ça !

— Qu'est-ce qu'il fait ?

— Il est fumiste chez Lavaucelle, rue des Martyrs.

— Tu l'aimes ? »

Louise fit un œil songeur.

« C'est difficile à dire, murmura-t-elle. Il est bien gentil et bien sérieux. On se plaît ensemble. Mais, par la suite !... D'ailleurs, il ne m'a pas encore demandée... Et c'est pas moi qui lui en parlerai la première, tu penses !... On ne se fréquente que depuis trois semaines... »

Pendant qu'elle bavardait, Élisabeth grimpa sur une chaise pour se voir dans la glace, pendue à gauche de l'évier. Dans l'encadrement du miroir, apparut un petit visage pâle, aux yeux trop grands, au nez trop court, à la bouche mobile, rieuse. Les cheveux châtain foncé étaient coupés net au niveau du lobe de l'oreille et séparés par une raie sur le côté droit. Elle rêva d'une coiffure plus compliquée, avec deux barrettes au lieu d'une. Était-elle jolie? Pas encore. Évidemment, cela pouvait s'arranger. Dans quelques années, elle aurait de la poitrine, des chaussures à talons hauts et un amoureux comme Louise. Mais plus beau que lui, plus distingué, plus riche. Ils iraient ensemble au théâtre du Trianon-lyrique qui était contigu à la maison, et même dans d'autres théâtres, et dans des restaurants, et dans des salles de danse, pleines de lumière, de musique, de fumée, de confetti et de serpentins.

Derrière elle, Louise continuait à marmonner en remuant des casseroles :

« De toute façon, c'est pas avec ce que je gagne et avec ce qu'il gagne qu'on pourrait s'établir... Il faudrait déjà que son oncle le prenne avec lui... Ça nous forcerait à habiter Montrouge... »

Élisabeth flamba une allumette sur le gaz et se servit de la pointe noircie pour allonger la ligne de ses sourcils vers les tempes. Ensuite, elle se mordit les lèvres afin de les rougir, et, ainsi transfigurée, adressa à son reflet un regard triomphant. Comme elle était maquillée et qu'elle avait les épaules nues, il était facile d'imaginer qu'elle était prête à se rendre au bal.

« Regarde! s'écria-t-elle en drapant sa serviette autour de son buste. Je suis en robe du soir! Je vais danser!... »

Elle sauta de la chaise et tourna lentement sur elle-même, comme emportée par les accents langoureux d'une mélodie. Louise se fâcha, puis se mit à rire :

« Ce que t'es drôle! T'as l'air d'un petit singe!

— Chante! Chante! » dit Élisabeth.

Et Louise chanta, d'une voix fausse et haut perchée :

*Nuit de Chine,*
*Nuit câline,*
*Nuit d'amour!*
*Nuit d'ivresse,*
*De tendresse...*

Soudain, elle se tut et resta bouche bée, écoutant un pas de femme qui montait l'escalier. Élisabeth, de son côté, s'arrêta de danser, les bras ballants.

« C'est ta mère, balbutia Louise. Elle ne va pas être contente si elle te trouve là! »

Le pas se dirigea résolument vers les cabinets, qui étaient sur le même palier que la cuisine. La porte du réduit s'ouvrit et elle se referma très vite. Une targette claqua.

« C'est pas ma mère, c'est une cliente », dit Élisabeth.

Mais le charme était rompu. Dégrisée par cette alerte, Louise était devenue raisonnable.

« On a assez rigolé comme ça, dit-elle. Monte te coucher.

— Un petit peu encore! Maman est trop occupée au café! Elle viendra pas, je t'assure! Et puis, c'est demain dimanche, j'ai pas école... »

Malgré les protestations de la fillette, Louise la menaça d'aller avertir ses parents si elle refusait de se soumettre. Comprenant que toute résistance était désormais inutile, Élisabeth ramassa ses vêtements, les plia en paquet sous son bras et entrebâilla la porte. Elle devait traverser la salle de billard pour accéder à l'appartement. S'il y avait eu des joueurs, elle se serait rhabillée. Mais la pièce était vide, figée dans le rayonnement du drap vert, qu'éclairait une lampe à deux branches. Les queues de bois verni dormaient, tels des sucres d'orge géants, dans leurs râteliers. Un bout de craie bleue traînait sur une table. Élisabeth serra les pans de la serviette sur sa poitrine plate, sans se soucier de son derrière et de ses cuisses qui restaient nus.

« Eh bien, qu'est-ce que tu attends? dit Louise.

— Tu ne veux pas monter avec moi? chuchota Élisabeth.

— Pourquoi?

— Il fait noir, là-haut...

— T'as encore peur du Croque-mitaine, à ton âge? Il ne mange pas les grandes filles!...

— J'ai pas peur du Croque-mitaine, dit Élisabeth avec irritation.

— Et de qui, alors?

— De personne... Tu peux pas comprendre...

— Ce que t'es compliquée! Allez, file! Je t'ai assez vue!...

— Tu monteras dans combien de temps?

— J'en sais rien. J'ai de la vaisselle à faire, mes effets à repasser pour demain... »

Elle appliqua une taloche sur les fesses de la fillette. Élisabeth s'élança. L'appréhension d'être surprise par un client lui donnait une légèreté de plume. Elle atteignit la porte du fond, marquée d'une inscription en lettres d'or : « Privé », poussa le vantail et se jeta dans l'escalier conduisant au second étage.

Chaque soir, depuis des années, la même angoisse la reprenait devant les marches étroites, qui s'enfonçaient dans les ténèbres. Le bouton de l'électricité se trouvait au niveau du palier supérieur. Ainsi, on avait de la lumière pour descendre, mais jamais pour monter. Le cœur battant, une main appuyée au mur, l'autre tirant les bouts de la serviette, elle gravit les degrés, un à un, avec la sensation effrayante que quelqu'un l'attendait au sommet, dans l'ombre, pour la saisir et l'emporter sous une cape qui étoufferait ses cris. Enfin, ses doigts tâtonnants se refermèrent sur le commutateur. La lumière jaillit du plafond. Pas de bandits! Elle respira.

Restait la traversée de l'appartement. Sa chambre, située en façade, communiquait directement avec celle de ses parents. La bonne logeait à côté, dans un réduit obscur, dont l'aération se faisait par un trou rond et grillagé, ouvrant sur le cabinet de toilette. Quant à l'oncle Denis, il habitait au-dessus, dans une mansarde, avec vue sur les toits.

Les fenêtres n'ayant pas de volets, toutes les lumières du boulevard Rochechouart entraient dans la maison. La masse des meubles se déformait dans ce crépuscule bizarre. Élisabeth courut jusqu'à son lit et alluma sa lampe de chevet. Puis, selon son habitude, elle se mit à quatre pattes, allongea le cou et glissa un regard sous le sommier : des duvets de poussière, une ficelle, une balle... Elle se releva et ouvrit l'armoire à glace. N'allait-elle pas se trouver nez à nez avec un homme barbu, debout entre les vêtements? Non, là aussi tout était en ordre. Ce fut vraiment par acquit de conscience qu'elle visita encore les tiroirs de la commode, où seul un très petit nain aurait pu se cacher. Ensuite, à demi rassurée, elle enfila sa chemise de nuit et se dirigea vers une caisse pleine de chapeaux en papier gaufré, de fleurs artificielles, de masques et de mirlitons. Ce bric-à-brac somptueux était alimenté par quelques clients du café, qui venant boire un verre sur le zinc, à la sortie du *Bal de l'Élysée,* laissaient à la patronne des accessoires de cotillon pour sa fille. L'ours brun, Constantin, assis sur le tas, veillait à ce que nul n'approchât du trésor dans la journée. La nuit, il dormait avec Élisabeth. Il était entré dans sa vie, cinq ans auparavant. Depuis, elle ne jouait plus à la poupée, bien qu'elle en possédât deux, nanties de leur trousseau. Constantin était vieux, pelé, avec un œil plus bas que l'autre, une truffe brodée, dont les fils noirs s'écartaient par endroits, et un bras en moins. Plusieurs fois, Louise s'était offerte à recoudre le membre amputé, mais Élisabeth l'en avait toujours dissuadée. Il lui semblait qu'après cette opération Constantin deviendrait un ours banal, sans personnalité, sans mystère, capable de plaire à n'importe qui. Malade, défiguré, manchot, il était, en revanche, bien à elle et nul ne pouvait comprendre leur attachement réciproque. Elle l'embrassa avec délices. Il sentait un peu la poussière, le moisi. Une boucle de fer pointait hors de son épaule mutilée. Quand on pressait l'oreille contre son ventre, on entendait, sous la peluche, un froissement de paille sèche, qui était comme un soupir de satisfaction.

Élisabeth l'installa dans le lit, la tête sur l'oreiller, se coucha elle-même, se tourna sur le côté gauche, sortit un mouchoir propre de la table de nuit et le glissa entre sa main et sa joue. Depuis sa plus tendre enfance, elle n'avait pu s'endormir qu'à condition de poser son visage sur un mouchoir plié en quatre, dont la fraîcheur et la blancheur de neige l'accompagnaient à travers ses rêves. Ses paupières s'abaissaient. Elle éteignit la lampe.

Instantanément, la rue reprit possession de la chambre. Les deux battants de la croisée étaient entrouverts sur une nuit de juin, immobile et chaude. Placée juste sous la fenêtre, la carotte rouge du café-tabac recevait l'éclairage de la vitrine, et le plafond en était, par réverbération, baigné d'un brouillard rosâtre. En contrebas, roulait le fleuve bruyant des automobiles. Elles pétaradaient et cornaient sur tous les tons, impatientes d'aller plus vite. Parfois, un tramway jetait dans la maison ses coups de sonnette irrités et ses tristes grincements de roues. Dominant ce tumulte, les voix, les rires des passants arrivaient aux oreilles d'Élisabeth, aussi distinctement que si son lit eût été dressé sur le trottoir. Elle n'en était pas autrement fâchée, car, de la sorte, elle se sentait moins seule. Si elle criait au secours, on l'entendrait de la rue, on accourrait pour la délivrer. De quoi? Elle ne le savait pas elle-même. Pour se distraire de cette inquiétude sans nom, elle essaya d'écouter la rumeur, à peine perceptible, du *Bal de l'Élysée.* L'appartement s'adossait à la salle de danse, et des bouffées de musique traversaient le mur quand l'orchestre se déchaînait. Les mêmes airs revenaient souvent dans la chambre. A force de les entendre, Élisabeth en avait appris des passages par cœur. Elle les fredonnait avant de s'endormir, comme on récite une prière. Mais ce soir — Dieu sait pourquoi? — les musiciens jouaient en sourdine. Elle eut beau tendre son attention, elle ne devina qu'un vague tumulte, haché par des battements de grosse caisse. Du côté du Trianon-lyrique, le résultat était plus décevant encore. Bien que séparé du café par un simple mur mitoyen, le théâtre, au foyer très vaste, ne laissait filtrer aucun son jusqu'à cette partie reculée du logis. C'était dommage, car tout le monde disait que le spectacle était magnifique. Il s'agissait d'une opérette, intitulée *La Mascotte.* Les parents d'Élisabeth avaient eu des billets de faveur pour assister à une représentation. Quand aurait-elle le droit d'y aller elle-même? A quatorze ans, avait dit maman. Que c'était loin! On était en 1924. Il lui faudrait donc attendre jusqu'en... jusqu'en... Elle voulut calculer la date, se trompa dans son addition, écarquilla les yeux sur la pénombre et aperçut un reflet rouge, pendu dans la glace de l'armoire. Le tabouret avait l'air d'un voleur de vêtements. Dans la caisse au trésor, habitait une pieuvre, comme celle dont elle avait vu l'image dans son livre de classe. Reprise par la crainte, elle se rapprocha de Constantin et chercha son regard. Il dormait, il ne pouvait rien pour elle. Louise avait encore du travail pour une heure. Pas âme qui vive à l'étage. Livrée à toutes les menaces de la nuit, Élisabeth se mit à réciter sa table de multiplication pour hâter la venue du sommeil. Elle en était à « neuf fois sept », quand le bruit de la foule s'amplifia. C'était le moment du premier entracte, au Trianon-lyrique. Elle sauta du lit et courut à la fenêtre.

La marquise en gros verre dépoli empêchait de voir les spectateurs qui sortaient du théâtre et s'assemblaient, par groupes bavards, devant le café. Les autos trompetaient nerveusement pour protester contre les piétons qui débordaient sur la chaussée. Un marchand de cacahuètes poussait son cri plaintif en longeant la terrasse. Sans doute, y avait-il en bas de belles dames aux bras nus, de beaux messieurs aux plastrons blancs... Élisabeth eut une envie folle de les contempler de plus près. Il lui était défendu de descendre dans la salle à cette heure tardive. Mais elle dirait à sa mère qu'elle avait soif, ou qu'elle avait mal au ventre. Ce ne serait pas la première fois qu'elle userait d'un prétexte pour jeter un coup d'œil sur le public élégant qui se pressait au comptoir. D'ailleurs, ses parents seraient si absorbés, qu'ils ne remarqueraient même pas sa présence.

Elle se rhabilla sommairement, dévala l'escalier jusqu'à la porte qui donnait sur le billard et s'arrêta, haletante. Derrière le battant, des boules s'entrechoquaient avec précision. La voie était coupée. Tant pis. Elle se hasarda en pleine lumière. Des hommes en manches de chemise entouraient la table verte. L'un d'eux, la queue en main, visait les billes en plissant l'œil gauche. Les autres parlaient, fumaient, buvaient de la bière. Courbant l'échine, Élisabeth passa devant une rangée de pantalons noirs. Personne ne fit attention à elle. De la cuisine, venaient un bruit de fer frappant une planche molletonnée et la voix de Louise qui chantait :

*... Voici mon cœur : qui veut m'aimer?...*

Élisabeth pressa le pas et s'engagea dans l'escalier. Au tournant qui surplombait la salle, elle s'arrêta, s'assit sur une marche et inséra son visage entre les barreaux de la rampe.

Que c'était beau! Un paradis nocturne vivait à ses pieds, lumineux, animé, bruyant. Devant un pareil spectacle, on comprenait tout de suite pourquoi cet établissement s'appelait *Le Cristal*. Les grandes glaces murales, entourées de riches moulures, multipliaient par deux les figures roses des consommateurs, les globes blancs des lampes et les réclames bariolées des apéritifs. Le zinc luisait comme une route d'argent poli. Debout dans sa cuirasse brillante, le percolateur avait tant de manettes, qu'il était certainement capable de faire autre chose que du café. Toutes les banquettes en moleskine marron étaient occupées. Il y avait là des hommes importants, qui jetaient de la fumée par la bouche et par les narines, et des femmes décolletées, avec des paillettes sur le devant de leur robe. L'une attirait l'attention par son écharpe vaporeuse et ses éclats de rire. Une autre avait de si grosses bagues aux doigts, que cela devait la gêner pour tenir un porte-plume. Mais la reine de la fête, c'était, comme toujours, la maman d'Élisabeth. Elle trônait à la caisse, sur une chaise haute, dans un décor de boîtes de cigarettes multicolores. Sa taille était mince, son teint pâle et son sourire délicieux. Bien que beaucoup de dames eussent les cheveux courts, cette année, papa s'était opposé à ce qu'elle coupât les siens, qui étaient brun foncé à reflets bleus. Elle les gardait roulés en chignon sur la nuque. Maurice, le garçon de salle, en « rondin » noir et tablier blanc, s'approchait d'elle avec son plateau chargé de verres et réglait à l'avance, en jetons, le prix des consommations qu'il allait servir dans la salle. Elle comptait les soucoupes plus vite que lui, plus vite que n'importe qui au monde : un coup d'œil, c'était fini. Le garçon s'éloignait, portant un trésor de liquides jaunes, rouges, verts au-dessus de sa tête, et maman s'occupait déjà des messieurs qui venaient pour le tabac. Ceux qui la connaissaient de longue date l'appelaient « la patronne », ou « madame Pierre », ou « madame Amélie », ou encore « madame Mazalaigue ». Elle savait si bien l'emplacement réservé à chaque marque de cigarettes, qu'elle prenait le paquet à tâtons, d'un geste machinal, sans s'arrêter de parler avec le client. Parfois, quand il s'agissait d'un habitué, elle le servait avant même qu'il lui eût rappelé sa préférence.

L'oncle Denis, un tablier bleu sur le ventre et les manches retroussées, travaillait au comptoir. Lui aussi avait fort à faire. Tous les gens du quartier l'aimaient, parce qu'il était très gentil et très drôle. Comme il n'y avait pas longtemps qu'il avait accompli son service militaire au Maroc, on lui demandait souvent de raconter des histoires comiques avec l'accent des marchands de tapis. Sans doute devait-il en dire une bien bonne, car deux messieurs, en face de lui, riaient à se craquer les joues.

Papa, lui, opérait à l'autre bout du zinc, devant la pompe à bière. Élisabeth le distinguait mal dans la fumée des cigarettes. Même à cette distance, il paraissait fatigué et triste. C'était son air habituel. Maman disait que la guerre l'avait beaucoup éprouvé. Comment pouvait-il être soucieux, quand tout était si gai autour de lui? Les verres, en se heurtant, sonnaient comme des clochettes. Une soucoupe se brisait. Une dame réclamait une serviette parce qu'elle avait taché sa robe. La voix enrouée de Maurice annonçait inlassablement :

« Deux demis... Un ballon... Deux « verses »... Une menthe à l'eau... »

Entre deux commandes, l'oncle Denis releva la tête et s'essuya le front d'un revers du poignet. Son regard rencontra celui d'Élisabeth. Effrayée, elle posa un doigt sur sa bouche. Il cligna de l'œil. Elle comprit qu'il ne dirait rien. C'était un ami. Un moment, elle songea sérieusement à regagner sa chambre, mais le café exerçait sur elle une fascination trop agréable pour qu'elle eût le courage de partir sans y être obligée.

Voyant qu'elle ne bougeait pas de son poste d'observation, Denis lui fit signe d'approcher. Elle secoua la tête. Il saisit un verre, le rinça, y versa un peu de grenadine et d'eau, et le plaça sur l'égouttoir. C'était pour elle. Séduite par cette invitation, elle se décida. Son pas était si léger, qu'elle put descendre les dernières marches et passer derrière le comptoir, sans être remarquée. Elle avançait, pliée en deux, les mains sur les genoux, la tête dans les épaules. Des hommes buvaient debout, coude à coude, de l'autre côté du rempart. Soudain, un gros monsieur mal rasé, qui était matelassier dans la rue de Steinkerque, tendit le cou et s'écria :

« Eh! Te voilà, ma cocotte! Pas encore couchée à cette heure-ci? »

Élisabeth tressaillit et s'immobilisa, un chiffon à la place du cœur. D'autres habitués disaient :

« C'est la petite... La petite de la patronne... Bonjour, Lisette!... »

La voix de maman retentit, terrible!

« Élisabeth! Que fais-tu là? »

Elle s'était tournée sur sa chaise haute et foudroyait sa fille du regard. Papa, lui aussi, criait à l'autre bout du comptoir, près de la pompe à bière :

« Veux-tu filer dans ta chambre? »

Prise entre deux feux, Élisabeth leva des yeux implorants vers son oncle. Il se mit à rire :

« Laisse donc, Amélie. C'est de ma faute. Elle avait soif. Je lui ai préparé une grenadine.

— Je ne veux pas que cela devienne une habitude, dit Amélie.

— Mais non!... Une fois, en passant, tout simplement... On crève de chaleur, là-haut!... »

Élisabeth le remercia d'un battement de paupières et prit le verre qu'il lui tendait. Elle buvait goulûment la bonne eau parfumée, sucrée, pendant qu'autour d'elle s'apaisaient les éclats de l'orage :

« On lui passe tout, à cette enfant!

— Déjà qu'elle n'a pas assez de sommeil!

— Ce n'est pas encore fini, cette grenadine? Allez, ouste!... »

Il restait une goutte de sirop au fond du verre. Élisabeth la lampa vivement, n'osa en redemander encore, embrassa l'oncle Denis avec reconnaissance, et se dirigea, tête basse, vers son père, pour lui souhaiter une bonne nuit. Il était en train de remplir deux bocks au robinet. Sans les lâcher, il se pencha sur sa fille et lui effleura la joue avec sa moustache :

« Va vite! Et ne t'avise plus de recommencer! »

Le baiser d'Amélie fut plus tendre, mais aussi rapide. Des clients attendaient devant la caisse.

« Deux paquets de gauloises et deux boîtes d'allumettes.

— Voici!... Et pour Monsieur, ce sera?... »

Élisabeth eût aimé se blottir aux pieds de sa mère et s'assoupir, comme un petit chien, dans la musique de sa voix, dans la chaleur de ses vêtements. Amélie tourna la tête :

« Tu es encore là, toi?

— Cinq minutes, maman!

— Non! »

Une main douce mais ferme poussa la fillette aux

épaules. Elle se retrouva, punie, devant l'escalier. Deux messieurs descendaient du premier étage. Ils la bousculèrent en passant. Elle se plaqua contre le mur. Au-dessus, on jouait encore. Des billes se cognaient, de gros pas tournaient autour du tapis vert, les marqueurs cliquetaient allégrement. Louise ne chantait plus. A la porte des cabinets, le voyant d'émail blanc était arrêté à mi-course entre « occupé » et « libre ». On lisait : « cupéli ». Cela arrivait souvent, parce que le verrou était faussé.

« Cupéli... » Un diablotin ou une fée aurait pu s'appeler comme ça. Élisabeth répéta ce nom dans sa tête pour s'encourager à traverser la salle de billard et à monter dans l'appartement.

Constantin somnolait sur son oreiller. La musique résonnait toujours derrière le mur. La carotte du tabac envoyait son reflet rose au plafond. Des gens parlaient sous la fenêtre. Des autos roulaient, cornaient...

Mais Élisabeth n'avait plus peur. Elle se lécha les lèvres où demeurait un goût de grenadine, se déshabilla, se glissa dans son lit et ferma les yeux en pensant à sa mère, au café, à « Cupéli », aux bagues d'une dame et au rire d'une autre. Une sonnerie lointaine courut sous le plancher : la fin de l'entracte. Élisabeth s'endormit.

# 2

QUAND les clients de l'entracte eurent regagné le théâtre, il ne resta plus qu'une quinzaine de consommateurs dans le café et autant sur la terrasse.

Amélie s'appuya au dossier de sa chaise pour se défatiguer les épaules. Mais sa lassitude s'accompagnait d'un sentiment de victoire. Le commerce n'avait jamais aussi bien marché. Au cours du mois précédent, le chiffre d'affaires du *Cristal* s'était élevé à dix mille deux cent vingt francs pour la limonade et à trente et un mille cinq cents francs pour le tabac et la tabletterie. Ce mois-ci, les premières chaleurs favorisaient la vente de la bière. Le mois suivant, on ferait mieux encore, à cause de la fête foraine de juillet, qui allait s'installer sur le boulevard Rochechouart.

Depuis sept ans et demi qu'Amélie avait quitté le petit bistrot de la rue de Montreuil pour s'établir ici, avec son mari et son frère, ils avaient déjà remboursé tous les billets de fonds souscrits à M. Hautnoir, repeint l'intérieur, réparé le billard, changé la moleskine des banquettes, réargenté les glaces, modernisé l'éclairage et mis de côté une somme destinée à un éventuel agrandissement des locaux. Certes, à présent, il leur eût été possible de se décharger d'une partie de leur besogne en engageant une caissière et deux garçons de comptoir. Mais Amélie avait la conviction que c'était le caractère familial de cette entreprise qui en assurait le succès auprès du public. Pierre et Denis partageaient son opinion et ne se plaignaient pas du travail pénible qu'ils s'imposaient en refusant d'embaucher du personnel supplémentaire. L'inconvénient de ce mode d'exploitation était de supprimer toute vie intime pour ceux qui l'avaient adopté. *Le Cristal* ne fermant ses portes qu'à trois heures du matin, Amélie, Pierre et Denis devaient se relayer à la tâche. C'était Pierre qui faisait l'ouverture, à l'aube, avec Denis et un garçon de salle. Amélie descendait de l'appartement à midi et tenait la caisse, pendant que son mari et son frère, ayant déjeuné en hâte, allaient prendre un peu de repos dans leur chambre. A cinq heures de l'après-midi, tous trois se retrouvaient à leur poste pour affronter le gros de la clientèle. Pierre et Denis restaient jusqu'à la fin du second entracte au Trianon-lyrique. Après leur départ, Amélie, aidée du garçon de nuit, accueillait les derniers venus et s'occupait de la clôture. Quand elle montait se coucher, à trois heures du matin, Pierre était depuis longtemps plongé dans le sommeil; quand il se levait, à cinq heures du matin, elle était encore endormie. C'était à peine s'ils avaient le loisir de parler dans le café, aux moments de moindre affluence. Élisabeth, soumise à l'emploi du temps de l'école, passait à table avec la bonne. Les autres mangeaient à tour de rôle, rapidement, dans la petite pièce qui servait de réserve à tabac. Souvent, entre deux bouchées, Amélie sautait de sa chaise pour encaisser le prix d'un verre ou pour vendre un paquet de cigarettes. Le dimanche même ne lui apportait pas de répit.

Elle s'était si bien habituée à cette existence, dont le mouvement des consommateurs réglait le rythme du matin au soir, qu'elle ne concevait plus la possibilité d'employer autrement ses journées. Peut-être eût-elle souffert d'être constamment limitée à ce décor de café, à ces soucis et à ces plaisirs commerciaux, si Pierre avait manifesté à son égard la même attention qu'au début de leur mariage. Mais la blessure qu'il avait reçue à la tête, en 1916, avait profondément modifié son caractère. Guéri en apparence, il n'en avait pas moins perdu cet équilibre tranquille et souriant qui lui permettait jadis de dominer sa femme sans qu'elle en fût contrariée. Par moments, il semblait n'avoir plus aucun contact avec son entourage. Il s'acquittait de son travail avec la même adresse qu'autrefois, mais l'expression de ses yeux révélait que son esprit flottait dans une région où nul ne pouvait le rejoindre. Puis, soudain, des colères le prenaient, pour un rien, ou des accès de tristesse dont il était incapable de préciser la cause.

Elle l'observa, debout derrière le comptoir, les manches retroussées, penchant dans la lumière son visage exsangue à l'œil noir, aux cheveux noirs et à la mâchoire bleuie de barbe. En fin de journée, il avait toujours cet air égaré, absent. Deux clients discutaient devant lui, un demi à la main, le chapeau retroussé sur la nuque. Il ne les entendait même pas, occupé à rincer des verres. Denis, non loin de là, plaisantait avec une ouvreuse du Trianon-lyrique, qui s'était échappée du théâtre pour boire une limonade, à la sauvette. Une fille publique, maigre, enfarinée, la bouche en cerise, la ceinture basse et les talons hauts, entra dans la salle, jeta un coup d'œil sur les banquettes et sortit en roulant des hanches. Elle savait qu'on refuserait de la servir si elle n'était pas accompagnée. C'était la règle de la maison. Grâce à la vigilance de la patronne, dans ce quartier de plaisirs suspects *Le Cristal* gardait une réputation honorable. Maurice, le garçon, s'assura que la fille ne s'était pas attablée à la terrasse, revint au comptoir, chargea son plateau et annonça :

« Deux demis et un Dubonnet. »

Amélie vérifia les soucoupes et encaissa les jetons. Un bruit de dispute lui fit tourner la tête : les deux clients, accoudés devant la pompe à bière, élevaient la voix. Le plus jeune, un gringalet au long cou et à la cravate rayée, contredisait l'autre, qui était gros, gonflé de sang, avec une moustache en hameçon double sous le nez. Leur différend portait sur l'attitude des Alliés à l'égard de l'Allemagne. Une affaire dont on parlait souvent au café.

« Tu me fais rigoler avec tes réparations! disait le jeunet. Comment veux-tu qu'ils paient, si on ne les aide pas à se relever?

— Alors, quoi? s'écriait l'autre, ils nous sont tombés dessus, ils ont tout mis à feu et à sang et, maintenant qu'on les a reconduits chez eux, faudrait encore leur donner un coup de main pour rétablir leurs finances? Dis tout de suite que tu veux les encourager à réarmer pour qu'ils remettent ça!

— Ils ne remettront pas ça! Ils ont compris!

— Cause toujours! On voit bien que tu n'y étais pas! Si tu les avais vus de près, comme nous autres, tu tiendrais ta langue... »

Amélie n'aimait pas ce genre de conversations pour son mari. Dès qu'on parlait politique en sa présence, il s'échauffait d'une façon inconsidérée. Il s'était déjà beaucoup énervé, le mois précédent, lors des élections législatives, sans qu'il fût possible de savoir s'il était satisfait ou non du progrès des partis de gauche, et, ce mois-ci, lors de l'élection du président de la République, bien qu'il n'eût aucune raison de préférer M. Painlevé à M. Doumergue ou vice versa. En fait, il était excédé par tout ce qui se passait dans le monde et estimait que les ministres et les diplomates avaient gâché la victoire des soldats. Tiré de sa torpeur par les éclats de voix des deux clients, il les écoutait maintenant avec une avidité inquiétante. Le jeunet persistait dans son idée :

« Moi, je dis que, comme on sait déclarer la guerre, il faut savoir déclarer la paix !

— Tu lis trop de journaux, répliqua le gros sanguin. Demande un peu au patron ce qu'il en pense ! »

Pierre sursauta, comme traversé par une décharge électrique. Ses yeux étincelèrent. Il jeta son torchon sur l'égouttoir et gronda :

« J'en pense que M. Malinois a raison ! Si c'étaient les anciens combattants qui menaient le pays, les choses iraient autrement.

— Ah ! s'écria M. Malinois. Tu vois ? Je ne le lui fais pas dire ! »

Le jeunet haussa les épaules :

« Les anciens combattants, je les aime bien et je les respecte, mais ils ont tort de ne pas vouloir oublier...

— Oublier ? rugit Pierre. Comment veux-tu qu'ils oublient, bougre de blanc-bec ? Quand on est passé par où... par où nous sommes passés, ça vous reste dans la peau, tu entends ?

— Alors, quoi ? balbutia le gamin, sous prétexte que vous avez trinqué là-bas, dans les tranchées, il faudra qu'on reste toujours en mauvais termes avec les Allemands ?

— J'ai pas dit ça, bredouilla Pierre.

— Si... Ça revient au même...

— J'ai pas dit ça ! Je suis contre la guerre... Les hommes, ce sont des hommes, partout... Français... Allemands... Russes... Anglais... C'est du pareil au même... Seulement, ceux qui ont versé leur sang, ceux qui se souviennent, on les prend pour des dupes ! Voilà ! Nous sommes des dupes, des dupes ! »

Il répétait ce mot avec une rage impuissante. Sa mâchoire tremblait. Ses yeux saillaient, vides de tout regard. Denis intervint pour apaiser la querelle. Il dit quelques mots qu'Amélie n'entendit pas, mais qui décidèrent M. Malinois à sourire. Le jeunet, un peu confus, redemanda un demi et grommela :

« Allez ! Sans rancune, patron. Chacun ses idées... »

Au lieu de le servir, Pierre continuait à parler sur sa lancée :

« Si on avait su, on ne serait pas partis ! Hein, monsieur Malinois ?... C'est à cause de la haute finance que rien ne va plus chez nous... Le lâchage des Alliés... Le trafic des experts autour des réparations... Tout ce qu'on dit contre l'occupation de la Ruhr... Et pourtant... Faut ce qu'il faut !... En définitive, qui est-ce qui paie ?... Toujours les mêmes !... Ça n'empêche pas le franc de dégringoler... »

Une écume de littérature politique lui montait à la bouche. Il bégayait, soufflait, essayait en vain de lier ses phrases. Subitement, il eut un hoquet et des larmes coulèrent de ses yeux :

« Le franc qui dégringole ! Vous croyez pas que c'est une honte ? »

Denis l'entraîna pour le soustraire aux regards consternés de ses interlocuteurs. Amélie descendit de sa chaise, s'approcha de son mari et murmura :

« Tu es fatigué, Pierre. Tu devrais aller te coucher... »

Il ne pleurait plus. Un sourire fautif plissa ses lèvres :

« Pourquoi ? J'irai après le second entracte, comme d'habitude.

— A une demi-heure près ! dit Amélie.

— Une demi-heure, c'est une demi-heure ! »

Il porta la main à son front. Une contraction douloureuse noua ses sourcils, fit battre ses paupières.

« Tu as mal à la tête ? demanda Amélie.

— Oui, c'est cet idiot qui m'a agacé. De quoi il se mêle? Un morveux! Un moins que rien!...

— Viens. Je vais te donner de l'aspirine. Puis, tu te mettras au lit.

— Mais le boulot?...

— Te tracasse pas pour ça, dit Denis. Je te remplacerai à la pompe.

— Et qui tiendra la caisse?

— Je m'occuperai de la caisse aussi, le temps qu'Amélie redescende.

— Tu vas tout faire, quoi? Tu seras l'homme-orchestre! » dit Pierre avec un petit rire de souffrance.

Amélie le quitta pour servir un habitué, qui voulait deux timbres et un paquet de cigares Reine-Victoria, à un franc soixante.

Pierre s'impatientait :

« Tu viens, Amélie?

— Voilà, voilà!... »

Elle s'excusa, fit un sourire et rejoignit son mari au pied de l'escalier.

« Qu'est-ce qu'il te racontait encore, celui-là? demanda-t-il.

— Mais rien...

— Il te parlait de moi?

— Non.

— Ah! J'ai cru... Il regardait tout le temps de mon côté... »

Marchant devant lui, elle s'engagea dans l'escalier, traversa la salle de billard où deux joueurs achevaient une partie, gravit quelques marches qui conduisaient à l'appartement et pénétra dans la chambre, faiblement éclairée par la réverbération des enseignes lumineuses.

« N'allume pas, dit-il. On y voit assez! »

Elle n'était pas inquiète. Pierre avait souvent des maux de tête à la suite d'une contrariété, d'un excès de boisson, ou d'une grande fatigue. Il s'assit sur le bord du lit et enferma son front dans ses mains. Aucun bruit ne venait de la chambre d'Élisabeth. La bonne, elle aussi, devait dormir, ayant fini sa vaisselle et son repassage.

« Je vais chercher l'aspirine, dit Amélie.

— Non, dit-il. Plus tard. »

Il lui saisit le poignet et l'obligea à s'asseoir près de lui.

« Comme ça! On est rudement bien! On oublie les autres!...

— As-tu encore mal?

— Non. C'est passé. Mais je suis dans le brouillard. Le plafond tourne. Quelle saloperie! Ah! Ils sont culottés, les petits copains de la génération montante! Frais pondu, ça veut tout savoir! Bientôt, tu verras, nous aurons eu tort d'être allés au cassepipes. Bientôt, on nous dira : « C'est votre faute si rien ne marche... »

Amélie passa un bras autour des épaules de son mari et chuchota sur un ton de gronderie maternelle :

« Allons, allons! C'est fini? Tu ne vas pas encore nous parler de ça!

— Tu as raison. Ça n'en vaut pas la peine. Tu sens bon, toi! Tu t'es parfumée?

— Non.

— Alors, c'est naturel?

— Sans doute. »

Il se laissait aller, lourd et chaud, penchant la tête, respirant dans le corsage de sa femme. Comme il se taisait, elle le devina attentif aux débuts d'une émotion qui, vraisemblablement, se terminerait dans le dépit et la gêne. Sa commotion cérébrale, dont elle avait cru qu'il se remettrait à la longue, se traduisait, aujourd'hui encore, par une déficience physique à peu près complète. Il s'appuya d'un genou au bord du lit et embrassa Amélie sur les lèvres, derrière les oreilles, dans le cou. Surprise, elle murmura :

« Pierre!... Pas maintenant!... Il faut que je retourne au café!...

— On a tout le temps. Denis se débrouillera.

— Ce n'est pas raisonnable. Tu es si fatigué!

— Je ne suis pas fatigué », dit-il entre ses dents.

Il se leva pour fermer à clef la porte donnant sur la chambre d'Élisabeth :

« Là, on sera plus tranquille. »

Puis, il se rapprocha d'Amélie et commença à déboutonner sa blouse, sur le devant. Elle sentit le contact des doigts sur sa peau, voulut se dégager, manqua de décision et se laissa faire. Le visage de Pierre, qu'elle distinguait dans la pénombre, portait les signes d'un pauvre dérèglement nerveux. Elle ne cédait pas aux instances d'un amant passionné, mais à celles d'un infirme, en proie à une montée de fièvre.

Pourtant, même incapable de la satisfaire, il lui plaisait par sa chaleur, par son odeur, par l'excitation que ses mains, que sa bouche d'homme éveillaient en elle. Quand il la renversa, à demi nue, sur le lit, elle l'encouragea doucement à poursuivre sa tâche. Mais, tout en l'appelant à la rejoindre dans sa chair, elle l'observait, prêtait l'oreille aux bruits de son cœur, à ses soupirs, s'inquiétait de son effort et se préparait à le consoler s'il n'arrivait pas à ses fins. Le grondement de la rue les entourait. Des grincements de freins éclataient dans le cerveau d'Amélie. Elle roulait en voiture à travers la nuit. Pierre se frottait contre elle avec maladresse et se plaignait d'une voix puérile. Encore un peu, il allait pleurer.

« Attends donc! dit-elle. Repose-toi près de moi. Comment te sens-tu? »

Il ne répondit pas et continua à la pétrir durement comme pour se venger sur elle de ne pouvoir la contenter davantage. Des mots affreux coulaient de sa bouche :

« Amélie!... Tu vas voir!... Laisse-moi!... Je t'aime!... Tu vas voir!... Tu vas voir!... »

Elle serrait les mâchoires, ouvrait les yeux, attendait. Soudain, il eut un sanglot. Ses muscles se relâchèrent. Il s'écarta d'elle, impuissant, malheureux, se jeta sur le dos et resta immobile, les bras le long du corps, la tête renversée. Ses prunelles fixes brillaient dans l'obscurité. Elle voulut lui caresser le front. Il repoussa sa main et gémit :

« C'est bête! j'ai tout gâché! Tu m'en veux?

— Mais pourquoi, mon chéri? Je suis heureuse.

— C'est pas vrai.

— Si... Tu te fais des idées absurdes!

— Laisse-moi, va! Retourne au café. Ça vaut mieux! »

Elle protesta, essaya de l'inciter à rire, puis se réfugia dans le cabinet de toilette. Derrière le mur, elle entendit comme un faible balbutiement. Élisabeth parlait en rêve. Cette petite était trop nerveuse.

Après s'être rhabillée, Amélie rentra dans la chambre de l'enfant, arrangea les couvertures, baisa sa fille sur le front et demeura quelques minutes à l'écouter dormir. Lorsqu'elle revint auprès de Pierre, il s'était déjà assoupi. Sa respiration était égale. Pourquoi avait-elle accepté de se prêter à son jeu? Tout à coup. En plein travail. A la va-vite. Comme une servante.

Elle posa un verre d'eau et deux cachets d'aspirine sur la table de nuit, pour le cas où il s'éveillerait avec des maux de tête, et se retira sur la pointe des pieds.

Ce fut avec un sentiment de délivrance qu'elle retrouva sa place à la caisse. Pendant un long moment, il lui sembla qu'elle baignait encore dans la tiédeur du lit. Sa peau brûlait. Elle n'était pas seule dans ses vêtements. Cela devait se voir, se flairer à distance.

Denis voulut lui demander des nouvelles de Pierre. Elle rougit :

« Il s'est calmé. Il dort.

— Il en avait besoin. T'as vu? Il était tout pâle devant ce type. J'ai bien cru qu'il allait lui tomber dessus...

— Oui. »

Elle répondait du bout des lèvres et pensait à sa solitude. Ensuite, ses idées sombres se dissipèrent et elle ne s'intéressa plus qu'aux entrées et aux sorties des clients.

# 3

AU lieu de recopier sur son cahier les exemples de verbes à l'imparfait du subjonctif que la maîtresse écrivait au tableau noir, Élisabeth se retournait vers son amie Claire, cherchait son regard et lui souriait avec gratitude.

Claire n'était pas jolie, mais ses cheveux étaient si blonds, qu'on ne voyait qu'elle dans la salle. Son père était clown au cirque Médrano. Élisabeth savait très bien ce que c'était qu'un clown. Elle était déjà allée deux fois au cirque, quand elle était beaucoup plus petite, avec sa mère. Pourtant, à cette époque-là, elle n'avait pas encore rencontré Claire et n'imaginait pas qu'un clown pût avoir des enfants. Le papa de Claire ne venait jamais chercher sa fille à l'école. Personne ne l'avait vu. Peut-être avait-il honte de son gros nez rouge? Depuis longtemps, Claire promettait d'apporter des billets de faveur en classe. Elle oubliait toujours, ou bien il n'y en avait pas. Et voici qu'aujourd'hui elle en avait donné deux à Élisabeth pour le dimanche suivant, en matinée. Élisabeth les avait glissés dans la poche de son tablier, où ils bruissaient dès qu'elle remuait les genoux. Elle avait hâte de rentrer à la maison pour apprendre la bonne nouvelle à ses parents. Maman l'accompagnerait au spectacle. Elles se feraient belles, toutes les deux.

Elles sortiraient ensemble. Cela leur arrivait si rarement !

La maîtresse tira un trait, à la craie, sous les mots : *que je dusse,* et se retourna face aux élèves, qui, instantanément, baissèrent la tête sur leurs pupitres. Élisabeth écrasa sa plume sur la page de son cahier et feignit d'écrire avec application. Autour d'elle, ce n'étaient que soupirs besogneux et raclements de pieds sur la barre des bancs. Les fenêtres étaient ouvertes. Un rayon de soleil poudreux illuminait la carte de la France et les dessins épinglés au mur. Celui qui représentait une maison jaune, avec un toit rouge et des poules blanches, dans un pré vert, était l'œuvre d'Élisabeth. De l'école des bonnes sœurs, proche de l'école communale, parvenaient des voix de fillettes qui chantaient en chœur.

La maîtresse consulta sa montre :

« Dépêchez-vous, mes enfants ! Je vous interrogerai demain. »

Il y eut quelques protestations étouffées :

« Tout ça pour demain ?

— On n'aura pas le temps, mademoiselle !

— Mademoiselle ! Huguette m'a poussée ! J'ai fait une tache ! »

L'institutrice claqua dans ses mains :

« Silence, ou gare aux punitions ! »

Perdue dans son rêve de bonheur, Élisabeth laissait courir sa plume sans se soucier ni du sens, ni de l'orthographe des mots. Sa voisine, Madeleine, la fille du glacier suisse du boulevard Rochechouart, écrivait plus vite encore. Mais elle était bonne élève, elle ne faisait pas de fautes.

« Tu me prêteras ton cahier », chuchota Élisabeth.

Madeleine était presque aussi blonde que Claire, avec des joues rondes et roses, des yeux bleus et une bouche menue, qui lui donnaient un air de poupée en celluloïd. Elle inclina la tête en signe de connivence et tira la langue sur le côté. Elle aussi avait reçu deux places de cirque pour le dimanche prochain. Mais la distribution des billets s'était arrêtée là. Toute la classe enviait les heureuses bénéficiaires. En les distinguant de la sorte, Claire leur avait accordé une grande preuve d'amitié. « Comment la remercier? pensait Élisabeth. Elle est si gentille! Il faudrait lui offrir un cadeau... »

Le tintement de la cloche l'interrompit dans ses réflexions. Enfin, midi, les cahiers fermés, la sortie en rangs et l'éparpillement dans la rue Antoinette, où quelques mères patientes attendaient leur progéniture sur le trottoir.

Élisabeth, Madeleine et Claire faisaient toujours une partie du chemin ensemble. Comme elles étaient toutes trois de la même taille, l'une d'un brun chaud, les deux autres très blondes, Élisabeth était persuadée que leur groupe gracieux charmait les regards des passants. La mode, à l'école, était de porter la ceinture basse devant et haute derrière, ce qui conférait un mouvement plongeant au tablier noir. La coiffure avait aussi son importance. Madeleine arborait un nœud blanc, un peu défraîchi, dans ses cheveux, Claire un nœud bleu et Élisabeth un nœud grenat, car le grenat était la couleur préférée de sa mère. Personnellement, elle eût choisi du vert pâle. Quand elle serait grande, le vert pâle dominerait dans sa toilette et dans sa maison.

Au coin de la rue d'Orsel et de la place Dancourt, il y avait une confiserie, où les trois amies avaient coutume de s'arrêter avant de rentrer chez elles. La patronne, qui les connaissait bien, prit un marteau pour casser quelques bouts de sucre candi à leur intention. Élisabeth paya : deux sous pour tout le monde. C'était un prix très spécial. Elles sortirent de la boutique, la bouche en fête. Le gros caillou sucré qui gonflait leurs joues ne les empêchait pas de bavarder en marchant. Il n'était question entre elles que du spectacle de dimanche prochain. Claire, qui l'avait déjà vu dix fois, affirmait qu'il était magnifique. Elle citait le dompteur et ses tigres royaux, l'écuyère dansant sur son cheval blanc, les trapézistes en maillots roses qui exécutaient le saut de la mort... Mais elle ne parlait pas de son père. Élisabeth s'enhardit à lui demander :

« Et ton papa, que fait-il?

— Tu verras, dit Claire.

— Il est drôle.

— Oui.

— Il casse des assiettes? »

Claire parut agacée par l'insistance d'Élisabeth et soupira :

« Tu verras, je te dis! A l'entracte, je viendrai te chercher. On ira dans sa loge.

— Dans sa loge?

— Oui, là où il s'habille. »

Élisabeth défaillait de joie. Voir un clown de près, grimaçant et parlant pour elle seule, avec ce drôle d'accent qui déchaînait les rires en cercles autour de lui! C'était plus qu'elle n'avait espéré.

« Moi aussi, je pourrai venir dans sa loge? demanda Madeleine.

— Mais oui. »

Élisabeth songea à ses propres parents, si sérieux, si occupés, et se dit que Claire ne connaissait pas sa chance d'avoir un père qui fût clown. Était-il aussi amusant à la maison que dans le cirque? Faisait-il des cabrioles, criait-il des bêtises, tombait-il de la chaise sur son derrière, pour égayer sa femme et sa fille? Elle n'osa interroger Claire à ce sujet devant Madeleine, mais se promit de lui poser la question plus tard, confidentiellement.

Dans la rue Dancourt, elles s'arrêtèrent encore devant une boucherie, où Élisabeth achetait régulièrement, à midi, pour dix sous de hachis, qualité extra. C'était une idée du médecin, le docteur Brouchotte, qui, la trouvant anémiée, avait conseillé de lui faire manger chaque jour, avant le repas, un peu de viande crue pour la fortifier. Élisabeth détestait le goût de cette chair molle, froide, visqueuse, mais elle eût accepté d'en avaler une double portion si on lui avait épargné l'épreuve d'aller la chercher elle-même.

Cette fois encore, elle dut vaincre sa répugnance pour s'avancer entre les étalages de moignons rouges, de têtes de veau livides et de foies violets, jusqu'au boucher souriant, qui lui tendait sa part quotidienne, enveloppée dans du papier transparent.

« Voilà, ma jolie! Le bonjour à tes parents! » dit-il.

Des taches de sang marquaient son tablier de toile raide et ses grandes mains de tueur. Élisabeth le paya en évitant de le regarder, balbutia un remerciement et rejoignit ses amies qui l'attendaient dans la rue.

« Oh! dit-elle, je ne peux pas m'habituer! Il me fait peur!

— T'es sotte! dit Claire. Si on ne mangeait pas de viande, on mourrait!

— Et pour qu'on en mange, il faut bien que quelqu'un la prépare! renchérit Madeleine.

— T'aimerais avoir un papa qui tue des bêtes, toi? » demanda Élisabeth.

Claire et Madeleine reconnurent que non.

On se sépara devant le café, après un échange de propos mélancoliques sur l'affreuse condition des bœufs, des veaux, des moutons, des porcs et de la volaille. Mais la promesse du beau spectacle de dimanche empêchait Élisabeth de s'attarder dans la compassion.

Elle entra en coup de vent dans la salle, évita de justesse le garçon qui passait avec son plateau encombré de verres, heurta un client, s'excusa et se glissa derrière le comptoir. Amélie venait de s'installer à la caisse, relayant Pierre, qui déjeunait avec Denis dans la réserve à tabac. Quatre messieurs faisaient la queue pour les cigarettes. Tant qu'ils n'auraient pas été servis, Élisabeth ne pourrait rien dire à sa mère. Il était pénible d'attendre avec une si grande nouvelle sur le cœur. Enfin, le dernier client s'éloigna et Amélie se pencha sur sa fille pour l'embrasser.

« Maman, s'écria Élisabeth, il y a une chose extraordinaire! Regarde ce que j'ai là! »

Elle tira les billets de sa poche et les brandit dans un geste victorieux.

« Qu'est-ce que c'est? dit Amélie.

— Des billets pour le cirque. C'est Claire qui me les a donnés!

— Qui est Claire?

— Tu sais bien! Ma meilleure amie! Son papa est clown!

— Ah! oui...

— Alors, voilà, puisque j'ai des billets pour le cirque, tu veux qu'on y aille, toi et moi, dimanche? C'est en matinée... »

Amélie fronça les sourcils :

« Dimanche en matinée? Tu n'y penses pas!

— Pourquoi?

— Qui tiendra la caisse?

— Papa ou tonton Denis...

— Voyons, Élisabeth, réfléchis un peu! De deux heures à cinq heures, ils se reposent.

— Pour une fois!... Si tu leur disais...

— Non, mon poulet. Sois raisonnable. Nous avons trop de clients, le dimanche, pour que je m'absente. »

Élisabeth fléchit les épaules. Son rêve tournait court. Elle ne sortirait pas avec sa maman comme elle l'avait espéré, vêtues toutes deux pour la promenade, fières d'être vues ensemble, riant pour un rien, sans personne pour les empêcher d'être l'une près de l'autre.

« Alors, je ne pourrai pas aller au cirque? » reprit-elle, la gorge serrée, un goût de larmes dans la bouche.

Soudain, une idée la traversa, refoulant tout sur son passage :

« Et si j'y allais avec Louise, tu permettrais?

— Pourquoi pas? dit Amélie. Si elle veut bien te consacrer son après-midi de congé... »

Élisabeth se jeta sur cette nouvelle chance avec frénésie. Certes, une sortie avec la bonne n'était pas comparable à une sortie avec maman. Mais c'était mieux que rien. Après tout, dans les deux cas, le spectacle serait le même. Et Louise serait si contente!

Élisabeth lança son cartable dans un coin, et, crispant les doigts sur son paquet de viande hachée, monta l'escalier en courant. Louise était occupée à faire sauter des pommes de terre dans une poêle. La fillette se précipita vers elle, haletante, les yeux fous de joie.

« Louise! Louise! glapit-elle, dimanche nous allons au cirque toutes les deux! »

La figure de la bonne s'arrondit dans une expression d'étonnement niais :

« Comment ça, au cirque?

— Claire m'a donné des billets gratuits. Maman permet! »

Un sourire d'émerveillement parut sur les lèvres de Louise. Ses prunelles brillèrent. Puis, toute sa face s'alourdit, s'éteignit.

« C'est pas possible! dit-elle.

— Pourquoi?

— A cause d'Ernest.

— Quel Ernest?

— Mon fiancé. On s'était entendus pour dimanche. »

Élisabeth balaya d'un geste de la main cet empêchement secondaire :

« Tu lui diras que tu ne peux pas ! »

Mais la bonne n'était pas convaincue. La bouche pincée en cul de poule, elle réfléchissait profondément. Élisabeth trouvait incroyable que Louise hésitât entre une séance de cirque et une promenade avec son amoureux. Les pommes de terre grésillaient en fumant. Louise secoua la poêle et soupira, comme se parlant à elle-même :

« Après, je regretterais...

— Tu le verras un autre jour, reprit Élisabeth.

— On n'a pas d'autre jour, nous ! dit Louise. C'est dimanche ou rien ! »

Elle baissa le gaz, se tourna vers Élisabeth, cligna de l'œil et chuchota :

« Tu pourrais pas avoir une place de plus ?

— Pour qui ?

— Pour Ernest. On irait tous les trois, ce serait chouette ! »

Prise de scrupules, Élisabeth murmura :

« Maman ne serait peut-être pas contente !

— Y a qu'à rien lui dire. Il nous retrouvera là-bas, à l'entrée. Ni vu, ni connu... »

Ce mensonge déplaisait à Élisabeth, mais elle se rendait compte qu'il représentait sa dernière chance de salut.

« C'est bien, dit-elle. On fera comme ça.

— Tu sauras tenir ta langue ?

— Oui.

— Alors, demande vite un troisième billet à ta copine. Quand tu l'auras, je préviendrai mon fiancé. Et maintenant, à table, c'est prêt ! »

Le couvert était mis pour elles deux, sur un coin de toile cirée.

« J'ai pas faim, dit Élisabeth.

— Il faut manger. Sans ça, tu resteras petite et aucun homme ne voudra de toi. T'as pris ta viande? »

Élisabeth ouvrit la main, déplia le papier. Ses doigts s'étaient imprimés en sillons parallèles dans le hachis de chair rouge et grumeleuse.

« Ça a l'air encore vivant! » dit-elle.

Puis, elle empoigna la fourchette que lui tendait la bonne et porta la première bouchée à ses lèvres. Tandis qu'elle mâchait ce mets juteux et froid, son dégoût s'aggravait d'un sentiment de remords. Elle s'étrangla et dit :

« C'est trop mauvais, tout cru. Je vais le mélanger avec quelque chose. »

Elle descendit dans le café et se dirigea droit vers le placard du fond.

« Tu as parlé à Louise, pour le cirque? demanda Amélie sans s'arrêter de griffonner des chiffres sur un carnet.

— Oui, maman.

— Qu'est-ce qu'elle en a dit?

— Elle veut bien.

— Tu vois! Tout s'arrange... Que cherches-tu?

— Du Viandox.

— Pourquoi?

— Je voudrais y tremper ma viande.

— Quelle idée! Enfin, demande à tonton. Il va t'en servir une tasse. »

Papa et l'oncle Denis sortaient de la réserve à tabac. Ils avaient fini de déjeuner et fumaient une cigarette avant de se remettre à l'ouvrage. A deux heures, ils iraient se coucher. C'était drôle de dormir ainsi, dans la journée.

La voix de la bonne retentit dans l'escalier :

« Tu viens, Élisabeth? Les pommes de terre vont être froides.

— Oui-i-i ! hurla Élisabeth. J'arri-ive ! »

L'oncle Denis versa un peu de Viandox dans une tasse et acheva de la remplir avec de l'eau bouillante prise au percolateur. Tenant la tasse à deux mains, Élisabeth passa derrière la caisse. Sa mère adressait des sourires à un client :

« Bonjour, monsieur Collinet. Il y a longtemps qu'on ne vous avait vu !

— Maman, est-ce que je pourrais avoir du *semsem ?* demanda Élisabeth.

— Pas avant le repas, dit Amélie. Cela te couperait l'appétit.

— Je les mangerai après, je te le promets.

— C'est bien vrai ?

— Oui.

— Alors, tiens ! »

Élisabeth avança le ventre pour présenter la poche de son tablier. Amélie y jeta deux tablettes de *semsem,* qu'elle avait puisées dans un bocal. « Ce sera pour Claire, pensa Élisabeth. En remerciement ! »

« Donnez-moi donc un paquet de jaunes, dit M. Collinet.

— Par exemple ! dit Amélie. D'habitude, c'étaient des bleues.

— Eh oui ! Je veux faire un essai. Il paraît que les jaunes, c'est plus doux...

— Certains clients les préfèrent, en effet. »

Élisabeth remonta dans la cuisine. Louise mit le restant du hachis de bœuf dans la tasse. Ébouillantée, la viande se gonfla et pâlit. Elles mangèrent silencieusement.

# 4

LE spectacle passait trop vite au gré d'Élisabeth, qui, à demi soulevée sur son siège, le cœur contracté, le sang aux joues, écarquillait les yeux par crainte de ne pas tout voir. A peine avait-on fini de trembler pour les acrobates, volant d'un trapèze à l'autre avec une légèreté d'oiseaux, qu'il fallait s'attendrir devant les chiens costumés en équilibre sur une balançoire, admirer le courage du dompteur, dont le fouet, claquant sec, obligeait des tigres à rugir en baissant la tête, envier l'écuyère, toute en paillettes, en plumes et en sourires, et céder au vertige des quilles argentées que se renvoyaient les jongleurs chinois.

Quel dommage que maman eût refusé de venir au cirque! Elle ne se doutait pas du plaisir dont elle s'était privée! Il faudrait tout lui raconter, ce soir! La salle immense, ronde et haute, n'était qu'un poudroiement de lumière. Une musique violente, pleine d'éclats de cuivres et de roulements de tambours, vous entrait par la tête et vous sortait par les pieds. De la piste montait une senteur complexe de crottin, d'ammoniaque et de bonbons à la menthe. Tous les gradins étaient garnis de visages. Il y avait beaucoup d'enfants dans la foule. Élisabeth, Louise et son amoureux étaient assis au dixième rang, face à l'orchestre. Ernest disait qu'on ne s'était pas moqué d'eux, que c'étaient de bonnes places. Il était plutôt malingre, avec une denture jaune, un long nez et des yeux de souris. Louise s'épanouissait dans sa robe du dimanche, rose à fleurs bleues. Elle s'était douchée, la veille, sur le conseil d'Élisabeth, dans la lessiveuse. Deux fausses perles, qui avaient l'air vraies, étaient plantées dans ses lobes d'oreilles. Sur son corsage très ouvert, brillait un bijou doré en forme d'escargot. Pour n'être pas en reste d'élégance, Élisabeth avait mis une blouse blanche toute plissée et sa jupe presque neuve, en tissu écossais. Un ruban du même tissu écossais ornait ses cheveux. Pourtant, malgré le soin qu'elle avait apporté à sa toilette, elle n'y pensait plus depuis que les premières scènes du spectacle avaient ravi ses yeux. De minute en minute, elle attendait l'arrivée des clowns. Claire lui avait dit que le nom d'artiste de son papa était Bubu. D'après le programme, il devait passer aussitôt après les jongleurs. Ces jongleurs ne se lassaient pas de jeter des objets en l'air et de les rattraper. Pour se reposer de leurs exercices, Élisabeth lança un regard à la dérobée, sur Louise et Ernest. Ils se tenaient collés, joue contre joue. C'était normal pour des amoureux.

Les jongleurs s'éclipsèrent, salués par un tonnerre de musique et d'applaudissements. Sur le rond de sable jaune, apparurent M. Loyal, en habit violet, et un clown enfariné, au chapeau pointu et au costume de satin blanc parsemé d'étoiles. Zanzi, le partenaire de Bubu, venait offrir ses services à la direction comme violoniste. Il parlait très fort et tournait lentement sur lui-même, pour être entendu de tous. Quand il empoigna son violon et commença à jouer, une tête hirsute, aux cheveux roux, surgit entre ses jambes. Mille voix enfantines hurlèrent de surprise. C'était Bubu.

La bouche large comme un tiroir, deux carrés blancs autour des yeux, une tomate en guise de nez,

Bubu tapait sur une boîte de conserve avec une cuillère. Pour le faire taire, Zanzi lui donna une claque, et un jet d'eau sortit de son oreille droite. Une autre claque, et ce fut de son oreille gauche que jaillit une fontaine. Le public s'étranglait de rire. Ernest disait :

« Il est crevant ! »

Élisabeth riait, elle aussi, mais avec un sentiment de contrainte. Chaque fois que Zanzi reprenait son violon, Bubu interrompait la mélodie en clouant une caisse, en sciant une planche, en agitant une clochette, ou en aiguisant des couteaux. Cela lui valait des corrections terribles. Les coups de pied, les coups de trique, les gifles s'abattaient sur lui, et il pirouettait, ivre de bourrades et d'injures, s'affalait sur son derrière, sur sa tête, sur son ventre, se disloquait dans ses vêtements trop larges, aux manchettes amidonnées et à l'ample nœud papillon.

Élisabeth avait de la peine pour son amie Claire, dont le papa se faisait ainsi malmener en public. Bien sûr, c'était pour rire, Bubu ne sentait rien. Mais elle détestait les enfants qui encourageaient Zanzi à redoubler de vigilance et de fureur :

« Il est là !... Derrière toi !... Attention !... »

Pauvre Bubu ! Les semelles de ses énormes chaussures se décollaient à chaque pas. Une épingle de nourrice géante refermait son veston à carreaux verts et rouges. Il perdait son pantalon, et on voyait son caleçon troué. Il avait peur, et ses cheveux se dressaient sur son crâne.

Louise caquetait de joie. Ernest était cramoisi à force de rire. Enfin, on emporta Bubu dans une malle, mais le fond se détacha, et il resta par terre, ahuri, jouant d'une toute petite mandoline, au milieu de l'hilarité universelle.

Des gymnastes succédèrent aux clowns. Élisabeth, soulagée, se renfonça dans son fauteuil.

« Tu n'es pas bien comme ça! dit Louise.

— Elle n'a qu'à changer de place avec moi, dit Ernest. Y a rien que des mômes devant, elle verra mieux. »

Il se pencha par-dessus Louise et demanda :

« Tu veux venir ici, petite?

— Non, merci, monsieur Ernest! dit Élisabeth.

— Monsieur Ernest? s'écria Louise. Appelle-le Ernest, simplement!

— Elle est mignonne tout plein! » dit Ernest.

Élisabeth se sentit rougir. Ernest l'observait de près, en plissant les yeux. Est-ce qu'il la trouvait jolie? De nouveau, il lui faisait signe d'approcher. Elle secoua la tête.

« Laisse-la donc, dit Louise, puisqu'elle ne veut pas! »

Ernest se redressa et glissa son bras derrière le dos de la bonne. Élisabeth ne regardait plus les gymnastes, mais la main, qui, à sa droite, palpait une épaule grasse et blanche marquée de taches de rousseur. Les doigts noueux rampèrent comme des tentacules d'une bête et plongèrent dans l'emmanchure large de la robe. Louise eut un frisson, fléchit la taille et se laissa crouler mollement sur son amoureux. La main disparut tout entière dans le vêtement, à hauteur de l'aisselle. Le tissu rose à fleurs bleues se soulevait à l'endroit des caresses. Louise avait fermé les paupières. N'allait-elle pas se trouver mal? Elle soupirait. Le siège craquait.

A l'entracte, les fiancés se séparèrent. Tous deux avaient les pommettes rouges, les yeux brillants. Les gradins se vidaient et des familles de spectateurs se pressaient aux portes. Élisabeth aperçut Claire qui s'avançait entre les rangées de fauteuils. Elle n'avait pas l'air gênée et appelait son amie en agitant la main. Élisabeth alla à sa rencontre.

« Ça t'a plu? » demanda Claire.

Élisabeth murmura très vite, en regardant ailleurs : « Oh ! oui ! C'était magnifique ! Et ton papa, ce qu'il a pu être drôle !

— Oui, il est drôle, dit Claire avec gravité. Le public l'aime bien. Tu es avec tes parents ?

— Non. Avec Louise.

— C'est qui, Louise ?

— C'est la bonne.

— Vous avez une bonne ?

— Oui, dit Élisabeth avec fierté. Elle est venue avec son fiancé. C'était pour lui, la troisième place. Est-ce qu'on peut aller voir ton papa dans sa loge ?

— Pas maintenant, répondit Claire. Il reçoit des messieurs. Il a dit : à la fin du spectacle. Viens, on va plutôt faire un tour chez les bêtes. C'est amusant.

— Et Madeleine ? »

Élisabeth courut prévenir Louise qu'elle s'absenterait dix minutes.

Claire était vraiment chez elle dans le cirque. Précédant Élisabeth et Madeleine, elle les guida dans les coulisses où régnait une odeur de ménagerie. Des groupes de curieux s'assemblaient dans les écuries et devant les cages des fauves. Lions rugissants, lions assoupis, tigres au regard fixe, singes cocasses tendant leurs mains ridées entre les barreaux, grands chevaux paisibles aux croupes damassées, poneys aux crinières de soie, ours véritable, cent fois plus gros que Constantin, mais lui ressemblant comme un frère !... Élisabeth et Madeleine s'étonnaient, s'effrayaient, poussaient des cris de joie. Claire, blasée, souriait de leur innocence.

En rejoignant Louise et Ernest, après l'entracte, Élisabeth remarqua qu'ils avaient une drôle de mine. Ils ne lui demandèrent pas ce qu'elle avait vu. Enlacés, immobiles, le regard perdu, ils transpiraient en silence.

La seconde partie du programme fut aussi passionnante que la première. Mais, déjà, la pensée de la fin prochaine attristait le bonheur des yeux. Le spectacle se termina par une exhibition de phoques savants, qui fut très applaudie. Ensuite, le public se leva pour partir. Comme elles en étaient convenues, Claire attendait ses deux amies devant le bureau du contrôle pour les amener à son père. Par politesse, elle demanda à Ernest et à Louise s'il leur plairait de les accompagner. Ernest dit que cela ferait trop de monde, et puis qu'il avait soif, bref qu'il préférait s'installer avec Louise dans le café du coin, *Au Rendez-vous des artistes*, où la petite les retrouverait sans peine.

« Tu vois, le bistrot qui est là, juste devant ton nez! On sera à la terrasse... »

De son côté, la maman de Madeleine, M$^{me}$ Culoz, grasse, importante et duveteuse, s'excusa de ne pouvoir autoriser sa fille à aller dans les coulisses : elles étaient pressées de regagner leur boutique, à l'enseigne du *Glacier suisse*, où, le dimanche, il y avait toujours beaucoup de clients. Élisabeth fut donc seule à suivre Claire à travers le labyrinthe des couloirs mal éclairés. Bubu les reçut dans une chambrette carrée et basse. Il était en train de discuter avec un monsieur chauve, qui étalait des papiers devant lui, sur la table.

« Ah! dit-il, c'est ta petite amie, Claire? Mettez-vous dans un coin. J'en ai pour une minute. »

Il avait perdu son accent nasillard et n'estropiait plus les mots en parlant. Les deux fillettes s'assirent sur un coffre. Intimidée, Élisabeth se taisait, retenait son souffle. Claire lui expliqua que son père ne s'était pas démaquillé parce qu'il devait jouer encore en soirée.

« La même chose? demanda Élisabeth.

— Oui, dit Claire.

— Tous les jours?

— Évidemment ! »

Dans une penderie, aux rideaux entrouverts, s'alignaient les costumes de lumière et de rire. Veste éclaboussée d'une confiture d'or et d'argent, pantalon caca-d'oie aux empiècements écarlates, gilet jaune serin, cravate taillée dans un arc-en-ciel : il y avait là de quoi travestir la moitié du monde pour l'amusement de l'autre moitié ! Sur la table, que dominait une grande glace, traînaient des pots de couleur, des tubes écrasés, des boîtes de poudre, des serviettes sales.

« Ce sont des fards, dit Claire. Il en faut beaucoup. Tiens, regarde : là, c'est une perruque de rechange pour papa..., un faux nez..., la poche à eau pour les oreilles... Tu sais, quand on lui donne une claque et que ça gicle... ? »

Tandis que Claire lui révélait, un à un, tous les secrets du maquillage de son père, Élisabeth, fascinée, observait le clown en conversation avec le visiteur.

« Un journaliste, sans doute, chuchota Claire. Il était déjà là à l'entracte. On n'a pas de chance. C'est pourtant rare quand il vient quelqu'un ! »

Derrière le masque grotesque de Bubu apparaissait maintenant un visage d'homme. Ses yeux intelligents brillaient, englués dans le plâtre épais des paupières. Les vraies rides de son front, de ses joues, bougeaient sous le barbouillage géométrique rouge et blanc. Sa bouche, de dimension normale, parlait au milieu de l'énorme bouche dessinée d'une oreille à l'autre. Tour à tour, c'était Bubu ou le papa de Claire qu'Élisabeth découvrait à la pointe de son regard. Deux nouveaux messieurs entrèrent dans la loge. La conversation devint très animée. Nul ne s'occupait des fillettes. Subitement, la porte s'ouvrit avec violence. Zanzi, en personne, franchit le seuil. Il ne se jeta pas sur Bubu pour lui donner une claque, mais dit :

« Tu viens, Raoul ? On nous demande à la régie. »

Bubu se leva et fit signe aux messieurs de le suivre.

« Attendez-moi, les fillettes ! Après, on pourra parler tranquillement. »

Elles restèrent assises sur leur coffre. Bubu ne revenait pas. Élisabeth était désappointée.

« Faudrait que je parte ! dit-elle, Louise ne va pas être contente...

— Tu as bien encore dix minutes ! »

Chaque fois que quelqu'un passait dans le couloir, les deux amies dressaient la tête.

« Non, c'est pas lui », disait Claire.

Enfin, comme Élisabeth s'impatientait, elle la reconduisit à la porte du cirque en s'excusant de l'avoir retenue pour rien.

« C'était bien beau quand même ! dit Élisabeth.

— Tu veux que j'aille avec toi jusqu'au café ?

— Penses-tu ! Je les vois d'ici, à la terrasse. Remercie bien ton papa. A demain ! »

Elles s'embrassèrent et Élisabeth traversa la rue en courant. Arrivée devant la terrasse, elle s'arrêta, interdite. Les gens qu'elle avait pris de loin pour la bonne et Ernest étaient des inconnus. Simplement, la femme portait une robe rose qui ressemblait à celle de Louise. « Ils doivent être assis à l'intérieur ! » se dit-elle. Ayant l'habitude des cafés, elle entra bravement dans la salle, qui était pleine de monde, et promena son regard sur tous les visages. Mais le couple n'était pas là, non plus. Elle se rapprocha de la caisse. Son inquiétude augmentait.

« Tu cherches quelqu'un, petite ? demanda la caissière.

— Oui, madame, dit Élisabeth.

— Tes parents ?

— Non. Louise et son fiancé. Elle a une robe rose

avec des fleurs bleues. Ils m'avaient dit qu'ils m'attendraient ici. Vous les avez pas vus?

— Peut-être bien que si, mais il défile tellement de monde! Je vais tout de même demander aux garçons, des fois qu'ils sauraient quelque chose. »

Les garçons ne savaient rien. La seule cliente en robe rose qu'ils avaient remarquée était celle de la terrasse. L'un d'eux, pourtant, croyait avoir aperçu une autre robe, du même ton, se dirigeant vers la place Clichy.

« Elle vient de passer à l'instant, dit-il. Va toujours voir par là, ma mignonne. Tu tournes à gauche, sur le boulevard. En marchant vite, tu la rattraperas, ta maman...

— C'est pas ma maman, c'est Louise! » dit Élisabeth avec agacement.

Elle suivit le conseil du garçon et s'inséra dans la foule des promeneurs. Tantôt rasant les murs, tantôt courant au bord du trottoir, elle s'exaspérait d'être retardée par des familles entières qui marchaient lentement. Pourquoi Louise et Ernest n'étaient-ils pas au rendez-vous? S'était-elle trompée de café? Étaient-ils partis, fatigués de l'attendre?

Parfois, une tache claire, dansant entre les vestons sombres, lui redonnait de l'espoir. Elle descendait sur la chaussée pour aller plus vite et rejoignait quelque femme au visage plat, qui n'avait rien de commun avec la bonne. Après plusieurs déconvenues de ce genre, elle finit par s'arrêter, à bout de courage. Son regard se posa sur une façade aux sculptures horribles. Elle était souvent passée devant ce décor de cauchemar, en faisant des courses avec Louise, mais jamais encore elle n'avait ressenti une telle frayeur en le voyant. L'endroit s'appelait *L'Enfer* et servait, disait-on, de cabaret. Un diable gigantesque, vert, grimaçant, les yeux féroces, ouvrait sa gueule rouge au ras du sol pour avaler les clients. A côté, c'était *Le*

*Ciel,* où des anges roses souriaient entre des nuages de plâtre bleu.

Personne n'allait à l'église, dans la famille d'Élisabeth. Bien qu'ayant été baptisée, la fillette ne suivait même pas les cours de catéchisme. Pourtant, elle savait fort bien ce qu'était l'enfer et ce qu'était le ciel. Des amies de classe le lui avaient appris, qui tenaient ces informations de leurs propres parents. Les gens qui étaient coupables de quelque chose étaient précipités, après leur mort, dans les flammes éternelles. Ceux qui avaient la conscience tranquille volaient à petits coups d'ailes dans l'azur. Au point de perplexité où elle était parvenue, cette représentation sommaire des conséquences d'une bonne ou d'une mauvaise action accroissait encore son angoisse. Tout en se répétant qu'elle ne risquait rien, puisqu'elle avait toujours été très gentille avec tout le monde, elle avait hâte de fuir ce lieu redoutable où s'opérait le partage des vertueux et des méchants. Brusquement, elle décida de renoncer aux recherches et de rentrer à la maison.

Pendant une partie du chemin, elle fut distraite par l'animation de la rue. Mais, quand elle arriva en vue du *Cristal,* ses craintes la reprirent. Que dirait-elle à ses parents pour expliquer l'absence de Louise? Il faudrait leur avouer qu'un homme les avait accompagnées au cirque. Maman serait furieuse. Elle accuserait sa fille de lui avoir menti. Elle la punirait. Elle renverrait la bonne. Des menaces de plus en plus graves s'assemblaient dans l'esprit d'Élisabeth. Elle traversa la chaussée, sans prendre garde aux voitures. Son cœur sautait. Ses jambes étaient mortes. La façade rouge, aux volets clos, du cabaret de Bruant, les affiches du Trianon-lyrique... Quelques pas encore, et ce serait le drame. Il était sûrement plus de sept heures. Ses parents, fous d'inquiétude, devaient être aux aguets devant la porte. Une immense clameur saluerait son apparition : « D'où viens-tu? Où est Louise? » Elle longea la terrasse. Heureusement, il n'y avait personne pour la recevoir sur le seuil. Passant entre les guéridons, elle se coula dans la salle bruyante et fraîche, où les joueurs de manille tenaient les meilleurs coins. Devant l'oncle Denis, des passionnés du zanzi jetaient leurs dés sur le comptoir. Papa remplissait les demis de bière, que le garçon alignait ensuite sur son plateau. Une dizaine de clients entouraient la caisse, si bien qu'on ne voyait de maman que ses cheveux et le haut de son front.

A petits pas prudents, Élisabeth s'avança vers l'escalier. Elle allait mettre son pied sur la première marche, quand la voix d'Amélie arrêta son mouvement :

« Ah! te voilà!

— Oui, maman.

— Tu t'es bien amusée?

— Très bien.

— Et Louise?... Elle n'est pas avec toi?

— Elle vient tout de suite... »

Sa phrase se perdit dans le brouhaha des conversations. Amélie tendait les paquets de cigarettes d'une main, comptait la monnaie de l'autre. Déjà, son regard s'était détourné de sa fille.

Élisabeth profita de la liberté qui lui était rendue pour monter en courant dans la cuisine. Elle avait faim. Il restait quelques pommes de terre froides dans le placard. Elle en mangea un peu, avec de la confiture de groseilles. Ce mélange de saveurs ennemies, l'une farineuse et salée, l'autre sucrée et aigrelette, l'amusait. A l'insu de tous, elle se coupait l'appétit, avec délices. « Maman ne s'est doutée de rien, pensait-elle. C'est une chance! Pourvu que Louise ne gâche pas tout en arrivant trop tard! Ce qu'elle peut être bête, celle-là!... »

La bouche encore pleine, elle grimpa sur une

chaise pour se regarder dans la petite glace fixée au-dessus de l'évier. Le nœud en tissu écossais pendait tristement sur son oreille. Elle le redressa et se fit un sourire enchanteur. Un pas retentit dans l'escalier. La porte s'ouvrit : Louise ! Élisabeth bondit de sa chaise et s'écria :

« Toi, alors ! Je t'ai cherchée partout ! »

Louise était décoiffée, chiffonnée, l'œil vague et le tour des lèvres rougi comme par une maladie de peau.

« Nous aussi, on t'a cherchée partout, dit-elle d'une voix traînante. Où que tu t'étais fourrée ?

— Je suis allée *Au Rendez-vous des artistes*, comme tu avais dit.

— Ben, on y était !

— Vous n'y étiez pas ! J'ai regardé !

— On y était ! grommela Louise dans un élan de fausse colère. On y était longtemps ! On t'a attendue. Puis, on est allé se balader. Puis, on est revenu. Tu nous as ratés, quoi ? C'est pas grave !

— Non, c'est pas grave ! dit Élisabeth.

— Ouf ! C' qu'il fait chaud ! » reprit Louise.

Elle souleva son corsage à deux doigts et souffla dedans pour se rafraîchir la poitrine. Élisabeth sortit les assiettes du placard et commença à mettre le couvert.

# 5

LE Trianon-lyrique affichait *Le Grand Mogol*. C'était un succès. Depuis huit heures du soir, les gens se pressaient devant la caisse. Débordant sur le trottoir, la queue s'allongeait jusqu'aux premières tables du *Cristal*. De temps en temps, un habitué s'approchait du comptoir, comme pour commander une consommation, et disait quelques mots à Denis, qui inclinait la tête... Un peu plus tard, il plaçait un bock sur un plateau et allait le porter ostensiblement à la caissière du théâtre. Elle entrouvrait la porte de son réduit, prenait le verre et glissait dans la main de Denis le nombre de billets qu'il lui avait demandés, à voix basse, en la servant. Muni de ses tickets numérotés, il retournait dans la salle. L'habitué, qui l'attendait, accoudé au zinc, avec le visage de l'innocence, lui payait le prix des places augmenté d'un pourboire. Amélie voyait cette manœuvre et ne l'approuvait pas. Mais elle craignait de mécontenter les meilleurs clients en interdisant à son frère de leur rendre service. Heureusement, personne ne protestait dans la file. Bientôt, le trottoir se vida. Le théâtre avait avalé tout son monde.

Élisabeth, ayant dîné avec la bonne dans la cuisine, était montée se coucher. Sans doute rêvait-elle encore au spectacle du cirque Médrano, qui l'avait tellement divertie! Le garçon de jour avait été remplacé par le garçon de nuit. Après le second entracte, Pierre et Denis se retirèrent à leur tour. Dix minutes plus tard, Amélie entendit le pas de son frère qui descendait l'escalier. Elle n'en fut pas surprise. Deux fois par semaine, il sortait ainsi, après le travail, pour se changer les idées, disait-il. Pierre, qui avait reçu ses confidences, prétendait qu'il allait retrouver la petite Lucie, dont il était épris depuis l'âge de seize ans. Pendant qu'il accomplissait son service militaire, au Maroc, Lucie, cédant à la pression familiale, avait épousé un employé des wagons-lits. Mais, au retour de Denis, démobilisé, mûri et plus amoureux que jamais, elle était devenue sa maîtresse. Elle l'accueillait chez elle en l'absence de son mari, qui voyageait sur les grandes lignes. Cette conduite scandaleuse indignait Amélie et elle ne comprenait pas que Pierre s'en amusât. La situation était d'autant plus irritante pour elle, qu'ayant juré à Pierre de garder le secret sur les révélations qu'il lui avait faites, elle devait assister, muselée, à une intrigue dont elle eût aimé pouvoir dénoncer la malhonnêteté avec éclat. Elle vit s'approcher de la caisse un Denis souriant, l'œil tendre, le faux col propre et les cheveux pommadés.

« Tu sors? demanda-t-elle.

— Eh oui! je vais faire un tour.

— Je te trouve bien élégant!

— Pas plus que d'habitude.

— Quand rentres-tu?

— Je ne sais pas.

— Tu seras là pour la fermeture, tout de même!

— Forcément! Sans ça je serais obligé de coucher dehors! » dit-il en riant.

L'appartement n'ayant pas d'entrée indépendante, il fallait, en effet, passer par la salle pour accéder aux chambres. Amélie regretta le temps où elle pouvait gronder Denis devant tout le monde, parce qu'il n'était qu'un enfant et qu'elle remplaçait sa mère. Le garçon de nuit les lorgnait du coin de l'œil. Des clients levaient le nez de leurs tables. Elle le laissa aller.

Mais, absent, il continua d'occuper sa pensée. Cette existence dissolue était absurde. A la longue, il y perdrait tout sens moral et toute santé. Déjà, depuis quelques mois, elle le trouvait fatigué, le teint cireux, les yeux caves. Il était temps pour lui de se marier. Elle voyait très bien le genre d'épouse qui lui eût convenu. Une personne douce, instruite, active, gracieuse... Le jeune ménage habiterait ici même, dans la chambre de Denis, retapissée et aménagée avec goût. Denis poursuivrait son travail au café, sa femme aiderait Amélie à la caisse... Il ne devait pas manquer de filles sérieuses qu'une pareille perspective eût comblées de joie. Prise par cette idée, Amélie passa des noms en revue. La petite Monique, dont les parents tenaient une papeterie, la petite Gisèle, employée chez une modiste, au coin de la rue Dancourt, la petite Colette, dont le père était miroitier... Aucun de ces partis ne la satisfaisait pleinement.

Tout en rêvant à la belle-sœur parfaite, elle observait le manège d'un couple, qui s'était assis au fond de la salle, dans le coin le moins éclairé. L'homme, M. Joseph, était un souteneur athlétique, habillé avec élégance, rasé de près, l'œil noir et la cravate claire. A partir de minuit, il s'installait au *Cristal,* tandis que plusieurs femmes travaillaient pour lui dans les rues adjacentes. Celle qui venait de le rejoindre était bouffie, usée, peinte de la racine des cheveux au menton. Elle se trémoussait sur la banquette en chuchotant des explications embarrassées. Essayait-elle de dissimuler une partie de la recette? Il était rare qu'une personne de son métier refusât, comme on disait, de « lâcher la comptée ».

Sans proférer un mot, M. Joseph lui saisit le poignet sous la table et le tordit avec une lenteur experte. Elle poussa un faible cri. Amélie tressaillit sur sa chaise et jeta un regard au garçon qui rinçait des verres derrière le comptoir. Le garçon haussa les épaules. M. Joseph était dans son droit. S'il était interdit aux filles publiques de lever des clients au *Cristal,* nul ne pouvait les empêcher d'y venir avec leurs protecteurs attitrés pour parler affaires. D'ailleurs, ces messieurs savaient se conduire. Il n'y avait jamais d'esclandre par leur faute. Démanchée, le visage grimaçant de douleur, la femme de M. Joseph passait déjà aux aveux. Il lui restait quelques billets dans son sac à main. Elle les remit à M. Joseph, qui commanda une seconde tournée de fine à l'eau. Tout rentra dans l'ordre. Ayant bu sa consommation, la coupable se repoudra, écrasa un bâton de rouge sur sa bouche et, les yeux encore pleins de larmes, sortit dans la rue pour reprendre sa faction solitaire devant le *Bal de l'Élysée*.

Deux amis de M. Joseph s'assirent à sa table et réclamèrent des cartes. En jouant, ils fumaient des cigarettes à bout doré. Parfois, une fille entrait, s'approchait du trio, rendait compte de son travail, demandait des directives et s'éloignait, laissant derrière elle un sillage de parfum vulgaire. Amélie était habituée à ces allées et venues nocturnes, à ces conciliabules mystérieux. Mais elle voulait, de toutes ses forces, en ignorer les motifs. Ce n'était qu'en refusant de comprendre ce qui se déroulait sous ses yeux, qu'elle pouvait tenir sa place avec dignité, à la caisse. Heureusement, *Le Cristal* recevait, même à cette heure tardive, d'autres clients, d'un commerce plus agréable. Quelques fêtards, accompagnés de créatures élégantes, s'arrêtaient là pour acheter des cigarettes ou boire un verre entre deux visites à des boîtes du quartier. Toutes ces femmes étaient vêtues et coiffées à la dernière mode : cheveux courts, taille basse, poitrine plate et jupe au-dessous des genoux. Leur allure garçonnière contrastait avec la finesse et les coloris délicats des tissus qui les habillaient. Amélie nota un manteau du soir améthyste, très léger, bordé de brins d'autruche, et une robe en crêpe de Chine physalis, voilée d'une tunique en résille d'or du plus charmant effet. En revanche, elle critiqua mentalement une autre robe, en crêpe d'organdi orange, cravatée de petits rubans jaunes. Quelle faute de goût! Cette personne était sûrement une parvenue! Sans un regard pour les belles visiteuses, les musiciens d'un orchestre, pâles d'insomnie, leur violon ou leur saxophone sous le bras, commandaient un demi et l'avalaient en hâte avant de rentrer chez eux. Un aboyeur de cabaret, enroué à force de célébrer les merveilles d'un spectacle « unique à Paris », entrait, se rafraîchissait le gosier et allait continuer son boniment sur le trottoir. Un autre le remplaçait, en uniforme déteint et casquette galonnée.

Parmi les clients de la dernière heure, les préférés d'Amélie étaient encore les chansonniers de *Chez Bruant*. Chaque soir, il en venait trois ou quatre, qui parlaient de leur succès, dénigraient celui des autres et préparaient des plaisanteries nouvelles pour le lendemain. Ils étaient tous pauvres, exubérants et sympathiques. Elle les écouta, discutant au bout du comptoir. Le vétéran de l'équipe prétendait faire trembler son verre, sur le zinc, en chantant *La Chanson des blés d'or*. Son voisin, plus jeune, spécialisé dans les couplets d'actualité, affirmait que c'était impossible. On paria une tournée :

« Et vous, madame Amélie, vous croyez que j'y arriverai ou non?

— Je crois que non », dit Amélie en souriant.

Le vieux secoua sa crinière d'argent, se racla la

gorge et commença à chanter. Le verre, devant lui, ne bougeait pas. *Les Blés d'or* ne donnant rien, il passa à *La Voix des chênes*. Les veines de ses tempes se gonflaient. De sa bouche distendue sortait un roulement de tonnerre. Une petite cuillère tinta sur une soucoupe. Était-ce la puissance vocale de l'artiste ou une pichenette de son voisin qui avait produit cet effet vibratoire? Des applaudissements éclatèrent. Même les souteneurs, dans leur coin, battaient des mains.

« Avec une voix pareille, vous devriez être à l'Opéra, dit Amélie.

— Pour y chanter quoi? s'écria-t-il. Des trucs bêtes à pleurer, avec perruque, épée au côté et bottes souples? Non, merci. Je préfère la baraque à Bruant, où on a les poches percées et la langue libre. »

On lui fit une ovation. Encouragé, il reprit son souffle et chanta encore :

*Joyeux bambins, chers petits anges,*
*Changés vite en petits démons,*
*Gazouillez comme des mésanges,*
*Vos gais propos nous les aimons.*

Tout le café observait la consigne du silence. L'homme mit une main sur son cœur pour continuer :

*Mais comme nous faisions naguère,*
*Quand défilaient nos régiments,*
*Ne parlez jamais de la guerre*
*Car ça fait trembler les mamans!*

Amélie, très émue, remercia le vieil artiste et pria Maurice de servir une seconde tournée de vin blanc à ces messieurs. Elle aimait les chansons sentimentales, qui exaltent la maternité, l'amour, l'espérance et les travaux des champs.

Un quart d'heure avant la fermeture, les chansonniers quittèrent la salle, mais ils ne se décidaient pas encore à se séparer. Groupés au milieu du terre-plein, ils bavardaient sous les arbres. A leur tour les souteneurs se dispersèrent, superbes, nonchalants, pareils à des braconniers qui vont reconnaître leurs pièges dans la nuit. Juste en face du café s'élevait une vespasienne, qui avait — Dieu sait pourquoi? — très mauvaise réputation. Amélie avait souvent regretté que les abords du *Cristal* fussent déparés par cet édicule disgracieux. Trois hommes patientaient à l'entrée du colimaçon. Plus loin, sous un réverbère, une femme seule — réticule à la main et chapeau fleuri sur la tête — attendait que son compagnon sortît de l'urinoir. Le chasseur du cabaret *Le Néant* vint acheter douze paquets de cigarettes pour des touristes. Maurice commença à ranger les sièges sur les tables. Amélie éteignit la moitié des lumières. Un couple — elle, vieille, adipeuse, l'œil liquide, les cheveux teints, lui, tout jeune, avec un visage velouté de fille — s'attardait devant deux verres de cognac. Dans cet établissement vide et faiblement éclairé, parmi tous ces pieds de chaises dressés en l'air, ils étaient comme les rescapés d'une catastrophe. Elle pleurait. Il lui tamponnait les paupières, le bout du nez, avec un mouchoir. Amélie préféra se dire que c'étaient la mère et le fils. Maurice s'approcha d'eux pour toucher le prix des consommations. Ce fut la femme qui paya. Ils se levèrent et sortirent, en titubant. Maurice fit sauter une pièce de monnaie dans sa paume :

« C'est tout? »

A ce moment, Denis parut sur le seuil, léger comme un fantôme, son canotier à la main, sa veste sur le bras. Amélie mit toute sa réprobation dans un regard et dit :

« Tu seras dans un bel état pour reprendre ton travail, demain matin ! Va vite te coucher ! »

Mais il prétendit n'avoir pas sommeil et aida Maurice à fermer les portes. Quand le garçon fut parti, Amélie prit la petite caisse en fer, contenant la recette, et monta dans sa chambre. Denis lui souhaita une bonne nuit, sur le palier, et continua son ascension par l'escalier presque vertical qui menait à la mansarde.

Sa fenêtre ouvrait sur la verrière sombre du *Bal de l'Élysée*. Plus loin, des pentes de zinc, aux croisements chaotiques, hérissées de cheminées, trouées de lucarnes, coupées de chéneaux, conduisant à la coupole du Sacré-Cœur, qui se détachait, pâle et lointaine, sur le fond bleu de la nuit. Il suffisait, semblait-il, de courir sur les toits, pour arriver sans perdre pied jusqu'à la basilique. Denis passa la tête par l'encadrement et respira l'air chaud de la ville. Il vacillait de fatigue, mais ne se décidait pas à dormir. Chaque fois qu'il revoyait Lucie, sa joie de l'avoir pour maîtresse était gâchée par le regret de ne pouvoir la rencontrer qu'en fraude. Elle aussi se désespérait de cette situation irrégulière. Elle n'aimait pas son mari, tout en reconnaissant qu'elle n'avait rien à lui reprocher. Ce soir, incidemment, elle avait parlé à Denis de divorce. Il avait aussitôt détourné la conversation. Si Lucie divorçait à cause de lui, il serait normalement tenu de l'épouser. Or, le mariage l'effrayait. Même avec Lucie ! Où logeraient-ils ? Que feraient-ils ? Amélie l'avait empêché, jadis, de poursuivre son apprentissage de serrurier. Aujourd'hui, il travaillait avec elle et Pierre, fraternellement, et gagnait bien sa vie. Cette organisation familiale n'était pas désagréable pour un célibataire. S'en accommoderait-il s'il était marié ? Un moment, il songea qu'il pourrait retourner à La Chapelle-au-Bois pour se remettre à la forge avec son père. Mais

Lucie ne s'ennuierait-elle pas dans ce trou de province? Et lui-même, une fois là-bas, ne regretterait-il pas le café, les lumières, le bruit, les copains bavards, les filles de passage? Aucune solution ne le satisfaisait. Dans sa crainte de se tromper en changeant d'existence, il en venait presque à souhaiter que Lucie demeurât sagement auprès de son mari. Cette idée, soudain, lui parut affreuse. Il voulut réagir, s'exciter à la jalousie : « Elle partage son lit. Bien sûr, elle m'affirme qu'ils n'ont plus de rapports ensemble! Mais est-ce que je dois la croire? »

Il n'avait vu cet homme que sur une photographie. Un type maigre, un peu déplumé, avec des yeux tristes. Impossible de l'imaginer pressant Lucie dans ses bras. Elle disait vrai. Il existait certainement beaucoup de ménages pour qui la chambre à coucher n'était qu'un lieu de repos. Donc, son honneur à lui était sauf.

Il se détourna de la fenêtre et alluma la lampe, à la fois déçu et soulagé de n'avoir pris aucune résolution. Son lit, où il avait dormi deux heures dans l'après-midi, était encore défait, le drap rejeté, l'oreiller par terre. Des mouches bourdonnaient autour du savon et du pot à eau. D'autres se promenaient sur les photographies de sportifs et d'actrices qu'il avait épinglées aux murs : Pelletier, Doisy, Carpentier, Nurmi, Pola Negri, Mary Pickford, Ève Francis, Raquel Meller...

Il commençait à se déshabiller, quand un cri aigu le fit tressaillir. Inquiet, il ouvrit la porte. On parlait, on s'agitait à l'étage inférieur. Il descendit quelques marches et demanda :

« Qu'est-ce que c'est? »

La voix de sa sœur lui répondit :

« La petite n'est pas bien!

— Comment ça? Elle est malade? »

Le battant se décolla du chambranle et le visage d'Amélie apparut dans l'entrebâillement :

« Non, non, rassure-toi. Un simple cauchemar.

— Ah! bon... J'ai eu peur...

— Va vite dormir. Il est si tard! »

Elle referma la porte et retourna dans la chambre d'Élisabeth. La fillette était assise, nue, dans son lit, et serrait son ours contre sa poitrine. Éclairée par la lampe de chevet, sa figure semblait encore plus menue et plus pâle qu'à l'ordinaire. Son menton tremblait. De grosses larmes coulaient de ses yeux élargis par l'effroi.

« Je te promets, maman, que j'ai vu un grand diable vert, balbutia-t-elle. Il était là, près du lit. Il ouvrait la bouche. C'était rouge dedans...

— En voilà des sornettes! dit Amélie. Tu as fait un mauvais rêve, et c'est tout. Si tu t'agitais un peu moins dans la journée, tu passerais de meilleures nuits. As-tu fini tes devoirs, au moins?

— Oui, maman.

— C'est sûr?

— Sûr! Sûr! Il n'y avait rien qu'une analyse grammaticale pour demain.

— Bon. Et pourquoi as-tu retiré ta chemise?

— J'avais trop chaud.

— Ce n'est pas une raison!

— Mais si, maman! Avec juste le drap sur la peau, je suis mieux, j'ai frais partout... »

Amélie clappa de la langue. Elle ne voulait pas que sa fille prît plaisir à dormir nue dans son lit. Même pour une enfant dont les sens n'étaient pas encore éveillés, cette habitude confinait à l'impudeur.

« Tu vas immédiatement remettre ta chemise », dit-elle.

Elle ramassa le vêtement qui gisait sur le plancher. Élisabeth enfila les manches, passa sa tête dans l'encolure, et montra, au bout de l'effort, un visage mécontent.

« Ah! dit Amélie, j'aime mieux ça! »

Puis, elle tendit à l'enfant un verre d'eau sucrée, qu'elle avait préparé à son intention :

« Bois-en une bonne gorgée. Ensuite, tu te recoucheras, tu fermeras les yeux, et je t'assure que le diable vert ne viendra plus te déranger! »

Tenant le verre à deux mains, Élisabeth demanda :

« Tu resteras jusqu'à ce que je m'endorme?

— Oui.

— Tu n'éteindras pas la lampe avant?

— Non. »

Quand la fillette eut fini de boire, Amélie l'embrassa, la tourna sur le côté gauche, lui donna son ours et s'assit elle-même sur une chaise, près du lit. Élisabeth, les paupières closes, respirait par saccades. De temps à autre, un mouvement nerveux remontait ses épaules. Bientôt, ses traits se détendirent, son souffle se ralentit, annonçant le sommeil. Du réduit où couchait la bonne, venait un ronflement rauque et régulier. Comme d'habitude, Louise n'avait rien entendu. « On pourrait tirer le canon à côté d'elle sans la réveiller », pensa Amélie. Pendant une minute encore, elle contempla tendrement sa fille, la joue aplatie sur l'oreiller, le nez collé à la truffe noire de Constantin. Puis, elle éteignit la lampe et regagna sa chambre.

Sans même se dresser sur sa couche, Pierre ouvrit à demi les yeux et marmonna :

« Alors? Elle s'est calmée?

— Oui, dit Amélie.

— Je me demande ce qui lui fait ça!

— La croissance, sans doute. Elle n'est pas bien forte. Elle a trop de nerfs.

— Quelle heure est-il?

— Bientôt quatre heures!

— Plus qu'une heure à dormir! grogna-t-il. C'est gai! »

Longtemps encore, étendue près de son mari, Amélie garda la conscience de ce qui se passait autour d'elle. Mille inquiétudes l'assaillaient. Pierre, Denis, Élisabeth, chacun de ces êtres chers posait un problème. Tout à coup, elle pensa à son père et se reprocha de n'avoir pas répondu à sa dernière lettre. Mais que lui dire? Depuis des années, leur correspondance n'était qu'un échange de banalités rassurantes. Elle était heureuse de savoir qu'il se portait bien, qu'il travaillait toujours à la forge et que Mme Pinteau s'occupait honnêtement du ménage et du magasin. Lui, de son côté, se déclarait enchanté d'apprendre que *Le Cristal* donnait de fortes recettes et que toute la famille était en bonne santé. En vérité, ils vivaient si loin l'un de l'autre, elle dans l'agitation d'un commerce difficile et prospère, lui dans le calme de sa vieille maison, à La Chapelle-au-Bois, qu'il leur était de plus en plus malaisé de se comprendre et de s'émouvoir à distance. « Demain, je lui écrirai, se dit-elle. Élisabeth ajoutera quelques lignes à ma lettre. Il sera content. » Le jour naissait derrière la fenêtre ouverte. Amélie entendit les premières voitures à chevaux. Ce bruit de sabots l'entraîna vers une contrée confuse et agréable, où son esprit se dissipa.

Quand elle rouvrit les yeux, Pierre n'était plus auprès d'elle. Un air frais montait de la ville. Les boueux étaient au travail. Des poubelles tintaient, des voix rauques s'interpellaient dans un monde rajeuni. Un tramway passa. Avant de retomber dans le sommeil, Amélie écouta encore, comme chaque matin, le bruit sourd des guéridons que Pierre et Denis alignaient sur le trottoir.

# 6

EN rentrant de classe, à midi, Élisabeth passa derrière la caisse, pour embrasser sa mère, et reçut, à bout portant, cette question étonnante :

« Tu n'aurais pas rencontré Louise, par hasard ?

— Non, dit-elle. Pourquoi ?

— Hier soir, elle m'avait demandé la permission de prendre un moment pour s'acheter des chaussures aux Galeries Lafayette. Tonton Denis l'a vue partir à neuf heures, ce matin. Elle n'est pas encore revenue. Je pensais qu'elle était peut-être allée t'attendre à la sortie de l'école, après ses courses.

— Elle vient jamais !

— Je sais bien... C'était une supposition... Il ne faut tout de même pas trois heures pour s'acheter des chaussures ! Avec ça, rien n'est prêt pour le déjeuner ! »

Elisabeth fut comme enveloppée par le souffle de l'aventure. Le retard de la bonne bouleversait l'existence quotidienne de la maison et autorisait les supputations les plus extraordinaires. Elle s'écria :

« Tu veux que je fasse la cuisine à sa place ? Je saurai très bien !

— Non, mon poulet, dit Amélie. Tonton s'en occupe. Tu mangeras avec lui et papa.

— Et toi ?

— C'est déjà fait. Va vite te laver les mains. »

Il fallait une occasion exceptionnelle, comme celle qui venait de se présenter, pour qu'Élisabeth fût admise à déjeuner, en même temps que son père et son oncle, dans la réserve. La petite pièce, sans fenêtre, aussi fraîche qu'une cave, était imprégnée d'un parfum âcre et mielleux à la fois.

Sur les rayons de bois blanc, s'étageaient des boîtes de cigarettes, des paquets de tabac gris, des carottes de tabac à chiquer, des cornets de tabac à priser, des caisses de cigares, en bois léger, la *Flor de Fernandez,* couvertes d'étiquettes dorées. Il y avait à peine la place pour une table et trois chaises entre les murailles d'emballages multicolores, qui fascinaient le regard comme une exposition de cadeaux. L'oncle Denis avait préparé des œufs sur le plat, deux par personne, et réchauffé les macaroni de la veille. Mais, pour commencer, Élisabeth dut manger sa portion de viande crue sous l'œil vigilant de son père. Pendant le repas, il fut surtout question de la disparition de Louise. Quand les clients lui laissaient quelque répit, Amélie entrait dans la réserve pour s'assurer que sa famille ne manquait de rien. On la calmait : tout le monde avait bon appétit et bon moral; même la petite ne rechignait pas devant la nourriture. C'était vrai : excitée par la nouveauté de la situation, Élisabeth avait redemandé des pâtes. Le garçon rappelait Amélie en faisant sonner le timbre de la caisse.

Elle revenait au bout d'un moment, toujours soucieuse et bien coiffée. Comme on attaquait le fromage, elle dit :

« Vraiment, je commence à être très inquiète, Pierre. Si encore j'avais eu le sentiment qu'elle voulait nous quitter, qu'elle cherchait une autre place...

— Elle n'a peut-être pas osé te le dire !
— Toutes ses affaires sont dans sa chambre !
— Elle reviendra les prendre.
— Non ! Non ! Pour moi, il y a une histoire d'homme là-dessous !... »

Denis éclata de rire :

« Tu ne l'as pas regardée !
— La beauté n'est pas tout. Elle est jeune. Elle a, sans doute, des économies. Nous habitons un quartier si mal fréquenté !... »

Élisabeth eut l'impression que sa figure s'enflammait au-dessus de l'assiette où reposait une croûte de fromage. Elle était seule à savoir que Louise avait un amoureux. Ernest avait-il enlevé la bonne pour l'épouser, à l'exemple des princes charmants de *La Semaine de Suzette ?* Ou bien l'avait-il entraînée chez lui, ligotée et tuée, pour lui voler son sac à main ? Tour à tour, des images de bonheur idyllique et de mauvais traitements s'engouffraient dans l'esprit de la fillette. Prise entre le souci de ne pas trahir le secret de Louise et le désir d'aider ses parents à la retrouver, elle attendait avec impatience le moment de s'échapper vers l'école.

« Elle ne t'a rien dit, hier soir, Élisabeth ? demanda Amélie.
— Non, maman.
— Elle ne s'est pas plainte d'avoir trop de travail chez nous ?
— Non.
— Elle ne t'a pas parlé d'un rendez-vous ?
— Non. »

Chaque fois qu'elle ouvrait la bouche pour répondre, Élisabeth se sentait devenir plus faible et plus rougissante. Encore deux ou trois questions de ce genre, et elle avouerait tout ! Mais, de nouveau, la sonnette tinta.

« Voyez, caisse ! »

Amélie sortit, et la fillette, délivrée, se laissa aller sur le dossier de sa chaise. L'odeur du tabac lui piquait les narines. Elle éternua. L'oncle Denis dit :

« A tes souhaits! »

Soudain, il y eut un bruit de voix derrière la porte qui était restée entrouverte. Amélie appela :

« Pierre, Denis, venez vite! »

Élisabeth les suivit. Devant le comptoir, se tenaient deux agents de police, aux képis terribles.

« C'est au sujet de Louise, dit Amélie. Elle s'est grièvement blessée en sautant d'un tramway en marche. On l'a transportée à l'hôpital... »

***

Le lendemain matin, Élisabeth s'habilla rapidement, traversa, sur la pointe des pieds, la chambre où sa maman dormait encore, et descendit dans le café, pour prendre son petit déjeuner avant de se rendre à l'école. Il n'y avait que trois clients dans la salle. Papa rangeait des paquets de cigarettes sur les rayons de la caisse. Le garçon poudrait le plancher avec de la sciure de bois. Puis, il la balaya en contournant habilement les obstacles. Bientôt, chaque guéridon, chaque chaise reposa sur une petite plage blonde aux bords arrondis. Ce jeu artistique amusait beaucoup Élisabeth et elle regrettait qu'on lui défendît de s'y exercer. Denis l'installa à une table, près du comptoir. Depuis son réveil, elle songeait à la pauvre Louise, victime de son imprudence. Maman était allée à l'hôpital, hier, dans l'après-midi, et était revenue en disant que la bonne était dans un triste état et qu'il lui faudrait certainement plusieurs semaines pour se rétablir. Il était indispensable d'engager quelqu'un à sa place. Une personne jeune et alerte. Une Corrézienne de préférence.

« Comment crois-tu qu'elle sera, la nouvelle bonne?

demanda Élisabeth, pendant que Denis lui servait un verre de café au lait et des croissants.

— Un peu moins timbrée, j'espère! dit-il. Quelle idée de descendre d'un tramway en marche! Elle devait avoir la tête à l'envers. »

Élisabeth, sans le lui avouer, partageait son opinion : c'était sûrement parce qu'elle pensait trop à Ernest que Louise avait manqué le marchepied. Des clients entrèrent. Denis retourna au comptoir. L'un des nouveaux venus commanda un petit blanc et s'écria :

« Alors, patron, voilà qu'on vous fait de la réclame dans *Le Petit Parisien* maintenant!

— Quelle réclame? demanda Pierre.

— Vous n'avez pas vu? On parle de vous dans le journal, ce matin, à cause de votre bonne.

— C'est pas possible!

— Lisez vous-même. »

Le client tira un journal de sa poche et l'étala sur le zinc. Pierre, Denis, le garçon, se rapprochèrent de la feuille ouverte. D'autres consommateurs se joignirent au groupe :

« Là... Vous voyez... A la rubrique des accidents de la rue... »

Élisabeth bondit de son siège et se précipita derrière le comptoir. Mais, même en se dressant sur la pointe des pieds, elle ne pouvait pas déchiffrer le texte. Des mains d'homme s'interposaient entre son regard et la page imprimée. Chacun s'emparait du journal et le tournait pour le lire plus commodément :

« Par exemple! Une fracture du bassin! Eh bien, mon vieux!...

— Le bassin, pour une femme, ça ne pardonne pas! »

Élisabeth tira son oncle par le bras :

« Montre-moi, tonton!... Montre-moi!... »

Enfin, les clients retournèrent à leurs consommations et Élisabeth put accaparer le journal dont personne ne voulait plus. Ses yeux coururent immédiatement à l'endroit marqué par un trait d'ongle :

« M^lle^ Louise Goupil, travaillant comme bonne à tout faire chez M. et M^me^ Mazalaigue, tenanciers du café *Le Cristal,* boulevard Rochechouart, a fait une chute accidentelle en essayant de descendre d'un tramway avant l'arrêt complet de la voiture. Traînée sur quelques mètres, elle a été relevée avec une fracture du bassin et des contusions multiples, et transportée d'urgence à l'hôpital Lariboisière, où son état a été jugé grave. »

N'ayant jamais songé que la bonne eût un nom de famille, Élisabeth avait de la peine à identifier la fille blonde, mollassonne et malpropre qu'elle avait connue avec cette M^lle^ Louise Goupil, dont *Le Petit Parisien* parlait en termes solennels. De même, il lui paraissait incroyable que son père et sa mère fussent cités en toutes lettres dans une feuille que des milliers de gens liraient avant ce soir. Elle caressait du regard la ligne qui les concernait : « M. et M^me^ Mazalaigue, tenanciers du café *Le Cristal...* » Un sentiment de fierté s'empara d'elle à l'idée qu'aucune de ses petites amies ne pouvait se prévaloir d'une chance pareille. Si elle apportait la preuve de cette distinction, elles en seraient mortellement jalouses. Tremblant d'impatience, elle jeta les yeux autour d'elle pour être sûre que nul ne prenait garde à ses mouvements, se saisit du journal, en arracha la page intéressante, la plia en quatre, en huit, et la glissa dans la poche de son tablier.

« Tu n'es pas encore partie? demanda Denis.

— Je ne sais plus où j'ai mis mon cartable...

— Dépêche-toi. Tu vas être en retard! »

Elle arriva, hors d'haleine, à l'école, au moment où les élèves se rangeaient deux par deux pour entrer en classe. Son désir de les étonner était si vif, qu'elle regrettait de leur avoir parlé, la veille, de l'accident de Louise. Mais, somme toute, l'événement lui-même était moins important que la relation qui en était faite dans le journal. Elle souffrit jusqu'à la récréation d'avoir à dissimuler son émoi derrière un maintien appliqué. De temps à autre, pour se soulager, elle poussait du coude Madeleine, sa voisine, et chuchotait :

« Tout à l'heure!... J'ai des choses à te dire!... C'est fou!... »

La maîtresse la rappela à l'ordre, parce qu'elle s'agitait sur son banc au lieu de s'intéresser aux affluents de la Loire. Enfin, la cloche tinta, les portes s'ouvrirent, et toutes les salles se vidèrent dans la cour caillouteuse et ensoleillée. Immédiatement, un cercle se forma autour d'Élisabeth, qui avait tiré le feuillet imprimé de sa poche. Elle lut le texte, une fois, deux fois, dix fois, sans se lasser, devant un auditoire continuellement grossi, dont la bousculade et les exclamations témoignaient de la passion unanime que suscitait cette affaire. Même l'insolente Gilberte, si fière d'avoir des parents qui étaient bandagistes-orthopédistes (presque des docteurs!), avait de la peine à cacher sa surprise sous un masque indifférent. Madeleine et Claire soutenaient Élisabeth dans son triomphe :

« Je vais demander à papa si c'est aussi dans *Le Matin!*

— Sûrement que ça y est! Si c'est dans un, c'est dans tous!

— Peut-être même qu'il y en aura plus long!

— Tu te rends compte, si tu avais été avec elle, quand elle est tombée, on aurait aussi parlé de toi!

— Tu me passes le journal pour que je le montre à la maison? »

Élisabeth allait répondre qu'elle ne pouvait se

dessaisir d'un document aussi précieux, quand Claire, qui se tenait derrière elle, lui effleura la tête du bout des doigts et dit :

« Oh ! Élisabeth ! Qu'est-ce que tu as là ?

— Où, là ?

— A l'endroit où je touche. Il te manque des cheveux. Ça fait un petit rond blanc... »

# 7

LE docteur Brouchotte fut formel : il s'agissait d'une pelade. Cette maladie d'origine nerveuse étant très délicate à soigner, le médecin conseillait d'amener l'enfant à l'hôpital Saint-Louis, où elle serait examinée par le professeur Étienne, grand spécialiste des questions dermatologiques. Le fait que la consultation se déroulerait, peut-être, dans un amphithéâtre ne devait pas inquiéter Amélie. Le professeur, pour qui elle aurait une lettre de recommandation, était d'une bienveillance proverbiale.

Malgré cette assurance, Amélie fut aussi impressionnée qu'Élisabeth en pénétrant dans la vaste cour de l'hôpital, bordée de vieux bâtiments à deux étages, aux toits plongeants de tuiles brunes. Des messieurs en blouses blanches passaient dans une allée. Elle leur demanda son chemin. Ils la renseignèrent aimablement et plaisantèrent avec Élisabeth. Mais celle-ci était trop émue pour leur répondre. Plus loin, elles rencontrèrent une troupe de garçons et de filles, qui marchaient en rangs, des cahiers sous le bras. Les garçons portaient un tablier bleu à carreaux, les filles, un tablier rose. Leur crâne rond était coiffé d'une calotte dont la couleur était assortie à celle de leur vêtement. Une infirmière les conduisait. Amélie l'arrêta pour lui demander si elle emmenait ces enfants à l'amphithéâtre.

« Non, madame, dit l'infirmière. Ils vont à l'école.

— A l'école?

— Oui, ce sont les petits teigneux de l'hôpital Saint-Louis. Nous les gardons en pension pendant la durée du traitement. »

Élisabeth frémit à l'idée que, peut-être, on allait la séparer de sa maman, l'habiller d'un tablier rose et l'enfermer avec les petits teigneux pendant des mois.

« Maman, je veux rentrer, dit-elle.

— Sois raisonnable, dit Amélie. De quoi as-tu peur? Ces enfants ont une maladie contagieuse. Voilà pourquoi on ne les laisse pas sortir. Toi, c'est autre chose... »

A demi rassurée, Élisabeth serra fortement la main de sa mère, comme pour affirmer son intention de demeurer toujours avec elle.

Quand elles arrivèrent enfin dans la salle d'attente, une quinzaine de malades y étaient déjà installés sur des bancs de bois. Elles s'assirent peureusement au bout de la rangée. Une infirmière inscrivit leurs noms sur une fiche, s'éloigna d'un air important et revint avec un jeune monsieur en blouse blanche. Il lut la lettre du docteur Brouchotte, posa quelques questions à Amélie, promena sa main sur la tête d'Élisabeth, lui fit ouvrir la bouche, regarda ses dents, réfléchit et conclut :

« D'accord, on va la montrer au patron. »

Puis, il s'en alla. Les malades restèrent entre eux. Collée au flanc de sa mère, Élisabeth observait à la dérobée tous ces gens qui, comme elle, voulaient voir le professeur. Il y avait là des hommes, des femmes, des enfants, aux regards tristes, aux vêtements pauvres. A côté de maman, une forte matrone, qui sentait le poisson, avait le bas de la figure couvert de craquelures rouges. Un vieillard baveux, le nez bourgeonnant, la bouche en dentelle, dissimulait sa gêne en lisant le journal. Un garçon, de l'âge d'Élisabeth, tournait dans tous les sens son museau pointu chargé de croûtes sanguinolentes. Une jeune fille se grattait sous les bras et des tics nerveux secouaient ses lèvres. On parlait à voix basse, entre voisins. On se racontait des histoires de mauvaise santé et de frais pharmaceutiques. Mais personne n'adressait la parole à Élisabeth et à sa mère. Peut-être étaient-elles trop bien habillées? Pour venir à l'hôpital, Amélie avait mis sa belle robe bleue et fait revêtir à sa fille la blouse blanche et la jupe en tissu écossais, qui, d'habitude, ne servaient que le dimanche. Subitement, Élisabeth eut l'impression que son corps lui démangeait. Parquée avec ces inconnus aux faces rongées, fendillées, purulentes, elle sentait toutes leurs maladies sur sa peau. Comme elle se dandinait sur le banc, Amélie murmura sévèrement :

« Veux-tu rester tranquille! »

La matrone, qui était assise à la droite d'Amélie, sortit de sa réserve et demanda :

« Qu'est-ce qu'elle a, votre petite?

— La pelade, répondit Amélie en rougissant.

— C'est rien ça! Moi, j'ai de l'herpès génital récidivant... »

Elle prononça ces mots avec fierté et ajouta dans un soupir :

« Ça me tient depuis des années! Il y a des jours où j'ai envie de tout casser, je vous jure! Si je vous disais, ma bonne dame, que c'est la troisième fois que je passe au cirque et que c'est toujours le même boniment pour rien!... »

Au mot de « cirque », Élisabeth dressa l'oreille. Également intriguée, Amélie demanda :

« De quel cirque parlez-vous, madame?

— C'est comme ça qu'ils appellent l'amphithéâtre! »

Elle n'en dit pas davantage, car l'infirmière venait la chercher sur l'ordre du professeur. D'autres malades la suivirent à l'appel de leur nom. Chaque fois que la femme en blanc surgissait, sa liste à la main, Élisabeth avait un grand battement de cœur, qui la laissait étonnée, affaiblie. Cependant, elle avait moins peur depuis qu'elle savait que l'amphithéâtre était une manière de cirque. Pour se donner du courage, elle imaginait même, sans oser le croire vraiment, qu'on s'y amusait, qu'on jouait la comédie, qu'on y voyait des clowns et des animaux. Amélie était pâle, les traits tirés. Elle gémit :

« Que c'est long, mon Dieu! Que c'est long! »

Enfin, ce fut leur tour. Avant de passer la porte, Amélie, par un réflexe maternel de la dernière minute, défripa la jupe d'Élisabeth, arrangea son col et lissa ses cheveux sur ses oreilles. L'infirmière s'impatientait :

« Alors, vous venez? »

Elles débouchèrent dans une immense salle ronde, dont les gradins étaient garnis de spectateurs. En bas, un vieux monsieur barbu était assis à une table. Derrière lui, se tenaient d'autres messieurs, moins âgés et sans barbe, qui devaient être ses aides. Tous portaient une blouse blanche et avaient un air déférent. Le professeur offrit une chaise à Amélie et attira Élisabeth contre ses genoux. Écœurée par la crainte, elle entendait à peine les mots gentils qu'il lui disait pour la rassurer :

« Comment t'appelles-tu? Tu vas à l'école? Tu travailles bien?... »

Tout en parlant, il se penchait sur l'enfant et l'examinait à travers ses lunettes. Elle sentait ses doigts durs qui couraient dans ses cheveux. Un souffle de fumeur lui caressait les narines. Des centaines de regards convergeaient sur sa pelade qu'elle eût tant voulu cacher! Après la fille, le professeur interrogea la mère. Amélie répondit très vite, sur un ton humble, fautif, qu'Élisabeth ne lui connaissait pas. A plusieurs reprises, le professeur appliqua sa main en cornet contre son oreille et dit :

« Plus fort, madame, je vous entends mal. »

Puis, il se tourna vers son auditoire et se mit à discourir d'une voix puissante. Des postillons volaient hors de sa barbe et scintillaient dans la lumière. Sans rien comprendre à ces histoires d' « époque prépubertaire » et de « système endocrinien », Élisabeth devina qu'il s'agissait d'elle. Affolée, elle pensa à M. Loyal, qui présentait des clowns sur la piste. Elle était vraiment dans un cirque, mais cette fois, passant de l'autre côté de la barrière, elle avait pris la place de Bubu. Un moment, elle craignit d'entendre des rires. Non. Tout le monde était sérieux. L'un de ceux qui étaient assis sur les gradins leva la main et demanda des explications complémentaires. Le professeur l'invita à descendre pour voir de près les trois plaques de pelade que l'enfant portait sur sa tête. D'autres spectateurs se joignirent au mouvement. Pendant que ces étrangers s'approchaient d'elle, Élisabeth chercha un encouragement dans les yeux de sa mère. Mais elle l'aperçut si modeste, si petite, si triste dans son coin, qu'au lieu d'en avoir du réconfort elle sentit redoubler sa détresse.

« Agenouille-toi, dit le professeur. Mets ta tête entre mes genoux. »

Elle obéit. Deux cuisses chaudes lui comprimèrent les oreilles. Devant ses yeux, il n'y avait plus que l'étoffe noire d'un pantalon.

« Vous constaterez, reprit le professeur, qu'à la limite de la plaque de pelade se trouve une rangée de cheveux droits, très caractéristiques, en points d'exclamation. »

Élisabeth défaillait de honte à la pensée qu'elle

avait des points d'exclamation en guise de cheveux. Elle eût voulu se dérober, mais les cuisses du médecin la maintenaient en place. Quinze personnes au moins se penchaient sur son crâne. D'autres arrivaient encore, poussées par une curiosité déplaisante. Le plancher craquait sous leurs pas.

« A présent, dit le professeur, promets-moi de rester bien tranquille.

— Oui, monsieur, balbutia-t-elle en se défendant de pleurer.

— Tu verras, je ne te ferai pas mal.

— Non, monsieur... »

Elle avala son souffle et attendit. Une main leste s'abattit sur sa tête et arracha les cheveux morts, par pincées, sans qu'elle en éprouvât la moindre douleur. Quand ce fut fini, le professeur écarta les genoux, ordonna à Élisabeth de se relever et lui montra des touffes de poils par terre. Elle perçut la fraîcheur de l'air aux endroits où son cuir chevelu avait été dénudé. L'idée qu'elle était devenue chauve l'emplit de désespoir. Un sanglot monta dans sa gorge. Des larmes voilèrent son regard. Elle entendit confusément un monsieur qui disait :

« Pourquoi pleures-tu? On a enlevé tout ce qui était mauvais. Maintenant, on va te soigner, te guérir. Tes cheveux repousseront... »

Elle ne voulait pas le croire. Quelqu'un badigeonna ses plaques de pelade avec une pommade grasse, qui sentait les œufs pourris. Les spectateurs regagnèrent leurs bancs. Le professeur dicta une ordonnance et l'un de ses assistants l'écrivit avec rapidité. On remit le papier à Amélie. Sûre d'être défigurée pour le restant de ses jours, Élisabeth ne comprenait pas que sa maman remerciât tout le monde, d'une voix émue, en reculant vers la porte. Quand elles se retrouvèrent dans le couloir, la fillette s'adossa au mur, serra les poings et cria :

« Maintenant, je suis laide, laide, laide!... C'est ta faute!... »

Honteuse de ce tapage, Amélie mit un doigt sur ses lèvres et chuchota :

« Veux-tu te taire! »

Alors seulement, Élisabeth remarqua que sa mère avait les larmes aux yeux.

# 8

ELISABETH eût souhaité ne pas se montrer en public jusqu'à sa guérison, mais dès le lendemain de sa visite à l'hôpital Saint-Louis, Amélie voulut qu'elle retournât à l'école. La maîtresse avait été avisée entre-temps par un billet du docteur Brouchotte, que la maladie de l'enfant n'était pas contagieuse. Son apparition dans la classe n'en provoqua pas moins un effet de stupeur. Des murmures méchants fusaient de tous les coins : « Elle a la pelade... La pelade !... » Malgré l'attestation du médecin, l'institutrice était pour la prudence. La tête partiellement déplumée, les joues pourpres, l'œil brillant de défi, Élisabeth se vit assigner une place de pestiférée au fond de la salle. Pendant toute la durée du cours, ses compagnes la dévisagèrent en chuchotant, en ricanant. Isolée dans le malheur, elle n'avait d'autre ressource que de leur tirer la langue en signe de mépris. Cela lui valut une punition qu'elle jugea imméritée. La récréation lui apporta un surcroît de dépit : ses meilleures amies la fuyaient. Même Claire et Madeleine affectaient d'ignorer sa présence et jouaient éperdument à chat perché avec les autres. Plus tard, elle crut les retrouver à la sortie de l'école, mais elles partirent sans l'attendre. Elle les aperçut, se dépêchant, courant dans la rue, de crainte qu'elle ne les rejoignît. Alors, elle pensa aux *sem-sem* qu'elle leur avait donnés la semaine précédente. Tant d'ingratitude la révoltait. En rentrant au café, elle se jeta dans les bras de sa mère pour lui raconter son chagrin. Amélie avait des clients à servir et la repoussa en murmurant :

« Non, Élisabeth! Tu vois bien que je suis occupée! »

Quand Élisabeth put enfin lui parler, ce fut pour s'entendre dire qu'elle avait tort de prêter attention aux moqueries de quelques petites sottes et qu'elle n'arriverait à rien dans la vie si elle ne montrait pas plus de courage dans l'adversité.

Après avoir déjeuné avec son père et l'oncle Denis, elle reprit le chemin de l'école, inconsolable, solitaire et préparée aux pires affronts. Le supplice continua pendant plusieurs jours. L'odeur de la pommade à l'huile de cade, appliquée chaque soir, en massage, l'écœurait. Le matin, elle devait se laver la tête à l'eau chaude et au savon sulfureux. Il y avait, en plus, des médicaments à avaler, qui étaient tous très amers. Cependant, ses cheveux ne repoussaient pas. Ses amies s'obstinaient à la tenir en quarantaine. Les plus perfides se pinçaient le nez en la rencontrant. Elle n'attendait plus rien de l'existence, lorsqu'un vendredi soir, en revenant de classe, elle apprit une nouvelle qui l'enchanta. Ses parents avaient engagé une bonne. Elle avait dix-neuf ans, s'appelait Clémentine, était originaire de Brive et se présentait de la part du boucher, qui connaissait ses anciens patrons. C'était parce qu'ils avaient divorcé qu'elle avait perdu sa place. Elle en avait fait deux autres auparavant. Ses certificats étaient honnêtes. Sa santé paraissait robuste. Bien qu'ayant quitté le pays très jeune, elle savait quelques mots de patois. Ce détail était apprécié à sa valeur par toute la famille. Pour l'instant, Clémentine était en train de s'installer dans son réduit. Élisabeth se précipita pour la voir.

Maman avait raison : c'était vraiment quelqu'un qui inspirait confiance. Rien de commun avec l'épaisse Louise, à l'œil de veau et aux blouses sales. Celle-ci était brune, menue, proprette, le nez retroussé, le regard malicieux et la bouche fraîche. Plaisante sans être jolie, gaie sans être familière, elle donnait l'impression d'avoir été créée pour apporter l'ordre et la joie dans les intérieurs désorganisés. D'emblée, elle sympathisa avec Élisabeth qui, disait-elle, lui rappelait une cousine qu'elle aimait bien. Elle n'eut même pas l'air de remarquer les plaques de pelade. Pour lui éviter une surprise désagréable dans l'avenir, Élisabeth lui fit spontanément l'aveu de son infirmité. Clémentine se mit à rire : « Tu me donneras la pommade. C'est moi qui te soignerai. Dans trois semaines, il n'y paraîtra plus ! » Puis, passant à son tour aux confidences, elle s'accusa de n'être pas très bonne cuisinière :

« J'espère que ta maman n'est pas trop difficile !

— Oh ! non ! s'écria Élisabeth. D'ailleurs, je t'apprendrai. On t'apprendra tous !... »

En attendant de pouvoir la secourir de ses conseils devant le fourneau, elle l'aida à ranger son linge, pauvre, mais net, dans la commode. Ensuite, elle l'amena dans sa chambre, pour lui montrer tous ses jouets, à commencer par Constantin et finir par les accessoires de cotillon. La bonne fut émerveillée. Élisabeth se retint pour ne pas l'embrasser. L'essentiel, à présent, était de convaincre maman que Clémentine était irremplaçable. Or, maman ne demandait qu'à le croire. Dès l'abord, elle se révéla plus compréhensive, plus patiente, avec sa nouvelle bonne qu'elle ne l'avait été avec les précédentes. En deux jours, elle lui enseigna la meilleure façon de repasser le linge, de récurer les casseroles, de nettoyer l'argenterie au blanc d'Espagne, de garder son évier propre, de cuire une grillade sans encrasser la poêle et de tenir son carnet d'achats.

Clémentine avait des dispositions pour tous les travaux du ménage et son zèle était infatigable. Toujours de bonne humeur et soigneusement habillée, elle n'omettait pas de dire « Madame » quand elle s'adressait à maman, « Monsieur » quand elle s'adressait à papa et « Monsieur Denis » quand elle s'adressait à tonton, ce qui était assez rare. Amélie voyait dans cette discrétion le réflexe d'une vraie jeune fille, éduquée selon les principes d'autrefois. « Ou je me trompe fort, disait-elle, ou cette petite, bien dirigée, nous rendra de grands services. »

En entendant des compliments de ce genre, Élisabeth se sentait aussi flattée que s'ils lui eussent été destinés personnellement. Le plaisir qu'elle prenait à bavarder avec Clémentine l'aidait à supporter la trahison de ses amies de classe. D'ailleurs, les vacances étaient proches. Bientôt, les cours furent remplacés par des séances de lecture à haute voix et de dessins d'imagination. Plus de leçons, plus de devoirs. Les meilleures élèves s'excitaient à la perspective de la distribution des prix et supputaient leurs chances. Pour Élisabeth, qui était parmi les dernières, cette cérémonie ne présentait pas le même intérêt.

Il faisait très chaud. Les forains installaient leurs baraques sur le boulevard Rochechouart. Le samedi 5 juillet, la fête commença. Du jour au lendemain, toute la rue fut vouée aux musiques discordantes des carrousels, aux harangues monotones des camelots, aux pétarades des tirs et aux hurlements hystériques des filles sur les grandes balançoires à vapeur. Le vacarme s'apaisa un peu à l'heure du dîner et reprit, avec une violence accrue, à la tombée de la nuit. Mille lumières brillaient sous les arbres du terre-plein. *Le Cristal* ne désemplissait pas. Juste en face du café, tournait un manège de cochons roses. Quand

Clémentine eut fini de laver la vaisselle, Élisabeth l'entraîna vers la fenêtre de sa chambre. Elles s'accoudèrent, côte à côte, pour regarder la ronde des montures placides, au groin hilare et à la queue en tire-bouchon. Quelques couples les chevauchaient gaiement, la dame devant, le monsieur derrière. Mais il y avait surtout des femmes seules. Elles étaient assises à califourchon, la jupe troussée, la jambe pendante dans un bas de soie. Certaines n'avaient pas de chapeau. Elles gloussaient comme des folles en renversant la tête. Parfois, quand le manège s'arrêtait, un homme se détachait de la foule des badauds, gravissait l'estrade, rejoignait l'une des cavalières et l'enlaçait pour la protéger contre le vertige. Ils faisaient plusieurs tours ensemble. La femme riait, encore, mais sur un autre ton. Puis, on ne les voyait plus.

« Regarde la grosse blonde en robe verte qui est encore seule ! soupira Élisabeth. C'est drôle qu'aucun monsieur ne vienne la chercher ! Elle tourne, elle tourne, et rien du tout !

— Elle n'est peut-être pas assez belle, dit Clémentine.

— Louise non plus n'était pas belle, et pourtant elle avait un amoureux. T'as un amoureux, toi ?

— Non.

— Pourquoi ?

— Parce que ça ne s'est pas trouvé !

— Mais tu en aurais envie ? »

Clémentine eut un rire étouffé et coucha sa joue sur son épaule :

« Tu as de ces questions ! »

Élisabeth lui lança un regard soupçonneux :

« Tu peux tout me dire, tu sais. Louise me disait tout. Tiens ! Ça y est !... La dame verte est avec un monsieur... Il est plus petit qu'elle... Il la tient serrée... C'est rigolo!... Si tu allais sur le manège, je suis sûre que, du premier coup, tu aurais quelqu'un!

— Ah! oui? Tu te figures ça!

— Elles sont moins bien que toi, les autres. Tu as de jolis yeux, un joli nez... Vas-y, et moi je te regarderai faire! »

Les femmes, dans les balançoires à vapeur, glapissaient de plus en plus fort, la tête en bas, prêtes à rendre l'âme.

« En fait de manège, je crois que je vais te coucher et aller me coucher moi-même, dit Clémentine.

— Tu pourras pas dormir : il y a trop de bruit! »

Clémentine bâilla et releva ses cheveux sur sa nuque, d'une main paresseuse. Son visage, éclairé par en bas, était rose comme une poterie. Élisabeth lui prit le bras.

« Pousse-toi un peu, murmura Clémentine, j'ai trop chaud.

— Tu dirais pas ça si j'étais un monsieur, répliqua Élisabeth. Comment le voudrais-tu, ton fiancé? Grand, brun?

— Oui, grand, brun, dit Clémentine.

— Avec des cheveux frisés?

— Pourquoi pas?

— Moi, comme j'ai les cheveux raides, je n'aimerais pas que mon fiancé ait les cheveux frisés. Ce serait lui qui aurait l'air de la fille!

— Tu as le temps d'y penser, dit Clémentine. Allons! déshabille-toi! Sinon, ta maman va monter et elle me grondera parce que tu es encore debout.

— Pas de danger qu'elle monte, avec tous les clients qu'il y a ce soir! Tu la trouves belle, ma maman?

— Très belle.

— Et gentille?

— Très gentille.

— Elle aussi te trouve gentille. Tout le monde,

chez nous, te trouve gentille. Tu as un papa, une maman?

— Oui.

— Ils sont où?

— A Brive.

— Qu'est-ce qu'ils font?

— Papa est employé dans une usine de conserves.

— Pourquoi tu les as quittés?

— Pour gagner ma vie. »

Élisabeth se laissa dévêtir avec docilité. Quand elle eut fini sa toilette, Clémentine lui badigeonna ses plaques de pelade avec l'affreuse pommade noire. Sous les doigts de la bonne, ces soins fastidieux devenaient une caresse. Au moment d'enfiler sa chemise de nuit, la fillette se ravisa :

« J'aime mieux dormir nue. Ça ne t'ennuie pas?

— Pourquoi veux-tu que ça m'ennuie?

— J'avais peur que tu ne trouves pas ça convenable », dit Élisabeth.

Alanguie de bonheur, elle se mit au lit, empoigna Constantin et dit encore :

« Tu me donnes un baiser? »

Clémentine l'embrassa sur les deux joues. Élisabeth ouvrit les narines. La nouvelle bonne sentait l'orange et le savon de Marseille.

« Bonne nuit, Clémentine.

— Bonne nuit, Élisabeth.

— Il y a combien de jours que tu es chez nous?

— Dix jours.

— Il me semble que c'est des années! »

Elle ferma les yeux. Clémentine éteignit la lampe et se retira dans sa chambre. Restée seule, Élisabeth s'assoupit en écoutant les musiques de la foire, les cris des gens qui s'amusaient dehors. La chaleur l'incommodait. Elle rejeta sa couverture. Plus tard, des pas visitèrent son sommeil. C'étaient son père et son oncle Denis qui montaient se coucher, laissant

Amélie, Maurice et un extra s'occuper de la salle. Il devait être onze heures, onze heures et demie... Elle se retourna et coula, de nouveau, dans le noir. Au bout d'un temps assez long, un chuchotement l'éveilla tout à fait. Cela venait de la chambre de Clémentine. Des mots précipités filtraient à travers le bois de la porte :

« Laissez-moi!... Allez-vous-en!... Allez-vous-en, je vous en prie!... »

Effrayée, Élisabeth se dressa sur son séant et appela :

« Clémentine! »

La voix se tut. On n'entendit plus que la musique du manège. Élisabeth répéta plus fort :

« Clémentine! Qu'est-ce qu'il y a?

— Rien, dit Clémentine.

— Tu parles toute seule?

— Oui.

— Tu as fait un mauvais rêve?

— C'est ça.

— Tu n'es pas bien?

— Si.

— Tu veux que je vienne?

— Non, ne viens pas. Dors. Moi aussi, je vais dormir. »

Elle parlait sur un ton bizarre, saccadé, essoufflé. Son sommier grinça.

« Bonne nuit, Clémentine.

— Bonne nuit, Élisabeth. »

***

Denis poussa un soupir de soulagement. Dans la pénombre, devant lui, les yeux de Clémentine luisaient, agrandis par la crainte. Elle tirait le drap à deux mains, pour cacher le haut de son corps. Sa figure était posée drôlement sur cette pyramide blanche. Le lit occupait les trois quarts de la chambre. Longtemps, ils restèrent immobiles, silencieux. Denis était lui-même effrayé par la hardiesse de son entreprise. Comment avait-il osé descendre de sa mansarde, ouvrir la porte sur le palier, s'avancer à tâtons vers cette jeune fille qui ne l'attendait pas? Qu'allait-il faire si elle persistait dans son refus et menaçait d'ameuter la maison? Il chuchota :

« Ça y est! Elle s'est rendormie.

— Allez-vous-en! » reprit Clémentine d'une voix suppliante.

Plus elle protestait, plus il avait envie d'elle. Il bégaya :

« Pourquoi?... C'est pas gentil!... Faut pas être comme ça avec moi, Clémentine!...

— Je n'ai pas à être autrement. Je ne vous ai pas dit de venir. Partez, monsieur Denis, je vous en prie!... »

Il se rapprocha :

« Vous ne m'avez pas dit de venir, mais vous m'avez regardé comme si vous le pensiez!

— Quand?

— Cet après-midi, en desservant la table.

— C'est pas vrai!

— Si. Les yeux dans les yeux. J'en étais tout retourné. Et vous aussi. Vous êtes devenue rouge. On s'est compris...

— Il n'y avait rien à comprendre.

— Vous aviez l'air d'accord!

— Pas pour ça!

— Alors, il ne fallait pas me regarder de cette façon. C'est votre faute. Vous êtes trop jolie, Clémentine. Depuis que vous êtes ici, tout est changé! Ce soir, ça a été plus fort que moi. J'ai voulu vous voir. Vous n'aviez pas fermé votre porte à clef.

— J'ai oublié...

— Vous êtes sûre d'avoir oublié?

— Oui.

— Quelquefois, on croit avoir oublié et on n'a pas tout à fait oublié.

— Monsieur Denis... Si Madame savait!...

— Elle ne saura rien.

— Et Élisabeth, à côté.

— Elle ne nous entend pas... Elle est dans ses rêves... Ma petite Clémentine!... Ma petite Clémentine!... »

Il mit un genou sur le bord du sommier. Ses deux mains s'appliquèrent sur les épaules de la jeune fille. Elle avança la tête. Leurs lèvres furent promptes à se trouver dans l'ombre. Tout en embrassant Clémentine, Denis tirait sur le drap pour la découvrir. Elle résistait. Soudés l'un à l'autre, ils se disputaient un morceau de toile. Subitement, elle lâcha prise. Derrière, il y avait la chemise de nuit, chaude et froissée. Il voulut la lui enlever. Ses doigts tremblaient. Il était bête, gonflé, maladroit, prêt à éclater d'impatience. Sa bouche répétait entre deux baisers :

« Ma petite... ma petite... »

Une couture se déchira. Clémentine gémit :

« Oh!

— C'est rien! » dit-il.

Elle était nue. Son odeur n'était pas celle de Lucie, plus douce, plus pénétrante. Il promena ses mains sur les seins, le ventre, les cuisses, qui s'offraient à lui sans combat. Tout était différent. Tout était neuf. Tout était mieux. Étourdi par son succès, il se coucha sur elle. Clémentine tressaillit et serra les jambes.

Elle était vierge et il dut la consoler après l'avoir assez mal possédée. Collée à lui dans le lit sec et étroit, elle pleurait, elle disait qu'elle était perdue. Il la reprit avec passion pour la convaincre qu'il n'en était rien. Puis, ils se tutoyèrent. Elle osa même le toucher. Il exultait. Clémentine était incomparable. Elle le vengeait de Lucie qui, en ce moment, dormait avec son employé des wagons-lits. Enfin, il avait trouvé la solution idéale. Son bonheur agrandissait la chambre, supprimait les voisins. Ce qu'il avait connu jadis n'était pas le véritable amour. C'était maintenant, pour la première fois, qu'il pouvait se dire le maître d'une femme. Il se sépara d'elle à trois heures du matin.

Dix minutes plus tard, Amélie, ayant fermé le café et vérifié la caisse, monta au deuxième étage. Clémentine l'entendit passer devant sa porte. Une lumière brilla derrière le grillage du trou d'aération. L'eau coula dans le cabinet de toilette. Mais la jeune fille était attentive à un autre bruit. Au-dessus de sa tête, dans la mansarde, Denis, ne pouvant se résoudre à dormir, marchait de long en large, à pas lents.

# 9

JUCHÉ au sommet de l'échelle, Denis accrochait à la rosace du plafond une guirlande bleu, blanc, rouge, dont l'autre extrémité était fixée au-dessus de la caisse. Amélie, debout dans la salle, dirigeait les opérations.

« C'est mieux comme ça, dit-elle. Autrement, il y avait un creux. Remonte un peu le bout, à ta gauche. Là, n'y touche plus! »

Élisabeth battit des mains. Parties des quatre coins du café, des chenilles souples, découpées dans du papier de couleur, convergeaient vers le même point et s'y terminaient par une touffe feuillue. D'autres chenilles couraient le long des murs, en suivant le cadre des glaces. D'autres encore habillaient le bord de la marquise. De tous côtés, pendaient des lampions bigarrés en forme de boules ou d'accordéons. Denis descendit de l'échelle pour juger de son œuvre.

« C'est encore plus beau que l'année dernière! » dit Élisabeth.

Bien qu'il fût déjà onze heures du matin, il n'y avait que huit clients au *Cristal,* dont trois à l'intérieur et cinq à la terrasse. Mais ce calme relatif n'inquiétait pas Amélie. Chaque fois, le 14 juillet, il en était ainsi. Les gens se réservaient pour le soir. En 1923, on avait fait quatre mille deux cents francs de recette en quarante-huit heures. Cette année, il fallait essayer d'atteindre les cinq mille. Malheureusement, l'exiguïté du trottoir ne permettait pas d'installer un orchestre à l'extérieur. En prévision d'une grande affluence, le personnel avait été complété par un plongeur et un garçon. Ils cassaient la croûte, dans la réserve, en attendant les premières vagues d'assaut. Puis, ce fut au tour des patrons de se restaurer. Tout le monde devait être aux postes de combat pour midi. Élisabeth et la bonne déjeunèrent rapidement dans la cuisine. Pour rendre service à Madame, Clémentine avait accepté de prendre sa demi-journée de congé le jeudi suivant. Quelques habitués se présentèrent à l'heure de l'apéritif. Ils félicitèrent Amélie pour l'arrangement de la salle. Elle souriait, remerciait, belle et majestueuse, dans sa robe de crêpe de Chine bleu, soulignée, aux manches et à l'encolure, par de fines chicorées en ruban blanc. Pierre était indigné parce que la revue du 14 juillet avait été décommandée en raison de la forte chaleur :

« Vous avez lu les journaux? Qu'est-ce que ça signifie? « Risques d'insolation! Épreuve épuisante pour les jeunes recrues! » Ce n'est plus une armée, mais une pouponnière! On ne prenait pas autant de précautions avec nous autres! Remarquez bien que, la revue, je m'en fous! C'est pour le principe! »

La plupart des clients l'approuvaient : ce n'était pas avec des procédés pareils qu'on forgerait des hommes dignes de leurs aînés. D'autres, cependant, estimaient que ces défilés militaires ne servaient à rien et coûtaient trop cher aux contribuables. Le débat menaçant de s'envenimer, Denis intervint pour aiguiller la conversation sur les derniers résultats du Tour de France. Après avoir critiqué les décisions du général Nollet, on s'extasia sur les exploits de Bottecchia, de Buysse, d'Alavoine, on déplora l'abandon des frères Pélissier. La chaleur et le tintamarre de la foire excitaient la soif des consommateurs. Dès quatre heures de l'après-midi, le gros de la foule arriva. Tous les sièges étant occupés à la terrasse, les gens refluaient vers l'intérieur. Les femmes se repoudraient, les hommes s'éventaient avec leurs chapeaux. Trois personnes attendaient à la porte des cabinets. La bière marchait bien. Le petit blanc, frais et léger, venait derrière, suivi à courte distance par les apéritifs à l'eau et la limonade. Élisabeth, qui était en vacances depuis la veille, essayait de se maintenir au comptoir. Elle avait mis sa plus jolie robe et s'était coiffée de façon à cacher les traces de pelade en rabattant ses cheveux de biais, par-dessus. Les habitués la reconnaissaient, lui adressaient deux mots. Elle était ravie de son importance. Mais Amélie trouva qu'elle gênait le service et la renvoya nerveusement :

« Va dans ta chambre ! »

Dépitée, elle se réfugia dans la cuisine où la bonne repassait du linge.

« Tu travailles un 14 juillet ? dit Élisabeth.

— Eh oui ! dit Clémentine, ça empêche de penser ! »

Elle avait enfilé un tablier sur sa combinaison. Sa poitrine tendait l'étoffe mince. Une mèche de cheveux pendait sur son front. Ses joues étaient roses et ses yeux cernés.

« Tiens, reprit-elle, porte donc ces mouchoirs dans la chambre de ta maman.

— Tu veux pas t'arrêter ? On irait se promener à la foire !

— Non, je te dis. Regarde tout ce que j'ai encore à faire ! »

Il y avait de l'irritation dans sa voix, d'ordinaire douce et chantante. Élisabeth comprit qu'elle ne gagnerait rien à insister, emporta la pile de mouchoirs, les rangea dans l'armoire de sa mère, joua un peu avec Constantin et redescendit dans le café.

« Est-ce que je peux aller au *Glacier suisse,* maman ?

— Mais oui.

— Donne-moi de l'argent.

— Dis à M^me^ Culoz de marquer... »

Le *Glacier suisse* était, lui aussi, assiégé par une clientèle altérée. Madeleine n'était pas là.

« Elle passe la journée à la campagne, dit M^me^ Culoz. Qu'est-ce que je te sers ? »

Bousculée par les gens qui se poussaient vers le comptoir, Élisabeth se décida rapidement pour une vanille-pistache :

« Maman a dit qu'il fallait marquer...

— Qu'elle ne s'inquiète pas pour si peu !

— Merci, madame. Elle rentrera quand, Madeleine ?

— Demain soir. »

Son cornet à la main, Élisabeth se blottit dans une encoignure, près de la porte. Comme c'était la pistache qu'elle préférait, elle commença par manger la vanille. La neige parfumée lui cassait les dents. Elle pensait à Madeleine, qui avait de la chance d'avoir des parents à la fois suisses et glaciers. A première vue, c'étaient des gens pareils aux autres. Mais ils venaient de loin ! Ils étaient étrangers. Peut-être, un jour, épouserait-elle un étranger, un Suisse, un Anglais, un Américain ?... Son esprit survolait la carte du monde. Le cornet en biscuit mollissait, se brisait dans sa paume. Elle en avala les dernières miettes engluées de pistache et sortit sur le trottoir.

La foire, sur le terre-plein, mêlait ses voix et ses musiques, ses roues de loterie et ses wagonnets fous, ses jeux de massacre et ses écheveaux en pâte de guimauve. Les magasins du boulevard étaient pavoisés. Mais, faute de vent, les drapeaux pendaient sur leurs hampes. Élisabeth traversa la rue et s'arrêta devant le manège. Les cochons roses montaient et descendaient en tournant. Tous portaient un couple ou une femme seule sur leur dos. Élisabeth avait entendu dire, la veille, par son oncle, que les femmes seules ne payaient pas, qu'elles étaient là simplement pour attirer les messieurs, qui, ensuite, réglaient le prix de la course à leur place. C'était bien commode. A côté des cochons du manège, il y avait des cochons en pain d'épice, ornés de prénoms en sucre. Une banderole annonçait : « On les baptise à la minute. » Le confiseur était justement au travail. Élisabeth regarda couler le sirop blanc sur la pâte brune. Quelqu'un lui toucha l'épaule :

« Tu voudrais faire un tour? »

C'était un monsieur qu'elle ne connaissait pas, avec des cheveux gris, des lunettes et une cravate bleue à pois blancs. Comme elle se taisait, mi-subjuguée, mi-inquiète, il avança la main pour lui tapoter la joue. Instinctivement, elle fit un pas en arrière. Alors, il tira de sa poche une poignée de bonbons enveloppés dans du papier transparent :

« Tiens, prends toujours ça, ma poupée. »

Elle accepta et, par politesse, fourra immédiatement un bonbon dans sa bouche.

« Ça te plaît? demanda l'inconnu.

— Oui, monsieur.

— Tu en veux d'autres? »

Il avait une voix grave. Il souriait. Tout à coup, elle eut peur et se sauva.

Son assurance lui revint en pénétrant dans le café : elle avait enfin quelque chose d'important à raconter sur elle-même. Maman, débordée par les clients qui demandaient des cigarettes, des allumettes, des timbres, du tabac, la reçut très mal.

« Qu'est-ce qu'il y a encore? Ôte-toi de là! Va avec Clémentine!... »

Cramponnée à la chaise, Élisabeth ne s'en allait pas et attendait le meilleur moment pour placer son histoire. Pendant qu'un acheteur cherchait de la monnaie dans sa poche, elle s'écria :

« Maman ! Maman ! Il y a un monsieur qui m'a donné des bonbons !

— Quel monsieur ?

— Un monsieur bien, avec des cheveux gris. »

Amélie eut un haut-le-corps et tourna vers sa fille un regard soupçonneux :

« J'espère que tu as refusé !

— Non, maman.

— Tu en as pris ?

— Oui.

— Montre. »

Élisabeth tira sa langue, chargée d'un restant de berlingot.

Le client jeta trois pièces d'un franc sur la caisse. Amélie lui rendit cinquante centimes, murmura : « C'est moi qui vous remercie », et, penchée vers Élisabeth, ordonna brièvement :

« Va me cracher ça dans les cabinets !

— Mais, maman...

— Fais ce que je te dis ! Tu n'en as pas d'autres, au moins ? »

Élisabeth ouvrit sa main, où les trois derniers bonbons, chauds et gluants, avaient changé de forme. Amélie s'en saisit et les lança rageusement dans un vieux seau à confiture déjà plein de bonbons et de capsules en étain :

« Je t'ai pourtant défendu d'accepter quoi que ce soit d'un monsieur ou d'une dame que tu ne connais pas !

— Il avait l'air gentil !...

— Raison de plus !

— Il m'a même proposé de me payer un tour sur le manège. »

Blême d'indignation, Amélie grommela entre ses dents :

« C'est du propre! Tant que la foire sera là, je t'interdis de sortir sans Clémentine!

— Oh! maman! Pourquoi?

— Parce que! »

Elle s'interrompit pour sourire à un nouveau venu :

« Je suis à vous, monsieur!

— Je n'en espérais pas tant, madame! » dit le client avec une grimace malicieuse.

Amélie le poignarda du regard. Elle n'aimait pas ce genre de plaisanteries. L'autre la contemplait toujours, d'un air béat et un peu ivre. Ses yeux caressaient le visage de la jeune femme, descendaient le long de son cou, s'appuyaient sur sa poitrine ronde et haute.

« Eh bien, monsieur, reprit-elle, décidez-vous! Je suis pressée!

— Quel dommage! soupira l'homme. Puisque vous ne voulez rien me donner de mieux, donnez-moi toujours un paquet de gauloises. Je les fumerai en pensant à vous! »

Elle le servit, encaissa l'argent, rendit la monnaie avec des gestes automatiques. Sa fille observait la scène avec intérêt. Il était clair que maman n'appréciait pas les compliments du monsieur. Pourtant, elle ne pouvait pas empêcher les gens de la trouver belle et de le lui dire. À sa place, Élisabeth eût été très flattée. Le client s'éloigna, le cœur brisé. Tout de suite après son départ, Amélie appela Pierre pour lui raconter ce qui s'était passé entre leur enfant et l'inconnu de la foire. La conversation menaçant d'être violente, Élisabeth se réfugia au pied de l'escalier. Pierre s'empourpra, s'indigna, jura que des salauds de cet acabit mériteraient de se faire botter en public, mais n'eut pas le loisir de développer sa pensée, car on le réclamait devant la pompe à bière. Le plongeur, affolé, rinçait les verres à la va-vite.

Une trempette et ils reparaissaient, ruisselants, sur le zinc. Denis les emplissait au vol, sans renverser une goutte. Il ne prenait même plus le temps de reboucher les bouteilles. A partir de six heures, la presse fut telle, qu'Amélie pria Clémentine d'aider au service. Élisabeth voulut se mettre de la partie. On lui donna un tablier. Elle enfonçait ses bras avec délice dans l'eau fraîche. Les verres étaient au fond du bac, comme de gros poissons endormis. Elle les pêchait, les essuyait, quoiqu'on lui eût recommandé de ne pas le faire. L'un d'eux se cassa. Amélie ordonna à Élisabeth de remonter dans sa chambre.

« Et Clémentine? Elle peut pas venir avec moi? gémit la fillette.

— Pas pour l'instant! »

Depuis que Clémentine travaillait près de lui, au comptoir, Denis était mal à l'aise. Bien qu'elle n'eût pas encore trouvé l'occasion de lui parler, il savait exactement le reproche qu'elle mûrissait dans son cœur. La veille, au lieu de la rejoindre dans sa chambre, à minuit comme d'habitude, il avait prétexté un rendez-vous avec des camarades afin d'aller voir Lucie, dont le mari était absent. S'il avait agi de la sorte, c'était pour affirmer son indépendance virile et se convaincre de son double succès. Régner sur deux maîtresses à la fois et comparer en secret leur comportement amoureux lui semblait une expérience exaltante pour un homme dans la force de ses moyens. Mais, contrairement à son attente, il n'avait retiré de cette entrevue qu'une piètre satisfaction d'orgueil et un peu de remords. N'était-il pas de la race des conquérants? Il observait Clémentine, qui soupirait en rinçant des verres, et il se sentait fautif, mécontent, il avait envie de lui demander pardon. A sept heures, Pierre l'appela pour manger. Ils s'installèrent dans la réserve à tabac, pendant qu'un garçon les remplaçait au comptoir. Amélie envoya Clémentine pour les servir. Elle leur apporta de la viande froide et des œufs durs. Quand la bonne reparut dans la salle, Amélie remarqua son visage pâle et contracté, son regard flottant. Elle l'interpella :

« Clémentine!

— Madame?

— Qu'avez-vous? Je vous trouve mauvaise mine.

— Ce n'est rien, madame. Un peu de fatigue. »

Le garçon de nuit arriva sur ces entrefaites.

« Nous n'avons plus besoin de vous, Clémentine, dit Amélie. Allez donc dîner avec Élisabeth. Vous la coucherez et vous veillerez à ce qu'elle s'endorme. »

Clémentine s'esquiva. Un client, accoudé au comptoir, la suivit des yeux, clappa de la langue et dit quelques mots à son voisin, qui pouffa de rire. Amélie se pinça les lèvres : quel besoin les hommes éprouvaient-ils de s'exciter à des propos salaces dès qu'une jolie fille retenait leur attention?

Élisabeth attendait la bonne dans la cuisine :

« T'as vu? J'ai déjà mis le couvert. Tout est prêt. »

Elles s'assirent, l'une en face de l'autre, séparées par un rectangle de toile cirée jaune à dessins blancs. Clémentine rêvait devant son assiette. Élisabeth avala deux bouchées de viande froide, but une rasade d'eau rougie et dit :

« Si tu ne manges pas, je ne mange pas non plus!

— Je n'ai pas faim, marmonna Clémentine.

— T'es malade?

— Non.

— T'as trop travaillé?

— Non.

— Alors? »

Clémentine rompit un morceau de pain et le porta machinalement à sa bouche.

« Alors? reprit Élisabeth, qu'est-ce que t'as?

— Rien.

— Si! Je sais, moi, ce que t'as!

— Tu ne peux pas savoir !

— Je te dis que je sais !... »

Tout à coup, les lèvres de Clémentine s'affaissèrent. Son menton se plissa. Des larmes voilèrent ses yeux et coulèrent sur ses joues. Elle cacha son visage dans un torchon. Élisabeth changea de place et entoura de son bras le cou de la bonne, qui reniflait et hoquetait, pliée en deux sur sa chaise.

« Pleure pas, Clémentine ! Pleure pas, veux-tu ?... C'est à cause de tonton Denis que t'as du chagrin ? »

La bonne sursauta, découvrit sa figure humide et dirigea sur la fillette un regard apeuré.

« Pourquoi dis-tu ça ? chuchota-t-elle.

— Je vous ai entendus.

— Qu'est-ce que tu racontes ?... Tu n'as pas pu nous entendre !... Tu inventes... tu inventes des bêtises !

— Si, je vous ai entendus !

— Quand ?

— Il y a deux jours. Je me suis réveillée et j'ai écouté. Tonton était chez toi.

— Non !

— Il venait te dire bonsoir dans ton lit. »

Un afflux de sang colora les pommettes de Clémentine et ses prunelles s'agrandirent entre ses paupières qui ne cillaient pas.

« Non, répéta-t-elle avec une obstination mécanique.

— Dis pas non, puisque c'est oui.

— Tu en as parlé à quelqu'un ?

— A qui veux-tu que j'en parle ?

— Eh bien, à... ta maman...

— Penses-tu ! Pour nous faire attraper toutes les deux ? Je n'ai rien raconté et je ne raconterai rien !

— Tu me le promets ? demanda Clémentine avec un regard éblouissant de prière.

— Je te le jure », dit Élisabeth sur un ton solennel, le bras droit tendu, les talons joints.

Clémentine l'attira contre elle. Sa tête se posa sur la poitrine de l'enfant. Chargée de ce fardeau, Élisabeth découvrait avec ivresse le pouvoir de la compassion. Elle se sentait forte et avait envie de se dévouer. Le bonheur de Clémentine lui était plus cher que tout au monde.

« Je suis contente que tu plaises à tonton Denis, dit-elle gravement. Il est très gentil. Si vous vous aimez beaucoup, peut-être que vous allez vous marier...

— Tais-toi donc! dit Clémentine d'une voix dolente. Tu ne sais pas de quoi tu causes!

— Tu ne veux pas te marier avec lui?

— Non.

— Parce qu'il t'a fait de la peine? C'est rien, ça! Ça s'arrangera! J'irai lui parler...

— Surtout pas!

— Il m'écoutera, tu sais? Il fait tout ce que je demande!

— Non, Élisabeth. Je ne veux même pas qu'il sache que tu es au courant! Ce sera un secret entre toi et moi.

— Bon! grommela Élisabeth. Alors, j'irai pas. Mais qu'est-ce qui s'est passé entre vous? Il t'a dit des méchancetés? »

Clémentine s'était ressaisie et souriait pour dissimuler sa gêne de grande personne sous le regard aigu d'un enfant.

« Non, non, rien de tout ça, dit-elle. Je t'expliquerai plus tard. Maintenant, nous allons finir de dîner, bien sagement, ranger la vaisselle et, hop! au dodo...

— Il viendra t'embrasser, ce soir?

— Sûrement pas!

— Demain, alors?... »

Clémentine détourna la tête.

« Tu vois, reprit Élisabeth, l'autre jour, quand on regardait le manège, toutes les deux, par la fenêtre, je te disais que tu trouverais vite quelqu'un. Ça n'a pas traîné. Tu l'as eu, ton amoureux. Et sans aller loin, encore !... »

Mais les yeux de Clémentine changeaient de couleur, et Élisabeth comprit qu'en lui parlant encore de tonton Denis elle risquait de provoquer une nouvelle crise de larmes. Le salut était dans la diversion.

« Si tu savais ce qui m'est arrivé ! » s'écria la fillette.

Et elle raconta la façon dont un monsieur inconnu l'avait accostée à la foire. Ce fut le début d'un échange de vues sur les malfaiteurs qui attirent les enfants seuls en leur proposant des sucreries, les cachent dans leur repaire et leur apprennent à mendier ou à voler le porte-monnaie des passants... Le repas se termina sans autres allusions à l'infortune de la bonne. La vaisselle lavée et rangée, Clémentine accompagna Élisabeth dans sa chambre. Les bruits de la rue, qu'on entendait à peine de la cuisine, prenaient dans cette pièce de façade une ampleur effrayante, presque surnaturelle. Au vacarme habituel de la foire, s'ajoutaient, ce soir-là, les musiques des bals populaires du quartier.

« Viens vite voir ! » dit Élisabeth.

Elles se penchèrent à la fenêtre. Dès la tombée de la nuit, Denis et Pierre avaient allumé les lampions qui décoraient la marquise. De petites flammes brillaient derrière les enveloppes plissées. Au-dessus, se détachait un faisceau de drapeaux aux couleurs avivées par l'éclairage. Refoulant les voitures, les piétons avaient envahi la chaussée sur la moitié de sa largeur. Des gens passaient en bande, se tenant par le bras et hurlant à tue-tête. Les plus joyeux étaient coiffés de chapeaux en papier aux formes bizarres.

Des cris de femmes chatouillées jaillissaient du gros tumulte de la foule. Le haut-parleur du manège beuglait la chanson à la mode :

*On fait un' petit' belote,*
*Et puis, ça va!*
*On belote et rebelote,*
*A tour de bras...*

Clémentine se boucha les oreilles.

« Et dire qu'on entendra ça toute la nuit ! » gémit-elle.

Elles reculèrent vers le fond de la chambre et Élisabeth commença à se déshabiller.

***

Tous les cafés ayant reçu la permission de la nuit à l'occasion du 14 juillet, Amélie avait établi un système de roulement pour les patrons et pour le personnel. Pierre, exténué, alla se coucher à minuit. A deux heures du matin, Denis le réveilla, et, tandis qu'il descendait rejoindre Amélie dans la salle, monta lui-même dans sa mansarde pour se rafraîchir et changer de linge. Dix minutes de repos avant de reprendre le travail. Après, ce serait le tour d'Amélie. La chaleur, sous les combles, était étouffante. Denis n'avait pas sommeil mais mourait de soif, malgré les nombreux verres de vin qu'il avait bus avec les clients. Ses jambes vibraient de fatigue. Sa chemise, trempée de sueur, collait à sa peau. Il la retira, et, le torse nu, penché sur la cuvette, s'aspergea le visage, se rinça la bouche, se frotta la poitrine, le cou, les bras, avec une serviette mouillée. Puis, il souleva le broc au-dessus de sa tête et versa le reste de l'eau sur ses cheveux. Le regard noyé, il eut l'impression, soudain, que quelqu'un était entré dans la chambre, il se retourna : Clémentine était devant lui, droite, pâle, la taille serrée dans un tablier bleu.

« Je viens te voir, puisque tu ne viens plus me voir », dit-elle d'une voix calme.

Il fit un pas en avant.

« Ne me touche pas ! » s'écria-t-elle.

Il laissa retomber ses bras.

« Tu m'en veux pour hier soir? murmura-t-il. C'était pourtant pas de ma faute. J'avais promis à des copains...

— Des copains en jupons, dit-elle avec un mauvais sourire.

— Pas du tout ! De vrais copains. Des copains de régiment. Je peux te donner les noms : Pascaud, Collingue, Métayer... »

Il mentait facilement et se disait qu'elle ne méritait pas ce mensonge. Sans aller jusqu'à se repentir de l'avoir trompée, il souhaitait, de toutes ses forces, qu'elle le crût sur parole et redevînt heureuse :

« On a été boire un verre, puis deux...

— Et tu t'es bien amusé?

— Ben oui...

— Plus qu'avec moi, sans doute !

— J'ai pas dit ça, ma Clémentine.

— Je ne suis plus ta Clémentine ! »

Il y eut un silence. Denis posa sa main sur l'épaule de sa maîtresse. Elle n'eut pas un mouvement pour l'en empêcher. Visiblement, elle attendait un prétexte pour passer de la colère à la résignation. Il comprit qu'en se reconnaissant partiellement coupable il achèverait de la reconquérir.

« Évidemment, reprit-il, j'aurais mieux fait de rester avec toi. Mais qu'auraient dit les copains? C'est sacré, les copains ! Entre hommes, tu sais? c'est pas comme entre femmes ! »

Elle le regarda dans les yeux et prononça ces mots, qu'il jugea sublimes :

« Si t'étais pas un homme, je ne te pardonnerais pas. »

Il réfléchit un moment et dit :

« Alors, tu me pardonnes?... »

Clémentine haussa les épaules. Il la saisit dans ses bras. Elle se défendit un peu, pour la forme, en faisant aller et venir ses coudes :

« Laisse-moi!... Non!... Laisse-moi!... »

Sa dernière protestation fondit dans un baiser.

« Ah! soupira-t-elle en se détachant de lui. Dire qu'on est ensemble depuis si peu de temps et que, déjà, tu me rends malheureuse! Un jour pareil! Quand tout le monde s'amuse!... »

Elle promena les yeux autour d'elle, et son regard s'arrêta sur les portraits d'actrices qui décoraient les murs :

« Tu m'avais promis d'enlever ces photos! Tu crois que c'est sérieux, toutes ces femmes au-dessus de ton lit!

— Demain, elles n'y seront plus, dit-il. D'ailleurs, pour ce que je les regarde!... »

Elle toucha du doigt une image après l'autre comme pour les exorciser :

« Celle-ci est moche!... Celle-ci est moche!... Celle-ci... heu! heu!... à la rigueur!... »

Il s'attendrissait de la voir, choisissant, dans un esprit impartial, les femmes les plus dignes de veiller sur ses rêves. Soudain, elle dressa le menton :

« Au fait, qu'est-ce qu'on entend d'ici? Ce n'est pas la foire?

— Non, dit-il. C'est l'orchestre du *Bal de l'Élysée*.

— On dirait qu'ils jouent derrière le mur!

— Ils n'en sont pas loin! »

Une inspiration le visita et il claqua ses mains l'une contre l'autre :

« J'ai une idée! Suis-moi. Tu verras : c'est rigolo! »

Il approcha une chaise de la lucarne, monta sur le

siège, escalada le bord de la fenêtre, prit pied sur le toit et tendit la main à Clémentine :

« Tu peux venir. C'est presque plat. »

Elle obéit et se retrouva dans les bras de Denis, sur une terrasse de zinc faiblement inclinée. La pente s'arrêtait net devant la verrière étincelante, dont quelques châssis étaient levés pour l'aération. Des bouffées de musique s'échappaient par les ouvertures. Tenant Clémentine par la main, Denis la guida prudemment vers les lumières. Sous leurs pieds, les feuilles métalliques de la couverture étaient encore chaudes du soleil de la journée. La maison craquait sourdement à chaque pas. Bien qu'ils fussent loin du bord, Clémentine avait le vertige. Les étoiles du ciel se balançaient au-dessus de sa tête. Ils durent contourner deux cheminées, traverser une noue en plomb et remonter un peu sur la gauche pour arriver au niveau du vitrage. Denis choisit une fenêtre à tabatière d'accès facile et invita Clémentine à s'y accouder. En contrebas, se creusait une vaste salle, éblouissante, décorée de guirlandes tricolores, de drapeaux et de lampions.

« Ce que c'est beau ! chuchota Clémentine.

— Tu peux parler fort, dit Denis. Personne ne nous entendra. »

Elle eut un rire argentin et se cramponna à son bras, si fortement qu'il sentit les ongles s'enfoncer dans sa peau.

« C'est vrai, dit-elle. On est seuls sur les toits. On voit tout sans être vus !... »

Deux orchestres étaient installés face à face, dans des loggias, aux deux bouts de la piste. Pendant que l'un jouait, l'autre se reposait. Des curieux se pressaient dans la galerie. On n'apercevait pas le plancher, tant les danseurs étaient nombreux. A cause de la perspective plongeante, les pieds avaient l'air de sortir des têtes. Une flottille de chapeaux en papier ondulait mollement au rythme du fox-trot. Des serpentins se déchiraient entre les couples. Toutes les épaules étaient poudrées de confetti. Le jazz-band se tut et l'autre orchestre, plus mélodieux, lança les premières notes de *Tango du rêve*. Clémentine appuya sa joue contre la joue de Denis. Elle planait avec lui dans le ciel. La ville entière, illuminée, pavoisée, chantante, ne vivait que pour célébrer leur amour.

***

Élisabeth s'éveilla, comme frappée par un appel lointain. N'était-ce pas Clémentine qui avait crié derrière la cloison? Sautant à bas de son lit, elle alluma la lampe, courut vers la porte, écouta. Tout était calme. Au lieu de la rassurer, ce silence précipita son angoisse. Clémentine était malheureuse en amour, les pires folies étaient à craindre de sa part. A force de pleurer, elle allait peut-être décider de mourir. Il y avait, de temps en temps, dans le journal, des histoires de jeunes filles qui se jetaient dans la Seine, ou buvaient du poison, ou s'asphyxiaient parce que leur fiancé les avait quittées. Émue par cette supposition, Élisabeth balbutia :

« Clémentine! Clémentine! »

Puis, ne recevant pas de réponse, elle poussa la porte. Un objet lourd bloquait le battant, de l'autre côté. Elle appuya plus fort. Une chaise recula, en grinçant, sur le plancher. Pourquoi Clémentine s'était-elle barricadée? Élisabeth entra sur la pointe des pieds. Personne! Immédiatement, elle reconstitua le drame dans toute son horreur : incapable de supporter son chagrin, Clémentine s'était réfugiée dans la cuisine pour se suicider au gaz. Il fallait l'en empêcher, la sauver au plus vite!... Elle se rhabilla fébrilement et sortit sur le palier. Un bruit de conversation la retint, au moment où elle posait le pied sur la première marche pour descendre. Elle leva la tête. Au-dessus d'elle, la porte de la mansarde était entrebâillée. De la lumière filtrait par l'ouverture. Denis était là-haut. Et Clémentine avec lui. Elle reconnut leurs voix chuchotantes. Un brusque apaisement décontracta son cœur, allégea sa poitrine. Rassurée pour le principal, elle se demanda ce que Clémentine et Denis pouvaient bien se dire. N'étaient-ils pas en train de se disputer? Elle tendit l'oreille, mais ils parlaient trop bas. Soudain, ils se turent. Est-ce qu'ils s'embrassaient, dans le cou, sur la bouche, comme les amoureux qu'elle avait vus dans les squares? La curiosité l'empêchait de retourner dans sa chambre. De longues minutes passèrent. Comme le silence continuait, elle gravit une marche, deux marches, en essayant de ne pas les faire craquer sous son poids. Toujours rien. La mansarde semblait inhabitée. « Eh bien, ils se sont endormis! » se dit-elle. Son visage arriva au niveau du seuil de la porte. Sans se hausser davantage, elle glissa un regard à l'intérieur. La chambre était vide. Des flaques d'eau séchaient sur le plancher. Une chemise sale pendait à un clou. Qu'étaient devenus Clémentine et Denis? La chambre n'avait qu'une issue. Ils ne s'étaient tout de même pas envolés! Tandis qu'elle réfléchissait de la sorte, ses yeux se posèrent sur une chaise adossée au mur, sous la lucarne. Instantanément, ses soupçons prirent une direction nouvelle. Sans réfléchir aux conséquences possibles de son acte, elle entra dans la mansarde, courut vers la croisée et allongea le cou. Devant elle, s'étendait un paysage confus, aux couvertures de zinc diversement orientées. Le *Bal de l'Élysée* versait sa clarté jaune sur les pentes d'alentour. Plus loin, jusqu'au bord de la nuit, jusqu'au sommet de la Butte Montmartre, jusqu'au dôme du Sacré-Cœur, s'étageaient des points brillants, qui étaient des fenêtres, des becs de gaz, des lampions. Tout à coup, elle faillit crier de saisissement. Deux formes passaient à contre-jour sur le vitrage. Elle écarquilla les yeux. Comme elle aurait pu l'imaginer dans un rêve, Denis et Clémentine dansaient, tendrement unis, sur les toits.

Elle les contempla un moment, puis descendit dans sa chambre, se coucha et s'endormit en pensant à la chance qu'ils avaient d'être de grandes personnes.

## 10

LE lundi 4 août, les forains commencèrent à démonter leurs baraques. Après leur départ, le boulevard Rochechouart retrouva sa vraie dimension. On était de nouveau entre gens sédentaires, entre maisons solides. Les oreilles, habituées au tohu-bohu de la fête, se reposaient dans le bruit normal de la rue comme dans un silence profond. De l'autre côté de la chaussée, la façade du collège Rollin, longtemps cachée par des constructions de fortune, reparut, plus massive, plus grise et plus sévère que jamais.

Les recettes fléchirent légèrement, annonçant le creux de l'été. Madeleine était partie pour la Suisse, chez ses grands-parents qui avaient une ferme. Claire séjournait en Bretagne, dans une colonie de vacances réservée aux enfants des artistes. Bien que ses deux meilleures amies l'eussent déçue jadis par leur attitude égoïste, Élisabeth s'ennuyait toute seule au point de regretter leur absence. Chaque matin, elle s'examinait dans la glace et promenait son doigt sur les trois plaques de pelade. Une petite brosse rêche pointait déjà hors du cuir chevelu. Clémentine criait au miracle et augmentait les doses de pommade. Puis, pour chasser l'odeur, elle frottait les tempes et la nuque de la fillette avec une eau de Cologne parfumée que « quelqu'un » lui avait offerte. Élisabeth savait très bien qui était ce « quelqu'un », mais feignait de l'ignorer pour laisser au mystère toute son épaisseur. Depuis un certain temps, elle était sevrée de confidences. Heureuse en amour, Clémentine n'éprouvait plus le besoin de s'épancher. Elle avait recouvré son humeur joyeuse et abattait double besogne dans la maison. Bien entendu, Élisabeth ne lui avait pas dit qu'elle l'avait aperçue, dansant avec l'oncle Denis sur les toits. C'eût été reconnaître qu'elle écoutait aux portes et entrait dans les chambres sans y être appelée. Quand, parfois, elle posait une question indiscrète à la bonne, celle-ci mettait un doigt sur sa bouche et fronçait les sourcils, avec un air de douce gronderie. Pour suivre le développement de cette liaison extraordinaire, Élisabeth en était réduite à se renseigner par elle-même. Elle avait contracté l'habitude de s'éveiller la nuit, à l'heure où tonton Denis et papa remontaient de la salle. Papa s'endormait immédiatement. Dix minutes plus tard, tonton Denis était chez Clémentine. Alors, derrière la cloison, commençaient les chuchotements, les rires assourdis, les grincements de sommier, les soupirs... Attentive aux échos de cette lutte amoureuse, Élisabeth essayait d'imaginer son oncle et la bonne se donnant des baisers, se regardant dans les yeux, s'embrassant encore. Elle eût voulu pouvoir s'approcher de la porte pour mieux les entendre. Mais elle craignait de faire craquer le plancher en marchant. Si tonton Denis la surprenait, il exploserait de colère et elle ne saurait comment se justifier. Le sommeil la reprenait avant que les amoureux se fussent lassés d'être ensemble. Le lendemain matin, elle cherchait sur leurs visages les signes de la passion qui les avait tenus si longtemps éveillés. Denis sifflotait, optimiste, derrière le comptoir. Clémentine avait un regard absent, souriait pour un rien et, de temps à autre, étouffait un bâillement sous sa petite main rose, rongée par la lessive.

Lorsque les cheveux d'Élisabeth eurent atteint un centimètre de longueur à l'endroit des plaques de pelade, sa mère la conduisit chez le docteur Brouchotte, qui avait exigé de la voir à la fin du traitement. Elles attendirent trois quarts d'heure dans un salon encombré de sièges à têtières, de guéridons de laque et de bibelots chinois. Le soleil brillait dans la rue, mais ici régnait une pénombre pluvieuse. Assis le long du mur, des gens tristes regardaient dans le vide ou lisaient des journaux illustrés. Soudain, la porte s'ouvrit, maman se leva : c'était leur tour. Le docteur Brouchotte était petit, chauve et vif, avec de longues mains velues et une moustache en forme de timbre-poste sous le nez. Il accueillit ses clientes avec une jovialité professionnelle, offrit un siège à Amélie et attira Élisabeth près de la fenêtre pour examiner sa pelade :

« Parfait, parfait! grogna-t-il en caressant les cheveux de l'enfant. De ce côté-là, tout va bien. Nous pourrons supprimer cette pommade qui sent si mauvais, n'est-ce pas, ma cocotte? Mais, entre nous soit dit, tu n'as pas très bonne mine. Tu manges avec appétit?

— Oui, docteur, marmonna Élisabeth.

— Ne dis pas ça, Élisabeth! s'écria Amélie. C'est toute une histoire pour lui faire avaler quelque chose. Vous avez recommandé de la viande hachée, mais, une fois sur deux, elle s'arrange pour la bouillir avant le repas!

— J'aime pas la viande crue », soupira Élisabeth.

Le docteur Brouchotte la menaça du doigt :

« Tu devrais manger davantage. Tu crois que c'est joli d'être maigre comme un chat de gouttière? J'ai connu une fillette, comme ça, qui ne voulait pas se nourrir : dès qu'il y avait un coup de vent, elle tombait par terre! »

Élisabeth arrondit les yeux : c'était peut-être vrai.

« Et la nuit, tu dors bien? demanda le médecin.

— Elle a souvent des cauchemars, dit Amélie.

— Prend-elle de l'exercice?

— J'hésite à la laisser courir dans les rues. Notre quartier est si mal fréquenté!

— Évidemment!... Eh bien, déshabille-toi. Nous allons voir ça de plus près. »

Élisabeth retira tous ses vêtements, excepté la culotte, croisa instinctivement ses bras sur sa poitrine lisse et suivit le geste du médecin, qui lui désignait une balance, au fond du bureau :

« Monte là-dessus. »

Quand elle fut debout sur le plateau, il déplaça des poids de cuivre le long de la réglette, le gros d'abord, puis le moyen, puis le petit. Élisabeth retenait sa respiration.

« Vingt-trois kilos deux cents », annonça le docteur Brouchotte.

Il jeta les yeux sur une fiche et ajouta :

« La dernière fois que je t'ai vue, tu pesais vingt-quatre kilos. Tu as donc maigri de huit cents grammes en quelques semaines.

— C'est effrayant! balbutia Amélie.

— Je ne vous le fais pas dire, madame. »

Élisabeth affecta un air coupable. Mais, en vérité, comme elle ne se sentait pas malade, ces reproches ne l'atteignaient guère.

« Viens par ici, sauterelle! » reprit le médecin.

Elle savait déjà ce qui allait suivre : ce n'était pas désagréable, et même plutôt amusant. Le docteur Brouchotte s'assit devant elle, l'emprisonna entre ses genoux, la palpa, lui fit tirer la langue, scruta le blanc de ses yeux, tapota ses côtes d'un doigt sec et sonore, écouta ce qui se passait en elle, d'abord à travers une sorte de téléphone, puis en lui appliquant une serviette contre les omoplates et en collant son oreille tiède par-dessus :

« Respire... ne respire plus... Tousse... ne tousse plus... Dis trente-trois... »

Elle faisait tout ce qu'il lui demandait et recevait avec plaisir les compliments que méritait son attitude docile.

Enfin, il se redressa :

« Va te rhabiller, maintenant !

— Alors, docteur, qu'en pensez-vous ? » demanda Amélie.

Le docteur Brouchotte se gratta la moustache avec la pointe de l'ongle, comme pour la décoller. Son sourire avait disparu.

« Ce n'est pas très brillant, madame, dit-il.

— Pourtant, sa pelade...

— Il ne s'agit pas de sa pelade, mais du reste, de tout le reste. Votre petite Élisabeth se développe mal, elle perd du poids, elle est anémique, hypernerveuse... L'hiver dernier, c'était une bronchite avec menace de point pulmonaire, au printemps, des ganglions, hier, la pelade... Tout cela se tient, se complète... Ne m'avez-vous pas dit qu'il y avait eu un cas de tuberculose dans votre famille ?

— Oui, docteur, ma mère...

— C'est un antécédent qui doit nous inciter à redoubler de prudence !

— Je ne comprends pas... Vous croyez que la petite... ?

— Je ne crois rien, madame, mais l'hérédité de votre enfant l'expose plus qu'une autre à des accidents pulmonaires. Nous sommes en présence d'un terrain particulièrement suspect. Des précautions s'imposent... »

Venue, l'esprit tranquille, pour s'entendre confirmer la guérison d'Élisabeth, Amélie était mal préparée à des révélations de cette importance.

« Quelles précautions? demanda-t-elle d'une voix défaillante.

— Eh bien, pour commencer, je vais vous adresser à un confrère qui radiographiera votre enfant... »

Elle sursauta :

« La radiographier? Vous êtes donc très inquiet, docteur?

— Mais non! La radiographie est un simple moyen de contrôle. Je suis d'ailleurs persuadé que le résultat sera tout à fait rassurant. Dès que nous aurons cette certitude, nous agirons.

— Que faudra-t-il faire? »

Le docteur Brouchotte se planta devant elle et la regarda fixement dans les yeux.

« Madame, dit-il, à votre place je n'irais pas par quatre chemins. L'enjeu est trop grave. Votre fillette a besoin d'une vie régulière et saine, au grand air. Ce n'est pas à Paris qu'elle se rétablira. Prise par votre métier, vous ne pouvez pas la surveiller assez étroitement. Au café, elle traîne entre les tables, grignote ce qui lui tombe sous la main, respire une atmosphère malsaine, coudoie une foule d'inconnus, dont certains sont, peut-être, porteurs de microbes. Il faut la sortir de là et l'envoyer à la campagne! »

Élisabeth, qui craignait que le docteur n'ordonnât de nouveaux médicaments, se sentit à ces mots illuminée jusqu'au fond de l'âme. Elle lorgna sa mère et s'étonna de lui voir une figure soucieuse.

« A la campagne? dit Amélie. En vacances?

— Non, pas en vacances : ce serait insuffisant. A demeure. Le temps qu'elle se fortifie.

— Ce n'est pas facile, dit Amélie. Nous avons notre commerce...

— Il ne serait pas question pour vous de l'accompagner.

— Mais chez qui irait-elle donc?

— N'avez-vous pas de la famille, en province?

— Si. Mon père, dit Amélie.

— Oh! oui! s'écria Élisabeth. A la campagne! Chez pépé! Tu veux bien, maman? »

Amélie l'entendit à peine. Elle pensait à sa mère, morte si jeune! Était-il possible que ce mal incurable se fût transmis à Élisabeth par le sang? Tout l'édifice de son bonheur chancelait sur des fondements qu'elle avait crus solides.

« Il habite à la campagne, ton grand-père? demanda le médecin en aidant Élisabeth à boutonner sa blouse.

— Oui, à La Chapelle-au-Bois.

— Tu y as déjà été?

— Quand j'étais toute, toute petite. Mais je ne me souviens plus...

— Cela se trouve où, La Chapelle-au-Bois? »

Encore tout ébranlée, Amélie fit un effort pour rentrer dans la conversation et dit faiblement :

« En Corrèze. Mais le climat y est très rude. La maison n'est pas chauffée. Si ma mère est morte, c'est d'ailleurs à cause de ce froid, de cette humidité... D'ailleurs, mon père vit seul... Il ne pourrait pas s'occuper de la petite...

— Il vit pas tout seul! Il y a M^me^ Pinteau.

— Tais-toi, Élisabeth! dit Amélie nerveusement. M^me^ Pinteau a trop à faire avec le ménage et le magasin...

— Oh! maman, permets! gémit Élisabeth.

— Non, Élisabeth. C'est impossible. N'insiste pas.

— Et si vous la mettiez en pension? dit le docteur.

— En pension? répéta Amélie. Ne croyez-vous pas qu'elle est trop jeune?

— Nullement! C'est à son âge qu'on s'habitue le mieux à la vie en commun. Cela te plairait d'aller en pension, petite? »

Décontenancée, Élisabeth ne savait que répondre.

D'habitude, les parents ne mettaient en pension que les enfants désobéissants. Pourtant, dans son cas, il s'agissait d'une pension spéciale, où on n'allait pas pour étudier mais pour grossir et prendre des couleurs.

« Tu y rencontreras beaucoup de grandes filles comme toi, reprit le docteur Brouchotte. Vous vous amuserez ensemble, vous ferez des promenades... »

Elle réfléchit. L'attrait de la nouveauté l'emportait déjà sur sa méfiance.

« Je veux bien, dit-elle.

— A la bonne heure! dit le docteur Brouchotte. Nous allons donc demander à ta maman de s'occuper très vite de l'affaire.

— C'est que je ne connais pas de pension, dit Amélie.

— Oh! les établissements de ce genre ne manquent pas. Mais, je vous le dis tout de suite, il ne faudrait pas songer à la placer aux environs de Paris. Le changement de climat ne serait pas suffisant. Cherchez quelque chose qui soit, sinon à la montagne, du moins à une certaine altitude...

— Vous ne voyez rien par vous-même, docteur?

— Ma foi non, madame... Ou plutôt... Attendez donc!... Il y a quelques années, mon frère, qui habite Figeac, a envoyé sa fille en pension.

— Elle était malade?

— Non, mais il venait de perdre sa femme et ses occupations l'empêchaient de veiller à l'éducation de l'enfant. Si vous voulez l'adresse... Je sais que cela se trouve dans le Lot...

— Dans le Lot? dit Amélie. C'était sans doute assez près pour votre frère, mais ce serait bien loin pour nous!

— En tout cas, le résultat a été excellent. D'après ce que m'a expliqué mon frère, il s'agit d'une maison modeste, où les enfants sont traités comme en famille. Ma nièce y est restée trois ans. Je l'ai revue dernièrement : elle est méconnaissable. Solide, gaie, instruite, une vraie demoiselle !

— Vous me conseillez donc d'envoyer Élisabeth dans cette pension ? demanda Amélie.

— Dans celle-ci ou dans une autre...

— Y serait-elle bien soignée ?

— Elle n'a pas besoin d'être soignée. Le grand air, l'exercice, une nourriture saine, je ne veux pas pour elle d'autres médicaments.

— Comment s'appelle cet établissement ? »

Le docteur Brouchotte tira un calepin de sa poche, le feuilleta et pointa son doigt sur une ligne écrite au crayon. Amélie lut, sous l'ongle du médecin :

« M^lle^ Quercy...

— C'est le nom de la directrice, dit-il. Je ne sais pas si c'est elle qui s'occupe encore de l'affaire...

— « M^lle^ Quercy, pension Sainte-Colombe, par Lacapelle-Marival, Lot... »

— Je vous cite cette pension, reprit le docteur Brouchotte, parce que j'en ai eu de très bons échos. Mais informez-vous de votre côté. »

Amélie se dit qu'elle n'aurait jamais le courage de choisir pour sa fille une pension autre que celle qui lui était recommandée par son médecin.

« A quoi bon chercher ailleurs ? dit-elle.

— Je ne voudrais pas vous influencer... »

Amélie secoua la tête. Elle avait si peur pour la santé d'Élisabeth, qu'elle avait hâte, soudain, d'organiser son départ. La tristesse d'une longue séparation ne serait rien en comparaison de l'angoisse qui la rongerait jour et nuit si sa fille restait auprès d'elle.

« Quand faudra-t-il l'envoyer là-bas ? demanda-t-elle timidement.

— Rien ne presse ! A la rentrée d'octobre. Mais je vous conseille d'écrire dès maintenant à la directrice pour savoir si elle a de la place...

— Je le ferai ce soir », dit-elle.

Son cœur crevait de chagrin. Sa vue même était comme brouillée. Que dirait Pierre? Que dirait Denis? Quel bouleversement dans leur vie à tous!

« Voulez-vous que je vous inscrive l'adresse, à tout hasard? demanda le médecin.

— S'il vous plaît. »

Le docteur Brouchotte griffonna quelques mots sur un papier et le tendit à Amélie. Elle le glissa dans son sac à main, se leva, murmura :

« Je vous remercie, docteur. »

Incapable de mesurer la gravité de la situation, Élisabeth regardait sa mère de bas en haut et lui souriait, comme pour l'inviter à se réjouir de la décision qui avait été prise. Le médecin s'inclina, les reconduisit jusqu'à la porte, dit : « Tenez-moi au courant », et fit signe à un autre client d'entrer.

***

En pénétrant dans le café, Élisabeth lâcha la main de sa mère et courut vers le comptoir pour raconter à papa et à tonton Denis ce qui s'était passé chez le médecin. Mais Amélie ne lui laissa pas le temps de parler :

« Va à la cuisine. Tu as entendu ce qu'a dit le docteur? Il ne faut plus que tu traînes dans la salle! »

Elle obéit, ulcérée par tant d'injustice. Mais il lui restait un espoir : n'ayant pu étonner son père et son oncle, elle étonnerait la bonne. Avant même d'avoir atteint le palier, elle cria :

« Clémentine! Clémentine! Écoute ce qui est arrivé!... »

Assise entre la table et l'évier, Clémentine était en train d'ourler des torchons. Elle s'arrêta, l'aiguille en l'air.

« On va m'envoyer à la campagne! reprit Élisabeth, tout essoufflée.

— Qu'est-ce que tu chantes?

— Oui, le docteur a dit qu'il le fallait!

— A cause de ta pelade?

— Non! C'est plus que ça! dit Élisabeth avec fierté. Je suis très malade!

— Toi?

— Mais oui! Tu sais bien! Je ne mange plus. Je maigris. Si ça continue, quand il y aura un coup de vent, je tomberai par terre...

— Et où vas-tu aller à la campagne?

— Dans une pension exprès. Je respirerai l'air pur, avec d'autres fillettes, et, après, je serai guérie. »

Les yeux de Clémentine s'attristèrent. Elle murmura :

« Dans une pension? Ah! mon pauvre chou! »

Élisabeth haussa les épaules. La réaction de Clémentine la décevait :

« Puisque je te dis que c'est une pension pas comme les autres! Dans l'altitude, a demandé le docteur. Loin! Très loin! Il faudra prendre le train...

— Ta maman doit être dans un bel état!

— Pas du tout, dit Élisabeth. Elle m'a promis qu'elle viendrait me voir souvent. Toi aussi, tu viendras?

— Ça, c'est une autre affaire.

— Tâche de t'arranger... T'as déjà été dans une pension?

— Non.

— Alors, tu sais pas comment c'est! Maman m'a expliqué. Il paraît qu'on dort toutes ensemble, qu'on mange toutes ensemble, qu'on étudie toutes ensemble! C'est rigolo! Mais moi, je n'étudierai pas beaucoup, parce qu'il ne faut pas que je me fatigue. A cause de ma croissance, tu comprends? »

Elle appuya sa joue contre l'épaule de Clémentine :

« Tu t'ennuieras de moi?

— Tu penses! » dit Clémentine.

Un soupçon frappa Élisabeth. Peut-être avait-elle tort de s'imaginer qu'on s'amusait bien en pension? Peut-être serait-elle malheureuse, loin de ses parents, dans cette maison inconnue?

« Moi aussi, dit-elle, je m'ennuierai de toi. Mais on s'écrira. Avant de partir, je demanderai à maman de m'acheter du papier et des enveloppes. Chaque jour, tu auras une lettre. Je te raconterai tout. Et toi, tu me répondras. Mais vraiment, hein? Tu me diras si tu es heureuse, si tu t'entends toujours bien avec tonton... »

Clémentine fronça les sourcils :

« Élisabeth! Tu m'avais promis de ne plus t'occuper de ça!

— Bon! Mais dans les lettres, c'est pas pareil. On pourra en parler, dis? »

Clémentine ne répondit pas, courba les épaules et se remit à ourler les torchons. L'effet de surprise était passé. Il n'y avait plus rien à dire sur la maladie, le départ, la pension... Brusquement désenchantée, Élisabeth se demanda à qui elle pourrait encore annoncer la nouvelle.

***

« Il y a tout de même quelque chose que je ne pige pas! s'écria Denis. Le docteur t'a dit que la petite était en mauvaise santé et qu'il lui faudrait un changement d'air. Tu ne veux pas l'envoyer à La Chapelle-au-Bois, sous prétexte que le climat n'a pas réussi à maman! Mais, alors, pourquoi l'envoyer dans le Lot? C'est aussi loin! Et elle ne sera pas en famille!

— Parle moins fort », dit Amélie.

Elle avait appelé son mari et son frère dans la

réserve à tabac, pour les mettre au courant de la situation, mais le garçon de salle les dérangeait à tout moment, parce que des clients les réclamaient au comptoir ou à la caisse.

« Il doit y avoir de bonnes pensions aux environs de Paris, reprit Denis en baissant le ton. Là, au moins, tu pourrais aller la voir quand tu voudrais.

— Peut-être, dit Amélie, mais le climat des environs de Paris ne lui convient pas. Il lui faut l'altitude.

— L'altitude! L'altitude! grogna Pierre. C'est vite dit!... »

Elle lui jeta un regard hostile. Depuis le début de leur entretien, il n'ouvrait la bouche que pour parler au hasard, sans conviction, comme un homme dont l'esprit eût été occupé ailleurs. Ses yeux considéraient fixement les piles de gauloises bleues, en face de lui, sur le rayon. Il se curait les ongles avec une allumette.

« Et à La Jeyzelou, chez les cousins, elle ne serait pas mieux? demanda Denis.

— Mais oui, dit Pierre, Thérèse et Julien pourraient la prendre dans leur école!

— Vous oubliez que c'est une école de garçons, dit Amélie.

— C'est vrai, j'y pensais plus, dit Denis.

— Moi, reprit Pierre, à ta place, j'en parlerais tout de même aux clients. Peut-être qu'ils connaissent d'autres pensions...

— Des pensions près de Paris, je t'ai déjà dit que le docteur n'en veut pas, répliqua Amélie avec un mouvement d'humeur. Et, pour les pensions de province, j'ai plus confiance en celle que me recommande un médecin qu'en celles que pourraient me recommander le boucher, l'épicier ou les chansonniers de *Chez Bruant*.

— Ça, tu as raison, dit Denis.

— Oui, dit Pierre. Alors, pourquoi on discute?

— Je ne discute pas. C'est vous qui discutez... »

Le garçon fit sonner le timbre de la caisse.

Amélie se dépêcha de servir deux clients qui étaient venus pour des cigarettes et retourna dans la réserve à tabac, où Pierre et Denis l'attendaient, assis devant la table.

« Alors, comme ça, elle partirait fin septembre? demanda Denis.

— Oui, dit Amélie.

— C'est bientôt!

— Dans un mois. »

Pierre alluma une cigarette, souffla un rond de fumée et grommela, les yeux au plafond :

« Tout compte fait, si c'est vraiment une bonne pension, elle y sera plus heureuse qu'avec nous, à Paris. Qu'est-ce qu'elle fabrique ici? Elle se cogne dans nos jambes, elle s'occupe à on ne sait quoi!... »

Après avoir redouté que son mari ne subît un choc en apprenant les conclusions du docteur Brouchotte, Amélie en venait presque à regretter qu'il acceptât si aisément l'idée de la séparation.

« Pour Élisabeth, ce sera certainement parfait, dit-elle, mais pour nous...

— On ira la voir, de temps en temps, dit Pierre.

— Et le commerce?

— Évidemment, ce ne sera pas commode. Enfin, on se débrouillera. L'essentiel, c'est qu'elle grandisse bien. Et puis, elle reviendra aux vacances...

— Qu'est-ce qu'elle a dit quand elle a su qu'on allait la mettre en pension? demanda Denis.

— Que veux-tu qu'elle dise? murmura Amélie. C'est une enfant. Elle ne se rend pas bien compte. Elle pense à la campagne, aux nouvelles amies... Une fois là-bas, sans doute, elle aura du chagrin. Puis, elle s'habituera.

— Patron, deux demis », cria le garçon derrière la porte.

Pierre se leva et posa son bout de cigarette dans un cendrier.

« Laisse, dit Denis, j'y vais. »

Pierre se rassit. Amélie ouvrit le tiroir de la table et en sortit du papier, une plume et un encrier.

« Qu'est-ce que tu fais? dit Pierre.

— Je vais écrire à la pension.

— Ça ne presse pas!

— Mais si, Pierre. Il faut demander à la directrice si elle peut prendre Élisabeth, et quelles sont ses conditions!

— Ah! oui... Les conditions... Ce sera peut-être cher!... »

Il rêva un instant et continua d'une voix hésitante :

« Moi, après que tu es sortie, j'ai eu de nouveau mal à la tête! »

Subitement alarmée, elle se tourna vers lui et demanda :

« Tu as eu mal? Comment? Pas plus que d'habitude?

— Non, la même chose. Seulement, c'est pas réjouissant, je t'assure! »

Elle respira :

« Je sais, Pierre. Mais dis-toi bien que ce n'est pas grave. Il faut en prendre ton parti. Et maintenant, comment te sens-tu?

— Un peu mieux. »

Amélie lui posa la main sur le front. Il sourit de satisfaction. Elle prenait la souffrance dans le creux de sa paume. Que ne pouvait-elle, par cette caresse, ressusciter l'homme fort qu'elle avait connu? En cette minute où elle était pleine d'angoisse pour la santé de son enfant, elle eût souhaité, plus que jamais, se sentir enveloppée d'une tendresse robuste. Sa volonté lui pesait. Elle avait envie de s'en débarrasser comme d'un fardeau. Elle appelait à l'aide un mari qui n'existait plus.

« Ce qui m'ennuie, reprit-il, c'est que j'ai avalé deux cachets, tout à l'heure. Alors, si ça revient, ce soir, faudra que je tape encore dans le tube. Ça ne sera pas trop? »

Amélie laissa retomber sa main.

« Mais non, dit-elle. Tu sais bien ce que t'a expliqué le docteur!

— Le docteur! Le docteur! Il n'est pas dans ma peau, le docteur!

— Va te reposer un peu.

— Non. Si je ne me couche pas à mon heure, après je ne peux pas dormir!

— Comme tu veux, Pierre. Mais surtout, sois raisonnable. Ne bois pas avec les clients. Et, si tu as encore mal, n'hésite pas à reprendre de l'aspirine.

— Tu es gentille... Je te dérange avec mes histoires... »

Elle trempa sa plume dans l'encrier et commença à écrire :

« Mademoiselle... »

Pierre se pencha par-dessus son épaule. Elle sentit un souffle chaud sur son oreille.

« Je m'adresse à vous sur le conseil du docteur Brouchotte dont la nièce a été élevée dans votre pension. Ma fille, Élisabeth, âgée de dix ans... »

« Tu n'as plus besoin de moi? demanda Pierre.

— Non. »

Il sortit. Amélie relut ce qu'elle avait écrit et réfléchit à la suite. Devait-elle parler de la santé d'Élisabeth ou ne faire allusion qu'à son retard dans les études? La rumeur de la salle s'amplifiait lentement. Les clients de l'apéritif s'installaient à leurs places habituelles. Une sonnerie retentit.

« Caisse, s'il vous plaît! »

Elle posa son porte-plume et rentra dans le café. Il y avait beaucoup de monde au comptoir. Un consommateur impatient tapotait le bord de sa soucoupe avec une pièce de monnaie.

Amélie encaissait les jetons, tendait des paquets de cigarettes et de tabac, à des inconnus, et pensait constamment à sa fille. Soudain, comme touchée par une intuition, elle leva la tête. Assise sur une marche, au tournant de l'escalier, Élisabeth, les coudes sur les genoux, le menton dans les mains, les yeux brillants de curiosité, regardait la salle.

# DEUXIÈME PARTIE

# 1

CLOUÉ au mur du parloir, un grand Christ, maigre et livide, inclinait la tête vers un piano, six chaises de paille et quatre fauteuils tapissés de velours chocolat. Le parquet luisait. La pénombre du lieu et son odeur d'encaustique incitaient aux conversations à voix basse. Au fond de la salle, M^lle^ Quercy s'entretenait, en chuchotant, avec deux mamans d'élèves. Aussitôt après, elle s'occuperait, sans doute, d'Amélie et d'Élisabeth. Merveilleusement distraite par le voyage en train, puis en autocar, ce n'était qu'au moment d'entrer dans la pension que la fillette avait pris conscience de l'épreuve qui l'attendait. Sa mère allait repartir dans une heure, la laissant seule, exposée aux mille difficultés d'une vie nouvelle. Sans amitiés dans la place, comment supporterait-elle d'étudier, de manger, de dormir, loin des siens? Elle regarda M^lle^ Quercy et lui trouva un aspect digne et froid, qui ne donnait pas envie de mieux la connaître. Son visage fin, d'une pâleur transparente, servait d'assise à une belle masse de cheveux noirs, qui avançait en bourrelet sur le front et se gonflait en chignon au sommet du crâne. Sa taille était si mince, qu'on se demandait comment le haut et le bas du corps pouvaient tenir ensemble. Elle devait avoir l'âge de maman, mais s'habillait en vieille dame, avec un col blanc baleiné, une robe noire à boutons de jais, tombant aux chevilles, un châle tricoté, noir, des mitaines noires et des bottines noires à bouts pointus.

« Elle est drôlement arrangée, la directrice! murmura Élisabeth.

— Chut! » dit Amélie.

Et elle lui donna une tape sur le genou pour l'inviter à se taire. Mais Élisabeth était trop excitée pour obéir :

« Tu crois qu'elle est toujours comme ça, ou seulement quand elle reçoit du monde?... Ça y est, ça va être à nous!... Oh! maman, ce qu'elle a l'air pas commode quand elle est debout!... »

En voyant M^lle^ Quercy se diriger vers elle, d'un pas silencieux, Élisabeth eut l'impression que le personnage d'une très ancienne photographie — dans le genre de celles que les parents conservent dans leurs tiroirs — venait de s'animer et de se mettre en marche à travers une épaisseur de papier fané.

« Lève-toi! » dit Amélie.

Élisabeth se leva et sortit légèrement le derrière dans un début de révérence. Une voix grave coula dans ses oreilles :

« Voici donc cette petite Parisienne, dont on me dit qu'elle n'est pas très bien portante. Approche-toi un peu, Élisabeth... Tu vois, je te tutoie avant même de te connaître. C'est une habitude. Mes élèves sont mes enfants... »

M^lle^ Quercy prit les deux mains de la fillette et les garda dans les siennes, comme si ce contact lui eût révélé quelque chose d'intéressant. Élisabeth sentait tous ses secrets qui s'échappaient d'elle par le bout des doigts. Mécontente, elle fronça les sourcils, baissa les paupières, se ferma de partout pour se rendre imprenable.

« Elle a une pauvre mine, reprit M^lle^ Quercy, mais ses yeux, quand elle veut bien les montrer, sont aussi vifs que ceux d'un écureuil! »

D'ordinaire, Élisabeth aimait qu'on lui fît des compliments sur ses yeux. Mais, dans les circonstances pénibles où elle se trouvait, aucune flatterie ne pouvait la séduire. Enfin, M^lle^ Quercy lui lâcha les mains et s'assit :

« Maintenant, madame, parlez-moi un peu de notre nouvelle pensionnaire. Ne dois-je pas, provisoirement, prendre votre succession auprès d'elle? »

Maman lui énuméra toutes les misères de sa fille, à commencer par les ganglions et à finir par la pelade, sans oublier les défaillances en orthographe et en calcul. Ce sombre tableau n'impressionnait guère M^lle^ Quercy, qui, probablement, en avait vu d'autres.

« Je comprends, je comprends », disait-elle d'un air pensif.

Humiliée, Élisabeth considérait obstinément, à ses pieds, la petite valise qui contenait son trousseau de pensionnaire. Quand maman eut terminé la liste de ses maux, M^lle^ Quercy dit :

« Soyez sans crainte, nous arrangerons cela. Sainte-Colombe est une grande famille, où tout le monde s'aime et se soutient. Élisabeth sera heureuse parmi nous, si elle veut bien nous aider dans notre tâche. »

Amélie toucha l'épaule de sa fille, et, comme mue par un mécanisme de précision, celle-ci se redressa et dit d'une voix sans âme :

« Oui, mademoiselle.

— A la bonne heure! dit M^lle^ Quercy. Enfin, je t'entends : je croyais que tu avais avalé ta langue. »

Élisabeth rougit, offensée. Amélie eut un rire contraint, qui sollicitait l'indulgence.

« Nous avons deux sections, reprit M^lle^ Quercy. Je compte placer Élisabeth avec les plus jeunes. Mais, si je vois qu'elle peut suivre, je la pousserai vite à l'échelon supérieur. A présent, je vais vous faire visiter les lieux... »

On sortit en groupe, avec les deux autres mamans et leurs filles. Les enfants marchaient derrière, tête basse, condamnées. Les grandes personnes, qui n'avaient pas à craindre de rester pendant trois longs trimestres à Sainte-Colombe, s'extasiaient sur le jardin, le potager, le réfectoire, les classes, la chapelle, l'infirmerie. Dans le préau, qu'il fallut traverser pour monter au dortoir, des élèves tourbillonnaient en piaillant : c'étaient les anciennes, pour qui la rentrée était une occasion de se réjouir. Au passage de Mlle Quercy, elles s'immobilisèrent, déférentes, le regard en dessous.

Le dortoir se composait de deux grandes salles communicantes, dont chacune contenait une trentaine de petits lits en fer, rangés face à face et séparés par une allée médiane. Entre les deux chambres, se trouvait le réduit de la surveillante, masqué par un rideau marron.

« Tu coucheras ici, Élisabeth », dit Mlle Quercy en lui désignant un lit en tous points semblable aux autres.

Puis, tournée vers Amélie, elle demanda :

« Son trousseau a bien été marqué au numéro que je vous ai indiqué dans ma lettre?

— Oui, mademoiselle : le 39, dit Amélie avec empressement.

— Parfait. Les anciennes lui apprendront à ranger ses affaires personnelles dans la lingerie. »

Tout en parlant, elle conduisit les deux autres nouvelles à leurs lits respectifs. La mère de l'une était énorme, avec un chapeau de paille noire et des mains aussi rouges, aussi fortes, que celles du boucher de la rue Dancourt. L'autre mère était petite, blême, et transpirait comme une motte de beurre au soleil. Auprès d'elles, Amélie paraissait une princesse. Élisabeth était sûre que toutes ses compagnes l'enviaient d'avoir une maman si belle et si bien habillée.

M^lle^ Quercy aurait voulu également montrer à ses visiteuses les lavabos, la cuisine, le cellier, mais le concierge l'appelait au parloir : d'autres élèves arrivaient avec leurs parents. Une galopade résonnait dans l'escalier. Des portes claquaient. Toute la bâtisse était en effervescence.

Ne sachant que faire, les mères et leurs filles descendirent dans le jardin. Des groupes lents se promenaient dans le chemin bordé de rosiers sans fleurs. On échangeait pour la dixième fois des recommandations inutiles. On parlait des prochaines vacances. On se promettait de s'écrire deux fois par semaine. Élisabeth était triste de voir toutes ces grandes personnes venues pour abandonner leurs enfants. Brusquement les dames s'agitèrent : quatre heures et demie ! L'autocar n'allait pas tarder.

Frappée de stupeur, Élisabeth se laissa presser contre la poitrine de sa maman, reçut un baiser hâtif, entendit des mots d'une douceur inhabituelle, et se retrouva derrière la grille, regardant un vieil autocar, jaune et disloqué, qui s'éloignait en toussotant dans un nuage de poussière. D'autres fillettes, à côté d'elle, balançaient leurs mouchoirs pour saluer la fuite honteuse des mères de famille. Une sensation d'arrachement ébranla Élisabeth de la tête au ventre. En un clin d'œil, les attaches les plus tendres s'étaient rompues. Pour la première fois de sa vie, elle était seule. Un sanglot lui monta aux lèvres, et elle perdit le souffle, comme si on lui eût plongé la figure dans l'eau. A demi asphyxiée, elle balbutia : « Maman ! Maman ! » non dans l'espoir de rappeler celle qui avait déjà disparu, mais pour se défendre par ce mot, si intime et si chaud, contre le vide effrayant qui se creusait autour d'elle. A travers le voile liquide qui dansait devant ses yeux, elle apercevait ses compagnes d'infortune qui pleuraient, elles aussi, avec des reniflements et des hoquets misérables. Le spectacle de ces visages défaits lui rendit paradoxalement du courage. Elle ne voulait pas ressembler à ces fillettes larmoyantes, dont le chagrin était laid à voir. Tournant le dos à la grille, elle s'essuya les joues avec sa manche, ravala une gorgée de salive amère et entra, tête haute, dans le préau.

Le tumulte s'était apaisé, grâce à la présence, dans un coin, d'une créature bizarrement construite, qui devait être la surveillante. Quel âge pouvait-elle avoir? Trente ans, quarante ans? Elle avait une épaule plus basse que l'autre, de longs bras de singe et une figure jaune, dont le nez, la bouche, le menton étaient déviés sur la gauche. D'abord, Élisabeth crut que cette personne faisait des mines de sorcière pour amuser les fillettes. Mais, comme la grimace ne changeait pas et que nul ne riait dans la salle, elle finit par comprendre que c'était là le vrai visage de la femme. Troublée, elle s'en éloigna et tomba dans un groupe d'élèves, qui la toisèrent sans interrompre leur conversation. Elles avaient un accent lourd et chantant. Leur air de supériorité prouvait qu'elles en étaient au moins à leur deuxième année de pension. Toutes étaient mal habillées. Alors qu'Élisabeth portait une jupe arrêtée aux genoux, des chaussettes blanches et des souliers fins, les autres avaient des robes-sac, qui descendaient sur leurs jambes gainées de gros bas noirs, des cache-nez tricotés et d'épaisses galoches. N'avaient-elles pas conscience d'être ridicules dans cet accoutrement? Élisabeth les observait et songeait avec nostalgie aux élégances de l'école communale. Où étaient Claire et ses cheveux d'or, Madeleine et son joli tablier, plus court derrière que devant?

« Alors, il paraît que tu viens de Paris? demanda une blonde dodue, aux yeux bordés de cils blancs.

— Oui, répondit Élisabeth. Et toi?

— De Lacapelle-Marival.

— C'est à côté, je crois.

— Tiens donc! Autrement, je ne serais pas ici. Toutes, on est de la région. La moins près, c'est Augustine, et elle est de Cahors, alors tu vois! Pourquoi qu'elle t'a amenée de si loin, ta maman?

— A cause de ma santé.

— Qu'est-ce que t'as?

— J'ai que j'ai pas d'appétit! dit Élisabeth avec humeur.

— C'est pas ici qu'il te viendra! Pour ce qu'on mange!... »

Une petite, qui louchait un peu, tendit la main vers la jupe d'Élisabeth et marmonna :

« Oh! dis! ce que t'es habillée court! Vous êtes toutes comme ça, à Paris?

— Bien sûr, puisque c'est la mode!

— Et qu'est-ce qu'ils font, tes parents? demanda une autre.

— Ils tiennent un grand café, à Montmartre, répliqua fièrement Élisabeth.

— Où tu dis?

— A Montmartre!

— Oh! je sais! s'écria Augustine qui venait de Cahors. C'est là où sont tous les théâtres, tous les cinémas, tous les bals! Papa y a été l'année dernière. Il nous a raconté. Paraît que c'est bien beau!

— La nuit surtout, dit Élisabeth, à cause des lumières. »

Cette déclaration inclina l'auditoire vers la déférence. Un émerveillement incrédule se peignit sur tous les visages. Montmartre entrait à Sainte-Colombe.

« Eh bien, soupira la grosse blonde, tu devais pas t'embêter! »

Jouissant du prestige que sa qualité de Parisienne lui assurait brusquement sur cette réunion de provinciales, Élisabeth se dépêcha de consolider son avantage.

« A droite de chez nous, il y a le théâtre du Trianon-lyrique, dit-elle d'un ton détaché.

— Un vrai théâtre?

— C'te question!

— Tu y es allée? »

Sans prendre le temps de réfléchir, elle aspira l'air entre ses lèvres et cela produisit un sifflement assez proche du mot : « Oui. »

« T'en as de la chance! dit Augustine. Qu'est-ce que t'as vu? »

Tout à fait à l'aise, maintenant, dans l'invention, Élisabeth répondit :

« Beaucoup de choses : *Le Grand Mogol*... *Les Cloches de Corneville*... *Véronique*... C'est tout des opérettes à grand spectacle... Des costumes comme ça, avec des volants, des plumes, des paillettes, des bijoux en vrai clinquant!... »

Les filles contenaient leur respiration pour mieux entendre le récit de ces fastes parisiens.

« De l'autre côté du café, reprit Élisabeth, il y a le *Bal de l'Élysée*. On y danse toute la nuit, avec des serpentins, des confetti...

— Toi aussi, tu allais danser? »

Élisabeth recula devant l'énormité du mensonge que ses compagnes exigeaient d'elle et se contenta de dire :

« Non, pas moi. Mais mon oncle, mes parents. Ils y vont tous les soirs!

— Qu'est-ce qu'ils dansent? Tu connais les airs?

— Tu penses! » dit Élisabeth.

Elle fredonna :

*On fait un' petit' belote...*

Quand elle eut fini, les anciennes, surexcitées, lui réclamèrent une autre chanson. Elle prit une mine pâmée, ferma à demi les paupières et laissa couler de ses lèvres :

*Nuit de Chine,*
*Nuit câline,*
*Nuit d'amour...*

C'était si beau que l'une des filles courut chercher la surveillante en hurlant :

« Mademoiselle Bertrand ! Venez vite ! Il y a la nouvelle qui chante des chansons de Paris ! »

Malheureusement, Élisabeth n'était plus très sûre des paroles. Elle était en train de s'embrouiller dans les « nuits d'ivresse » et les « nuits de tendresse », lorsqu'une silhouette noire se dressa devant elle. Précédant la surveillante, M^lle^ Quercy, en personne, était arrivée, à pas feutrés, sur les lieux du rassemblement. Intimidée, Élisabeth se tut. Autour d'elle, des voix perfides chuchotaient :

« Eh bien, ma vieille, qu'est-ce qu'elle va se faire attraper !...

— Elle sera punie !...

— On la mettra en quarantaine !... »

La petite qui louchait susurra dans un sourire obséquieux :

« Vous savez, mademoiselle, elle nous a dit qu'elle habitait près d'un théâtre et que son papa et sa maman dansaient toute la nuit. »

Un regard froid de M^lle^ Quercy fit rentrer la rapporteuse dans le rang. Élisabeth serra les mâchoires, ce qui la soulageait toujours dans les moments de colère.

« Tu en fais une grimace ! dit M^lle^ Quercy d'une voix calme. Pourquoi ? Tu n'es pas contente ?

— Non, mademoiselle, répondit Élisabeth.

— Eh bien, moi non plus. Tu as une jolie voix. Mais je n'aime pas ta chanson. Ici, tu en apprendras d'autres. Maintenant, vous allez toutes ranger vos affaires dans la lingerie. Je compte sur les anciennes pour aider les nouvelles. »

Mlle Bertrand, qui avait une jambe plus courte que l'autre, rejoignit le groupe en boitant si fort qu'à chaque pas sa taille se cassait. Un claquement de mains. Les élèves s'alignèrent sur deux rangs. Les conversations tarirent.

Ayant conduit son troupeau à la lingerie, Mlle Bertrand annonça :

« Je vous donne une demi-heure. Quand je reviendrai, il faut que tout soit fini !

— Oui, mademoiselle », répliquèrent vingt voix traînantes.

Dès qu'elle eut le dos tourné, ce fut une ruée vers les bagages. Aux murs de la pièce étaient fixés des rayons de bois, que coupaient, à intervalles réguliers, des cloisons verticales de carton. Les filles déballaient leur trousseau sur une table et le disposaient ensuite dans le casier portant leur numéro. Cette besogne s'accompagnait de commentaires assourdissants, chaque élève essayant d'attirer l'attention des autres sur la qualité de son linge personnel. Quand Élisabeth tira de sa valise six culottes en finette, bordées d'un étroit feston rouge, des exclamations saluèrent cette découverte :

« Ce que c'est joli !

— Fais voir !

— Ça ne doit pas tenir chaud, l'hiver ! T'auras le derrière gelé ! »

Séduite par les dessous de la nouvelle, Augustine de Cahors s'offrit à lui montrer la façon réglementaire de ranger ses effets sur le rayon :

« Tu mets les culottes devant, parce que, forcément, c'est de ça que tu changes le plus souvent. Les chemises de jour derrière... Les chemises de nuit, encore plus derrière... »

Soudain, elle demanda :

« Et où sont tes serviettes hygiéniques?

— J'en ai pas, dit Élisabeth, qui d'ailleurs n'avait jamais entendu parler de la chose.

— T'as pas de serviettes hygiéniques? C'est pourtant marqué sur la liste. Faut que t'en aies. Même si tu ne t'en sers pas...

— Et toi, tu t'en sers?

— Je te crois!

— Alors, dis-moi ce que c'est!

— Ah! non, ma vieille! » s'écria Augustine d'un air effaré.

Elle secouait sa main devant son visage, et ses doigts mous claquaient l'un contre l'autre comme de petites saucisses.

« Pourquoi? demanda Élisabeth.

— Parce que! C'est pas des choses qui se disent! »

Des anciennes les entourèrent :

« Si, dis-lui, Augustine!

— Dis-lui, toi!

— Non, toi!... »

On alla dans un coin, pour que l'affaire ne fût pas ébruitée. Là, Augustine et une autre, baissant la voix et roulant des yeux blancs de conspiratrices, expliquèrent à Élisabeth le mystère de leurs indispositions mensuelles. Puis, pour la convaincre, elles la traînèrent devant les casiers des grandes. Celles qui étaient déjà en âge de prendre des précautions avaient dressé leur pile de serviettes hygiéniques bien en évidence, au bord du rayon. Celles dont l'évolution intime ne justifiait pas encore un pareil étalage tenaient ces linges précieux à l'écart, en attendant des jours meilleurs.

« Tu arrives de Paris et tu savais pas ça? » ricana Augustine.

Sainte-Colombe marquait un point. Élisabeth eut

beau grommeler : « Si, je savais!... » toute la pension avait pu constater son ignorance.

Le jour baissait, lorsque Mlle Bertrand revint. Contrairement à Mlle Quercy, elle vouvoyait les élèves. Sur son ordre, elles enfilèrent leurs tabliers noirs. Celui d'Élisabeth fut jugé trop court.

« Vous le rallongerez en classe de couture, dit la surveillante. Et puis, je ne veux plus voir ces chaussettes blanches. Des bas noirs, comme tout le monde. C'est plus convenable et cela tient plus chaud. »

Les pensionnaires se mirent en rangs pour descendre au réfectoire. Chacune portait à la main son couvert, sa serviette et sa timbale.

« On mange déjà? demanda Élisabeth.

— Non, c'est juste pour nous montrer nos places », dit Augustine.

En effet, dans le réfectoire, Mlle Bertrand répartit son public entre trois grandes tables. Une quatrième table, plus petite, était réservée à la direction. Élisabeth se laissa tomber sur un banc étroit et dur. A sa gauche était la grosse blonde, à sa droite, la fille qui louchait. La longue pièce aux murs nus s'obscurcissait graduellement. Déjà, la silhouette de Mlle Bertrand, assise près de la porte, était à peine visible.

« Et maintenant, qu'est-ce qu'on attend? demanda Élisabeth.

— La lumière, murmura la grosse blonde.

— Quelle lumière?

— Ben, l'électricité! On est les seuls à l'avoir dans le village. Mlle Quercy a construit elle-même une machine. Le soir, elle la fait fonctionner. Alors, tout s'éclaire. On y voit bien! »

Élisabeth écarquillait les yeux sur ce crépuscule peuplé de filles, et une crainte confuse l'oppressait. Un événement extraordinaire allait se produire : foudre, chute d'un mur, apparition d'une fée Carabosse. La porte grinça. Une lueur jaune franchit le seuil. C'était le fantôme de M^lle^ Quercy. Elle portait une lampe Pigeon, mais la lumière semblait sortir de son visage. Une tête coupée s'avançait lentement dans la salle.

« Vous êtes sages, mes enfants?

— Oui, mademoiselle!

— Encore un peu de patience. Je vais mettre la dynamo en marche. »

Elle s'évanouit dans un bruissement d'étoffe. Cinq minutes plus tard, une clarté rougeâtre jaillit du plafond. Au bout de leur fil, deux ampoules nues essayaient de vivre. Tout le réfectoire poussa un « Ah! » de triomphe. Puis, le courant manqua, et un « Oh! » de consternation s'exhala des ténèbres.

« Ça ne marche jamais du premier coup », expliqua la grosse blonde.

Les lampes, chatouillées à nouveau, émirent un rayonnement saccadé. Deux rangées de visages émergèrent de la nuit finissante. On se regardait. On se reconnaissait. On se saluait comme après une absence. La lumière se renforça. Quelques fillettes battirent des mains. Élisabeth ne comprenait pas ce qui leur plaisait dans cet éclairage défaillant. M^lle^ Quercy rentra et dit :

« Tout est en ordre. Mademoiselle Bertrand, vous pouvez avertir la cuisine que nous sommes prêts pour le dîner. »

Les assiettes étaient déjà sur les tables. Une autre femme surgit, qui était, sans doute, une maîtresse, car elle prit place avec M^lle^ Quercy et M^lle^ Bertrand, au fond du réfectoire.

« C'est M^lle^ Hugues, dit la loucheuse. Elle fait la classe des petites et M^lle^ Quercy celle des grandes.

— Alors, avec qui on sera?

— Ben, avec M^lle^ Hugues.

— Tant mieux », grommela Élisabeth.

Soudain, tout le monde se leva et joignit les mains. Une fillette marmonna des mots incompréhensibles. Ensuite, Mlle Quercy parla, seule, dans le silence :

« Bénissez-nous, Seigneur, bénissez ces dons qui viennent de vous et que nous allons prendre... »

Élisabeth s'était mise debout, comme les autres, et écoutait ce discours avec étonnement. Quand Mlle Quercy se fut tue, un chœur de voix déférentes répondit :

« Au nom du Père, et du Fils, et du Saint-Esprit. Ainsi soit-il. »

Les élèves enjambèrent les bancs de bois et se rassirent avec bruit.

« Qu'est-ce qui se passe? chuchota Élisabeth.

— Tu sais pas? C'est le *Benedicite!*

— Quoi?

— Le *Benedicite!* La prière avant le repas. »

La nouvelle courut rapidement de bouche à oreille autour de la table :

« Elle ne sait pas ce que c'est que le *Benedicite!...* »

Deux filles de cuisine, portant les plats, créèrent une diversion salutaire en pénétrant dans le réfectoire. A tour de rôle, chaque pensionnaire reçut sa part de soupe, de lentilles au lard et de pain. Pour toute boisson, de l'eau fraîche. On se jeta sur la nourriture. Élisabeth trouva que la soupe était grasse et que les lentilles étaient pleines de sable. Mais ses compagnes devaient apprécier le menu, car elles mangeaient vite, gloutonnement, le dos rond, la bouche clapotante. De sourdes querelles éclataient pour des questions de frontières :

« Tu prends trop de place... Pousse-toi!...

— Non, ma ligne est là... C'est toi qui empiètes!... »

De temps à autre, Mlle Quercy, à qui rien n'échappait, disait d'une voix douce mais ferme :

« Louise Charamu, on ne déchire pas son pain

avec les dents, on le rompt... Mauricette Lafleur, on s'essuie les lèvres avec sa serviette avant de boire... »

Elle-même, assise, droite, à la table de la direction, s'alimentait exclusivement de laitages et de salade. Ses mains blanches pliaient les feuilles vertes et les portaient à sa bouche avec beaucoup de distinction.

« Elle est végétarienne, dit la loucheuse. Toute l'année, elle mâche de l'herbe. C'est pour ça qu'elle est si mince! Tu finis pas ce que t'as dans ton assiette?

— Non, dit Élisabeth. J'aime pas les lentilles.

— Si t'en laisses ce soir, on te les resservira demain. Comme ça, jusqu'à ce que tu les avales! Passe-les-moi, plutôt! Mais faut pas se faire voir... »

Élisabeth se pencha en avant pour masquer la manœuvre aux yeux de M^lle^ Quercy, et la loucheuse, à prestes coups de cuillère, vida le restant des lentilles dans son assiette personnelle. Pour le dessert, il y eut des biscuits sucrés. Entre-temps, trois pensionnaires étaient allées chercher de l'eau pour la vaisselle. Une bassine par table. Les élèves se transmettaient le récipient de proche en proche, et y trempaient leurs couverts au passage. Les premières servies bénéficièrent d'une eau transparente et tiède. Les dernières, dont Élisabeth et ses deux voisines, durent plonger leurs couteaux, leurs fourchettes, leurs cuillères, dans un liquide trouble, où flottaient des effilochures de légumes, de la grenaille de lentilles et de pâles lambeaux de pain. Élisabeth, suivant les instructions des anciennes, roula ses couverts propres dans sa serviette, de façon à former un petit cylindre, et coiffa le tout avec sa timbale.

Au dîner, succéda une récréation dans le préau. Il était recommandé de marcher en groupes, pour activer la digestion, mais non de courir, car des exercices violents eussent contrarié le sommeil. M^lle^ Bertrand organisa des rondes. Les fillettes évoluaient avec lenteur en fredonnant : « Nous n'irons plus au bois... » Élisabeth eût voulu se soustraire à ce jeu, qu'elle trouvait absurde, et rester dans un coin, à ruminer sa peine. Mais la surveillante lui apprit que les méditations silencieuses, comme les conversations à deux, étaient interdites dans l'établissement. Menacée d'être signalée à M^lle^ Quercy pour refus d'obéissance, elle entra dans le cercle et manifesta sa mauvaise humeur en chantant plus fort et plus faux que ses compagnes.

Les deux autres nouvelles s'étaient jointes d'emblée à la masse du pensionnat. Rien, semblait-il, ne les étonnait dans ce milieu où Élisabeth se sentait étrangère. Elles bavardaient, sautillaient, riaient. Elles avaient déjà des amies. Élisabeth tournait parmi les tabliers noirs et pensait à sa solitude.

Après cet intermède, ce fut la montée au dortoir. Là, une épreuve supplémentaire attendait Élisabeth, au moment du déshabillage. Elle s'apprêtait à dégrafer sa jupe, lorsque M^lle^ Bertrand fondit sur elle en boitant à pleine hanche :

« Pas comme ça, petite malheureuse! Vous n'allez pas vous mettre nue devant tout le monde! On passe d'abord sa chemise de nuit, sans enfiler les manches, et on retire ses vêtements par-dessous...

— Je ne sais pas le faire!

— Eh bien, vous apprendrez... »

Aidée par la surveillante, Élisabeth glissa la tête dans l'encolure de sa chemise de nuit et essaya de se déshabiller à tâtons. Au moindre mouvement, ses coudes rencontraient les limites du fourreau de toile. Ses compagnes, plus habiles, en étaient déjà aux dernières phases de l'opération. Devant chaque lit, une colonne d'étoffe blanche se tortillait, se baissait, exhibait des protubérances anguleuses, et devenait plate, soudain, débarrassée des vêtements du jour, qui s'amoncelaient en petits tas, sur le plancher.

« Dépêchez-vous, Élisabeth Mazalaigue, dit M^lle^ Bertrand. On n'attend plus que vous. »

Pestant, piétinant et lançant autour d'elle des regards furibonds, Élisabeth triompha enfin du suprême obstacle, constitué par sa culotte, fit un pas en avant et annonça :

« Voilà, mademoiselle ! »

Dans les lavabos, il y avait une demi-douzaine de robinets, fixés au-dessus d'une large gouttière en zinc. Le pensionnat défila par groupes de six, dans la salle, pour se laver les dents, les oreilles et le bout du nez. Leurs ablutions terminées, les filles en blanc reprirent place, chacune devant son lit, dans le dortoir. Cette fois-ci, tout le monde s'agenouilla. Les têtes s'inclinèrent, les mains se joignirent, les lèvres se mirent à murmurer. Pour ne pas se singulariser, Élisabeth adopta l'attitude recueillie de ses voisines; mais, ne sachant que dire, elle gardait la bouche close. Son regard croisa celui de M^lle^ Bertrand, qui priait en face d'elle. Un éclair passa dans les yeux de la surveillante. A peine les élèves eurent-elles prononcé : « Ainsi soit-il », que leurs mains voletèrent comme des oiseaux affolés sur leur poitrine. Tandis que, « délivrées du mal », elles se précipitaient joyeusement dans leurs lits, M^lle^ Bertrand s'approcha d'Élisabeth et demanda, en lui soufflant au visage une haleine rance :

« Pourquoi n'avez-vous pas dit votre prière avec vos compagnes ? »

Élisabeth soutint son regard et répliqua avec morgue :

« Parce que je ne la connais pas. »

La surveillante accusa le choc par un mouvement du buste en arrière. Ses yeux se remplirent d'horreur. Elle balbutia :

« Vous ne savez pas le *Notre Père* ?

— Non.

— On ne vous l'a pas appris?

— Non.

— Ni à l'école, ni chez vous?

— Non. »

Les mains de M^lle^ Bertrand s'unirent en guérite sous son menton :

« Seigneur Jésus! Eh bien, nous voilà belles! »

Élisabeth flambait dans sa chemise, au centre de la réprobation générale. Comme un serpent crache son venin, une fille chuchota :

« Faut le dire à M^lle^ Quercy!

— Silence! glapit la surveillante en redressant une épaule. Élisabeth Mazalaigue, allez vous coucher. Nous aviserons demain. »

Élisabeth grimpa dans son lit et tira le drap jusqu'à sa bouche. La porte s'ouvrit, M^lle^ Quercy entra dans la salle. Les élèves crièrent en chœur :

« Bonne nuit, mademoiselle.

— Bonne nuit, mes enfants, dit-elle. Dormez bien. Et que demain vous trouve pleines de courage pour commencer l'année scolaire... »

Elle se tut, car la surveillante s'était approchée d'elle et lui parlait à l'oreille. M^lle^ Quercy était obligée de se baisser pour l'entendre. Les voisines d'Élisabeth marmottaient :

« Elle lui dit, pour la nouvelle!

— Hou là là! j'aimerais pas être à sa place!

— C'est vrai qu'elle ne sait pas son *Pater?*

— Non, elle ne sait que des chansons d'amour de Paris!... »

M^lle^ Quercy claqua dans ses mains :

« Que signifie ce tapage? Je veux que tout le monde soit endormi dans cinq minutes. M^lle^ Bertrand me signalera celles qui bavarderont encore quand la lumière sera éteinte. »

Elle sortit. Élisabeth, qui s'attendait à des remontrances, respira, soulagée, et enfouit son visage dans le traversin craquant et froid. La surveillante passa devant elle, sans la regarder, rectifia la position de quelques élèves sous leurs couvertures, souhaita un bon repos à toutes, se réfugia dans son réduit, où il y avait un lit, une cuvette, un broc, et tira le rideau marron sur le secret de ses préparatifs nocturnes. L'électricité s'éteignit : M^lle^ Quercy avait coupé le courant. Pourtant, la nuit n'était pas complète. Une lampe Pigeon, brûlant sur une table basse, faisait office de veilleuse. En cas d'urgence, on pouvait la prendre pour descendre aux cabinets, dans la cour.

A demi dressée sur ses coudes, Élisabeth contemplait la longue salle, faiblement éclairée, où trente barques blanches flottaient à la surface d'une eau noire. Son lit était dur, sans oreiller, avec un gros édredon enfermé dans une housse de toile. Accoutumée au mouvement du boulevard Rochechouart, elle s'étonnait de n'entendre plus le roulement et les coups de klaxon des automobiles, les explosions assourdies de l'orchestre, derrière le mur, le bruit des pas et des voix sur le trottoir, sous sa fenêtre, toute cette immense rumeur qui, depuis tant d'années, la préparait, chaque soir, au sommeil. Jamais elle ne pourrait dormir dans cette pénombre, dans ce silence inquiétants, parmi toutes ces filles qui ne l'aimaient pas. Elle regretta de n'avoir pas emporté Constantin. Avec lui, du moins, elle se fût sentie moins seule. Mais il était peu probable que M^lle^ Quercy eût toléré la présence d'un ours dans le lit d'une pensionnaire. Cette femme n'était là que pour empêcher Élisabeth d'être heureuse. « Je la déteste! Je la déteste!... » se répétait-elle en serrant les mâchoires. Et dire qu'en ce moment la vraie vie se poursuivait là-bas, dans le café tumultueux et brillant! Un désir douloureux la saisit d'embrasser sa mère, de se plaindre, d'être consolée. Elle l'appelait mentalement à son chevet. Et papa aussi, et tonton Denis, et Clémentine...

« J'écrirai à maman, je lui dirai que je ne veux pas rester ici, qu'elle doit me reprendre... » Une fille geignait en rêve, une autre sifflotait en respirant par le nez. Près de la porte, deux amies bavardaient à voix basse. Un corps se retourna sur un sommier grinçant. Tonton Denis irait-il retrouver Clémentine, ce soir? Les lits, dans le voisinage de la veilleuse, projetaient sur le mur des ombres en forme d'échelles. Un chemin de fantômes. Élisabeth se mit à trembler. « Et si je criais, si j'éveillais tout le monde? » L'idée de ce scandale lui donna chaud. Elle s'assit et retira sa chemise. Nue, elle se sentit mieux. Dans sa précipitation, elle avait oublié de prendre un mouchoir propre pour le glisser sous sa figure, comme d'habitude. Ils étaient tous restés dans le casier de la lingerie. Pliant sa chemise en quatre, elle l'appliqua contre sa joue et se recoucha. Un coup de vent passa sous la porte. Les cordes d'ombre bougèrent sur le mur. Quelqu'un descendait dans la salle, échelon par échelon. On ne le voyait pas. Mais il allait bientôt surgir entre les lits. Comme cet affreux renard, dont *La Semaine de Suzette* avait publié l'image, entrant, furtif, la gueule ouverte, dans un poulailler. Il emportait la plus belle. « Moi, peut-être? » Elle fut surprise de n'être pas davantage effrayée. Tout valait mieux que continuer à vivre en pension.

## 2

LE lendemain matin, à la récréation de dix heures, Élisabeth fut appelée dans le bureau de M^lle^ Quercy pour se justifier d'une accusation capitale. Elle avait été trouvée nue dans son lit, au moment où sonnait la cloche du réveil. Les explications de la coupable, fondées sur l'habitude qu'elle avait prise de dormir ainsi, à la maison, ne suffirent pas à convaincre la directrice. Elle lui ordonna de se conformer au règlement, sous peine de sanctions pouvant aller jusqu'à la « mise en quarantaine ». Cette menace fut proférée d'une voix douce et blanche comme le lait. Ensuite, M^lle^ Quercy attaqua une question qui, disait-elle, était plus grave encore à ses yeux : le manque d'instruction religieuse de sa nouvelle pensionnaire. Sans se permettre de critiquer les parents de la fillette, elle déplora qu'ils n'eussent pas veillé à cette partie essentielle de son éducation. L'indécence dans le sommeil, les chansons malhonnêtes, l'ignorance des principales prières, tout se tenait. Il était grand temps de réparer le mal. Pendant que les autres seraient en récréation, M^lle^ Hugues se chargerait d'enseigner à Élisabeth les oraisons chrétiennes élémentaires et des rudiments d'Histoire sainte. Dès qu'elle aurait rattrapé ses compagnes, elle suivrait avec elles les leçons de catéchisme de M. le curé.

Tandis que la directrice lui adressait ce discours, Élisabeth la considérait fixement et disait dans sa tête : « Je te déteste! Je te déteste! Je te crache dessus! » Inconsciente de cette haine toute proche, M^lle^ Quercy conclut :

« Je compte sur toi pour un bel effort, Élisabeth. Si tu remontes la pente, tu auras deux fois plus de mérite que les autres, parce que tu seras partie plus tard et de plus loin! »

En se retrouvant dans le préau, Élisabeth eut l'impression qu'elle avait de nouveau la pelade. Comme les élèves de l'école communale, qui la fuyaient jadis à cause de sa maladie de peau, celles de Sainte-Colombe lui tournaient le dos, aujourd'hui, parce qu'elle avait rapporté de Paris des manières jugées inconvenantes. Or, si elle admettait, à la rigueur, que des plaques chauves sur une tête pussent inspirer de la répulsion à quelques filles sans cœur, elle ne comprenait pas que le fait d'ignorer des prières et de dormir nue provoquât une réaction analogue parmi son entourage. L'injustice était si flagrante, qu'au lieu de chercher à conquérir l'estime de ses compagnes en s'appliquant à leur ressembler, elle avait une furieuse envie de les braver jusqu'au bout en demeurant elle-même.

A la récréation suivante, M^lle^ Hugues appela Élisabeth dans la classe et lui parla du Père, du Fils, du Saint-Esprit et de la Sainte Vierge. Les malheurs de Jésus-Christ intéressèrent vivement la fillette, mais, lorsqu'on passa à l'étude de l'oraison dominicale, elle n'essaya même pas de dissimuler l'irritation que lui causait cette enfilade de mots, dont il était interdit de modifier l'ordonnance. M^lle^ Hugues était grise de peau, de robe, de cheveu et de regard. Il suffisait de détourner les yeux pour oublier son visage. Quant à son enseignement, l'ennui qui s'en dégageait excusait la paresse collective de ses élèves.

« Répétez avec moi : « Notre Père qui êtes aux cieux... »

De sa place, Élisabeth entendait les rires, les cris de ses compagnes, qui jouaient dans le préau. Tout en les haïssant, elle eût aimé les rejoindre. Mais M^lle^ Hugues était intraitable :

« Vous irez vous amuser lorsque vous aurez comblé cette grave lacune... »

Pour la prière du soir, M^lle^ Bertrand vint s'agenouiller à côté d'Élisabeth, dans le dortoir, au pied du lit. Penchée vers l'enfant, elle lui soufflait ce qu'il fallait dire, avec des grimaces de complicité enthousiaste. Les autres pensionnaires observaient la scène du coin de l'œil, sournoisement, sans cesser de remuer les lèvres. Épuisée par les épreuves de cette première journée, Élisabeth s'endormit dès que la lumière fut éteinte. Elle s'éveilla en pleine nuit et faillit hurler de saisissement : une main étrangère soulevait ses couvertures. C'était M^lle^ Bertrand qui vérifiait si elle n'avait pas ôté sa chemise. Encore mal remise de son émotion, elle vit, dans la clarté vague de la veilleuse, l'infirme qui s'éloignait d'un pas inégal, empêtrée dans son vêtement de linge blanc, comme un spectre né de la lune et plus habile à voler qu'à marcher.

Les jours suivants, l'instruction religieuse d'Élisabeth se compléta, de récréation en récréation, sous la direction de l'ennuyeuse M^lle^ Hugues. Mais, déjà prise par la discipline monotone de la pension, la fillette ne se révoltait plus contre la dureté de son sort. Rien d'imprévu ne pouvait survenir dans cette maison, où chaque minute de la vie entrait dans le compte d'un emploi du temps rigoureux. On se levait à l'aube, dans un dortoir que les premiers froids de l'automne transformaient en glacière. La prière du matin et le débarbouillage étaient expédiés en hâte, par des gamines grelottantes, qui bâillaient spasmodiquement. Les lits faits, tout le monde s'assemblait, l'œil somnolent et l'estomac creux, dans la chapelle particulière de la pension. Mlle Quercy, Mlle Hugues et Mlle Bertrand s'installaient aux places avancées, près de l'autel. Les élèves se serraient derrière elles, sur des bancs de bois. Sainte-Colombe était un couvent désaffecté, dont la chapelle devait être très ancienne, à en juger par la noirceur de ses pierres, le poli de ses prie-Dieu et le parfum d'encens et de moisi qui flottait sous ses voûtes. Chaque pensionnaire avait son chapelet. Mlle Hugues en avait prêté un à Élisabeth. Il était de gros grains et sentait la résine. Un murmure de confidence montait vers la statue d'un Christ impassible, bien que crucifié :

« Seigneur, ayez pitié de nous... Jésus-Christ, ayez pitié de nous... Jésus, écoutez-nous... Jésus, exaucez-nous... »

Parfois, engourdie de fatigue, Élisabeth croyait voir le corps du Rédempteur qui se déplaçait sur la croix. Alors, un frisson de crainte la traversait, et elle disait avec les autres : « Jésus, ayez pitié de nous... » Puis, de nouveau, elle se taisait, pensant à autre chose.

De la chapelle, on passait directement au réfectoire, où, en guise de petit déjeuner, les élèves recevaient une assiette de soupe et deux tranches de pain bis. Les cours commençaient aussitôt après, coupés de récréations dont Élisabeth ne pouvait profiter encore, car ses progrès en instruction religieuse étaient insuffisants. Même à l'étude du soir, elle devait, selon les ordres de Mlle Quercy, employer ses rares loisirs à lire un manuel de catéchisme imprimé en gros caractères, avec des images. Avant le dîner, on retournait à la chapelle où, dans l'ombre, les voix les plus douces prenaient une résonance sinistre.

Après s'être étonnée de l'importance que chacun, à Sainte-Colombe, attachait à ces sortes de récitations, Élisabeth avait fini par admettre qu'il existait, sans doute, un Bon Dieu derrière les nuages, qui réglait tout, comme une directrice dans un pensionnat. Il était certainement très commode de s'adresser à lui pour obtenir un conseil, une faveur ou une aide. Si elle n'en avait jamais entendu parler en famille, c'était que ses parents avaient trop de travail dans leur café pour s'occuper des choses qui se passaient dans le Ciel. Peut-être aussi se figuraient-ils qu'on lui avait déjà enseigné le nécessaire à l'école communale? En tout cas, si le principe de ces rapports quotidiens avec le Seigneur ne lui déplaisait pas, elle déplorait qu'il fallût l'invoquer à heure fixe, au moyen de phrases difficiles à retenir. Était-il vrai, comme le disait M^lle^ Bertrand, que ses prières à elle compteraient pour rien tant qu'elle ne les saurait pas par cœur? Cela menaçait de durer longtemps! « Si je pouvais, songeait-elle, je demanderais que maman vienne me voir très vite..., que tonton Denis épouse Clémentine..., qu'on ait du café au lait et des croissants au petit déjeuner..., que M^lle^ Quercy se casse une jambe..., que je devienne grande, tout à coup..., que papa n'ait plus jamais mal à la tête... » Ses réflexions étaient interrompues par le mouvement de tous les corps qui se redressaient. M^lle^ Quercy sortit la première, pour mettre en marche la dynamo. Au dîner, on retombait sur la soupe du matin réchauffée, des lentilles ou des pâtes, de la salade cuite, et les inévitables biscuits du dessert.

L'uniformité de cette existence donnait son prix aux moindres événements qui en traversaient le cours. Le jour où on changeait de linge, le jour où on prenait un bain de pieds, cinq par cinq, dans une grande bassine, le jour où l'on se raclait la tête avec un peigne très fin, qu'il fallait présenter ensuite à

M^lle^ Bertrand pour prouver qu'on n'avait pas de bêtes dans les cheveux, le jour où M. le curé arrivait pour le catéchisme se paraient mystérieusement d'une lueur de fête.

Le dimanche, on retrouvait M. le curé à l'église du village. Il venait de loin, à bicyclette. Une quinzaine de personnes se joignaient au pensionnat pour assister à la messe. C'était une belle cérémonie. Élisabeth ne se lassait pas d'admirer le vêtement brodé d'or et les gestes onctueux du prêtre. Il déambulait, ouvrait les bras, parlait d'une voix chantante. Un petit garçon, en costume rouge et blanc, lui donnait la réplique. Chaque fois que l'enfant s'agenouillait, on voyait ses gros souliers noirs. M^lle^ Quercy était assise derrière une sorte de piano. Ses doigts volaient sur les touches et il s'en échappait une musique céleste. En sortant de l'église, les filles avaient des visages heureux, causaient doucement, se prenaient volontiers par la main. Même Élisabeth, qui, pourtant, n'inspirait guère de sympathie à ses compagnes, recueillait à cette occasion quelques marques d'amitié. L'après-midi, M^lle^ Quercy rassemblait les grandes et les petites dans la même classe, et une élève lisait à haute voix un livre intitulé *Le Journal de Marguerite, ou les deux années préparatoires à la première communion.*

Peu de temps après la rentrée, un boulanger de Lacapelle-Marival vint livrer le pain pour quinze jours. Il annonça son arrivée en soufflant dans une corne. Une immense clameur répondit au signal.

« C'est le pain ! le pain frais ! »

Tout le pensionnat participa au déchargement de la voiture. Les élèves se transmettaient, de mains en mains, les grosses tourtes grises, aux flancs dodus, craquelés et poudrés de farine. L'odeur aigrelette de la levure leur chatouillait les narines au passage. Élisabeth en avait la salive à la bouche. Le soir, ce fut un régal. Puis, à la longue, le pain durcissant, moisissant, on déchanta. Le retour du boulanger devint un sujet de rêve.

Depuis deux semaines qu'Élisabeth était en pension, elle avait reçu trois lettres de sa mère, mais n'y avait pas encore répondu, faute de temps et d'inspiration. La quatrième lettre lui arriva le jeudi 16 octobre. M^lle^ Quercy la lui remit ouverte comme les précédentes, à l'heure du déjeuner. Mais il était interdit de lire sa correspondance à table. Élisabeth glissa l'enveloppe dans la poche de son tablier et attendit la fin du repas, avec une impatience telle que son estomac se contractait. Au moment du dessert, qui, exceptionnellement, n'était pas constitué par des biscuits, mais par une tranche de « pain perdu », M^lle^ Quercy frappa dans ses mains pour réclamer le silence et dit :

« Mes enfants, j'ai une bonne nouvelle à vous annoncer. Cet après-midi, je vous emmènerai toutes au bois Marie pour ramasser des châtaignes. »

Un glapissement de joie accueillit ses paroles. Certes, nul n'ignorait que la promenade avait un but utilitaire et que les châtaignes ainsi récoltées entreraient, pendant longtemps, sous des aspects divers, dans la composition du menu, mais ces appréhensions gastronomiques ne tenaient pas devant la merveilleuse promesse de deux heures de liberté dans les bois.

Pendant la courte récréation qui suivit, Élisabeth se réfugia dans un coin du préau afin de lire sa lettre. L'enveloppe était libellée comme pour une grande personne : « Mademoiselle Élisabeth Mazalaigue, Pension Sainte-Colombe, par Lacapelle-Marival, Lot. » Ce « Mademoiselle », accolé à son nom, enchantait la fillette. Le papier était à en-tête du *Café-tabac Le Cristal*. Sur la feuille blanche, l'écriture inclinée de maman avait l'élégance d'une dentelle. Mais les mots, tracés d'une plume vive, étaient difficiles à déchiffrer :

« Ma chère petite Élisabeth,

« Je suis surprise de n'avoir pas encore reçu de réponse aux trois lettres que je t'ai adressées depuis notre séparation. Je veux croire que tu es en bonne santé et que c'est simplement un peu de paresse qui t'a empêchée de m'écrire. Tu le feras dès ce soir, n'est-ce pas? pour nous rassurer tous. Ici, rien de nouveau, si ce n'est que nous avons plus de travail qu'en septembre, comme chaque année. Papa a été fatigué, ces derniers temps, mais maintenant il va mieux : je ne suis pas inquiète. Quant à tonton Denis, il se porte bien et nous parle souvent de toi avec tendresse. Au Trianon-lyrique, on joue *Rêve de Valse*. Le succès de cette opérette nous vaut de nombreux clients aux entractes. Nous avons eu des billets de faveur et sommes allés au théâtre tous les trois, à tour de rôle, la semaine dernière. Puisque tu t'intéresses à mes toilettes, je te dirai que j'avais mis ma robe bleue que tu aimes tant! Le spectacle était fort joli et j'espère qu'il te sera donné un jour de le voir. Et toi, mon enfant chérie, es-tu sage et travailleuse comme tu me l'avais promis? Manges-tu bien? Profites-tu du bon air de cet agréable pays? Combien de fillettes voudraient être à ta place! Je suppose que tu te rends compte de ta chance et qu'aux prochaines vacances nous ne te reconnaîtrons pas, tellement tu seras devenue grande, solide et raisonnable. Il faut vite que je termine ma lettre, car on m'appelle à la caisse. Je t'embrasse, ma petite, pour papa, pour tonton et pour moi-même. Réponds-moi vite. Et trouve un moment pour écrire à grand-père, qui, lui aussi, attend de tes nouvelles.

Cela lui fera plaisir! Encore de gros baisers. — Ta maman. »

Cette missive était si longue, si tendre et si proprement tournée, qu'Élisabeth se réjouit en songeant que M<sup>lle</sup> Quercy l'avait parcourue avant elle. Ainsi, la directrice avait pu constater combien sa nouvelle pensionnaire était aimée de ses parents, quelle belle existence ils menaient à Paris et comme ils regrettaient l'absence de leur fille unique. Elle relut la lettre trois fois avec une émotion croissante. Tout le passé lui remontait au cœur, et, d'un souvenir à l'autre, son état présent lui semblait, par opposition, plus cruel. Le tintement de la cloche tomba de haut dans sa tristesse. Elle sortit du café familial pour s'éveiller, ahurie, les larmes aux yeux, dans une horde de filles criardes, qui coiffaient leurs chapeaux, se bousculaient et se mettaient en rangs.

« Eh bien, Élisabeth Mazalaigue, vous n'êtes pas encore prête? On vous attend! »

Dehors, le soleil brillait faiblement à travers un voile de brume. M<sup>lle</sup> Quercy prit la direction du mouvement. M<sup>lle</sup> Hugues se plaça en serre-file. Quelques élèves portaient les sacs vides destinés à la récolte. On traversa le jardin en suivant l'allée centrale, bordée de rosiers squelettiques. Au moment de franchir la grille, Élisabeth ressentit dans sa poitrine le choc exaltant de la délivrance : ce n'était pas un vrai départ, mais il était permis de l'imaginer. Elle tourna la tête et vit, en entier, la bâtisse longue et basse de la pension, avec son grand toit de tuiles moussues, ses murs gris, percés de fenêtres toutes pareilles, sans rideaux, et une seule cheminée qui fumait. De l'autre côté de la route, la vieille petite église, dont les portes ne s'ouvraient que le dimanche, veillait sur une douzaine de masures, enfoncées de guingois dans le sol. Des poules s'affairaient autour d'un tas de fumier. Un chien, couché près de la fontaine, se mordillait la queue en retroussant les babines. Quelques femmes sortirent de leur logis pour assister au défilé. M^lle^ Quercy répondit à leur salut avec une amabilité empreinte de noblesse. Soudain, les maisons disparurent. On s'engagea dans un sentier flanqué de broussailles. En tête de colonne, les fillettes marchaient encore sur deux rangs, mais, derrière, elles se débandaient et sautaient à cloche-pied entre les trous. Autour du chemin, s'étalaient des labours et des prairies vertes, semées de boqueteaux jaunissants. La plupart des pensionnaires ne prêtaient aucune attention au paysage, mais Élisabeth, subjuguée, ne pouvait en détacher les yeux. Pas de murs, pas de trottoirs, pas de becs de gaz. Son regard se portait si loin, l'air qu'elle respirait était si vif, qu'elle avait envie de crier, de courir, de voler pour éprouver la légèreté de son corps. Le sentier contourna un monticule habillé de fougère et buta du nez contre un joli petit bois au feuillage roux. M^lle^ Quercy recommanda aux fillettes de ramasser le plus de châtaignes possible dans leur tablier et de déverser leur charge dans les sacs qu'elle avait fait aligner sur le sol.

« Et maintenant, à l'ouvrage! Les plus actives auront une récompense. »

Des silhouettes furtives se dispersèrent entre les troncs luisants de la dernière pluie. Courbée en deux, Élisabeth avançait à pas lents, sur un tapis de feuilles mortes, dont l'odeur âcre et humide entrait profondément dans sa tête. Ses bas noirs lui grattaient les jambes. Il y avait beaucoup de châtaignes à ses pieds. Certaines étaient nues et lisses, d'un brun lumineux, modelées en forme de cœur. D'autres se cachaient encore dans une boule verte, à demi fendue. A l'exemple de ses compagnes, Élisabeth écrasait sous son talon la coque aux pointes piquantes et en dégageait un fruit tout humide, tout neuf, dont la perfection insolite, chaque fois, l'étonnait. Des voix, aiguisées par l'impatience, hurlaient dans le sous-bois :

« Regardez le mien, comme il est joli, mademoiselle!...

— Oh! ici, c'est fantastique!... Il y en a! Il y en a plus que partout!...

— Mademoiselle! Mademoiselle, venez voir, j'en ai deux dans un! »

M^lle^ Quercy se faufilait d'un groupe à l'autre, et distribuait avec équité ses encouragements et ses conseils. Les châtaignes s'accumulaient dans le tablier d'Élisabeth, qu'elle soulevait en poche, par-devant. Quand le trésor menaça de déborder, elle alla le livrer à l'endroit convenu. M^lle^ Hugues, toujours grise et triste, surveillait la récolte à travers ses besicles. D'autres fillettes arrivaient, le ventre proéminent, les jambes écartées, et, lâchant leur tablier, laissaient tomber une avalanche de boules marron dans le sac.

« C'est moi qui en ai le plus!

— Non, c'est moi! Mademoiselle me l'a dit... »

Enfiévrée par l'émulation, Élisabeth retourna à la tâche. Bientôt, pourtant, prise par le plaisir de se promener dans le bois, elle oublia son envie de rapporter plus de châtaignes que quiconque. Feignant de chercher un bon coin, elle s'écartait de ses compagnes et jouait à se croire seule, sous les lourds feuillages mordorés, dont le ciel éclairait les trous. Un oiseau poussait son cri, une branche pliait, un chien aboyait au loin, une feuille tombait, et rien d'autre n'était important au monde. De temps en temps, machinalement, Élisabeth ramassait une châtaigne, la trouvait précieuse comme un cadeau et la plaignait d'être ravie à sa forêt natale pour finir bêtement dans un pensionnat. Triant celles qui gonflaient son tablier noir, elle en sortit les plus belles et leur rendit la liberté. Lorsque Mlle Quercy rappela les fillettes, en tapant dans ses mains, ce fut Élisabeth qui arriva la dernière sur le lieu du rassemblement.

« C'est tout ce que tu nous offres? lui dit Mlle Quercy en contemplant le maigre butin qu'elle déchargeait sur le tas.

— Oui, mademoiselle.

— Eh bien, tu ne t'es pas fatiguée! Si tout le monde avait fait comme toi, nous aurions bonne mine en rentrant à la pension. »

Entre-temps, le concierge, qui avait un gros ventre et une longue moustache tombante comme nos ancêtres les Gaulois, était venu avec une brouette pour emporter les sacs pleins. Il y en avait dix en tout. A deux sacs par brouette, cela l'obligerait à faire cinq voyages. Ayant complimenté ses élèves, qui toutes, à l'exception d'Élisabeth, avaient contribué au succès de l'expédition, Mlle Quercy les rangea de nouveau en colonne par deux.

« Oh! mademoiselle, est-ce qu'on aura des châtaignes pour dîner, ce soir? demanda Augustine de Cahors d'une voix suppliante.

— Bien sûr! dit Mlle Quercy.

— Chic! Chic! Chic! » crièrent les filles en sautillant sur place et en claquant des mains.

On se remit en route, avec joie. En signe de victoire, les élèves chantaient, toutes ensemble :

*Mon pèr' m'a donné un mari,*
*Mon Dieu! Quel homme! Quel petit homme!...*

Le concierge allait devant, poussant sa brouette. Parfois, le fruit tombait d'un sac mal fermé et roulait dans une cornière. Aussitôt, une pensionnaire se précipitait pour le ramasser. Élisabeth croqua une châtaigne qu'elle avait gardée dans sa poche. Une matière dure, amère et sucrée à la fois, s'émietta sur sa langue. Elle recracha une pluie de parcelles blanches. Ses voisines faisaient comme elle. La chanson traînait. M^lle^ Hugues battait la mesure avec sa main pour soutenir les énergies défaillantes :

*Mon pèr' m'a donné un mari...*

Il se mit à pleuvoir. On courut jusqu'à la grille. Mais ce n'était qu'une ondée.

Pour le goûter, les fillettes reçurent une tranche de pain et deux morceaux de sucre. Ensuite, comme chaque jeudi, de quatre heures à cinq heures, tout le pensionnat s'assembla en classe de couture. Pendant que ses compagnes, plus avancées, brodaient des fleurs sur un canevas, Élisabeth devait refaire l'ourlet de ses tabliers, allongés de dix centimètres par ordre de la direction. Le dé que M^lle^ Bertrand lui avait vissé sur le doigt gênait ses mouvements. L'aiguille, très fine, glissait entre son index et son pouce. Elle grinçait des dents, soupirait de colère. Son fil s'embrouillait, elle le démêlait, le tirait d'un grand geste du bras, au risque d'éborgner sa voisine, le perdait, et il fallait de nouveau le sucer, le tordre, le pousser dans le chas en fermant un œil. M^lle^ Bertrand, debout entre les pupitres, assistait, imperturbable, au supplice. Quand elle s'éloignait, sa chaussure à socle de bois résonnait fortement sur le plancher. Ce bruit boiteux interrompait, par instants, la voix de l'élève qui lisait pour toute la classe *Le Journal de Marguerite*.

« Dans les parterres qui entourent la maison, j'ai vu toutes sortes de fleurs, car M^lle^ Dumont les aime extrêmement et les fait cultiver avec le plus grand soin, ce qui prolonge leur saison. »

Tout en grognant contre son ourlet, Élisabeth

admirait le langage de cette Marguerite, qui, pourtant, d'après le livre, n'avait guère plus de dix ans. Elle eût aimé pouvoir écrire à sa mère avec autant de facilité. Justement, l'étude du jeudi était réservée à la correspondance. Plus que dix minutes et on y serait! Elle se piqua, suça une goutte de sang à son doigt et, découragée, jeta son ouvrage sur ses genoux :

« J'y arriverai jamais! »

M^lle^ Bertrand s'approcha d'elle, porta le tablier devant son nez comme pour en renifler l'odeur, hocha la tête, fit la moue :

« On dirait que vous avez cousu ça avec une fourchette! »

Du coup, l'élève qui lisait se tut et toute la salle éclata de rire. Le tintement de la cloche délivra Élisabeth au moment où elle s'apprêtait à injurier ses compagnes peu charitables.

Il était cinq heures. Après la récréation, les élèves, revenues en classe, laissèrent l'aiguille pour le porte-plume. Deux lampes rougeoyantes s'allumèrent au plafond.

Devant sa page de papier blanc, Élisabeth rêvait. Il lui était difficile de raconter sa vie en pension comme elle l'aurait voulu, puisque les lettres devaient être remises ouvertes à M^lle^ Quercy. A force de peser ses mots, il lui semblait qu'elle ne s'adressait plus à ses parents, mais à la directrice. Son cerveau se vidait. Elle regarda sa voisine, Françoise Pierroux, dont le père était fabricant de foie gras à Souillac. Françoise écrivait vite, sans réfléchir : les idées coulaient directement de sa tête à sa plume. Comme elle avait beaucoup d'imagination, on ne savait jamais si elle disait la vérité ou un mensonge. Élisabeth l'aimait bien, parce qu'elle avait un visage pâle, des yeux très grands, très noirs, et une voix douce. De toutes les pensionnaires de Sainte-Colombe, c'était la seule dont elle eût souhaité gagner la sympathie.

« T'écris à tes parents? chuchota-t-elle.

— Oui, dit Françoise.

— Qu'est-ce que tu leur mets?

— Oh! ce qui me passe par la tête. Le tout, c'est qu'ils sachent que je vais bien...

— Et comment tu commences? »

Françoise poussa sa feuille de papier devant Élisabeth, qui se pencha et lut :

« Très chers parents,

« Je vous remercie pour votre affectueuse lettre et me dépêche de vous dire que, moi aussi, je suis en bonne santé... »

« C'est bien », dit Élisabeth.

Mise sur la voie, elle trempa sa plume dans l'encrier, laissa mûrir l'inspiration et se lança à son tour :

« Très chers parents,

« Je viens me jeté dans vos bras pour vous dire que je vais bien et que tout le monde ici est gentil pour moi. On a été ramassé des châtaignes et c'était drôle, on en aura à dîné. Ça me changera des lenties que j'aime pas beaucoup. Puis, on a fait la lecture du *Journal de Marguerite*. J'ai une amie Françoise qui est gentille, je croi. Je suis contente que papa et tonton vont bien et que le café marche et surtout que tu sois allé au téatre avec ta belle robe... »

Elle relut le début de sa lettre, rongea pensivement le bout de son porte-plume et poursuivit :

« Quand je serai grande j'irai aussi au téatre et j'aurai aussi une belle robe et des bijoux. Ce sera gai.

Toujours on ira ensemble. On dansera dans les bal. Ici, la lumière est faite par une machine dinamo. C'est M^lle^ Querci qui a fait la dinamo et elle marche. Elle est aussi très gentille. J'étudi bien. Et je mange tout ce qu'on donne. Si tu savais maman comme dans le bois Marie c'était joli avec les feuilles mortes. J'esper qu'on ira encore. C'est le concierge qui a rapporté les chataignes dans une brouète. Je vous embrasse, maman, papa, tonton et Clémentine avec tout mon cœur de petite pensionnaire. — ÉLISABETH. »

Elle écrivit l'adresse sur l'enveloppe et souligna deux fois les mots : *Café Le Cristal.*

« T'as fini? demanda Françoise Pierroux.

— Oui.

— Alors, tu vois, c'était pas malin!

— Non. Quand on a commencé, ça va tout seul. Il faudrait encore que j'écrive à mon grand-père, mais je le ferai une autre fois.

— Moi, je n'écris pas à mon grand-père, il est mort, dit Françoise Pierroux.

— Moi, c'est ma grand-mère qui est morte », dit Élisabeth.

Ce fut le début des confidences. Françoise était en train de raconter comment on gavait les oies, quand M^lle^ Bertrand, qui surveillait l'étude, menaça de punir les deux fillettes pour bavardage et dissipation. Élisabeth se tut, rougissant d'une joie contenue : elle avait enfin une amie.

A six heures, M^lle^ Bertrand ramassa toutes les lettres pour les porter à M^lle^ Quercy.

Après le dîner, composé, pour le principal, de châtaignes bouillies, il y eut un bain de pieds collectif dans le dortoir. Élisabeth s'arrangea pour être placée à côté de Françoise devant la grande bassine fumante. Les élèves tâtaient l'eau d'un orteil prudent :

« Elle est trop chaude, mademoiselle, on ne peut pas tremper encore! »

C'était un prétexte pour faire durer le plaisir. Comme il n'y avait que quatre bassines pour tout le dortoir, les filles qui attendaient leur tour houspillaient celles qui se prélassaient sur leurs chaises.

« Dépêchez-vous! Mademoiselle, elles font exprès!... »

Laissant pendre leurs chevilles dans l'eau, le tablier remonté sur les genoux, un sourire béat aux lèvres, les deux nouvelles amies échangeaient des regards de complicité. Après s'être lavé les pieds, Élisabeth prêta son savon à Françoise, qui lui en avait fait compliment parce qu'il était parfumé aux amandes. Françoise lui jeta un coup d'œil d'une douceur étrange, et chuchota :

« Je te remercie. Tu verras, on aura des secrets ensemble! Demain, je te raconterai des choses intéressantes... »

Couchée dans son lit, les lumières éteintes, Élisabeth se demanda longtemps encore, avec délice, quelles étaient ces choses intéressantes que Françoise avait l'intention de lui raconter.

# 3

MADEMOISELLE Quercy arriva un peu en retard pour la prière du matin, dans la chapelle. M^lle^ Bertrand et M^lle^ Hugues avaient déjà pris leurs places, au premier rang. Au lieu de les rejoindre, la directrice parcourut du regard l'assemblée des élèves, fit signe à Élisabeth de se pousser et s'installa près d'elle, sur le banc, au bord de l'allée centrale. Que signifiait cette conduite inhabituelle? S'agissait-il d'un témoignage de faveur ou d'une marque de suspicion? Du coin de l'œil, Élisabeth observait M^lle^ Quercy, qui, maintenant, agenouillée, les mains jointes sous le menton, se recueillait en silence. Soudain, ses lèvres se mirent à remuer et tout le pensionnat ne fut plus que murmure. Sachant que ses moindres paroles pouvaient être entendues de la directrice, Élisabeth s'appliqua à réciter son oraison dominicale sans erreur. La salutation angélique, répétée trois fois, ne donna lieu de sa part qu'à des accrochages infimes. Mais, dans le symbole des apôtres, la mémoire lui manqua et elle dut remplacer quelques phrases par des mâchonnements de syllabes indistinctes et des soupirs. Son attention était distraite par le vague parfum de citron qui se dégageait des vêtements de M^lle^ Quercy. La joue creuse, le sourcil noir, la paupière baissée, elle semblait ignorer son entourage. Cela valait mieux pour Élisabeth. De toute la confession des péchés, elle n'avait retenu qu'une formule et la prononça le moment venu, avec un bel élan de l'âme et de la voix :

« C'est ma faute, c'est ma faute, c'est ma très grande faute!... »

M^lle^ Quercy disait la même chose. Que pouvait-elle avoir à se reprocher, elle qui avait toujours raison?

A la récréation, dix filles se réunirent autour d'Élisabeth.

« Pourquoi s'est-elle mise près de toi? demanda Augustine.

— J' sais pas.

— Qu'est-ce qu'elle t'a dit?

— Rien.

— C'est sûrement parce que tu ne sais pas tes prières!

— Je les sais, mes prières! grommela Élisabeth.

— Oui, elle les sait, cria Françoise Pierroux. Elle me les a récitées hier soir.

— C'est pas vrai, dit Augustine. J'étais à côté d'elle. Après : « Je crois en Dieu », elle a fait : « Hon, hon, hon », parce qu'elle n'avait pas appris la suite...

— J'ai pas fait : Hon! hon! hon! » répliqua Élisabeth en haussant une épaule, puis l'autre.

M^lle^ Bertrand interrompit la dispute : Élisabeth était convoquée par M^lle^ Quercy, à la direction.

« Maintenant? » balbutia Élisabeth.

La surveillante inclina la tête. Le cœur d'Élisabeth fit un grand bond et ses jambes faiblirent. Elle quitta le groupe, tandis que, derrière elle, s'élevait le chuchotement des mauvaises langues.

M^lle^ Quercy la reçut, assise derrière son bureau. Elle paraissait encore plus mince et plus noire, entre ces murs nus et blancs. Du premier coup d'œil,

Élisabeth aperçut, au milieu de la table, sa lettre ouverte.

« Es-tu contente de ce que tu as écrit là ? demanda Mlle Quercy.

— Oui, mademoiselle, bredouilla Élisabeth.

— N'as-tu pas l'impression de t'être un peu trop dépêchée ?

— Non.

— A chaque ligne, ou presque, il y a une faute d'orthographe. Je te les ai marquées en marge. Tu me feras le plaisir de recommencer ta lettre, à l'étude, ce soir. Cela te permettra, par la même occasion, de supprimer certains passages dont je doute qu'ils puissent être du goût de ta maman.

— Quels passages ?

— Ceux où tu lui parles de tes futures toilettes, de tes futures sorties... »

Élisabeth rougit sous un afflux de rage impuissante. Ses oreilles brûlaient de chaque côté de sa tête.

« Je suis persuadée, reprit Mlle Quercy, que ta maman aimerait mieux avoir des nouvelles de la petite fille que tu es en ce moment que de la femme que tu rêves de devenir. D'ailleurs, comment seras-tu dans quelques années ? J'espère pour toi que tu rechercheras dans la vie d'autres satisfactions que celles du théâtre et du bal ! Ai-je tort ? »

Le regard de Mlle Quercy exigeait une réponse. Mais Élisabeth n'avait nulle envie de lui faire plaisir.

« Pourquoi j'aimerais pas aller au bal ? dit-elle.

— Tu aimeras y aller une fois, deux fois, trois fois, et puis, tu t'en lasseras.

— Non.

— Si, Élisabeth. Tu t'en lasseras, parce que l'éducation que nous te donnerons ici t'aidera à t'élever au-dessus des amusements vulgaires. Je sais que tu es une enfant sensible et droite. Tes vrais défauts sont la paresse, la négligence et l'entêtement.

C'est contre eux que je voudrais lutter, d'abord. Connais-tu, maintenant, tes principales prières?

— A peu près...

— Il m'a semblé, à la chapelle, que tu n'étais pas encore très sûre de toi. Fais un effort pour te mettre au niveau de tes compagnes. La semaine prochaine, tu suivras les cours du catéchisme, avec les autres. Alors, tout s'éclairera pour toi. J'ai remarqué, également, que tu ne mangeais presque rien au réfectoire...

— Si, je mange.

— La moitié de ta part passe à tes voisines. Tu as besoin de te fortifier. Désormais, avant chaque repas, je te ferai servir de l'huile de foie de morue. C'est excellent pour la santé! Et maintenant, prends ta lettre et va vite... »

La récréation finissait quand Élisabeth arriva dans le préau. En classe, Françoise lui glissa un billet : « Elle t'a grondée? » Élisabeth écrivit en réponse : « Non. Mais elle veut que je change ma lettre et que je prenne de l'huile de foi de moru. » Un autre billet lui parvint : « Elle est tout de même gentille. » Feignant de se pencher sur un livre, Élisabeth marqua au dos du papier : « Je ne trouve pas. » Elle eût volontiers continué à correspondre ainsi pendant une heure avec sa voisine, mais M^lle^ Hugues mit tout le monde au travail : dictée et analyse grammaticale. Ce fut seulement à la récréation suivante, après le déjeuner, que les deux amies purent reprendre leur échange d'opinions sur la directrice. Puis, elles parlèrent de leurs parents. Françoise estimait que la maman d'Élisabeth était très jolie et très distinguée :

« Quand je l'ai vue, je me suis tout de suite dit : elle en a de la chance, la nouvelle, d'avoir une maman comme ça!

— Oui, dit Élisabeth. Et puis, ce qu'il y a, c'est

qu'elle s'habille très bien. Elle a tant de robes, tant de robes, qu'on sait plus où les pendre.

— Forcément, dit Françoise, quand on habite Paris, il faut de la toilette. Surtout que tu nous as raconté qu'elle allait souvent au théâtre et au bal avec ton papa... »

Élisabeth était tellement en confiance avec son amie, qu'elle n'avait presque plus l'impression de mentir :

« Ma petite, c'est bien simple, ils ne manquent pas une occasion! Et, chaque fois, maman doit s'habiller autrement. Tantôt en rouge avec un décolleté rond, tantôt en bleu pâle avec un décolleté pointu, tantôt en vert avec un décolleté carré...

— Elle est toujours en décolleté?

— Évidemment! Le soir, il faut qu'on ait la poitrine et les bras nus. Ou bien, c'est pas la peine de sortir!

— Alors, ils sont très riches, tes parents?

— Très, très, très! dit Élisabeth en fronçant les sourcils, comme effrayée elle-même par l'importance de la fortune familiale.

— Les miens aussi, dit Françoise. Mais ils ne s'habillent pas, ils ne sortent pas. Ils travaillent et ils mettent de côté.

— C'est parce que vous habitez la province, dit Élisabeth.

— Et puis, ma maman n'est pas aussi jolie que la tienne. Et elle est plus vieille. Elle a de l'arthrite. Quand je serai grande, je ne resterai pas à Souillac.

— Tu viendras à Paris?

— Non », dit Françoise.

Son regard devint rêveur.

« Je crois que j'aurai une vie très compliquée, reprit-elle.

— D'où le sais-tu? »

Françoise hocha la tête :

« Ah! voilà. Une idée. Je vois tout comme si j'y étais...

— Qu'est-ce que tu vois?

— Tu veux vraiment que je te raconte?

— Oh! oui. »

Des filles couraient et criaient autour d'elles. Françoise entraîna Élisabeth dans un coin du préau :

« Là, on sera bien. Écoute... Je vais me marier très jeune, avec un prince!

— Un vrai prince? » balbutia Élisabeth.

Elle savait qu'il s'agissait d'une simple supposition, mais l'air mystérieux de Françoise incitait à croire qu'elle ne plaisantait pas.

« Oui, un vrai prince, un prince autrichien, chuchota-t-elle. Il sera très beau. Il aura tant d'argent qu'il ne pourra pas le compter. Des chasses, des rivières, des chevaux, des châteaux... On se sera rencontré dans une ville d'eaux et il m'aura demandé ma main.

— Bien sûr! murmura Élisabeth, subjuguée malgré elle par la description d'un si brillant avenir.

— Un archevêque bénira notre union.

— Pourquoi un archevêque?

— C'est toujours un archevêque qui bénit les princes.

— Et toi, tu deviendras princesse?

— Oui.

— Mince! dit Élisabeth en secouant sa main comme si elle se fût brûlée par mégarde.

— On ira habiter en Autriche, dans son palais. Je t'inviterai pour tout le temps que tu voudras.

— Merci, Françoise...

— Mais non, tu penses, je serai si riche que ça ne me fera rien d'inviter! Les jours de fête, je me montrerai avec lui, sur le balcon, et le peuple nous acclamera. Mon mari ne me donnera jamais le bras en public.

— Pourquoi?

— Parce que c'est trop vulgaire. Il me tendra le poing, je poserai ma main dessus et nous marcherons l'un à côté de l'autre, en musique. Il y aura toujours de la musique dans ma maison... Ah! et puis nous aurons trois grands, très grands salons dorés. Dans le premier, où on recevra beaucoup de monde, mon mari me dira : « Altesse. » Dans le second, où il n'y aura que des amis, il me dira : « Madame. » Dans le troisième, où nous serons seuls, il me tutoiera.

— Et vous aurez des enfants?

— Oui, trois : deux filles et un garçon. Ils s'appelleront Stella, Luna et Beausoleil.

— C'est un drôle de nom pour un garçon : Beausoleil!

— Ce sera le sien. Tous les trois seront blonds, blonds, blonds!

— Et ton mari?

— Il sera brun, brun, brun, comme moi!

— Tu sais aussi son nom? »

La lumière déborda des yeux de Françoise sur toute sa figure.

« Oui, murmura-t-elle.

— Tu veux pas me le dire?

— Demain.

— Pourquoi pas maintenant?

— C'est trop secret. »

Des filles qui se poursuivaient les accrochèrent au passage.

« Sales biques! » cria Élisabeth.

La grande Augustine lui fit un pied de nez. Élisabeth répondit de même et se tourna vers son amie qui, perdue dans un songe, continuait à sourire. Elles restèrent un moment silencieuses. Enfin, Françoise soupira :

« C'est ça que je voulais te dire, hier soir.

— Tu l'as raconté à d'autres? demanda Élisabeth.

— Non, tu es la seule qui sache. Tu ne le répéteras pas?

— Je te le jure.

— Alors, je vais encore te donner des détails. Tu sais comment sera ma robe de mariée?

— Non... Dis voir...

— D'abord, j'aurai un fourreau très collant, en satin blanc à ramages d'or et d'argent... »

L'ombre de M$^{lle}$ Bertrand se coucha sur la robe de mariée. La surveillante avait le visage du mauvais sort. Un côté de sa face tordue bougeait dans un clapotis de salive :

« Qu'est-ce que vous complotez dans votre coin? Je vous ai déjà dit que les conversations à deux étaient interdites. Allons, vite, vite, rejoignez les autres!... »

Bon gré mal gré, la princesse et sa confidente durent se mêler à un groupe de filles qui jouaient aux métiers.

# 4

LE froid devenait très vif. Mlle Quercy donna l'ordre d'allumer les poêles. Il y en avait dans les classes, dans le dortoir et dans le réfectoire. C'était le concierge qui les garnissait. Le matin, au réveil, les pensionnaires étaient transies. Mais, comme la journée avançait, la chaleur montait dans les salles aux fenêtres closes, et l'odeur du pensionnat s'affirmait progressivement. Pendant l'étude du soir, Élisabeth humait, sans écœurement et presque avec plaisir, cette émanation casanière où se combinaient des senteurs de cheveux, de linge intime, d'encre, de poussière et de fonte brûlée. Une boîte à eau était posée sur le couvercle du poêle. Le tuyau coudé fumait aux raccords. Derrière les vitres embuées, la nuit descendait sur les toits, dans les arbres. Assise à sa chaire, Mlle Bertrand tricotait. Les fillettes, engourdies, somnolaient sur leurs devoirs. Profitant de l'inattention générale, Françoise et Élisabeth continuaient leurs confidences. Chaque jour, Françoise ajoutait de nouvelles précisions à ses projets d'avenir. Tantôt elle décrivait les fastes de son voyage de noces, tantôt elle dressait le menu d'un souper au palais, avec du chevreuil rôti pour commencer et de la glace à la vanille pour finir, tantôt elle s'inquiétait de la façon dont elle organiserait les écoles dans toutes les villes et dans tous les villages soumis à son pouvoir. Élisabeth arracha une page de son carnet pour dessiner le carrosse dans lequel le couple princier ferait son entrée dans la capitale. Le modèle, comportant six roues à rayons dorés, un siège en forme de lyre pour le cocher et des panaches aux quatre coins de la caisse, enchanta Françoise, qui le glissa dans son cahier de textes en attendant de le proposer aux meilleurs artisans, fournisseurs de la couronne. Pourtant, malgré l'insistance de son amie, elle refusait toujours de révéler le nom de son mari :

« C'est trop tôt encore... Plus tard, je te dirai... Je t'assure que tu seras la première à le connaître... »

Excitée par les récits de Françoise, Élisabeth lui racontait, en échange, qu'à Paris elle avait un amoureux, de cinq ans plus âgé qu'elle, acrobate de son métier, avec qui, quand la température était clémente, elle dansait sur les toits.

« Et ta maman le sait ? demandait Françoise.

— Penses-tu ! Il vient la nuit, quand tout le monde dort. Comme il est acrobate, ça lui est facile de grimper sur les toits. Je vais le retrouver en passant par la lucarne. La musique du *Bal de l'Élysée* joue en bas, dans la salle. Et nous, on danse, on tourne, on s'embrasse sur la bouche...

— Oh ! C'est dégoûtant !

— Mais non, puisqu'on s'aime !

— Comment s'appelle-t-il ?

— Je te le dirai quand tu m'auras dit comment s'appelle le tien. Il est grand, brun, avec des yeux bleus. Au cirque, il fait le saut de la mort. Quand je le vois sur son trapèze, j'ai peur, mais peur !... C'est qu'il risque sa vie, chaque fois !

— Oui, c'est dangereux. Si tu te maries avec lui, il ne faudra pas qu'il continue !

— Il continuera au début, puis il s'arrêtera et nous

habiterons en Suisse. Il n'est pas français, il est suisse... Ses parents ont une propriété immense dans les glaciers... Peut-être que j'irai là-bas, aux grandes vacances, si maman permet... »

Un dimanche après-midi, comme la pluie menaçait, M$^{lle}$ Bertrand réunit les deux divisions dans le réfectoire pour des « jeux assis ». Quelques élèves s'essayèrent aux charades, aux petits papiers, aux propos interrompus. Mais l'entrain manquait. On attendait l'arrivée de M$^{lle}$ Quercy. Même Élisabeth, qui n'aimait pas la directrice, était obligée de convenir que, sans elle, le pensionnat était comme un troupeau sans maître. Pâle et noire, nourrie de salades, de laitages, de prières et de lectures sérieuses, cette femme étrange avait le pouvoir de tout animer, de tout éclairer autour d'elle. M$^{lle}$ Bertrand déposa une boîte sur la table et dit :

« J'ai encore là un jeu bien amusant... »

Mais les enfants se mirent à crier :

« Pas maintenant !

— Pas sans M$^{lle}$ Quercy !

— Avec elle ce sera plus drôle ! »

Élisabeth se surprit à crier avec les autres. Enfin, M$^{lle}$ Quercy parut, saluée par une exclamation de bienvenue. Souriante et calme, le geste précieux, elle apaisa l'énervement de son public et ouvrit la boîte, qui était pleine de carrés de carton. Chaque carré de carton portait le dessin d'une bête. La règle du jeu était simple. A tour de rôle, les élèves, fermant les yeux, devaient tirer une gravure, pour apprendre, d'une façon magique, à quel animal elles ressemblaient. Présentée par M$^{lle}$ Quercy, cette idée enthousiasma tout le monde. On se mit en file. Les révélations commencèrent. Dès qu'une fille sortait un carton du tas, les suivantes hurlaient :

« Montre ! Montre ! Oh ! Mademoiselle, regardez ce qu'elle est ! »

La figurine circulait de main en main.

Augustine se vit attribuer ainsi les défauts et les qualités d'une pintade, Mauricette Lafleur, qui était méchante et portait des lunettes, fut, assez bizarrement, un papillon, Louise Charamu s'affirma sous les traits d'une souris, et cela ne lui allait pas trop mal, Suzanne Poussac, la grosse blonde, s'indigna parce qu'elle était un cochon rose, mais l'analogie était indéniable. M^lle^ Quercy riait avec les élèves et disait pour s'excuser :

« Ce n'est pas moi qui invente ! Si vous n'êtes pas contentes, prenez-vous-en à la boîte magique ! »

Élisabeth, une main sur les yeux, hésita longtemps avant de se décider. Des jalouses grognaient dans son dos :

« Elle triche ! Elle lorgne entre ses doigts ! »

Ce n'était pas vrai. Loyalement aveuglée, elle attendait l'intuition. Enfin, elle avança les doigts, saisit un carton, le regarda et poussa un soupir de dépit : elle avait tiré l'image d'un petit oiseau gris et roux, au ventre clair marqué de taches et au bec pointu. Cet animal n'avait aucun rapport avec elle, et, pourtant, toutes ses camarades manifestaient une satisfaction absurde.

« C'est une grive, dit M^lle^ Quercy.

— Une grive ! Une grive ! Élisabeth Mazalaigue est une grive ! criaient les filles en sautillant.

— Et alors ? C'est pas laid ! dit Élisabeth, vexée.

— Mais non, dit M^lle^ Quercy, la grive est un oiseau charmant. »

Après Élisabeth, ce fut Françoise Pierroux qui se présenta devant la boîte. Elle y plongea la main résolument, comme s'il lui eût été égal de sortir telle image ou telle autre. Quand elle montra son carton, un murmure d'envie se répandit autour d'elle. Le dessin qu'elle avait choisi représentait un cygne blanc. Pour Élisabeth, l'allusion était claire. Le cygne n'était-il pas le prince des oiseaux? La confirmation de ce dessin exceptionnel la comblait de respect et de crainte. Lorsque Françoise vint se rasseoir près d'elle, sur le banc, elle chuchota :

« Le cygne!... c'est bien ça!... T'as compris?...

— Oui », dit Françoise.

Et son visage s'illumina d'une dignité surnaturelle.

A la fin du jeu, Mlle Quercy annonça que, le dimanche suivant, elle se proposait d'offrir à ses pensionnaires une distraction plus surprenante encore. Elle avait lu, dans la rubrique scientifique d'un journal, la façon dont on pouvait, à peu de frais, construire un poste récepteur de T.S.F., à galène. Depuis quinze jours, elle travaillait à monter cet appareil, avec des pièces commandées en ville. Si elle ne s'était pas trompée dans l'exécution des plans, l'engin lui permettrait de capter des musiques et des discours venus de très loin. Les sons de cette nature voyageaient, disait-elle, sur les ondes, à travers l'espace. Cette nouvelle stupéfia son auditoire.

« Est-ce qu'on pourra écouter l'Autriche, mademoiselle? » demanda Élisabeth.

Françoise la tira par la manche et chuchota :

« Qu'est-ce qui te prend? Tais-toi! Elle va se douter!... »

Mlle Quercy leva ses beaux sourcils noirs au-dessus d'un regard amusé :

« Pourquoi spécialement l'Autriche?

— Ce serait intéressant, dit Élisabeth.

— En effet... Mais, malheureusement, la distance est bien trop grande. Enfin, on ne sait jamais avec ces mécaniques modernes! »

Au cours de la récréation du soir, Élisabeth expliqua à Françoise le sens de son intervention : peut-être pourraient-elles avoir des nouvelles du prince par la voie des airs? Françoise réfléchit un moment et dit :

« Il ne sait même pas que je suis à Sainte-Colombe!... Mais, après tout, tu as raison. Ce n'est pas impossible. Et toi, si on entend Paris!... Si c'est ton amoureux qui t'appelle!... Tu te rends compte?

— Oui, dit Élisabeth, il ne peut pas m'écrire parce que M$^{lle}$ Quercy ouvre les lettres, mais il pourrait me parler. »

Elles mûrirent leur double intrigue tout au long de la semaine. Grâce à la merveilleuse préoccupation qui les unissait, les journées étaient moins monotones. Françoise, ayant une facilité naturelle pour les études, continuait à recevoir de bonnes notes. Élisabeth, en revanche, était si absorbée par les aventures sentimentales de son amie et les siennes propres, qu'elle ne pouvait plus accorder d'attention aux leçons et aux devoirs. Les zéros et les réprimandes qui s'abattaient sur elle ne la dérangeaient pas de son idée fixe. Elle acceptait sereinement d'être la dernière de la classe, ne souffrait plus du froid au réveil, s'accommodait à la nourriture affligeante du réfectoire, buvait son huile de foie de morue avant chaque repas sans sourciller et ignorait les tracasseries des autres pensionnaires, jalouses d'une affection si soudaine et si exclusive. Sa distraction était telle que, souvent, il lui arrivait d'enfiler ses bas à l'envers, ou de se rendre à la lingerie pour chercher un mouchoir et de revenir les mains vides. M$^{lle}$ Hugues s'indignait :

« Vous êtes dans la lune, mon enfant! »

A ces mots, les deux amies échangeaient un regard de tendre connivence.

Françoise prenait des leçons de piano avec M$^{lle}$ Quercy, ce qui était tout à fait normal de la part d'une future princesse, appelée à recevoir beaucoup de monde dans sa maison. Bien que n'étant pas promise à un avenir aussi glorieux, Élisabeth écrivit à sa mère pour lui demander l'autorisation d'apprendre, elle aussi, le piano. Mais la réponse tardait à venir. Il semblait à Élisabeth que la musique eût heureusement accompagné ses rêves. De tout le programme scolaire, seuls les cours de catéchisme, auxquels elle assistait maintenant, chaque mercredi, la tiraient provisoirement de son indifférence. L'enseignement qu'elle recueillait auprès de M. l'abbé Bacounet s'accordait avec les dispositions de son âme, tournée vers les délices de l'irréalité. Les histoires de la Sainte Trinité, des anges, des démons, de la création de l'homme, du serpent tentateur n'étaient pas plus incroyables que celles qu'elle vivait en imagination avec son amie Françoise. Grâce aux mystères de la religion, son champ d'évasion s'élargissait à l'infini. Tout devenait possible au-delà des grilles. Et pourtant, M. l'abbé Bacounet n'avait rien d'un conteur de fables. C'était un petit homme sanguin, au nez rabougri, aux joues violacées par la couperose, qui marchait dans la classe, en levant haut les pieds, comme s'il eût continué à pédaler sur son vélo. Sa soutane était souvent tachée de boue. Il apportait avec lui l'air de la route, de la forêt, de la pluie. Comme il avait plusieurs paroisses à desservir, il était toujours très pressé. En l'entendant parler de la voix qui retentit au-dessus de saint Jean-Baptiste, alors qu'il baptisait Jésus dans le Jourdain, Élisabeth songea immédiatement à l'appareil de M^lle^ Quercy, qui devait mettre les élèves en communication avec un univers invisible. Après le cours, elle s'isola quelques instants avec Françoise, pour lui demander ce qu'elle pensait, en général, de l'Histoire sainte :

« Est-ce que tu y crois vraiment ?

— Bien sûr ! s'écria Françoise.

— A tout ?

— A tout. Pas toi ?

— Si, dit Élisabeth. J'y crois parce que c'est joli. Et puis, moi, j'ai vu le ciel, j'ai vu l'enfer !

— Où ça?

— Boulevard de Clichy. »

Françoise haussa les épaules :

« C'est pas boulevard de Clichy!

— Non, évidemment! Mais il y a là deux cabarets où tout est copié exactement sur le vrai ciel et le vrai enfer. Tout! Les anges, les diables, les flammes, les nuages... Tu choisis, tu vas dans l'un ou tu vas dans l'autre...

— Quand on est mort, c'est pas toi qui choisis, c'est le Bon Dieu.

— Oui, là c'est pour rire.

— Il ne faut pas rire de ça », dit Françoise gravement.

Une autre question tourmentait Élisabeth. Elle jugea qu'elle était assez liée avec Françoise pour lui en parler : comment naissaient les enfants? Étant certainement destinées à en avoir l'une et l'autre, il était temps qu'elles s'inquiétassent des conditions de leur venue au monde. D'après Françoise, ils mûrissaient comme des pommes ou des poires, et on ouvrait ensuite le ventre de la maman pour les sortir. Ne disait-on pas, en priant la Sainte Vierge, que Jésus était « le fruit de ses entrailles »? Élisabeth penchait pour la même interprétation, mais ne comprenait pas pourquoi seules les femmes mariées avaient le pouvoir de faire éclore des bébés.

« C'est le Bon Dieu qui décide, dit Françoise. Après le mariage, il donne des enfants aux unes et pas aux autres. Il n'y a qu'à attendre, à prier, et, tout à coup, on se met à grossir. »

Élisabeth fut déçue par cette explication à la fois simple et mystérieuse. Mais elle n'avait rien de mieux à proposer.

« Oui, c'est peut-être comme ça », dit-elle.

Et elle se promit de rester toujours en bons termes

avec Dieu, puisque c'était de lui, finalement, que dépendait la félicité des ménages.

Plusieurs fois par jour, les élèves demandaient à M^lle^ Quercy des nouvelles du poste récepteur qu'elle mettait au point, à ses heures de loisir, dans le bureau. Elle leur répondait évasivement pour attiser leur impatience. Des grandes racontaient qu'elles avaient vu, par une fenêtre, la directrice, penchée, un tournevis à la main, sur une énorme machine, avec des roues dentées, des tuyaux, des pédales. Samedi, le concierge monta sur le toit pour fixer une antenne. Dimanche matin, comme le ciel était bleu, on craignait que M^lle^ Quercy ne prît prétexte du beau temps pour remplacer la séance de T.S.F. par une promenade dans le bois Marie. Heureusement, à midi les nuages arrivèrent, la pluie commença à tomber. A trois heures, M^lle^ Bertrand rassembla les pensionnaires dans le préau, pendant que M^lle^ Quercy installait son appareil dans le réfectoire. Quand M^lle^ Hugues, qui servait d'agent de liaison, annonça aux élèves qu'elles pouvaient venir, ce fut une ruée. On se bousculait au passage de la porte, on courait entre les bancs, on se poussait en première ligne. M^lle^ Bertrand et M^lle^ Hugues étant incapables de rétablir l'ordre, M^lle^ Quercy dut élever la voix. Les filles se calmèrent et s'assirent à leurs places habituelles. M^lle^ Quercy trônait à la table directoriale. Devant elle se trouvait une planchette, surmontée d'une grosse bobine noire.

« Mes enfants, dit-elle, je vous demande de rester tranquilles pendant que je règle le poste. »

M^lle^ Bertrand et M^lle^ Hugues se campèrent derrière elle, debout, la face grave, comme les anges gardiens du manuel de catéchisme.

« C'est peut-être dangereux ! » chuchota Mauricette Lafleur.

M^lle^ Quercy coiffa un drôle de casque par-dessus

son chignon. Ses cheveux s'aplatirent et deux coquilles noires lui écrasèrent les oreilles. Du même geste léger dont elle cueillait la salade dans son assiette, elle se mit à remuer un petit levier. Entendait-elle quelque chose? Pas une ligne de son visage ne bougeait. Son regard était tourné vers l'intérieur. Les fillettes, sur leurs bancs, retenaient leur souffle, par crainte de déranger le cheminement des ondes dans l'atmosphère. Tout à coup, un sourire parut sur les lèvres de Mlle Quercy, elle retira son casque, le démonta et passa un écouteur à Mlle Bertrand, l'autre à Mlle Hugues. Dès qu'elles les eurent appliqués contre leur oreille, une expression de béatitude céleste se répandit sur leurs traits. Elles dodelinaient de la tête.

« Avez-vous une bonne audition? demanda Mlle Quercy.

— Parfaitement bonne, dit Mlle Bertrand.

— Dois-je essayer de préciser encore?

— Surtout, n'y touchez pas! » s'écria Mlle Hugues.

Quand la maîtresse et la surveillante eurent leur compte d'émotion, Mlle Quercy fit signe aux deux premières élèves du rang d'approcher :

« A vous, maintenant. Mettez l'écouteur contre votre oreille. Mais non, pas comme ça! Appliquez-le franchement! N'ayez pas peur! Vous entendez?

— Oui, mademoiselle.

— Qu'entendez-vous?

— Je ne sais pas, répondit l'une.

— On dirait de la musique, et puis quelqu'un qui parle derrière, marmonna l'autre.

— Ce doit être Paris », dit Mlle Quercy d'un ton important.

Sur les bancs, on murmurait :

« Paris!... On entend Paris!... »

Les deux premières élèves regagnèrent leur place

avec des visages épanouis, et, aussitôt, dix filles se penchèrent pour les interroger :

« Raconte! Comment est-ce? »

Les deux suivantes étaient déjà à l'écoute. Le nombre des initiées augmentait rapidement. De temps à autre, M^lle^ Quercy vérifiait le réglage de l'appareil. On la regardait faire, avec un soupçon d'angoisse au creux de la poitrine. Sa science confinait à la magie. Élisabeth devait passer avec Mauricette Lafleur. A l'appel de leur nom, elles se précipitèrent. M^lle^ Quercy calma leur impatience :

« Plus vous serez énervées, moins bien vous entendrez! »

L'écouteur qu'Élisabeth plaqua contre son oreille avait gardé la tiédeur des oreilles précédentes. D'abord, elle ne perçut que des craquements et des grésillements assourdis. Un essaim de mouches se débattait sous un verre. Puis, le vent se mit à chanter dans sa tête, avec des modulations désespérées.

« Ça y est! hurla Élisabeth. J'entends! J'entends! C'est une valse! Une valse, avec plein de violons!...

— Veux-tu te taire! dit M^lle^ Quercy en riant. Tu empêches ta compagne d'entendre. »

Élisabeth se tut, mais, par intermittence, ses lèvres laissaient échapper des soupirs d'extase. Captive d'un charme, elle essayait de suivre la mélodie, malgré les longs sifflements qui en coupaient l'allure harmonieuse. A côté d'elle, Mauricette Lafleur arrondissait des yeux stupides derrière ses lunettes.

« Cela suffit, mes enfants, dit M^lle^ Quercy.

— Pas encore, mademoiselle! s'écria Élisabeth. La valse n'est pas finie!

— Et toutes celles qui attendent! Non, non, allez vite! »

Élisabeth s'éloigna à regret. Elle avait l'impression d'être restée à l'écoute moins longtemps que les autres. Françoise et Louise Charamu se dirigèrent, à leur tour, vers la table.

En retrouvant son amie, Élisabeth lui demanda :

« Alors, t'as entendu?

— Oui.

— Quoi? De la musique?

— Non, quelqu'un qui parlait », dit Françoise.

# 5

L'AFFECTION d'Élisabeth et de Françoise était si évidente, qu'un matin, en pénétrant dans la classe, elles virent, sur le tableau noir, leurs deux noms unis dans un cœur aux contours grossièrement tracés à la craie. Il leur fut impossible de deviner quelle était l'élève coupable d'une aussi basse plaisanterie. Pendant que M^lle^ Hugues effaçait le dessin avec un torchon, toutes les filles ricanaient en sourdine. Élisabeth était outrée, mais, comme Françoise continuait à lui sourire, elle se tranquillisa. Ces moqueries prouvaient simplement que les autres pensionnaires enviaient l'amitié du cygne et de la grive. A la récréation, M^lle^ Bertrand vint les réprimander, à deux reprises, parce qu'elles s'écartaient de leurs compagnes pour des conversations particulières. Elles eurent néanmoins le temps de se dire qu'aucune sanction ne les empêcherait d'être l'une à l'autre pour la vie et que, dans l'avenir, même quand elles seraient mariées, elles ne se quitteraient pas.

Après le déjeuner, M^lle^ Quercy distribua le courrier. Élisabeth reçut une lettre de sa mère et une carte postale représentant le Sacré-Cœur, avec ces quelques mots griffonnés dans la partie réservée à la correspondance : « Un gentil bonjour de Paris. — CLÉMENTINE. » Cette marque de sympathie la toucha. Réfugiée avec Françoise dans les lavabos, elle lui dépeignit Clémentine comme une jeune orpheline, d'une beauté exceptionnelle, que ses parents avaient recueillie par charité et dont son oncle s'était épris en cachette.

« Il va l'épouser? demanda Françoise.

— Je ne pense pas, soupira Élisabeth. Elle est trop pauvre, tu comprends? »

Les deux amies s'attendrirent sur le destin de ces cœurs nobles et contrariés. Puis, Élisabeth, poussant la confiance jusqu'au bout, montra à Françoise la lettre de sa maman. Le texte en était plus bref que d'habitude. Amélie complimentait sa fille sur la résolution qu'elle avait prise d'étudier avec ardeur, l'assurait que tout le monde, à la maison, était en excellente santé et lui demandait si elle n'avait besoin de rien pour compléter son trousseau aux approches des grands froids. Françoise jugea cette missive admirable de sentiment et d'écriture, et, en échange, tira de son tablier une lettre qu'elle avait reçue de sa propre mère, la veille, et qui disait à peu près la même chose avec d'autres mots. Augustine, qui venait se laver les mains après être tombée dans le préau, les surprit en pleine conversation. Elles cachèrent leurs papiers avec autant de mystère que s'il se fût agi de billets doux. Augustine haussa les épaules :

« C'est pas la peine de faire des manières avec des lettres de famille!

— Mais oui, dit Élisabeth, sur le ton mielleux d'une personne qui cherche à dissimuler une vérité passionnante, mais oui, ce sont des lettres de famille, des lettres de nos mamans, rien de plus! »

Elles sortirent en se tenant par le bras, persuadées que, derrière elles, Augustine étouffait de rage et de curiosité. Dans le préau, M$^{lle}$ Bertrand guettait leur arrivée :

« Où étiez-vous?

— Aux lavabos.

— Ensemble, comme par hasard!

— Mais, mademoiselle...

— La prochaine fois, vous serez mises en quarantaine! »

Le jeudi, après l'habituelle excursion au bois Marie, les pensionnaires rentrèrent en grelottant dans la salle de classe surchauffée, où Mlle Bertrand, inébranlable, tricotait. La pluie, qui avait gâché une partie de la promenade, redoublait de violence. Toutes les vitres étaient en larmes. C'était l'heure de l'étude surveillée. Celles qui avaient fini leurs devoirs pouvaient lire ou s'occuper de leur correspondance. Ayant montré leurs cahiers à Mlle Bertrand, Élisabeth et Françoise se rassirent, côte à côte, et sortirent leur papier à lettres. Écrivant l'une et l'autre à leur mère, elles se communiquaient des idées, des phrases même, pour aller plus vite. Quand Élisabeth eut terminé, Françoise lui corrigea ses fautes d'orthographe. Puis, elles unirent leurs efforts pour composer une réponse à Clémentine. L'entreprise était délicate, car il fallait l'interroger sur ses amours d'une manière assez déguisée pour que Mlle Quercy ne se doutât de rien en prenant connaissance du courrier. Après une longue délibération à voix basse, les deux amies tombèrent d'accord sur le texte suivant :

« Ma chère Clémentine,

« Ta carte postale si jolie m'a fait plaisir et moi aussi je t'envoi un gentil bonjour, mais pas de Paris, de Sainte-Colombe. Je me porte bien, je travaille bien et je pense qu'il en est de même pour toi. Et aussi que tout le reste vas comme tu veux. Si tout ne vas pas comme tu veux, je serais bien triste, parce que je t'aime bien et que je veux que tout le monde t'aime. Tu comprends? »

« Oui, elle comprendra », chuchota Françoise après avoir relu ce qu'Élisabeth venait d'écrire.

La fin de la lettre ne posait pas de problème :

« Aux vacances de Noël tu me racontera. On a fait de la T.S.F. Et avant on a joué à quel animal on était. Mon amie Françoise était un cigne. C'est joli un cigne. Et moi, tu sais ce que j'étais? J'étais une grive. Alors je te donne de bons baisers avec mon bec et je signe. — ÉLISABETH, la grive. »

Cette trouvaille les fit pouffer de rire dans leur poing. Mais M^lle^ Bertrand ne prit pas garde à leur agitation. Elle somnolait, les yeux ouverts, les aiguilles à tricoter immobiles. Devant elle, s'étalait un parterre d'élèves hébétées. Les mains soutenaient les têtes au-dessus des livres qu'on ne lisait pas. Mauricette Lafleur, qui était assise près du poêle, avait posé des châtaignes sur la rondelle du couvercle pour les griller. Quand elles commencèrent à fumer, elle les fit tomber avec une règle sur son buvard. Puis, elle les mangea. Les châtaignes devaient être trop dures, presque crues, mais la fille tournait son visage dans tous les sens et roulait des yeux blancs pour montrer qu'elle se régalait. Ses voisines l'imploraient à voix basse :

« Tu m'en passes une! »

Mauricette Lafleur, la bouche pleine, feignait de ne pas entendre. Les murmures s'apaisèrent. Quelques élèves levèrent la main, claquèrent des doigts pour demander la permission de sortir. Elles le faisaient plus par désœuvrement que par nécessité. M^lle^ Bertrand émergea de sa torpeur pour autoriser les solliciteuses à s'absenter, mais l'une après l'autre, et pour peu de temps. Élisabeth se tortilla sur son banc pour obtenir un tour de faveur. L'urgence se lisait sur son visage. Enfin, elle put s'échapper. Dans la cour noire, la pluie bouillonnait en touchant la terre. Les cabinets étaient dans une cabane, au bout d'un petit sentier. Élisabeth maintint la porte du réduit entrebâillée pour avoir moins peur. Devant elle, un univers confus chavirait sous les flèches d'eau. Le vent hurlait dans les arbres invisibles. Le bâtiment de la pension, aux fenêtres éclairées, tremblait, s'éloignait, allait partir comme un bateau, la laissant seule. Elle se dépêcha de rentrer en courant sous l'averse. Françoise lui succéda et resta dehors au-delà des limites raisonnables. Élisabeth commençait déjà à s'impatienter, lorsque la fillette reparut, les cheveux ruisselants, le tablier collé aux cuisses.

« T'en as mis un temps! chuchota Élisabeth quand son amie se rassit à côté d'elle.

— J'ai fait le tour du jardin, dit Françoise.

— T'es folle! Avec cette pluie?

— C'était bien bon, je t'assure. Ici, on étouffe. »

Elle avait un visage de noyée. Des perles liquides brillaient à son menton. Ses galoches dégorgeaient leur eau. Saisie par la contagion, toute la classe, maintenant, voulait sortir. Ne pouvant distinguer les vraies exigences des fausses, M^lle^ Bertrand réglait les départs en bougonnant :

« Mais qu'est-ce qui vous prend toutes, ce soir? Vous ne savez pas vous retenir, à votre âge? »

Le lendemain, il y eut trois rhumes dans le pensionnat : Mauricette Lafleur, Colette Martin et Françoise. Immédiatement, M^lle^ Quercy décida d'enrayer l'épidémie par des moyens énergiques. A l'heure du coucher, elle rassembla toutes les élèves dans les lavabos. Chacune reçut, dans son verre à dents, une mesure d'eau bouillie et une pincée de gros sel. Puis, sur l'ordre de la directrice, dix filles s'avancèrent vers la gouttière en zinc pour se gargariser. Comme deux d'entre elles ne savaient pas le faire, Mlle Quercy leur donna des explications. Alors, commença un étrange concours de gargouillements. La nuque cassée, le regard au plafond, les élèves rivalisaient de fantaisie dans leurs vocalises. Les unes s'étranglaient dès les premières notes, d'autres roucoulaient, le souffle inépuisable, et Mlle Quercy était obligée d'intervenir pour les contraindre à recracher leur eau. Tout le monde, y compris la directrice, riait de cette distraction imprévue. Parmi les pensionnaires qui attendaient, on pariait à celle qui supporterait l'épreuve le plus longtemps. Élisabeth fut battue de peu par Augustine.

Lorsque le pensionnat eut fini de se gargariser, Mlle Quercy passa entre les rangs, tenant un flacon dans la main gauche, une pipette dans la main droite. A tour de rôle, les patientes renversaient la tête et aspiraient deux gouttes d'huile goménolée dans chaque narine. Leurs plaintes et leurs grimaces ne troublaient pas la dispensatrice des soins, qui, l'œil précis, le bras levé, administrait son médicament comme elle eût donné la becquée. En regagnant le dortoir, toutes avaient une traînée brillante sous le nez. La prière du soir fut un concert de reniflements.

Le dimanche, Mauricette Lafleur, Colette Martin et Françoise furent conduites par Mlle Quercy à l'infirmerie. Le lundi, Antoinette Ricard et Madeleine Casteloux les y rejoignirent.

Privée de son amie, Élisabeth se sentit aussi boiteuse que Mlle Bertrand. Le monde redevenait un désert d'ennui. Les heures s'étiraient, de grammaire en arithmétique, et d'histoire en leçon de choses. Élisabeth rêvait de tomber malade pour retrouver Françoise. Ah! les bonnes conversations qu'elles auraient alors, d'un lit à l'autre. Matin et soir, elle ajoutait quelques mots à ses prières pour demander à

Dieu, à Jésus et à la Sainte Vierge de lui envoyer un rhume dans le genre de celui qui avait motivé l'isolement de sa compagne. Afin de hâter la réalisation de son vœu, elle se mouillait les cheveux sous le robinet, pendant la toilette, et ouvrait ses couvertures, la nuit, pour dormir les pieds nus. Après trois jours d'efforts, elle s'aperçut avec joie que son nez coulait. Devant M^lle^ Bertrand, sceptique, elle se plaignit de maux de tête, s'écorcha la glotte à tousser et essaya de claquer des dents. Le thermomètre, infaillible, accusa : 37° 1. Elle redoubla d'imprudence, et, le lendemain, un 37° 8 la récompensa de sa ténacité. M^lle^ Quercy la dirigea sur l'infirmerie. Elle y fut accueillie par M^lle^ Bertrand qui, maintenant, s'occupait des malades dans la journée, ayant cédé à M^lle^ Hugues la surveillance des bien-portantes pendant l'étude et les récréations.

En pénétrant dans la salle grise, mansardée, où sept petits lits blancs étaient alignés face à une fenêtre sans rideaux, Élisabeth fut prise à la gorge par une odeur de pharmacie. Cinq têtes se haussèrent sur les oreillers :

« Oh! Élisabeth!

— La grive!

— T'es malade? »

M^lle^ Bertrand imposa silence aux bavardes et aida la nouvelle venue à se dévêtir et à se coucher. Élisabeth constata avec désespoir que son amie se trouvait à l'autre bout du rang, séparée d'elle par quatre pensionnaires peu sympathiques. Pour compliquer la situation, la surveillante s'assit près de la fenêtre et continua son tricot. Sous les aiguilles cliquetantes, pendait un bas noir et flasque, en cours d'achèvement. Il était impossible de savoir si la bouche tordue de la vieille fille comptait les mailles ou mâchonnait une prière.

« Elle a quoi, Élisabeth? demanda Mauricette Lafleur.

— Un rhume, répondit Mlle Bertrand.

— Moi, j'ai une angine, dit Colette Martin.

— Moi, c'est une bronchite, dit une autre.

— Nous le savons, nous le savons! grommela Mlle Bertrand. Ne parlez pas et rentrez vos bras sous vos couvertures. »

Le silence revint, coupé de toux et de reniflements misérables. Puis la cloche de la récréation tinta. Mlle Bertrand sortit sans proférer un mot, en laissant son tricot sur la chaise.

« Elle est allée voir Mlle Hugues! s'écria Mauricette Lafleur. On a dix minutes! »

Élisabeth rejeta ses couvertures et courut, en chemise et pieds nus, jusqu'au lit de Françoise. Celle-ci, en la voyant venir, se dressa sur ses coudes et poussa un soupir de joie. Elle avait un visage amaigri, souffreteux, aux yeux largement cernés et aux joues pâles, luisantes.

« Alors, toi aussi, ça ne va pas? chuchota-t-elle d'une voix enrouée.

— Penses-tu! moi, c'est rien, dit Élisabeth. Je mouche et ça me gratte dans la gorge. Je l'ai fait pour te voir. Comment te sens-tu? »

Françoise s'affala mollement sur son oreiller.

« Je ne sais pas. J'ai mal à la tête, j'ai chaud, j'ai froid, j'étouffe... C'est pas drôle!... Et en classe, qu'est-ce qui s'est passé de nouveau?

— Des tas de choses! bredouilla Élisabeth. Augustine a eu un zéro en analyse grammaticale! Elle avait tout copié sur Suzanne... En couture, jeudi, c'est moi qui ai lu le *Journal de Marguerite*... Ah! et puis, quand on est allé au bois Marie, la dernière fois, on a vu une vieille qui ramassait des châtaignes. Elle était toute ridée, toute sale, avec des vêtements déchirés. Il paraît qu'elle est folle. Elle habite dans une cabane avec douze chats maigres... »

Longtemps condamnée au silence, elle ne pouvait plus s'arrêter de parler. Une fièvre légère excitait son imagination et précipitait le débit de ses phrases. Mais, bientôt, elle s'aperçut que Françoise, le souffle court, les paupières closes, l'écoutait à peine. Alors, elle voulut l'intéresser en évoquant le sujet de leurs plus secrètes confidences. Baissant le ton et jetant autour d'elle des regards soupçonneux, elle dit à l'oreille de son amie :

« Tu sais, pendant que tu n'étais pas là, j'ai pensé au prince. Est-ce qu'il parlera français ou autrichien?

— Il parlera français, bien sûr, dit Françoise sans rouvrir les yeux.

— Et il portera un uniforme?

— Oui.

— Toujours, ou seulement aux parades? »

Une voix idiote répéta dans son dos :

« Toujours, ou seulement aux parades? »

Mauricette Lafleur s'était levée pour les surprendre. Elle se dandinait dans sa chemise de nuit, en clignant un œil, puis l'autre, derrière ses lunettes. Élisabeth voulut la pincer. Mais Mauricette Lafleur fit un bond de côté et dit :

« Ah! ah! J'ai tout entendu!

— C'est pas vrai! gronda Élisabeth.

— Si, tout!

— Alors, répète!

— Quand ça me plaira! »

Les trois autres filles, gigotant sous leurs couvertures, demandaient :

« Qu'est-ce qu'elle a dit? Raconte, Mauricette. »

Au lieu de leur répondre, Mauricette Lafleur retourna se coucher, en chantonnant :

« Maintenant, je sais! Maintenant, je sais! Maintenant, je sais!...

— Elle ne sait rien du tout, chuchota Françoise. Elle fait semblant pour nous taquiner.

— Je voudrais qu'elle ne guérisse pas », dit Élisabeth en serrant les poings.

Françoise fut prise d'une quinte de toux et prononça avec effort, les yeux pleins de larmes :

« Tu devrais aller dans ton lit. Autrement, tu attraperas froid sur froid.

— Tu ne veux pas qu'on cause encore un peu ?

— Pas maintenant. M^lle^ Bertrand va revenir.

— Bon ! » dit Élisabeth, déçue par le résultat de cette première entrevue.

En passant devant le lit de Mauricette Lafleur, elle fit une grimace si drôle, tirant la langue et bombant le derrière, que toutes ses compagnes éclatèrent de rire. Flattée par ce succès, elle imita ensuite M^lle^ Hugues rendant les copies, M^lle^ Bertrand tricotant son bas. Subitement, elle se sentit fatiguée et colla son front à la fenêtre.

« Tu vois quelque chose ? » demanda Colette Martin.

Élisabeth ne voyait rien qu'un coin de cour boueuse, où le concierge cassait du bois. A tout hasard, elle dit :

« Il y a des ouvriers qui travaillent en bas.

— Des ouvriers ? s'écria Mauricette Lafleur. Quels ouvriers ?

— Des ouvriers du dehors. Ils regardent par ici. Ils font des sourires.

— C'est des blagues !

— Viens voir toi-même, si tu ne me crois pas. »

Mauricette Lafleur et Colette Martin se levèrent. Élisabeth s'apprêtait à leur crier : « Kss ! Kss ! vous êtes bien attrapées ! » quand un pas claudicant retentit dans l'escalier. Une envolée de chemises blanches traversa la salle. Trois sommiers grincèrent en même temps. M^lle^ Bertrand, poussant la porte, découvrit une infirmerie modèle, où toutes les pensionnaires prenaient leur mal en patience, la couverture tirée, les mains au bord du drap et le regard sage. Satisfaite, elle se rassit. Entre ses doigts, le bas noir se remit à vivre, chatouillé par ses aiguilles rapides.

« Quand je suis arrivée, il y en avait juste un petit bout, souffla Colette Martin, qui était la voisine d'Élisabeth.

— Il est beaucoup trop long, maintenant ! dit Élisabeth.

— Il faut bien, pour que ça donne dans la largeur.

— C'est tout le jour comme ça ?

— Oui. La nuit, elle retourne au dortoir et c'est M<sup>lle</sup> Hugues qui nous surveille. Elle a sa chambre à côté.

— Alors, c'est pas rigolo ?

— Ah ! non, c'est pas rigolo, je te jure !

— Et M<sup>lle</sup> Quercy, on ne la voit jamais ?

— Si, pour les soins. T'as eu ta friction avant de venir ici ?

— Non.

— Eh bien, ma vieille, qu'est-ce que tu vas prendre !

— C'est une friction à quoi ?

— A l'essence de térébenthine. On y est toutes passé, hier.

— Un peu de silence, mes enfants ! dit M<sup>lle</sup> Bertrand.

— Oh ! mademoiselle, dit Élisabeth, on parle doucement !

— Doucement ou pas doucement, vous n'êtes pas à l'infirmerie pour vous amuser, mais pour guérir. »

Dix minutes plus tard, toutes les têtes, de nouveau, se dressèrent. M<sup>lle</sup> Quercy entra dans la salle. Elle portait un petit panier, plein de flacons, de coton, de serviettes. D'abord, elle se rendit auprès de Françoise, et lui tâta le pouls, lui parla à voix basse, penchée maternellement au-dessus du lit.

« Tu vois, c'est sa chouchoute! » murmura Colette Martin.

Aussitôt après, les soins commencèrent. Comme toutes les fillettes souffraient d'un refroidissement, le traitement, de l'une à l'autre, était à peu près le même : badigeonnages, gouttes dans le nez et enveloppements chauds. Colette Martin, cependant, eut droit à une innovation. M^lle^ Quercy lui peignit la poitrine à la teinture d'iode. L'opération terminée, l'enfant montra à ses compagnes stupéfaites une figure blanche sur un cou de négresse.

« Oh! mademoiselle, s'écria Élisabeth, est-ce que ça partira au moins?

— Oui, peu à peu, dit M^lle^ Quercy.

— C'est pas joli!

— Peut-être, mais c'est salutaire. Et maintenant, à toi! »

Élisabeth n'était pas mécontente d'accaparer enfin l'attention de la directrice. M^lle^ Quercy déboucha une bouteille et versa quelques gouttes d'un liquide clair sur un chiffon de flanelle. Une odeur d'essence de térébenthine se répandit dans l'air. La fillette se recroquevilla sous le drap. Ses camarades n'avaient pas menti. La chemise retroussée, elle dut subir une friction vigoureuse sur le haut du corps. Sa peau flambait. Elle hurla et voulut repousser la main qui lui imposait cette torture. Mais M^lle^ Quercy lui tapa sur les doigts et continua à lui frotter le dos avec autant d'application que si elle eût astiqué un meuble. En se renfonçant dans son lit, Élisabeth entra dans un brasier. M^lle^ Bertrand lui tendit une tasse de lait chaud sucré, où elle avait délayé trois larmes de teinture d'iode. Parmi les pensionnaires, ce breuvage avait la réputation d'être une gâterie. Élisabeth l'avala d'un trait, avec plaisir, et se lécha le pourtour des lèvres. Après le départ de la directrice, Colette Martin interpella M^lle^ Bertrand d'une voix suppliante :

« Est-ce qu'on va manger, tout à l'heure, mademoiselle?

— Manger? dit M^lle^ Bertrand. Et puis quoi encore? Vous savez bien que vous devez rester à la diète, tant que vous aurez de la température!

— Mais j'ai très faim, moi!...

— Tant mieux! C'est par le jeûne que le corps se débarrasse de ses impuretés.

— Rien qu'un peu de pain et de sucre! dit Mauricette Lafleur. S'il vous plaît, mademoiselle! Comme hier soir!...

— Aurez-vous bientôt fini vos jérémiades? s'écria M^lle^ Bertrand en abaissant violemment son tricot sur ses genoux. Plus vous serez raisonnables, plus vite vous vous rétablirez, et plus vite, par conséquent, vous pourrez reprendre une alimentation normale. »

Des grognements hostiles saluèrent ce discours. Réchauffée par la friction, Élisabeth sentait sur sa peau un grouillement de fourmis avides.

« C'est vrai qu'on n'a rien à manger? chuchota-t-elle en se penchant par-dessus bord vers sa voisine.

— Pas ça! » dit Colette Martin.

Et elle fit claquer son ongle sur sa dent.

« On ne peut pas guérir si on ne mange pas, reprit Élisabeth.

— T'as bien vu : elle dit que si! Et encore, toi, t'as pas à te plaindre! T'as eu ton lait avec de l'iode, c'est rudement bon!

— Alors, vous avez vraiment faim?

— Tu parles!

— Si j'avais su! » grommela Élisabeth.

M^lle^ Bertrand changea de position sur sa chaise. Une porte claqua, au loin. Des minutes passèrent.

Puis, Colette Martin annonça sans bouger sa tête sur son oreiller :

« Tu sens? Voilà que ça monte!

— Quoi? demanda Élisabeth.

— L'odeur. »

Élisabeth enfla les narines. La cuisine était située sous l'infirmerie. Par la cage de l'escalier, un fumet abondant s'insinuait dans la salle.

« Ce sont des lentilles, soupira Colette Martin.

— Non, des pois cassés, dit Mauricette Lafleur.

— Les pois cassés, un mardi? T'es pas folle? N'est-ce pas que ce sont toujours des lentilles, le mardi, mademoiselle?

— Lentilles ou pois cassés, qu'est-ce que cela peut bien vous faire? dit M^lle^ Bertrand. Taisez-vous et pensez à autre chose. »

Il y eut une pause. Mais l'idée continuait son chemin. Antoinette Ricard reprit sur un ton vibrant de convoitise :

« Des lentilles! Des lentilles au lard!

— Ce qui est bon aussi, avec le lard, c'est une grosse omelette, dit Colette Martin en mâchant sa salive.

— Moi, dit Mauricette Lafleur, ma maman, elle fait l'omelette avec... »

Une voix caverneuse sortit du bas que M^lle^ Bertrand avait élevé à hauteur de son nez, pour examiner le dernier rang de mailles :

« Si vous insistez, je vais être obligée de sévir! Antoinette Ricard, rentrez vos bras. Élisabeth Mazalaigue, mouchez-vous, votre nez coule!... »

Élisabeth fit exprès de se moucher avec un bruit de trompette, ce qui provoqua quelques rires. Les yeux décentrés de M^lle^ Bertrand étincelèrent, l'un regardant à droite, l'autre à gauche. La conversation se poursuivit à voix basse, entre voisines de lit. Seule Françoise, reléguée dans son coin, ne se mêlait pas à cet échange de considérations gastronomiques. Des casseroles tintèrent. La cloche sonna.

« Elles y vont ! » souffla Colette Martin.

Jamais Élisabeth n'avait eu meilleur appétit. Elle imaginait le flot des élèves s'engouffrant dans le réfectoire. Il lui semblait qu'aujourd'hui elle eût volontiers englouti une platée de lentilles, une avalanche de pois cassés, une marée de soupe épaisse... Pour se consoler, elle énuméra tous les devoirs qu'elle ne ferait pas, toutes les leçons qu'elle n'apprendrait pas, étant à l'infirmerie. M^lle^ Bertrand se leva, posa son tricot et se dirigea, à grandes embardées, vers la porte. Lorsque le bruit de son pas se fut perdu dans l'escalier, Élisabeth demanda :

« Où est-elle allée?

— Manger, parbleu ! dit Colette Martin. Tu penses bien qu'elle ne s'en prive pas, elle ! »

Pendant un moment, tous les ventres creux honnirent la surveillante pour sa chance. Élisabeth profita de l'absence de M^lle^ Bertrand pour rendre, une fois de plus, visite à son amie. Mais Françoise s'était assoupie et elle n'osa pas l'éveiller. Mauricette Lafleur et Colette Martin sortirent également de leur lit pour se dégourdir les jambes. Élisabeth les rejoignit devant la fenêtre. Une branche noire et nue se dressait à hauteur des carreaux.

« On va jouer à savoir de quoi elle a l'air, cette branche, dit Élisabeth.

— D'une fourchette, dit Mauricette Lafleur.

— D'une araignée », dit Colette Martin.

La discussion languissait. Elles se recouchèrent sans entrain. M^lle^ Bertrand rentra, portant un plateau chargé de bols. A cette vue, les filles se ranimèrent. Un espoir de bouillon flotta au-dessus des lits. Les yeux brillants, Colette Martin posa la question que toutes ses compagnes avaient sur les lèvres :

« Qu'est-ce que c'est, mademoiselle ?

— De la tisane », répondit M$^{lle}$ Bertrand avec un sourire engageant.

Les têtes retombèrent sur les oreillers. Indifférente à cette déception collective, M$^{lle}$ Bertrand distribuait ses bols entre les malades. Comme elle boitait fortement, un tiers de l'infusion avait débordé sur le plateau.

« Buvez vite », dit-elle.

Les filles hésitaient, humaient avec répulsion le breuvage brûlant :

« C'est trop chaud, mademoiselle !

— Il n'y a pas de mademoiselle qui tienne. Allons ! Une ! Deux ! Hop ! »

Les visages se plongèrent dans les bols, et en émergèrent, l'un après l'autre, roses de suffocation. M$^{lle}$ Bertrand rangea la vaisselle sur une petite table, tisonna le poêle et reprit son tricot. Des cris aigus traversèrent les murs : la récréation. Cette agitation dura un quart d'heure. Ensuite, le silence revint : les élèves étaient retournées en classe. Élisabeth les envia. Elle étouffait sous ses couvertures. Sa chemise collait à sa peau. Quand elle soulevait le drap pour s'aérer, son odeur personnelle lui montait aux narines. Au fond de la chambre, la toux de Françoise s'amplifiait. L'enfant était obligée de s'asseoir pour retrouver sa respiration. Parfois, une malade claquait des doigts, et disait :

« Mademoiselle, je peux ? »

M$^{lle}$ Bertrand, magnanime, inclinait le menton. Il y avait un pot de chambre devant chaque table de chevet. La fille s'accroupissait entre deux lits. On ne voyait plus que sa tête. Un murmure cristallin s'élevait dans la salle. Quand l'enfant s'était recouchée, la surveillante s'emparait du vase, allait le vider dans les cabinets et regagnait son poste, haletante d'avoir descendu et gravi l'escalier trop vite. Le poêle ronflait. L'ombre arrondissait les angles de la pièce.

A cinq heures, M$^{lle}$ Quercy revint, pour prendre la température. Sa première visite fut pour Françoise, auprès de qui elle resta très longtemps. Chaque élève espérait la même faveur pour sa part. Mais il n'en fut rien. Ayant donné toute sa bonté à la plus malade, M$^{lle}$ Quercy recouvra son maintien sévère de directrice. En passant d'une pensionnaire à l'autre, elle essuyait le thermomètre avec un bout de coton imbibé d'alcool. M$^{lle}$ Bertrand la suivait et notait les chiffres sur une feuille de papier collée à une planchette.

« Combien j'ai, mademoiselle? » demanda Élisabeth.

D'autres fillettes reprirent la question. Mais ni M$^{lle}$ Quercy ni M$^{lle}$ Bertrand ne daignèrent leur répondre. Le secret professionnel leur cousait la bouche. On frappa à la porte. C'était le concierge. Il appela M$^{lle}$ Quercy, et elle disparut, happée par un courant d'air. Ce départ précipité laissait présager une énigme. En effet, dix minutes plus tard, la porte se rouvrit devant la directrice et un gros monsieur barbu, chargé d'une serviette.

« Par ici, docteur », dit M$^{lle}$ Quercy en marchant promptement vers Françoise.

Muettes d'étonnement, les fillettes suivirent du regard cet étranger au pied lourd, qui passait devant elles en soufflant sa fatigue. M$^{lle}$ Bertrand traîna sa chaise jusqu'au fond de la salle et l'offrit au médecin, avec une courbette oblique. Il s'assit au chevet de Françoise. La directrice et la surveillante se placèrent à ses côtés. Ce groupe compact empêchait Élisabeth de voir son amie. Colette Martin murmura, en mettant sa main devant sa bouche :

« Je le connais! Il était déjà venu l'année dernière!

— Il va toutes nous regarder? demanda Élisabeth.

— Bien sûr, puisqu'il est là ! C'est pas facile de le déranger ! Il habite Lacapelle-Marival ! »

En parlant avec sa voisine, Élisabeth ne quittait pas des yeux le dos du médecin, dont les lentes oscillations trahissaient un travail d'ours, méticuleux et puissant. L'oreille sur l'omoplate, le doigt tapotant la poitrine, le regard jeté dans la gorge, elle connaissait tout cela ! Enfin, le docteur s'écarta du lit et entraîna M^lle^ Quercy dans l'embrasure de la fenêtre. Ils échangèrent quelques mots à voix basse. La directrice paraissait soucieuse. Ses mains, gantées de mitaines noires, pétrissaient un mouchoir blanc.

« Je reviendrai demain, à la même heure, dit le médecin en haussant le ton.

— Je vous remercie, docteur. D'ici là, j'espère qu'il y aura du mieux.

— Je l'espère également. Et celles-ci ? »

L'homme tourna la tête et promena le reflet de ses lunettes d'un bout à l'autre de la pièce. Les fillettes se rapetissaient sous ce regard de verre blanc.

« Elles représentent mon lot habituel d'enrhumées pour l'hiver, dit M^lle^ Quercy. Je les soigne avec les moyens du bord... »

Ils sortirent ensemble, et leur conversation s'enfonça, de marche en marche, dans l'escalier. M^lle^ Bertrand referma la porte et fit front au vent furieux des questions. Toutes les filles, hormis Françoise, s'étaient assises dans leurs lits. Elles parlaient et gesticulaient à contretemps :

« Ben, et nous, alors, pourquoi qu'il ne nous a pas auscultées ?

— Qu'est-ce qu'elle a, Françoise ?

— Pourquoi qu'il revient demain, le docteur ?

— Elle est contagieuse ?

— C'est la scarlatine ? »

Élisabeth, à genoux sur son oreiller, hurlait :

« Françoise ! Eh ! Françoise ! Il t'a dit quoi ? »

M^lle^ Bertrand, tordue par la colère, frappait dans ses mains et criait d'une voix chevrotante :

« Je vais sévir! Je vais sévir! Taisez-vous! Élisabeth Mazalaigue, recouchez-vous! La première que j'entends sera signalée!... »

Le silence revenu, elle consentit à donner des explications :

« Françoise Pierroux n'a rien de grave. Une grippe, de la fièvre, et voilà tout. Dans quelques jours, grâce à nos soins, elle sera rétablie. Et maintenant, tenez-vous tranquilles, car elle a besoin de repos. »

Cette dernière phrase acheva de calmer les esprits. Ayant passé les lits en revue, M^lle^ Bertrand, au lieu de se rasseoir, se planta devant la porte. Attendait-elle encore une visite? La hanche anguleuse, le profil tendu, les mains sur le ventre, elle devenait effrayante dans l'ombre qui s'épaississait. Soudain, elle se redressa et tira le battant à elle. Des pas montaient l'escalier. M^lle^ Quercy entra et donna de la lumière. Elle était accompagnée de M^lle^ Hugues. Toutes deux s'approchèrent de Françoise. La directrice lui parla, d'abord en chuchotant, puis d'une voix claire, comme si elle eût voulu se faire entendre des autres élèves :

« Tu verras comme elle est agréable, cette petite chambre! Ici, tu n'as pas la tranquillité nécessaire pour guérir. Là-bas, personne ne te dérangera. Tu seras couchée toute seule, bien au chaud... »

Françoise disait « oui », avec sa tête, humblement.

« Voulez-vous m'aider, mademoiselle Hugues? » reprit la directrice.

M^lle^ Hugues souleva Françoise. M^lle^ Quercy enveloppa l'enfant dans plusieurs couvertures et la serra contre sa poitrine.

« Passe tes bras derrière mon cou, dit-elle. Là! Tu es bien? Tu n'as pas froid? »

Tournant autour d'elle, M^lle^ Hugues et M^lle^ Bertrand finissaient de recouvrir Françoise, qui fut bientôt enfermée jusqu'aux mâchoires comme dans un sac.

« Elle n'est pas trop lourde? demanda M^lle^ Hugues.

— Oh! non, la pauvre, elle ne pèse guère! dit M^lle^ Quercy. Allons, en route!... »

Elle se mit en marche, portant son léger fardeau. Françoise avait caché sa figure dans l'épaule de la directrice. M^lle^ Bertrand et M^lle^ Hugues les suivaient. Incapable de faire un geste, de proférer un mot, Élisabeth assistait, médusée, à l'enlèvement. Comme le groupe arrivait à sa hauteur, elle chuchota :

« Françoise! Françoise! »

L'enfant dressa la tête et lança à son amie un regard craintif, qui pénétra en elle profondément. Puis, Françoise laissa retomber son front. Élisabeth ne vit plus qu'un dos noir, où deux petites mains blanches étaient nouées. M^lle^ Bertrand courut en boitant devant la directrice pour lui ouvrir la porte. M^lle^ Quercy franchit le seuil. Le battant se referma. Les fillettes, accroupies dans leurs lits, continuaient à garder le silence.

# 6

À l'infirmerie, une enrhumée chassait l'autre. C'était le résultat de la mauvaise saison. Après trois jours de soins, Élisabeth retourna en classe avec plaisir. Françoise, elle, était toujours malade et logeait dans une chambre attenante à la chapelle. Mlle Quercy passait des heures entières à son chevet. Quand la directrice s'absentait ainsi, la division des grandes, dont elle s'occupait habituellement, s'unissait à la division des petites, sous l'autorité vacillante de Mlle Hugues. La salle étant trop exiguë pour contenir tant de monde, on devait se serrer, trois par trois, devant chaque pupitre. Cette désorganisation, jointe à la pensée des fêtes de la Noël toutes proches, incitait les pensionnaires à se croire déjà en vacances. Mlle Hugues s'efforçait bien de les intéresser à un même exercice, malgré leur différence d'âge. Mais, quel que fût le travail qu'elle leur proposât en commun, les petites gémissaient : « C'est trop difficile ! » et les grandes déclaraient : « On l'a déjà fait avec Mlle Quercy ! » N'ayant pas le tempérament combatif, la maîtresse les mettait toutes d'accord en leur offrant une séance de dessin ou de lecture à haute voix. Le *Journal de Marguerite* avançait à pas de géant. On en était au début du second volume. Celles qui avaient des crayons de couleur écrasaient subrepticement de la poussière de mine rouge sur leurs joues. Élisabeth se farda ainsi et se trouva très belle en se contemplant dans une vitre. Mais Augustine, assise derrière elle, lui chuchota que cela donnait des boutons pour la vie, et elle se dépêcha d'effacer son maquillage avec un mouchoir mouillé de salive.

Le jeudi 11 décembre, le temps se mit au beau et les pensionnaires se réjouirent d'aller en promenade au bois Marie. Il y avait deux semaines que la pluie persistante les avait empêchées de sortir. Élisabeth elle-même, bien qu'affaiblie par le lit et la diète, ne tenait plus en place. A dix heures, comme les élèves, libérées par la cloche, dévalaient bruyamment vers le préau, M^lle^ Quercy apparut au bas de l'escalier et tous les pieds s'immobilisèrent.

« Mes enfants, dit-elle, je vous annonce que cet après-midi vous n'irez pas en promenade, contrairement à ce que j'avais espéré.

— Oh ! mademoiselle... »

Un soupir de déception roula, de proche en proche, jusqu'à la directrice impassible.

« Ce n'est pas de gaieté de cœur que je vous prive de cette sortie, reprit-elle. Mais Françoise Pierroux est trop souffrante pour que M^lle^ Hugues ou moi-même puissions nous absenter. Et M^lle^ Bertrand doit assurer le service de l'infirmerie, où deux de vos camarades sont encore en traitement. Vous resterez donc dans le préau. Je compte sur vous pour vous occuper à des jeux tranquilles. »

Étagées devant elle, sur les marches, les filles en tablier noir baissaient la tête. Sur un signe de la directrice, elles continuèrent leur descente avec une légèreté séraphique.

Élisabeth était triste à la fois parce que sa meilleure amie n'allait pas mieux et parce que sa distraction favorite lui était refusée. Pendant la récréation, les élèves, désappointées, se traînèrent comme des ombres. La classe de géographie qui suivit acheva d'accabler les plus vaillantes. Le relief du Massif central n'intéressait personne. Les fleuves coulaient dans l'indifférence générale. Le commerce languissait dans les ports. L'agriculture manquait de bras. Constatant l'inattention de son auditoire, Mlle Hugues se fâcha faiblement, distribua quelques punitions au hasard et finit par charger Colette Martin de lire deux pages du *Journal de Marguerite,* mais en s'arrêtant à chaque imparfait du subjonctif pour l'expliquer.

Après un déjeuner sinistre au réfectoire, les filles retournèrent dans le préau, emportant Mlle Bertrand dans leur sillage. Les seuls jeux autorisés, en raison de leur sagesse, étaient les charades, la balle au mur et la marelle. Dédaignant de se mêler aux ébats silencieux de ses compagnes, Élisabeth s'approcha de Mlle Bertrand et dit d'une voix doucereuse :

« Puisqu'on ne va pas se promener aujourd'hui, est-ce que je pourrais aller voir Françoise dans sa chambre? »

Mlle Bertrand avança et recula la tête, comme si elle eût avalé une arête de poisson :

« Vous n'y pensez pas!

— Pourquoi, mademoiselle? Elle a quelque chose qui s'attrape?

— Mais non!

— Alors? Dites! Un rhume comme j'ai eu, en plus gros? »

Mlle Bertrand plissa les lèvres, fronça les sourcils, et répliqua enfin, d'un ton sec et rapide :

« Elle a une pneumonie.

— C'est grave?

— Oui, c'est grave. »

Colette Martin tira Élisabeth par le bras :

« Paraît que la maman de Françoise est arrivée à

la pension, ce matin! J'ai vu le concierge qui montait sa valise. Elle est là-haut, dans la petite chambre, avec le docteur...

— Non?

— Demande à Mlle Bertrand, si tu ne me crois pas! »

Mlle Bertrand, interrogée, répondit par l'affirmative.

« Mais c'est fou! s'écria Élisabeth. Comme ça, la maman de Françoise est venue pour la chercher? Elles vont partir ensemble?

La surveillante secoua son long visage asymétrique et malveillant :

« Mais non, voyons! Votre compagne est trop malade pour pouvoir voyager!

— Alors, sa maman l'emmènera quand elle sera guérie?

— Probablement. D'ailleurs, à ce moment-là, vous serez toutes en vacances.

— Elle ne reviendra pas en classe avant?

— Certainement pas!

— Même pas pour un ou deux jours? »

Mlle Bertrand jugea qu'elle en avait trop dit, et, reprenant une attitude dominante, bafouilla du coin de la bouche :

« Élisabeth Mazalaigue, vous posez trop de questions! Allez vous amuser avec vos compagnes! Sinon, je vais sévir... »

Élisabeth quitta la surveillante et s'adossa au mur du préau. Non loin d'elle, quelques élèves parlaient des cadeaux qu'elles trouveraient dans leurs souliers. Mauricette Lafleur, qui avait reçu une lettre au courrier de midi, la passait à ses voisines en disant :

« Ça y est! Je l'aurai, mon sac à main! Lis voir ce qu'écrit maman... »

La vanité de ces propos confirmait Élisabeth dans le sentiment de sa solitude. Pendant un moment, elle essaya d'inventer de nouvelles aventures pour Françoise et pour elle-même, mais l'imagination lui manquait, le jeu ne l'amusait plus. Combien de temps serait-elle encore séparée de son amie? Elle eut envie de lui écrire. Si les visites étaient défendues, la correspondance ne l'était certainement pas. Par malchance, trop de secrets liaient les deux confidentes. Quand Élisabeth eut écarté tout ce qui ne pouvait être dit dans une lettre ouverte, il ne resta rien.

M^lle^ Bertrand ayant dû retourner à l'infirmerie, la récréation n'était plus surveillée. Un rire éclatant retentit dans le préau. Mauricette Lafleur se moquait d'une petite qui croyait encore au père Noël. Décidément, ces filles étaient sans cœur! Comment osaient-elles s'amuser, alors que Françoise avait une pneumonie? Élisabeth s'éloigna d'elles en traînant les pieds et s'arrêta devant d'autres pensionnaires, qui se comptaient pour jouer à la balle contre le mur :

« Am, stram, gram... »

Colette Martin était du nombre. Jetant un coup d'œil à Élisabeth, elle demanda :

« Tu joues, toi? »

Élisabeth fit la grimace :

« Je ne sais pas...

— Si, tu joues! » s'écria Colette Martin.

Un doigt rapide frappa Élisabeth au creux de la poitrine, tandis que la voix solennelle poursuivait :

« Pique, et pique, et colégram... »

Le concours commença par un essai maladroit de Madeleine Casteloux. Élisabeth suivit les efforts de ses camarades, d'abord avec dédain, puis avec intérêt. Quand vint son tour, elle était au comble de l'excitation. Elle réussit aisément la partie simple, la partie sans bouger, la partie sans parler. Avant la partie sans rire, ses rivales essayèrent de lui faire perdre contenance :

« T'as une mouche sur le nez, Élisabeth !
— Élisabeth, t'as ta culotte qui glisse ! »

Elle serra les dents pour garder son sérieux, et, les joues tendues, l'œil noir, lança la balle et la rattrapa victorieusement. Ce fut avec la même précision qu'elle exécuta le jeu sur un pied, sur l'autre, la petite tapette, la grande tapette, le petit roulé, le grand roulé, la jambe de bois, la révérence et le tour de France. L'ivresse du succès lui montait à la tête. Elle ne pensait plus à la promenade manquée. Après ces passes préliminaires, les élèves s'imposèrent des exercices plus difficiles. Pour le goûter, la fille de cuisine leur distribua à chacune une tranche de pain et un morceau de sucre. Enfiévrées par la compétition, elles continuèrent à jouer en mangeant. L'heure de la classe de couture s'écoula sans que M$^{lle}$ Bertrand vînt interrompre leurs performances. Sainte-Colombe n'avait plus de surveillante, plus de maîtresse, plus de directrice. Il faisait presque sombre, lorsque M$^{lle}$ Quercy entra dans le préau. Chose qui ne s'était jamais vue, deux mèches de cheveux dépassaient de son chignon.

« Mes enfants, dit-elle, vous avez été sages pendant cette longue récréation, et je vous en remercie. Maintenant, nous allons toutes nous rendre à la chapelle, où nous prierons pour la guérison de Françoise. Notre ferveur, exprimée en commun, touchera le cœur de Celui qui a guéri les malades, ressuscité les morts, purifié les plus grands pécheurs. »

M$^{lle}$ Bertrand arriva juste à temps pour claquer dans ses mains. Les fillettes se mirent en rangs. Élisabeth, se trouvant à côté d'Augustine, l'interpella à voix basse :

« T'as entendu ? On va dire une prière exprès pour Françoise !

— Oui, chuchota Augustine, c'est la prière pour les grands malades. Tu connais pas?

— Non.

— Nous, on l'a déjà faite, il y a deux ans, reprit Augustine avec fierté. Tu te rappelles, Colette? »

Colette Martin, qui marchait derrière, souffla par-dessus l'épaule d'Élisabeth :

« Si je me rappelle! C'était pour Catherine Faucheux. Ah! ma vieille, elle peut se vanter qu'on en a récité des chapelets pour elle. Pendant huit jours, matin et soir, et que je te prie, et que je te prie!...

— Et alors? demanda Élisabeth.

— On en était toutes bêtes! On pensait plus qu'à ça!

— Et elle?

— Catherine?

— Oui.

— Elle n'est plus revenue à la pension.

— Mais elle a été tout à fait guérie?

— Bien sûr! » dit Augustine en haussant les épaules comme si la chose allait de soi.

Élisabeth, soulagée, emboîta le pas à ses compagnes et pénétra dans la vaste nef de pierre où la dernière lueur du jour se mourait. La chambre de Françoise, aménagée dans une ancienne cellule monacale, communiquait avec la chapelle par une petite lucarne grillagée, ouverte très haut dans le mur. Colette Martin disait qu'ainsi la malade pouvait les entendre prier. Tandis que les élèves gagnaient leurs places entre les bancs, Élisabeth lorgnait la fenêtre qui la séparait de son amie et s'imaginait escaladant un pilier, tombant à pieds joints dans le réduit, embrassant Françoise et lui donnant les plus récentes nouvelles de la classe et du dortoir.

Les oraisons habituelles furent prononcées, ce jour-là, avec une application extraordinaire. Mais Élisabeth pensait moins à se faire écouter du Bon

Dieu que de Françoise. La pauvre solitaire distinguait-elle la voix de sa confidente parmi celles des autres? Était-elle heureuse du souci que toute la maison prenait de sa santé? Face à l'autel, entre la maîtresse et la surveillante, Mlle Quercy, le dos courbé, la tête abattue sur la poitrine, n'était plus qu'un petit tas d'étoffe noire, que le prie-Dieu empêchait de tomber. Le bourdonnement des paroles s'enflait et baissait alternativement, comme porté par une brise changeante. En considérant cette nombreuse assistance, Élisabeth se disait que les puissances célestes ne pouvaient rester insensibles à une requête présentée par cinquante personnes à la fois. Certaines phrases, qu'elle avait répétées naguère machinalement, lui parurent, en l'occurrence, chargées d'une signification admirable :

« Souvenez-vous, ô très miséricordieuse Vierge Marie, qu'on n'a jamais entendu dire qu'aucun de ceux qui ont eu recours à votre protection, imploré votre assistance et réclamé votre secours ait été abandonné... »

Le cœur d'Élisabeth volait hors de sa poitrine avec ces mots. Après les prières du soir, Mlle Hugues lut, d'une voix détimbrée, d'autres prières que la fillette ne connaissait pas, mais qui s'appliquaient très bien au cas de son amie :

« Étendez votre main puissante sur votre servante tombée malade à un âge si tendre... »

Et aussi :

« ... Accordez dans votre bonté à cette enfant d'être protégée ici-bas pendant sa vie par ceux qui, vous servant dans le Ciel, jouissent de votre présence... »

Le lendemain matin, elles se retrouvèrent toutes à la même place, pour prononcer les mêmes invocations, avec la même ferveur. Pendant le « Je vous salue, Marie », Élisabeth crut entendre une toux rauque venant de la lucarne. Elle tressaillit et se dépêcha de rattraper ses compagnes, qui, entre-temps, l'avaient devancée dans leur récitation. C'était une course entre la maladie et la prière. Avec les litanies du Saint Nom de Jésus, qui étaient si longues et si belles, on allait sûrement obtenir une prompte guérison ! Entre deux louanges, Élisabeth jetait un rapide : « Ayez pitié de nous ! » Et, chaque fois, elle avait l'impression de marquer un point contre la pneumonie. Enfin, la source des adorations tarit, les enfants passèrent dans le réfectoire et, réconfortées par la conviction du devoir accompli, se mirent à émietter du pain dans leur assiette pour épaissir la soupe du petit déjeuner.

Peu après, en pleine classe de français, Colette Martin, qui avait demandé à sortir, revint, bouleversée, et chuchota à Élisabeth en se rasseyant :

« Tu sais ce qui se passe ?

— Non.

— M. le curé est arrivé ! Je l'ai vu en allant au petit coin. Il descendait de bicyclette. M^lle^ Quercy l'attendait devant la grille...

— Pourquoi est-ce qu'il est venu ?

— Pour voir Françoise, sans doute !

— C'est bien ?

— Oh ! non, c'est pas bien ! marmonna Augustine, qui, assise derrière Élisabeth, n'avait pas perdu un mot de la conversation. Quand on appelle le curé, c'est que le docteur ne peut plus rien faire !

— Comment ça, il ne peut plus rien faire ? balbutia Élisabeth.

— Élisabeth, voulez-vous répéter ce que je viens de dire ? » s'écria M^lle^ Hugues, dressée devant le tableau noir, un bâton de craie dans une main, un chiffon dans l'autre.

Élisabeth fléchit les épaules sous le poids de son ignorance.

« J'en étais sûre! reprit Mlle Hugues. Vous me copierez vingt fois : « Bien que je fasse des fautes d'orthographe, je bavarde avec mes voisines au lieu d'écouter la leçon de français. »

Cette punition passa au-dessus d'Élisabeth sans l'atteindre. Effrayée par les propos pessimistes de Colette Martin et d'Augustine, elle avait hâte de contrôler par elle-même la vérité de leur information. Dès que les élèves purent se répandre dans le préau, elle courut à la recherche de Mlle Bertrand. La vieille fille se trouvait au fond de la salle, en conversation avec la directrice. Élisabeth, intimidée, s'arrêta à distance respectueuse du groupe.

« Que veux-tu, Élisabeth? » demanda Mlle Quercy.

Rassemblant son courage, Élisabeth dit dans un souffle :

« Mademoiselle, est-ce que c'est vrai que M. le curé est venu?

— Oui, mon enfant, répondit Mlle Quercy.

— A cause de Françoise?

— Oui.

— Elle va plus mal? »

Mlle Quercy abaissa ses lourdes paupières, les releva et poussa un soupir :

« Elle va très mal, en effet.

— On ne peut pas faire quelque chose pour qu'elle guérisse vite?

— Si. Il faut prier, Élisabeth.

— Mais on a déjà prié, mademoiselle!

— Ce n'était peut-être pas suffisant.

— Alors, est-ce que je peux aller maintenant à la chapelle? »

Mlle Quercy eut un mouvement de surprise. Ses sourcils frémirent. Une lumière noire et douce irradia de ses yeux.

« Tu voudrais aller prier pendant la récréation? demanda-t-elle avec lenteur.

— Oui, mademoiselle, dit Élisabeth.

— Toute seule?

— Oui, mademoiselle.

— En voilà une idée! gronda M^lle^ Bertrand en joignant ses mains veineuses sur son ventre.

— Pourquoi pas? » murmura M^lle^ Quercy pensivement.

Quelques élèves s'étaient approchées d'Élisabeth pour entendre ce qu'elle disait. Colette Martin s'écria :

« Est-ce que je pourrais y aller aussi?

— Et moi? » demanda Madeleine Casteloux.

Elles furent une dizaine, bientôt, à briguer cette faveur. M^lle^ Bertrand bougonna :

« Soit! Je vais vous accompagner. »

Mais M^lle^ Quercy posa une main légère sur le bras de la vieille fille :

« C'est inutile, mademoiselle. Elles n'ont pas besoin d'être surveillées. Allez vite, mes enfants. Que Dieu vous entende et nous aide! »

Elles sortirent du préau, traversèrent le réfectoire et poussèrent la porte de la chapelle, qui s'ouvrit en grinçant. Une haleine de caveau baigna le visage d'Élisabeth. Elle entra la première, sur la pointe des pieds, mais n'osa pas s'avancer dans la nef et s'installa au dernier rang. Ses compagnes se massèrent autour d'elle. Privée de son contingent familier de pensionnaires, la chapelle paraissait plus grande et plus froide que d'habitude. Une fillette heurta un banc et le bruit amplifié les fit toutes sursauter ensemble. L'absence de M^lle^ Quercy augmentait leur crainte de se mal conduire. Il n'y avait plus personne entre elles et le Bon Dieu.

« Qu'est-ce qu'on récite? chuchota Colette Martin.

— Ben! le « Notre Père » et le « Je vous salue, Marie! » dit Madeleine Casteloux.

Elles commencèrent timidement. Élisabeth essaya

de les suivre, mais son esprit restait accroché au grillage de la lucarne. Elle espérait entendre de nouveau la toux de Françoise. Puis, comme aucun son ne venait de la chambre, elle reporta ses yeux sur le grand Christ, qui, cloué au fond de la chapelle, ne pouvait plus refermer ses bras. Bien qu'il fût loin d'elle, et terriblement crucifié, elle n'avait qu'à lui parler pour être comprise. Mais tenait-il vraiment à être toujours imploré de la même façon? Ne fallait-il pas dire quelque chose d'imprévu pour attirer sa bienveillance? En tout cas, sa pensée à elle était trop simple pour être exprimée par les mots savants de la prière. Elle refusa ce qu'elle avait appris et balbutia rapidement, avec un élan secret de tout son être vers l'image du Rédempteur :

« Faites que Françoise guérisse! Faites que Françoise guérisse! Faites que Françoise guérisse! S'il vous plaît et merci! *Amen!* »

La cloche sonna pour la rentrée en classe. Les fillettes se signèrent et sortirent l'une après l'autre, ayant salué l'autel d'une brève génuflexion.

M^lle^ Quercy ne se montra pas pendant le déjeuner. A deux reprises, M^lle^ Hugues quitta la table pour aller aux nouvelles. Les pensionnaires mangeaient en silence. Élisabeth toucha à peine aux châtaignes blanchies, que, pourtant, elle aimait bien. L'après-midi fut étrange. A trois heures et demie, M^lle^ Hugues renonça brusquement à expliquer aux élèves le calcul de l'intérêt annuel. Augustine fut désignée pour lire à haute voix jusqu'à la récréation. Lassées par sa diction plaintive, les fillettes se pelotonnaient sur leurs bancs, écrivaient de petits billets ou mâchaient des boulettes de papier buvard.

Soudain, la porte s'ouvrit et M^lle^ Quercy parut, la face décolorée, les yeux rouges, un chapelet à la main. M^lle^ Hugues courut vers elle, tandis que les pensionnaires se levaient. Les deux femmes échangèrent un regard. M$^{lle}$ Quercy inclina la tête. Puis, prenant de l'air dans sa poitrine et dressant le menton, elle dit :

« Approchez-vous de moi, mes enfants. »

Les fillettes s'assemblèrent. M$^{lle}$ Quercy embrassa d'un coup d'œil le cercle des visages, s'appuya d'une main à la chaire et proféra d'une voix qui tremblait un peu :

« J'ai une triste nouvelle à vous annoncer : le Seigneur a rappelé votre amie Françoise. »

Il y eut un moment de stupeur. Personne n'osait comprendre, personne n'osait croire.

« Jésus, Marie, Joseph ! » soupira M$^{lle}$ Hugues.

Ses épaules se mirent à sauter. Elle fourragea dans sa ceinture, en tira un mouchoir et continua à pleurer dedans. Augustine, la première, sortit de l'étonnement et demanda :

« C'est vrai, mademoiselle, Françoise est morte ?

— Oui, dit M$^{lle}$ Quercy. Il y a une demi-heure environ... »

Élisabeth était sûre que la directrice se trompait. On ne cessait pas de vivre ainsi d'une minute à l'autre. Et puis, il fallait être vieux pour mourir. La porte de la salle de classe était entrebâillée. Pendant que M$^{lle}$ Quercy invitait ses élèves au recueillement, Élisabeth se glissa dans le couloir. Personne ne l'avait vue sortir. Ses talons se détachèrent du sol. Elle bondit, dévala l'escalier, traversa le réfectoire et s'arrêta, indécise, à la porte de la chapelle. Une deuxième porte, plus petite, sur la gauche, conduisait au bureau de M$^{lle}$ Quercy. La chambre de Françoise devait être située au-dessus. Élisabeth mesura son imprudence. Sa disparition ne pouvait demeurer longtemps inaperçue. Dans quelques secondes, la directrice ou M$^{lle}$ Hugues allait surgir derrière son dos. Elle poussa le battant et s'engagea dans un étroit escalier de pierre. Les marches étaient hautes. Les murs sentaient le moisi. De l'étage supérieur, descendait un bruit de soupirs et de larmes. Guidée par cette rumeur, Élisabeth dépassa un palier, puis un autre, et se trouva, tout à coup, devant une porte ouverte. C'était ici.

Elle n'osa franchir le seuil. La chambre était plongée dans une pénombre dorée. Sur un lit blanc, Françoise dormait. Son visage pâle, aux paupières closes, aux lèvres serrées, avait une expression de calme et de sagesse. Un joli chapelet de pierres violettes pendait de ses doigts joints. Le bout de ses pieds soulevait la couverture. Au chevet de la couche, une forme noire était écroulée. La maman de Françoise, sans doute. On ne voyait pas sa figure. Ses mains rampaient sur le drap. Son buste oscillait d'avant en arrière. Non loin d'elle, se tenait M^lle^ Bertrand, le dos tourné à la porte. Elle aussi pleurait ou murmurait des prières tristes. Une bougie brûlait sur la table de nuit. Un buis trempait dans une soucoupe. Effrayée par ce spectacle insolite, Élisabeth écarquillait les yeux et ravalait sa respiration. Le chagrin qu'elle aurait voulu refuser montait à gros bouillons dans sa tête. C'était impossible! Françoise n'était pas morte. Elle avait la même bouche, le même nez, les mêmes cheveux que dans la vie. Elle allait se réveiller. Elle allait parler. Elle allait rire... Il suffisait de l'appeler par son nom. Élisabeth chuchota :

« Françoise... Françoise... »

Personne ne l'entendait, ni Françoise, ni sa mère, ni M^lle^ Bertrand. Un déchirement se fit dans la poitrine d'Élisabeth. Elle poussa un cri strident, recula d'un pas et se heurta à quelqu'un qui gravissait la dernière marche de l'escalier. Deux bras se refermèrent sur l'enfant qui tremblait.

« Oh! mademoiselle! » gémit Élisabeth.

Elle ne savait où elle était, à qui elle s'adressait au

juste, comment elle pourrait s'échapper de ce mauvais rêve. Un léger parfum de citron l'enveloppait. Sa figure s'appuyait sur un drap rêche et noir. Entre deux sanglots, elle releva la tête, reconnut M^lle^ Quercy et se serra contre elle plus étroitement.

# 7

LA promesse des jours de fête contribua heureusement à tirer le pensionnat de son deuil. Après avoir défilé devant leur amie morte, assisté à l'office funèbre dans l'église du village, vu les parents de Françoise, titubants de chagrin, et salué le départ du petit cercueil dans une automobile qui devait la transporter à Souillac, les élèves avaient été reprises par les préparatifs des vacances de la Noël. Amélie avait écrit à Élisabeth qu'elle viendrait la chercher le dimanche 21 décembre. La plupart de ses compagnes quittèrent l'établissement le samedi. Les filles qui étaient originaires des communes voisines embarquèrent en groupe dans une même voiture. Des mères, des pères, des tantes, se dérangèrent pour quérir celles qui habitaient plus loin. Certaines, dont Colette Martin, avaient été avisées que des circonstances familiales commandaient leur maintien dans les lieux pendant deux semaines. Abandonnées, réprouvées, elles rôdaient dans les couloirs ou s'assemblaient pour pleurer dans la solitude glaciale du préau. Élisabeth redoutait qu'un contrordre de la dernière minute ne l'obligeât à partager leur sort.

L'autocar de onze heures du matin passa sans s'arrêter. Il n'y en avait plus qu'un, le dimanche, vers six heures. Si maman n'était pas dedans, ce serait la fin de l'espoir. De minute en minute, Élisabeth sentait croître son impatience. A trois heures et quart, le miracle se produisit. M^lle^ Bertrand surgit dans la salle de récréation, avec un sourire aimable posé de biais sur son visage, et ordonna à Élisabeth de prendre sa valise : on l'attendait au parloir.

En franchissant le seuil de la grande pièce carrée, où n'habitaient que des fauteuils vides et un Christ nu et froid, Élisabeth fut saisie d'une appréhension qui lui coupa les jambes. Sa mère n'était pas là. Debout près de la fenêtre, un monsieur seul regardait la route. Au bruit de la porte qui se fermait, il tourna la tête. Élisabeth poussa un cri de joie : c'était son père.

Elle se précipita sur lui, s'accrocha à lui comme à un arbre. Il la souleva et l'embrassa sur les joues, si maladroitement qu'elle en perdit son chapeau. Elle se mit à rire, et il riait aussi en la regardant.

« Tu as bonne mine! Tu as même grossi, on dirait! C'est maman qui va être contente!... »

Il la reposa par terre. Elle tira sur sa jupe qui, dans le mouvement, s'était troussée au-dessus des genoux, et demanda :

« Où est-elle?

— Qui? Maman?

— Oui.

— Elle est restée à Paris.

— Elle m'avait écrit qu'elle viendrait!

— Elle pensait pouvoir venir. Mais on a trop de travail au café. Alors, voilà, je suis parti à sa place...

— Oh! ça me fait bien plaisir aussi! » s'écria Élisabeth.

Puis, elle prit un air d'épouvante, jeta un regard vers la porte et chuchota :

« Tu sais ce qui s'est passé ici? Françoise est morte!

— Je sais, dit Pierre. Je viens de voir la directrice. Elle m'a raconté. C'est terrible ! Pauvre petite !...

— C'était ma meilleure amie, dit Élisabeth avec fierté. Maintenant, elle est au Ciel.

— Eh ! oui, soupira Pierre en hochant la tête.

— On a prié pour elle ! Mais prié, tu peux pas savoir ! Et, pour la messe, il y avait des fleurs dans l'église. C'était beau. M^lle^ Quercy était à l'harmonium. Tout le monde pleurait... T'as déjà vu des morts, papa ?

— Oui, dit Pierre.

— Qui ça ?

— Mes parents... des amis... beaucoup d'amis...

— C'est drôle un mort... On dirait qu'il réfléchit en dormant... »

Elle ouvrait des yeux ronds et cherchait sur le mur une image inoubliable.

« N'y pense plus, dit Pierre. Tu as tout ce qu'il te faut dans ta valise ?

— Tout ! C'est prêt depuis hier !

— Dès que M^lle^ Quercy sera de retour, nous lui dirons au revoir...

— Mais comment es-tu venu, papa ? Je t'attendais à l'autocar de six heures.

— Je me suis entendu avec un bonhomme, à la gare de Figeac. Il a bien voulu me monter jusqu'ici en voiture. Il attend devant la grille.

— Alors, c'est un taxi ?

— Si tu veux.

— On repartira dedans ?

— Bien sûr ! »

Élisabeth joignit les mains, comme elle l'avait vu faire à M^lle^ Bertrand dans les moments de grande surprise. Ayant compté prendre l'autocar, elle appréciait la chance qui lui était offerte de partir, seule avec son père, dans une voiture de louage. Les rares filles qui étaient restées raconteraient l'événement aux autres, à la rentrée des classes. Cela se saurait dans tout le pensionnat! Papa était d'une élégance fascinante. Dans ses souvenirs, elle se le représentait toujours en manches de chemise. Aujourd'hui, il portait un manteau gris foncé et une cravate lie-de-vin. Sa main gauche, gantée, pressait un chapeau mou contre son ventre.

« Ce que t'es chic! dit-elle. Elle est jolie, ta cravate! C'est à Figeac qu'on prendra le train?

— Oui, le train du soir, qui nous amènera demain matin à Paris.

— On sera en wagon, la nuit?

— Évidemment!

— Oh! papa, que c'est amusant! Et maman nous attendra à la gare?

— Je ne le pense pas. Elle est trop occupée.

— Et tonton Denis?

— Tonton Denis, non plus, ne sera pas là... Il a été obligé de partir... oui... il y a deux jours... »

Élisabeth s'étonna :

« Partir, comment?

— Eh bien, mais... en voyage... en voyage d'affaires...

— Il reviendra bientôt?

— Je le suppose, dit Pierre avec précipitation. C'est justement parce qu'il s'est absenté que maman a dû rester à Paris, tu comprends? »

Élisabeth songea à la bonne que cette séparation allait attrister pendant toute la durée des vacances.

« Et Clémentine, demanda-t-elle timidement, elle va bien? »

La figure de Pierre prit une expression à la fois embarrassée et distraite. Son regard se détourna de sa fille. Il grommela :

« Clémentine? Maman ne t'a pas écrit?

— Non.

— Elle nous a quittés pour retourner dans sa famille.

— Elle n'est plus chez nous? souffla Élisabeth.

— Eh non! dit Pierre. On l'a remplacée. La nouvelle bonne est très travailleuse, très gentille, tu verras... »

Élisabeth voulut protester contre ce changement qui compromettait tant de projets aimables, mais se tut, pétrifiée de respect, car Mlle Quercy venait d'entrer dans le parloir.

« Excusez-moi, monsieur, dit-elle. J'ai été obligée de vous laisser pour donner des ordres. Mais je suis sûre que le temps ne vous a pas paru long, puisque je vous trouve avec votre enfant. »

Cet abord courtois déconcerta Pierre, qui balbutia des mots inintelligibles sous sa moustache. Toute à sa déception, Élisabeth entendit confusément la directrice qui dénonçait le retard de sa pensionnaire en calcul et en orthographe, et papa qui soupirait, qui se désolait, comme si ces reproches se fussent adressés à lui-même. Enfin, Mlle Quercy les délivra. Ils sortirent avec elle dans le jardin dépouillé par l'hiver. Quelques élèves, incurablement tristes, les regardaient par la fenêtre du préau. L'une d'elles se montra sur le pas de la porte et demanda :

« Mademoiselle, on peut accompagner Élisabeth jusqu'à la grille?

— Mais oui », dit Mlle Quercy.

Elles s'élancèrent et firent une escorte bavarde à leur camarade qui s'en allait :

« T'en as de la chance!

— Et tu pars en voiture encore!

— On va rudement s'embêter sans toi!

— Mes enfants, mes enfants, disait Mlle Quercy, un peu plus de tenue, je vous en prie! On n'entend que vous! »

Papa semblait encore plus grand que d'ordinaire,

entouré de ces petites filles qui voletaient autour de lui dans l'allée des rosiers maigres. Il avait coiffé son chapeau. La valise dansait au bout de son bras. Ses enjambées étaient si longues, qu'il fallait se dépêcher pour le suivre.

La voiture était une vieille torpédo à capote de toile, avec des sièges qui perdaient leur crin. Près du chauffeur, s'empilaient des cageots de légumes. Les filles s'embrassèrent. Ayant pris place avec son père sur la banquette du fond, Élisabeth agita la main par la portière, pendant que le moteur se mettait en marche. Ses compagnes criaient :

« Tu m'écriras, Élisabeth !

— Au revoir !

— Bon voyage !

— Amuse-toi bien ! »

La voiture démarra brutalement. Les prisonnières secouaient de faibles mouchoirs. Celui de M^lle^ Quercy palpitait au-dessus de tous les autres. Elle était une mère entourée de ses enfants. Subitement, Élisabeth les aima, en groupe, comme une famille. Agenouillée sur la banquette, elle les regardait s'éloigner, disparaître, derrière le carreau de mica jauni. Plus elle les plaignait, plus elle était heureuse. Au premier tournant, elle se jeta sur la poitrine de son père et dit :

« Merci, papa ! »

Il la pressa contre lui en riant, d'une manière gênée, comme un homme qui n'a pas l'habitude de la tendresse. Elle le contempla de bas en haut, avec autant de curiosité que s'il eût été un étranger. En effet, elle s'était rarement trouvée dans le cas de pouvoir lui parler en tête à tête. Il était toujours occupé derrière le comptoir, ou en train de manger rapidement, dans la réserve à tabac, ou au repos, l'après-midi, dans sa chambre, et il ne fallait pas le déranger. Tout à coup, elle ne savait que lui dire. Le double départ de tonton Denis et de Clémentine la tourmentait, mais ce n'était pas de son père, assurément, qu'elle tirerait une explication satisfaisante. Avec maman, elle serait plus à l'aise pour poser des questions. Peut-être même arriverait-on à rappeler Clémentine?

« Tu ne crois pas que, si on la paie très cher, elle reviendra? dit-elle.

— Qui? grogna Pierre en lorgnant sa fille avec méfiance.

— Ben, Clémentine, dit Élisabeth.

— Non, je ne crois pas », dit Pierre.

Il tapota le genou d'Élisabeth d'une main maladroite, fit un sourire forcé et tourna la tête pour regarder le paysage :

« C'est joli par ici! Il y a des coins, on dirait la Corrèze... »

Elle lui donna des châtaignes bouillies, dont elle avait empli la poche de son capuchon. Ils mangèrent, en silence. Élisabeth rejetait les écorces par un petit trou de la capote. Le vent les emportait.

« C'est fou ce qu'on roule vite! s'écria-t-elle.

— Eh! oui, c'est un bon petit zinc, dit le chauffeur. Je l'ai depuis cinq ans, et pas un ennui de moteur. En ligne droite, je me tape facilement du soixante, soixante-dix...

— C'est une Motobloc? dit Pierre.

— Oui, vous connaissez?

— Un peu... Et elle fait quoi? Quatre cylindres?

— Quatre cylindres, c'est ça! »

Décidément, papa savait tout. Le moteur avait des ratés. La carrosserie craquait à chaque cahot. Les freins grinçaient dans les virages. Écœurée par l'odeur de l'essence, fouettée par l'ombre des arbres qui bordaient la route, Élisabeth se cramponnait à son père dans un sentiment complexe de peur et de plaisir. Elle fourragea dans sa poche pour en tirer encore des châtaignes. Il n'en restait que six. Pierre tendit la main.

« Non, dit Élisabeth. On va en garder pour maman. »

***

Après une nuit de train, bruyante, noire, incommode, l'arrivée au *Cristal* fut un éblouissement. Tout brillait, le zinc, les glaces, les bouteilles, la moleskine. De la buée s'était déposée sur les vitres. Les portes fermées, à cause du froid de la rue, maintenaient dans la salle une odeur épaisse, où se mariaient les relents de la fumée, des apéritifs, de la sciure de bois et du café chaud. Élisabeth respira profondément cet air nourricier, dont sa mémoire avait conservé la nostalgie. Le percolateur lâcha un jet de vapeur dans un verre. Un client toussa. Un autre tapota sa soucoupe avec une pièce de monnaie pour appeler le garçon. Enfin, elle était chez elle! Volant hors de la caisse, une maman incroyablement belle se précipita sur sa fille et la couvrit de caresses et de baisers :

« Ma petite Élisabeth! Montre-toi! Vous avez fait bon voyage? Pas trop fatigués?... »

Étouffée par un bonheur trop brusque, Élisabeth répondait mal à des questions qu'elle entendait à peine. Quelqu'un la débarrassait de son capuchon, de son chapeau, la poussait dans la réserve à tabac, où le petit déjeuner était servi pour elle et pour son père : deux verres de café-crème et des croissants. Elle en saisit un et mordit précipitamment dans la pâte, qui s'effrita et fondit sur sa langue. Après le pain rassis de Sainte-Colombe, cette saveur lui donnait une bouche de velours. Elle ne se décidait pas à avaler le premier morceau, tant c'était bon! Tout en mâchant, elle regardait sa mère.

« Oh! maman, dit-elle soudain, tu as une nouvelle robe? »

Sans prendre garde à cette remarque, Amélie s'écria :

« C'est vrai qu'elle a meilleure mine!

— Où l'as-tu achetée? demanda Élisabeth.

— J'ai même l'impression qu'elle a grandi en trois mois, dit Amélie. N'est-ce pas, Pierre? »

Chacune suivait son idée. Élisabeth inclina la tête, plissa les yeux, admira la coupe stricte de la robe, la taille basse, la jupe courte, les nervures noires sur un fond de lainage vert bouteille, puis, unissant le pouce à l'index et secouant légèrement la main d'avant en arrière, elle prononça avec lenteur :

« Elle est très, très chic! »

Un garçon inconnu, coiffé avec une raie au milieu, vint chercher Amélie pour rendre la monnaie.

« Qui est-ce? demanda Élisabeth.

— Le garçon de comptoir! dit Amélie.

— Un garçon de comptoir? Pour quoi faire?

— Eh bien, pour remplacer tonton Denis.

— C'est dommage qu'il soit pas là!

— Oui, c'est très dommage », dit Amélie sur un ton étrange, presque vindicatif.

Et elle sortit. Élisabeth s'assit pour boire son café-crème. Papa en fit autant. Il trempait son croissant dans le verre d'une façon résolue et appétissante. Amélie reparut, accompagnée d'une vieille femme épaisse, la poitrine sur le ventre, les bajoues plombées, un duvet gris à la pointe du menton. C'était la nouvelle bonne : Hortense. Elle se tenait la tête en avant, comme un bœuf. Invitée à lui dire bonjour, Élisabeth s'exécuta à contrecœur. Qu'elle le voulût ou non, Hortense avait le tort de s'être installée à la place de Clémentine dans la maison. Il était inconcevable que tant de laideur pût succéder à tant de grâce dans les mêmes fonctions domestiques.

Après le petit déjeuner, Élisabeth grimpa dans sa chambre et y retrouva, avec des transports de joie, son lit, ses robes, ses jouets. Constantin avait subi la séparation sans perdre un poil, sans prendre une ride. Elle s'amusa à le promener par la main dans l'appartement, à le percher en équilibre sur son épaule, à le coiffer avec des chapeaux de cotillon, puis, tout à coup, se désintéressa de lui et retourna dans le café.

Instruite par l'expérience, elle s'attendait à être renvoyée par ses parents après une brève incursion dans la salle, mais, cette fois, exceptionnellement, sa mère l'appela et la fit s'asseoir à côté d'elle, derrière la caisse, sur un tabouret. Privée de sa fille pendant tout un trimestre, elle éprouvait sans doute le besoin de l'avoir le plus souvent possible à portée des yeux. Pour ne pas trahir sa confiance, Élisabeth affectait une distinction et une sérénité irréelle d'ange guichetier. Le dos droit, le cou dégagé, un sourire attractif aux lèvres, elle regardait venir les clients comme s'ils eussent été les partenaires d'un jeu inventé par elle. Ils voulaient des cigarettes, du tabac, des allumettes, et c'était elle qui, devançant le geste de maman, s'empressait de saisir l'article demandé sur un rayon. Ceux qui la connaissaient ne lui ménageaient pas les réflexions flatteuses :

« Alors, on aide sa maman? C'est bien ça!

— Eh! mais c'est votre petite, madame Pierre. Mes compliments! Quel âge a-t-elle donc?

— Elle a pris les beaux yeux de maman! Tu me reconnais, cocotte? »

Amélie chuchotait :

« Dis bonjour, Élisabeth. »

Élisabeth disait :

« Bonjour, monsieur. »

Et le client s'en allait content.

Vers onze heures, il y eut un peu de répit dans le

service, et Élisabeth, collant sa joue au bras de sa mère, put lui raconter en détail la mort de Françoise. Amélie fut profondément émue par ce récit et la fillette lui sut gré de si bien la comprendre. Cette communion de pensée l'encourageait à aborder librement une autre affaire qui lui tenait au cœur.

« Tu sais, maman, dit-elle, je suis triste que Clémentine ne soit plus là.

— Ah! oui? dit Amélie sur un ton fuyant.

— Pas toi? demanda Elisabeth.

— Non.

— Pourquoi est-elle partie?

— Parce que je l'ai renvoyée. »

Cette réponse inattendue stupéfia Élisabeth au point que, pendant un moment, elle s'imagina que sa mère plaisantait.

« Tu l'as renvoyée? marmonna-t-elle enfin. Mais c'est pas possible! Qu'est-ce qu'elle avait fait?

— Je me suis aperçue que ce n'était pas quelqu'un de bien, dit Amélie.

— Mais si, maman, s'écria Élisabeth, c'était quelqu'un de bien, de très bien, je t'assure! Il faut la reprendre! Si on lui demande, elle reviendra!

— Non, Élisabeth.

— Oh! pourquoi, maman?

— Une petite fille bien élevée ne pose pas de questions, dit Amélie. Ne t'occupe plus de cette histoire, veux-tu? »

Élisabeth inclina le front, rejetée dans les ténèbres de l'enfance. Mais sa curiosité était plus forte que les consignes de la docilité. Elle attendit que sa mère eût fini de servir un client et demanda humblement :

« Et tonton Denis, quand est-ce qu'il rentrera de voyage?

— Je ne sais pas, dit Amélie.

— Je ne le verrai pas pendant les vacances? »

Une lueur d'acier passa dans les yeux de maman.

Comment pouvait-elle être, tour à tour, si douce et si dure?

« Élisabeth, méfie-toi, dit-elle. Si tu continues à te mêler de ce qui ne te regarde pas, je vais me fâcher! »

Le mystère demeurait entier. Réduite à l'élucider par ses propres moyens, Élisabeth opéra le rapprochement qui s'imposait entre la disparition de son oncle et celle de la bonne. Clémentine était partie avec lui parce que maman avait découvert leur amour et refusé son consentement à leur mariage. Cela devait finir ainsi. Un jour, ils reviendraient, riches à millions, vêtus à la dernière mode, et la famille en larmes s'ouvrirait pour les accueillir dans son sein.

« Un paquet de gauloises et quatre timbres à vingt-cinq centimes.

— Voici, monsieur. »

En voyant le sourire que maman adressait à cet inconnu, personne n'aurait pu croire qu'elle venait de gronder sa fille. Quand le monsieur se fut éloigné, Amélie dit :

« A présent, parle-moi un peu de toi, de ta vie en pension...

— Qu'est-ce que tu veux que je te raconte? soupira Élisabeth. C'est pas drôle d'être loin de ses parents, avec des tas de filles qui n'ont pas bon caractère!

— Parce que toi, si je comprends bien, tu as bon caractère?

— Oui! dit Élisabeth avec un accent de défi. Au début elles étaient toutes contre moi. Maintenant, ça va mieux. Mais c'est quand même des chipies. Avec ça, il faut travailler tout le temps. Tu peux pas savoir ce qu'on a comme leçons, comme devoirs! Beaucoup plus qu'à l'école communale!

— Tes notes, que m'a communiquées M^lle^ Quercy, ne sont pas fameuses. »

Le regard assombri d'Élisabeth exprima qu'elle partageait le souci de sa mère au sujet d'elle-même. Sincèrement navrée de son insuccès, elle murmura :

« Eh! oui... Seulement, je suis nouvelle. J'ai du mal à suivre. Le trimestre prochain, je vais donner un coup de collier... »

La formule était de M^lle^ Bertrand, mais Élisabeth y mit toute son âme.

« Et M^lle^ Quercy, demanda Amélie, est-elle gentille avec toi, ne te trouve-t-elle pas trop ignorante, trop indisciplinée? »

Élisabeth voulut se montrer équitable :

« On peut pas dire qu'elle soit pas gentille, mais il faut toujours qu'elle commande. Tu n'as pas idée de tout ce qui est défendu, en pension! Quelquefois, vraiment, elle exagère! A part ça, elle est bien. Le jeudi et le dimanche, elle fait des jeux avec nous... »

Amélie ne l'écoutait plus que distraitement, car des habitués étaient arrivés pour l'apéritif et elle devait surveiller le nouveau garçon de comptoir, qui était très lent à servir les consommations. Un client commanda deux sandwiches. Il n'y avait pas de jambon pour les faire.

« Tu veux que j'aille en acheter à la charcuterie? dit Élisabeth.

— Non, dit Amélie. Reste ici. Je vais envoyer la bonne. » Et, se penchant vers l'escalier, elle cria :

« Hortense! Hortense! »

Enfermée dans la cuisine, la bonne ne répondait pas. Élisabeth monta la chercher. Hortense était assise devant un verre de vin rouge.

« Maman vous appelle », dit Élisabeth.

Bien qu'elle eût toujours tutoyé les bonnes, elle n'osait pas s'adresser familièrement à celle-ci, qui était vieille et d'aspect hargneux.

« Moi? J'ai rien entendu! » grogna Hortense.

De nouveau, la voix de maman retentit :

« Hortense ! Hortense !

— Ah ! c'est vrai, soupira la bonne. J'y pensais plus ! Hortense ! Quelle idée ! Je m'habituerai jamais à ce nom-là !

— C'est pas votre nom ? demanda Élisabeth.

— Pas du tout ! Je m'appelle Maria, moi !

— Alors pourquoi vous appelle-t-on Hortense ?

— Va donc savoir ! C'est Madame qui l'a voulu. Paraît que quelqu'un, dans sa famille, s'appelait déjà Maria ! »

Elle vida son verre, s'essuya les lèvres avec le coin de son tablier et cria :

« Voilà ! Voilà ! On arrive ! »

Élisabeth considérait avec surprise cette créature débaptisée à un âge si avancé.

Pierre déjeuna à midi avec le garçon de salle. Amélie et sa fille leur succédèrent dans la réserve à tabac. Élisabeth, habituée à manger avec la bonne, dans la cuisine, profita avec délices du traitement avantageux que lui valait sa situation de pensionnaire en vacances. Malheureusement, le repas fut très court, parce que papa ne savait pas bien tenir la caisse et que maman avait hâte de le remplacer. A deux heures, il alla se coucher et Élisabeth reçut l'ordre d'en faire autant, car la nuit en train l'avait fatiguée. Mais elle était si excitée par son retour à la maison qu'elle ne put dormir. Après une heure d'agitation désordonnée entre les draps, elle se rhabilla, descendit dans le café et demanda à sa mère la permission de se rendre au *Glacier suisse* pour revoir Madeleine.

En cette saison de grands froids, le *Glacier suisse* ne vendait plus de glaces, mais des oranges, des cacahuètes, des amandes grillées et des marrons. Les deux fillettes se retrouvèrent dans une explosion de joie. M^me^ Culoz les installa à une petite table, au fond de l'échoppe. Très vite, Élisabeth prit le dessus dans la conversation. Madeleine, émerveillée, apprit que son amie vivait au sommet d'une montagne, parmi des forêts impénétrables, dans un ancien couvent peuplé de fantômes, où on jouait de la T.S.F. presque chaque soir. La mort de Françoise fut évoquée également dans toute sa tristesse, avec l'énumération des prières dites pour son salut. L'école communale n'avait rien d'important à offrir en échange. Claire n'était pas revenue en classe, cette année. Il y avait quatre élèves nouvelles, peu sympathiques. L'institutrice s'était mariée. C'était tout. Pour son cadeau de Noël, Madeleine avait demandé une trottinette. Élisabeth eût préféré, pour sa part, une jolie robe en taffetas. Elle se promit d'en parler à sa mère, le soir même.

La chance du déjeuner ne se renouvela pas pour le dîner. Amélie était trop occupée : Élisabeth dut manger avec Hortense. La bonne n'était pas loquace et avait un pauvre appétit. Mais elle se rattrapait sur la boisson. Le niveau du vin rouge baissait rapidement dans la bouteille. Tout en mastiquant ses pâtes saupoudrées de fromage râpé, la fillette observait, en face d'elle, ce lourd visage, qui se congestionnait sous l'effet de l'alcool. A la fin du repas, Hortense eut un renvoi et dit :

« J'ai un fils qui fait son service militaire dans les chasseurs alpins.

— Ah ! oui ? dit Élisabeth.

— Oui, dit Hortense. Seulement, il ne m'écrit pas. Il mériterait que je lui passe un savon ! Laisser une mère sans nouvelles, c'est pas des façons d'homme !... »

Elle se versa encore un verre de vin rouge, l'avala d'un trait et le reposa avec force, en cognant son poing sur la table :

« Saligaud ! »

Élisabeth, effrayée, se hâta de monter dans sa

chambre. Selon sa promesse, Amélie vint la border et l'embrasser pour la nuit. Longtemps privée de ces marques d'affection, la fillette fondait de gratitude, sous le regard de sa mère, assise à son chevet. La lumière voilée de la lampe, l'ombre des meubles sur les murs, la chaleur quiète des couvertures, tout concourait à renforcer en elle le sentiment d'un bonheur comme il n'en existe que dans les livres d'images. Sa joue reposait sur un mouchoir propre, plié en carré. Constantin dormait dans son bras. L'orchestre du *Bal de l'Élysée* lui envoyait des bouffées de musique. Déjà alourdie de sommeil, elle fit allusion à la robe en taffetas, qu'elle convoitait pour Noël, mais maman éluda la question en parlant des dernières lettres de sa fille, où elle avait relevé des fautes d'orthographe.

Soudain, une idée frappa Élisabeth et elle se dressa sur son séant.

« J'ai oublié de faire ma prière, dit-elle.

— Quelle prière?

— Ma prière du soir, pardi!

— Ce n'est pas très grave, dit Amélie en souriant.

— Oh! si, c'est grave! Tu ne fais pas ta prière avant de te coucher, toi, maman?

— Non.

— Pourquoi?

— Parce que je n'en éprouve pas le besoin. »

Élisabeth écarquilla les yeux sur ce funeste cas d'impiété.

« Tu sais que c'est un grand péché? dit-elle.

— Je ne le crois pas. Je prie à ma façon. Sans m'en apercevoir, peut-être. Sans parler, en tout cas! Et c'est aussi bien...

— Ça ne peut pas être aussi bien, puisque tu ne dis pas ce qu'il faut dire! Nous, à la pension, on prie tout le temps. Au réfectoire, au dortoir, à la chapelle... Et pour Françoise, alors, qu'est-ce qu'il a entendu comme chapelets, le Bon Dieu!... C'est drôle qu'il ne l'ait pas guérie quand tout le monde le lui demandait!... Pour lui, c'était facile d'enlever la pneumonie... Pourquoi il ne l'a pas fait, maman?

— Il ne faut pas chercher d'explication à ces choses, Élisabeth, dit Amélie. Souvent, les bons souffrent et les méchants sont heureux.

— Sur terre, oui, mais après... »

Amélie posa la main sur le front de sa fille et murmura :

« Ne t'échauffe pas ainsi. Tu bavardes, tu bavardes... Il est temps de dormir.

— Après, reprit Élisabeth, il y a le ciel et il y a l'enfer. Françoise est sûrement au ciel. Alors, elle est heureuse. M^lle Quercy dit même qu'elle est plus heureuse qu'ici-bas. Tu crois qu'elle nous voit de là-haut? »

Amélie hocha la tête sans répondre.

« Moi, je le crois, chuchota Élisabeth. Elle nous voit à travers les murs, parce qu'elle est un ange. »

Elle se tut, respira profondément et se haussa d'un degré encore dans le mystère :

« Tu sais, maman, Françoise et moi on avait un secret. Je lui avais promis de ne pas le dire. Mais puisqu'elle est morte, je peux. Elle voulait épouser un prince... un prince autrichien... Ce n'était pas sûr, mais ça pouvait arriver. Elle y pensait beaucoup. Elle étudiait le piano pour être une vraie princesse. Ça lui sert à quoi, le piano, maintenant? »

Des larmes montaient à ses yeux. Sa bouche mollissait, tremblait :

« Ça lui sert à quoi, dis, maman? Elle était si gentille! On se racontait tout!... Comment on serait plus tard... comment on s'habillerait... comment on danserait!... C'est pas juste!... J'avais tant prié pour elle!... J'étais sûre que ça réussirait!... Et voilà!... C'est fini!... Je ne la reverrai plus!... »

Amélie lui entoura les épaules de son bras et voulut la recoucher de force. Mais un hoquet secoua Élisabeth et elle se mit à crier, en serrant ses deux poings contre sa poitrine et en remuant les genoux sous sa couverture :

« Je veux pas que Françoise soit morte!... Je veux pas!... »

Puis, elle s'écroula contre la poitrine de sa mère et laissa bourdonner ses lèvres sous l'afflux irrégulier des sanglots. Des coups de grosse caisse traversaient les murs. Derrière la fenêtre fermée, des gens passaient, des voitures roulaient, piquant la nuit de leurs appels mécaniques. Amélie berçait sa fille et lui confiait à l'oreille des mots dont la tendresse la troublait elle-même :

« C'est ton premier chagrin, mon enfant chérie... D'autres viendront... Il faut t'habituer à les supporter... »

Le souffle d'Élisabeth se ralentissait. Amélie, la jugeant calmée, s'écarta d'elle, légèrement, pour mieux la voir. La fillette avait un menton dur, des joues mouillées et des yeux secs.

« Te voilà plus raisonnable, c'est bien! dit Amélie. A présent, tu vas dormir.

— Je veux faire ma prière d'abord », dit Élisabeth.

Elle rejeta ses couvertures, s'agenouilla par terre, dans sa chemise de nuit, joignit les mains, et, regardant le mur, droit devant elle, dit d'une voix haletante, rageuse, comme si elle eût lancé un défi :

« Notre Père qui êtes aux cieux, que votre nom soit sanctifié... »

# 8

AVANT de monter se coucher, Pierre s'approcha d'Amélie, qui était assise à la caisse, et chuchota :

« Tu sais ce qu'il vient de me dire?

— Qui? » demanda Amélie.

Pierre désigna d'un mouvement du menton un client qui sortait :

« M. Malinois... Il a vu Denis.

— Quand ça?

— Hier soir.

— Où?

— Je te le donne en mille! Dans un bistrot, avenue de la République. Il est au comptoir... »

Amélie reçut cette révélation comme un coup de vent en pleine figure. Son frère placé comme garçon de café chez les autres! Une pareille déchéance était au-delà de ses pires pressentiments.

« Tu es sûr? balbutia-t-elle. M. Malinois s'est peut-être trompé...

— Il lui a parlé comme je te parle!

— Denis ne lui a pas dit pourquoi il travaillait ailleurs?

— Non. Mais, entre nous, je me demande si beaucoup de gens, ici, ont cru à ton histoire de voyage...

— C'était une excuse comme une autre. Maintenant, avec M. Malinois qui est bavard comme pas un, tout le quartier sera au courant.

— C'est probable.

— Comment expliquerons-nous?...

— Je n'en sais rien!

— Tout le monde se figurera que nous nous sommes disputés!

— Eh oui!

— Quel scandale! soupira Amélie. Et qu'a-t-il raconté au juste à M. Malinois?

— Il lui a dit qu'il était content de sa place. Il lui a demandé de nos nouvelles.

— C'est un comble! grommela Amélie en serrant ses deux mains sur le rebord de la tablette.

— Qu'est-ce qu'on fait? dit Pierre.

— Laisse-moi réfléchir.

— Bon. Alors, je monte?

— Oui. »

Il se dirigea vers l'escalier. Adossée à la muraille des cigarettes, la jeune femme affectait un maintien naturel devant les consommateurs. Cependant, toute l'affaire lui revenait à l'esprit avec une netteté hallucinante. Cela s'était passé deux semaines auparavant, au moment de la clôture. Denis et Pierre étaient allés se coucher entre onze heures et minuit, comme d'habitude. A trois heures du matin, le dernier client étant parti, Amélie avait voulu refermer la réserve à tabac, mais n'avait pas trouvé la clef dans la caisse. Peut-être son frère l'avait-il gardée sur lui par inadvertance? A moins que ce ne fût son mari! Elle s'était aussitôt rendue dans sa chambre et avait fouillé les vêtements de Pierre en évitant de le déranger. La clef n'était pas dans la poche. Ne pouvant se résoudre à laisser la réserve à tabac ouverte, Amélie était montée à la mansarde et avait appelé Denis, faiblement d'abord, puis, de plus en plus fort, sans obtenir de réponse. Alors, elle avait poussé la porte et allumé la lampe. Les couvertures rejetées, malgré le froid, deux corps nus dormaient, enlacés, sur le lit. Avait-elle crié en les voyant? Elle ne s'en souvenait plus, mais elle ne pouvait oublier leur visage, quand ils s'étaient éveillés en sursaut et l'avaient aperçue, debout devant eux, le regard terrible. Clémentine saisissait le drap pour cacher sa poitrine, ses épaules fautives, et l'épouvante élargissait ses yeux. Denis, les cheveux ébouriffés, la face ahurie, disait d'une langue toute pâteuse de sommeil et d'amour : « Quoi? Qu'est-ce qu'il y a? » Elle s'étonnait encore d'avoir résisté à la tentation de leur clamer son horreur, comme on jette un seau d'eau froide à un couple de chiens. Ravalant son indignation, elle était sortie, en silence, avec dignité.

Le lendemain matin, levée plus tôt que de coutume, elle retrouvait la clef, pendue à un clou, derrière le comptoir, et ordonnait à Clémentine de quitter la maison. Pendant que la fille en larmes bouclait sa valise, Denis avait attiré sa sœur dans la réserve à tabac pour essayer de la raisonner. Ses arguments étaient d'une vulgarité insupportable. Un homme ne pouvait se passer de la fréquentation des femmes, Clémentine avait une moralité au-dessus de toute critique, leur coucherie n'était que le merveilleux aboutissement d'un amour réciproque, et ils songeaient même à se marier dans un proche avenir. Enfin, comme Amélie refusait de se laisser convaincre, il s'était écrié, blanc de rage : « Si tu la mets à la porte, je partirai aussi! » Cette menace, venant d'un gamin qu'elle avait élevé comme son fils, avait achevé de révolter la jeune femme. Toisant son frère avec dégoût, elle avait dit ce qu'elle devait dire : « Eh bien, va-t'en! »

L'intervention maladroite de Pierre, alerté par leurs éclats de voix, n'avait servi qu'à envenimer la querelle. Plus il invitait sa femme à l'indulgence, moins elle se montrait disposée à tolérer une liaison ancillaire sous son toit; plus il s'efforçait d'expliquer à Denis le point de vue de sa sœur, moins ce dernier voulait admettre qu'elle lui interdît de vivre à sa guise. Chacun restant sur ses positions, Clémentine était apparue, son petit bagage à la main, avec un air d'innocence outragée. « Va m'attendre au métro Anvers! » avait dit Denis sur un ton de chef. Un quart d'heure plus tard, il quittait le café à son tour, portant une valise et un balluchon. En franchissant le seuil, il n'avait pas eu un regard pour Amélie. Pierre se fût volontiers élancé sur la trace des fugitifs. Forte de son droit, la jeune femme lui avait défendu de bouger. Elle était sûre que son frère reviendrait le lendemain. Mais huit jours s'étaient écoulés sans qu'il se présentât. Et voici que, soudain, elle apprenait son installation dans un autre café. Sans doute avait-il trop d'entêtement pour avouer qu'il regrettait sa folie. Tout en souhaitant la réconciliation, il ne tentait rien pour la rendre possible. Ce n'était pourtant pas à elle de faire le premier pas!

Elle encaissait des jetons, comptait des soucoupes, tendait des paquets de cigarettes à des clients sans visage, mais cette activité mécanique laissait son esprit libre de courir où bon lui semblait : « Il a dû se loger avec elle dans une chambre de bonne. Elle fait des ménages, lui travaille pour le compte des autres, dans quelque bistrot de dixième ordre. Et ils se figurent qu'ils sont heureux. Tout nouveau, tout beau. Mais, à la longue, ils déchanteront. Pourvu qu'il ne soit pas trop tard! S'il l'épouse, il sera obligé de rester toute sa vie avec une créature indigne de lui. Car elle est indigne de lui! Sa conduite le prouve. Une jeune fille qui a tant soit peu de moralité ne cède pas aux instances d'un homme avant le mariage. Elle a manœuvré pour le séduire. Le frère de la patronne. C'était tentant! Elle espérait, lui ayant tourné la tête, prendre pied dans la famille. Heureusement, je veillais, dans l'ombre! Elle m'a trouvée en travers de sa route, cette intrigante! » De nouveau, elle vit les deux corps, jeunes et nus, mêlant leurs membres, et une vapeur de sang lui monta aux joues.

« Madame! Madame!... »

Elle émergea de son trouble devant un client, qui, pour la troisième fois, lui demandait un paquet de gauloises. En le servant, elle s'aperçut que ses mains tremblaient. Cette vie absurde ne pouvait continuer indéfiniment.

« Et trois qui font cinq, je vous remercie. »

L'homme s'éloigna. Les souteneurs jouaient à la belote, dans leur coin. Deux messieurs bien mis, accoudés au comptoir, ne quittaient pas Amélie des yeux. Elle avait l'habitude de ces regards masculins, dont on ne savait s'ils étaient un hommage ou une insolence. Si elle avait ignoré qu'elle était jeune et belle, l'expression des visages qui l'entouraient l'eût renseignée indubitablement. Cette convoitise collective était le principal inconvénient du métier pour une femme. Cependant, le seul être dont elle eût souhaité retenir l'attention était aveuglé, affaibli par la maladie. Elle eut un élan vers Pierre, qui dormait là-haut, se jugea déraisonnable et revint au cas de Denis. Depuis combien de temps avait-il pris Clémentine pour maîtresse? Éprouvait-il réellement du plaisir à se vautrer dans un lit avec une personne qui faisait les basses besognes domestiques? Il y avait une odeur dans la mansarde, une odeur de peau, de cheveux, une odeur d'amour. Elle ne l'avait pas rêvé. C'était ignoble! Les seins, le ventre de cette fille... « J'aurais dû la gifler! »

Le garçon lui présenta un plateau chargé de verres. Elle compta les soucoupes. Sa colère grondait. Que faire? Pierre ne pouvait pas l'aider de ses conseils. Il n'ouvrait la bouche que pour dire oui. Elle était seule. Pour se calmer, elle pensa à Élisabeth, dernier point de pureté dans toute la maison. Son tonton Denis! Elle le regrettait, la pauvre! Quel abîme entre l'existence des grandes personnes et celle des enfants! Soudain, tout lui parut sale, truqué, manqué, dans le monde où elle était appelée à vivre. Les souteneurs, les filles, le garçon blême de fatigue, les bouteilles, la fumée au plafond, ses mains triant les sous de la journée. Plus qu'une demi-heure avant d'aller dormir. « Mais pourrai-je dormir après ce que Pierre m'a dit au sujet de Denis? » Elle abaissa ses paupières brûlantes sur les globes durs de ses prunelles. L'univers chavira. Dans sa tête, Denis embrassait toujours Clémentine.

***

Le café où elle pénétra était aussi grand que *Le Cristal,* mais poussiéreux, obscur, avec un comptoir droit, comme on n'en faisait plus, un percolateur ancien modèle et des tables de bois en guise de guéridons. Il y avait peu de monde dans la salle. Pour un garçon qui avait eu la chance de travailler dans un établissement bien achalandé, c'était pitié de descendre si bas! Debout derrière le comptoir, il rinçait des verres en sifflotant. Amélie s'avança vers lui sans qu'il relevât la tête. Elle s'était décidée brusquement à cette démarche et ne doutait pas de l'affolement de son frère en la voyant paraître. Tout à coup, il se redressa. Leurs regards se croisèrent. Denis fit un sourire embarrassé et murmura :

« Tiens, Amélie!... Bonjour... »

Elle décocha un coup d'œil à la caissière, pour s'assurer qu'elle ne les entendait pas, et dit entre ses dents :

« Ah! tu as bonne mine, je te jure, derrière ce comptoir!

— On prend ce qu'on trouve, soupira-t-il.
— Tu te plais, ici?
— Couci-couça... En huit jours, on ne peut pas se rendre compte. Qu'est-ce que je te sers? »

Tout en parlant, il essuyait le zinc, devant elle, avec un torchon.

« Ce que tu veux », dit-elle sur un ton pincé.

Il posa deux verres propres sur le comptoir, prépara une menthe à l'eau pour sa sœur et versa un demi-gobelet de vin blanc pour lui-même.

« M. Malinois t'a vu, reprit-elle.
— Je sais. On a même causé ensemble.
— Il va le raconter autour de lui.
— C'est son droit.
— Ça fait bon effet dans notre commerce! Je te félicite! Les clients me posent des tas de questions sur ton compte. Je leur ai dit que tu étais en voyage... A Élisabeth aussi...
— Elle est là?
— Oui.
— Comment va-t-elle?
— Très bien. Elle est triste de ne pas te voir. Tout cela est lamentable! »

Il ouvrit les bras et les laissa tomber, comme renonçant à prendre son essor :

« Je n'y peux rien.
— Si, Denis.
— Que veux-tu que je fasse?
— Je veux que tu t'expliques.
— On s'est déjà expliqué.
— Tu n'as rien d'autre à me dire?
— Non.
— Quelles sont tes intentions?
— Je n'en ai pas.
— Tu vas épouser cette fille? »

Il but une gorgée de vin blanc, avança une lèvre inférieure luisante et chuchota :

« Là, tu m'en demandes trop.

— Comment? Tu n'es pas décidé? Après ce qu'il y a eu entre vous? »

Il leva les yeux au plafond :

« S'il fallait épouser toutes les femmes qui... que... »

La fin de la phrase ne sortait pas. Il la laissa en suspens et vida le fond de son verre. Tant de désinvolture exaspérait Amélie. Elle avait le sentiment que son frère et elle n'avaient rien de commun, qu'ils ne pouvaient plus se comprendre, elle, toute droiture, toute conscience, et lui, tout désordre et toute légèreté.

« Enfin, dit-elle, que tu le veuilles ou non, tu vis avec elle maritalement! »

Ce mot le fit sourire :

« A peu près, oui. On habite ensemble. Elle travaille de son côté, chez des gens, moi du mien, ici.

— Et cela va durer longtemps, cette comédie?

— Qui pourrait le dire? Tant qu'on se plaira, on restera ensemble.

— On ne parle pas ainsi d'une femme qu'on aime! » s'écria Amélie.

La caissière tourna la tête. Sans doute s'imaginait-elle qu'Amélie était la petite amie du nouveau garçon de comptoir et qu'elle venait lui faire une scène de jalousie. Elle rougit et reprit d'une voix basse :

« Tu n'aimes pas cette fille et tu es en train de gâcher ta vie en demeurant avec elle. »

Il ne souriait plus. Elle avait frappé juste. Apparemment, ces quelques jours d'existence en commun avec sa maîtresse avaient suffi à le dégriser. L'attrait du risque ayant disparu, l'habitude s'était installée et Clémentine avait perdu la moitié de son charme.

« Ose prétendre que tu es content, que tu ne regrettes rien! » dit-elle encore.

Il se gratta la nuque :

« L'affaire s'est mal embringuée, je le reconnais... Mais mets-toi à ma place... Je ne pouvais pas la laisser partir seule, cette petite, après les mots que tu as eus avec elle... J'ai fait ce qu'il fallait, quoi?... Ça s'est décidé sur un coup de tête...

— Mais depuis, tu as réfléchi?

— Oui. Un peu! »

Un homme s'approcha du comptoir, et Denis quitta Amélie pour le servir. Elle regarda son frère chez les autres. Il avait maigri. Ses paupières étaient cernées. Une barbe bleue marquait le creux de ses joues. Mais il blaguait avec le client. C'était plus fort que lui. Aucune préoccupation ne pouvait le détourner de la plaisanterie. De qui avait-il hérité ce trait de son caractère? Il revint à sa sœur et chuchota :

« Tu m'excuses : c'est un habitué... »

Elle planta ses yeux dans les yeux de son frère et proféra lentement :

« Écoute, Denis. Tu sais que notre commerce est très lourd. Je ne peux pas le tenir sans toi.

— Je sais, je sais, marmonna-t-il tristement.

— Alors?

— Alors, tu as raison, j'aurais pas dû te laisser...

— Quand reviens-tu à la maison?

— Donne-moi le temps de me retourner. Veux-tu samedi?

— Oui », dit Amélie.

La caissière les couvait d'un œil bienveillant. Si elle avait pu se douter qu'ils étaient frère et sœur! Amélie, soulagée, attendrie, trempa ses lèvres dans la menthe à l'eau, se tamponna la bouche avec un mouchoir et jeta un regard circulaire dans la salle.

« C'est moche comme installation, dit Denis. S'ils font quatre-vingts francs de moyenne par jour, c'est tout le bout du monde.

— Non? » dit Amélie.

Et elle laissa paraître sur son visage la commisération que lui inspirait une pareille ignorance des règles du métier.

« Placés comme ils sont, ils devraient faire le double, reprit-elle.

— C'est mon avis », dit Denis.

Elle voulut payer sa consommation. Il l'en empêcha :

« Tu plaisantes! D'ailleurs, tu n'as rien bu. Tu n'aimes pas ça? Veux-tu autre chose?

— Surtout pas! Quelle heure est-il?

— Onze heures vingt!

— Il faut que je me sauve.

— Déjà?

— Je ne peux pas laisser Pierre tout seul à l'heure de l'apéritif. Il serait débordé!

— C'est vrai, dit Denis... Alors, va vite... »

Ils échangèrent un sourire d'entente fraternelle. Comme elle se détachait du comptoir, il dit encore à mi-voix :

« Tu sais, Amélie, si t'étais pas venue, c'est moi qui serais allé te voir! »

# 9

LE jour de Noël, en s'éveillant, Élisabeth aperçut deux paquets, un petit et un grand, placés sur une chaise, près de son lit. Aussitôt, elle bondit hors des couvertures et se rua sur ces présents, qui avaient voyagé la nuit pour la surprendre. Le plus petit d'abord : c'était un magnifique nécessaire à couture, où les ciseaux d'acier, le dé à coudre, argent et or, le poinçon en os et les aiguilles fines brillaient comme des bijoux dans un écrin. Remettant à plus tard le soin de les sortir et de les admirer dans leur détail, la fillette s'attaqua au deuxième cadeau, un imposant carton, qui portait l'étiquette de *La Samaritaine*. Malgré ses dimensions, le colis ne pesait pas lourd. Élisabeth, n'osant s'avouer son espoir, fit sauter la ficelle avec des mains raidies de convoitise. Sous le couvercle, il y avait tant de papiers de soie superposés, que seul un objet très précieux pouvait justifier un pareil emballage. Le dernier obstacle écarté, elle poussa un soupir d'extase. Une robe en taffetas, rose saumon, occupait le fond de la boîte.

Elle retira sa chemise de nuit, passa le vêtement neuf, et, sans prendre le temps de le boutonner, courut vers l'armoire à glace. Une jeune fille inconnue se dressait devant elle. Il était difficile de croire qu'elle eût dix ans dans cette toilette dont l'élégance était digne d'une femme. Les manches étaient courtes. Un volant, légèrement froncé, bordait l'encolure et descendait sur la poitrine et sur les épaules. La jupe, arrêtée aux genoux, était creusée de quatre plis parallèles, qui bougeaient au moindre mouvement. Élisabeth palpa l'étoffe mince, soyeuse et riche, et un frémissement électrique monta dans ses veines. Puis, elle se promena, en balançant la taille, pour entendre chanter le tissu. Une fois débarbouillée et coiffée, elle serait plus belle encore! Était-ce possible? Elle se rendit en hâte dans le cabinet de toilette. A son retour dans la chambre, l'armoire à glace l'attendait. Elle s'en approcha négligemment, prépara son sourire et, tout à coup, se regarda. Un pincement au cœur l'avertit qu'elle avait dépassé ses propres espérances. « J'ai l'air d'une fleur », se dit-elle. Avec une robe de cette qualité, il fallait des chaussettes blanches. Elle en trouva une paire dans la commode, les enfila, et, nimbée de rose par en haut, gainée de neige par en bas, voulut vite se montrer à ses parents. Maman, qui s'était couchée tard, ne se lèverait pas avant midi. Mais peut-être avait-elle fini de dormir? Peut-être se reposait-elle, simplement, dans son lit? Élisabeth gratta à la porte de communication. Il n'y eut pas de réponse. Elle ouvrit le battant, vit sa mère assoupie, songea à se retirer, n'en eut pas le courage, soupira à deux reprises, toussota, et, enfin, pesa du pied, intentionnellement, sur une latte du plancher, qui grinçait toujours quand on marchait dessus. Amélie se dressa sur son séant et Élisabeth lui fit la révérence :

« Regarde, maman! Je l'ai mise! »

De toute évidence, maman la trouvait si gracieuse, que, les yeux ouverts, elle croyait rêver encore.

« Oh! merci, merci, maman! reprit Élisabeth. C'est exactement comme ça que je la voulais! Et ce nœud!... Et ce petit volant!... Tout est chic, chic, chic!... »

Elle sauta sur le lit et se roula dans les bras de sa mère, qui riait, lui donnait des baisers au hasard et gémissait :

« Élisabeth!... Attention!... Tu m'étouffes!... Tu vas froisser ta robe!... »

Cette pensée remit Élisabeth debout. Après avoir admiré l'ensemble, Amélie se livra à un examen technique plus approfondi. Une ombre de méfiance se déposa sur son visage :

« Montre-toi... Tourne-toi... Je me demande si elle n'est pas plus courte devant que derrière...

— Mais non, maman!

— Si, Élisabeth!

— C'est le mouvement plongeant, tu sais bien...

— On ne fait pas de mouvement plongeant pour des fillettes de ton âge. Et puis, attends... recule un peu... Ce nœud est bien grand, il alourdit la silhouette... »

Élisabeth piétinait :

« N'y touche pas, maman, je t'en supplie!

— Laisse-moi faire : je le diminuerai de moitié, et tout sera sauvé. »

Élisabeth joignit les mains et ses yeux se mouillèrent de larmes :

« Maman, c'est si bien comme ça!... Après, quand je l'aurai portée un peu, tu couperas ce que tu voudras!... Mais pas maintenant!... »

On tomba d'accord sur ce compromis, qui ménageait les préférences des deux parties.

« Je vais me montrer à papa », dit Élisabeth.

A son entrée dans la salle, elle eut l'impression que tout le monde s'arrêtait de boire, de parler, de respirer, sous le choc de l'étonnement. D'un air aussi naturel que si elle eût porté son costume de la semaine, elle se glissa derrière le comptoir et se planta devant son père. Il l'embrassa, lui tapota la joue et dit :

« Ah! Elle te plaît? Tu es bien mignonne, là-dedans! mais ne reste pas ici, tu vas te salir... »

Jusqu'au soir, avec la permission de maman, elle se pavana dans sa robe neuve, quêtant l'admiration d'Hortense, des consommateurs, des garçons de café, de Mme Culoz, de Madeleine. Le lendemain, la robe demeura pendue dans l'armoire. Il fallait une grande occasion pour la remettre. Peut-être le Nouvel An? Dans l'attente de cette fête, Élisabeth passait ses matinées dans sa chambre, avec Constantin, et ses après-midi dans la petite salle du *Glacier suisse,* avec Madeleine. Celle-ci avait reçu une trottinette, dont on ne pouvait se servir à cause du mauvais temps, et une boîte d'aquarelle avec trois pinceaux. Sous le regard désabusé de Mme Culoz, qui languissait, faute de clients, les deux amies coloriaient inlassablement des images. Élisabeth tenta plusieurs fois de dessiner le portrait de Françoise. Mais le souvenir de la petite morte hésitait dans sa mémoire. Sur le papier, se composait une figure ronde comme une pomme, avec deux yeux noirs qui louchaient et une bouche en tirelire :

« Oh! elle était plus jolie que ça! disait Élisabeth. Attends, je vais essayer encore... »

Mme Culoz, qui fournissait les artistes en papier blanc, finit par leur donner du papier d'emballage pour leurs travaux.

Deux jours après la Noël, comme elle revenait d'une séance de peinture avec Madeleine, Élisabeth apprit par son père que tonton Denis était rentré de voyage :

« Il est là-haut avec maman. Il a demandé après toi! »

Elle vola vers l'escalier, gravit trois étages, et prit pied, hors d'haleine, dans la mansarde où Denis déballait sa valise. Ils s'embrassèrent avec frénésie, tournoyant et riant, tandis qu'Amélie les invitait à plus de retenue. Puis, Élisabeth se mit à interroger son oncle :

« D'où viens-tu?... T'as voyagé par le train?... Qu'est-ce que t'étais allé faire?... »

A toutes ces questions, il répondait d'un air narquois :

« Ah! voilà... Je ne m'en souviens plus moi-même... je crois bien que j'ai été me promener dans la lune!... »

Élisabeth comprit qu'elle ne saurait jamais la vérité. En tout cas, tonton Denis n'avait rien perdu de sa bonne humeur. Papa et maman semblaient très heureux qu'il fût de retour. Il reprit, le jour même, son poste au comptoir et on renvoya le garçon qui l'avait remplacé pendant son absence. Si on avait pu également renvoyer Hortense et rappeler Clémentine, Élisabeth eût été comblée. Mais cette supposition était bien improbable. Clémentine était comme morte. Personne ne prononçait plus son nom en famille. Et Hortense s'incrustait de tout son poids dans la maison, avec sa rage au travail, son goût du vin rouge et ses lamentations sur son fils qui n'écrivait pas.

L'approche du Nouvel An imposa, comme d'habitude, certaines obligations pénibles à Élisabeth. Elle dut rédiger une lettre de bons vœux à son grand-père, et une autre à sa tante, qui était institutrice à La Jeyzelou. Cette dernière missive lui coûta beaucoup d'efforts, car, s'adressant à une spécialiste de l'enseignement, elle était tenue de penser à l'orthographe de chaque mot avant de l'écrire. Maman corrigea les quelques fautes qui subsistaient, mais les ratures étaient si nombreuses, qu'il fallut recopier le texte au propre, sur du papier réglé, pour que la destinataire eût une opinion favorable de sa nièce.

Une autre corvée attendait Élisabeth : la visite du docteur Brouchotte. Heureusement, il trouva qu'elle se portait mieux et que, même, elle avait pris du poids. Cela paraissait incroyable à Élisabeth, qui n'appréciait pas la nourriture de Sainte-Colombe. Sans doute étaient-ce les lentilles qui la chargeaient comme du plomb. Elle essaya d'exploiter la nouvelle à son avantage :

« Et puis, tu sais, maman, je n'ai plus de cauchemars, je ne suis plus du tout nerveuse! Alors, peut-être que ça suffit comme ça? C'est pas la peine que j'y retourne, en pension! Je serais aussi bien à Paris, avec vous!... »

Le docteur Brouchotte fut d'un avis différent. D'après lui, ces premiers signes d'amélioration ne devaient pas dispenser l'enfant de continuer à mener une vie régulière dans un climat sain. Maman l'approuva sans réserve. Elle était si contente des résultats de la consultation, qu'en sortant de chez le médecin elle emmena sa fille chez le coiffeur.

Les cheveux d'Élisabeth avaient poussé à Sainte-Colombe, au point qu'il était devenu impossible de les discipliner. Elles s'assirent côte à côte, devant de grandes glaces, dans un air parfumé, et deux messieurs en blouses blanches se postèrent derrière leur dos. Celui qui s'occupait de maman lui conseillait de se faire couper les cheveux. Elle dit qu'elle y pensait depuis longtemps, mais que son mari n'était pas encore acquis à cette idée.

« Justement! dit le coiffeur. Faites-lui la surprise. Un homme ne peut pas se rendre compte, tant qu'il n'a pas vu. D'ailleurs, en conservant votre chignon, vous accusez plus que votre âge. L'allure moderne vous allégera... Et quel souci en moins! Que de temps gagné à la toilette! »

Le discours du coiffeur était si convaincant, qu'Élisabeth murmura :

« Oh! oui, maman, fais-toi couper les cheveux!

— Tu crois que ça m'ira bien?

— J'en suis sûre!

— Et papa? Que va-t-il penser? J'aurais pu, au moins, le prévenir...

— Mais non! Ça n'aurait plus été drôle!

— Mademoiselle a raison », dit le coiffeur.

Amélie fit la moue, réfléchit et, brusquement, se décida au sacrifice :

« Eh bien, allez-y! »

Ses beaux cheveux longs s'étalaient en nappe sur ses épaules. L'homme les rassembla dans sa main, prit ses ciseaux et tailla dans la masse. Les lames d'acier se refermèrent sur le cœur d'Élisabeth. Elle faillit crier de saisissement. Le coiffeur fit un pas en arrière. Une queue de cheval pendait à son poing. Il la déposa respectueusement sur le bord du lavabo. Maman avait une nuque blanche. Des mèches irrégulières lui cachaient les oreilles. Son visage était devenu tout petit, tout triste. Visiblement, elle était effrayée par la première étape de l'opération. Elle regarda la jonchée de cheveux dont elle s'était volontairement séparée et poussa un soupir.

« Oh! maman, gémit Élisabeth. Tes cheveux!

— Attendez donc! dit le coiffeur. Je n'ai fait que dégrossir. Vous ne pouvez pas juger encore... »

Élisabeth était si anxieuse du traitement que l'on infligeait à sa mère, qu'elle ne prêtait plus attention au garçon qui travaillait sur sa propre tête. Sous les coups de peigne et de ciseaux, la coiffure d'Amélie se précisait lentement. L'homme de l'art n'avait pas menti : après le lavage, les dernières retouches et la mise en plis, sa cliente apparut transfigurée. Le massacre s'achevait en apothéose. Délivrée de son angoisse, Élisabeth s'écria :

« Comme tu es belle, maman! »

Amélie souriait, incrédule, et tournait la tête pour

mieux se voir dans la petite glace que le coiffeur lui présentait par-derrière. Coupés court, ses cheveux avançaient en crans noirs et lustrés sur ses tempes et sur ses oreilles. Ainsi coiffée, elle ressemblait à une jeune fille. Tout le respect d'Élisabeth s'en allait pour céder la place à une admiration féminine absolue.

« Qu'en pensez-vous? demanda le coiffeur.

— Je ne me reconnais plus! dit Amélie. Mais, en effet, ce n'est pas mal... »

Elle passa les doigts sur sa nuque et les retira précipitamment, comme si le contact de sa peau nue lui eût été désagréable.

Entre-temps, le coiffeur d'Élisabeth n'était pas resté inactif. Son fer à friser, tournoyant, cliquetant, avait réduit les cheveux raides et plats de l'enfant à une souplesse exemplaire. Au-dessus du drap blanc qui l'enveloppait jusqu'au cou, elle pouvait voir, dans la glace, un visage de poupée, encadré d'ondulations soyeuses. La fille était digne de sa mère. Elles échangèrent un regard de satisfaction réciproque. L'une comme l'autre avait hâte de rentrer à la maison. Le coiffeur demanda à Amélie si elle voulait prendre ses cheveux coupés, en guise de souvenir. Elle les fit mettre dans une grande enveloppe pour les emporter, paya la note, distribua des pourboires et sortit, régénérée, impondérable, tenant Élisabeth par la main.

Une même pensée de coquetterie les rendit étroitement complices jusqu'à l'arrivée au *Cristal*. Quelle serait la réaction de leur entourage? Amélie se cacha dans la réserve à tabac pour ôter son chapeau et se recoiffer. Quand elle fut prête, Élisabeth alla chercher son père et son oncle. Ils entrèrent, ne se doutant de rien, et s'immobilisèrent, stupéfaits, devant une Amélie qui leur souriait d'un air à la fois victorieux et confus. Un silence dramatique pesa sur le groupe. Élisabeth entendait son cœur battre à grands coups. Les yeux de Pierre exprimaient un complet désarroi. On lui avait volé quelque chose. Il bégaya :

« Tu as fait ça?

— Oui, tu vois, dit Amélie sur un ton désinvolte que démentait son regard anxieux.

— Mais pourquoi?

— Parce que c'est la mode!

— Ah! oui... bien sûr!... Il ne t'en a pas laissé beaucoup!...

— Ça ne te plaît pas? »

Il hocha la tête :

« Je n'en sais rien!

— Moi, je trouve que c'est rudement mieux! dit Denis. Ça te change, c'est fou! Tu as dix ans de moins. Si tu n'étais pas ma sœur, je te ferais la cour... »

Entraîné par lui, Pierre sourit vaillamment et grogna :

« Tu as peut-être raison... Faut que je m'y fasse... »

La partie était gagnée. Élisabeth respira. Tout au long de la journée, Amélie lut la confirmation de son succès dans les yeux des clients. Ceux qui étaient des habitués n'hésitaient pas à la complimenter sur sa coiffure. Elle rougissait, remerciait et se reprochait mentalement d'être flattée par ces banales galanteries masculines.

Quand elle monta se coucher, à trois heures du matin, Pierre dormait, la figure dans l'oreiller. Elle alluma la lampe, se déshabilla, enfila sa plus belle chemise de nuit, qui était lilas pâle, avec des entre-deux de dentelle, et s'assit devant sa glace pour essayer un nouveau coup de peigne dans ses cheveux. Un soupir, venant du fond de la chambre, la détourna de son ouvrage :

« Ah! les femmes! la mode!... Qu'est-ce que vous

n'allez pas inventer!... Je te regarde, et c'est comme si tu étais une autre!... »

Il s'était réveillé. Elle murmura :

« Si tu n'aimes pas ma coiffure, dis-le-moi, Pierre. Je laisserai repousser mes cheveux...

— Tu es très bien comme ça!

— Vraiment? »

Elle avait mis beaucoup de séduction dans sa voix.

« Vraiment, reprit Pierre. Plus je te vois, plus j'en suis sûr!

— Tu ne regrettes pas mes cheveux longs? »

Au lieu de répondre, il grommela :

« Viens près de moi!... Je me demande si tu t'appelles encore Amélie!... Viens près de moi, ma petite femme à cheveux courts!... Viens!... »

Elle se glissa dans le lit. En changeant de coiffure, elle avait, semblait-il, changé de personnalité. Quelques coups de ciseaux lui avaient donné des idées audacieuses. Le besoin d'être adulée, embrassée, la tendit tout entière vers un bonheur qu'elle savait impossible. Elle se rapprocha de son mari, offrit la bouche à son baiser, se blottit dans ses bras. Excité par les mouvements de cette femme inconnue, il la pressait contre lui avec passion. Elle se laissa caresser. Quand elle fut au bord du plaisir, il se calma, fatigué, renfrogné, et, soudain, lui fit une scène de jalousie : les clients la regardaient trop depuis qu'elle avait cette nouvelle coiffure; il avait remarqué deux jeunes gens qui ne la quittaient pas des yeux en buvant leur demi, au comptoir; elle leur avait souri; pourtant, elle ne les connaissait pas; de quoi avait-il l'air, lui, le mari, dans cette histoire? Elle n'eut pas de peine à le raisonner, et il s'assoupit en chuchotant :

« Tu es belle, comme ça! Tu es bien belle! »

Collée à ce grand corps vigoureux et placide,

Amélie, à demi déçue, à demi heureuse, rêva quelques instants et s'endormit elle-même.

***

Le retour de Denis à la maison avait-il été précédé d'une rupture avec Clémentine? Amélie le crut pendant deux jours, bien que Pierre fût d'un avis opposé. Mais, le 29 décembre, en voyant son frère quitter le café à minuit, après le travail, elle comprit qu'il courait retrouver cette dévergondée. Il rentra à trois heures du matin, pour la fermeture. Le lendemain, il sortit de nouveau. Évidemment, il avait imposé à la malheureuse une solution commode qui les déshonorait l'un et l'autre. Sur ses conseils, elle avait gardé la chambre qu'ils avaient louée au moment de leur fugue. C'était là qu'il la rejoignait quand l'envie le prenait de coucher avec elle. Espérait-il ainsi contenter à la fois sa sœur et sa maîtresse? Révoltée par ce procédé, Amélie ne pouvait cependant le reprocher à son frère, car il ne lui avait pas promis de renoncer à ses amours pour revenir vivre et travailler en famille. Mais cette fille, comment acceptait-elle une liaison aussi lamentable? A quel degré de soumission l'avait-il réduite? Il était facile d'imaginer ce qu'étaient ces visites nocturnes, à la sauvette, le lit ouvert, la lampe voilée, le réveille-matin sur la table mesurant le temps des étreintes. A deux heures et demie, il se rhabillait et, laissant derrière lui une femme alanguie, se hâtait de regagner le café par crainte de trouver porte close. Un collégien n'eût pas agi autrement! C'était répugnant et stupide! Amélie s'échauffait, se fâchait, ne comprenait pas.

Le 31 décembre, en arrivant dans la salle, à midi, elle voulut embarrasser son frère par une question insidieuse et lui demanda sèchement s'il avait l'intention, ce soir encore, de s'absenter entre minuit et trois heures.

« Non, dit-il avec simplicité, ce soir je reste près de vous. C'est le Nouvel An. Il y aura du boulot ! »

Elle eut un sourire de dédain :

« Tu aurais pu avoir envie de finir l'année ailleurs.

— Oh ! tu sais, je ne suis pas à un jour près, répliqua-t-il. J'irai demain. »

Elle rougit et se tut, vaincue par cette impudeur, qui était, peut-être, de l'inconscience.

Après le déjeuner, Denis descendit à la cave pour tirer du vin, en prévision d'une consommation importante dans la journée. Élisabeth, qui s'ennuyait, reçut la permission de l'accompagner, à condition de revêtir un tablier par-dessus sa robe. Assise sur un tabouret, devant les gros fûts maussades, elle regardait son oncle qui remplissait les bouteilles. Le travail était aisé et rapide. Dans le flacon de verre transparent, montait une colonne d'un rouge foncé, qui s'étranglait soudain à hauteur du goulot. Alors, on tournait le robinet et on passait à une autre bouteille. Une odeur capiteuse imprégnait l'air. L'unique ampoule, pendue sous les voûtes, envoyait sa lumière jusqu'aux coins les plus reculés où se croisaient des toiles d'araignée poussiéreuses. Denis avait à peine tiré une vingtaine de litres, quand Amélie l'appela par la trappe. On avait besoin de lui au comptoir.

« Est-ce que je peux remplir quelques bouteilles en t'attendant ? demanda Élisabeth.

— Essaie, dit Denis. Mais il faut que le vin s'arrête toujours là, tu vois, à la naissance du goulot. S'il y en a trop, tu vides le surplus dans cette cuvette. Après, je le récupère. »

Elle emplit la première bouteille devant lui, sans en perdre une goutte.

« Très bien, dit-il. Continue. Je n'en aurai pas pour longtemps. »

Restée seule, Élisabeth se mit à l'ouvrage avec une parfaite conscience de sa responsabilité. Pour le quatrième litre, elle ferma le robinet trop tard. Le vin dégorgeait du flacon. Elle voulut vider l'excédent. Son geste fut si brusque, qu'un quart du contenu gicla dans la cuvette. Sans se troubler, elle essaya de compléter la mesure, mais, cette fois encore, manqua le bon moment, et se retrouva avec une bouteille pleine à ras bord. Décidément, la méthode de tonton Denis ne valait rien. Pour ramener le liquide à un juste niveau, il était préférable d'en boire la quantité nécessaire. Elle porta le goulot à ses lèvres. Deux petites rasades suffirent. La bouteille, reposée à côté des autres, était comme elles habillée de rouge, exactement jusqu'au cou. Tonton Denis serait content. Pour la bouteille suivante, elle fit de même. Ce jeu l'amusait. Un goût aigre et râpeux chargeait sa langue. A la huitième expérience, elle se sentit très gaie. Elle considérait les tonneaux et elle avait envie de rire sans raison. Tonton Denis revint et demanda :

« Alors, ce travail, ça avance?

— Tu vois, dit-elle avec un geste large en direction des bouteilles.

— Bravo!

— Tu peux même dire bravovo, chuchota Élisabeth en portant la main devant sa bouche pour étouffer un hoquet de joie.

— Pourquoi?

— Parce qu'il y en a plusieurs.

— Plusieurs quoi?

— Plusieurs bouteilles... »

L'oncle Denis l'observa d'un œil soupçonneux et grommela :

« Qu'est-ce que tu as?

— Moi, rien, dit-elle.

— Si, je te trouve un air bizarre.

— Bizarre comme quoi? demanda-t-elle. Comme un perroquet? »

Et cette plaisanterie lui parut si drôle, qu'elle éclata de rire. Il reprit son travail. Les glouglous du vin coulant dans la bouteille agaçaient Élisabeth, comme si on lui eût chatouillé le ventre. Son énervement ne l'empêchait pas, d'ailleurs, de juger toutes choses avec une entière liberté d'esprit. Rien ne lui était défendu. Elle vivait enfin, à égalité de droits avec les grandes personnes.

« Et Clémentine, dit-elle soudain, elle est très loin? Tu ne la revois plus?... »

Déconcerté par cette question, Denis ferma le robinet et demanda :

« Pourquoi me parles-tu de Clémentine?

— Parce que tu étais son amoureux. »

Il tressaillit :

« Hein? Où as-tu pris ça? »

Elle agita son auriculaire sous le nez de Denis et susurra :

« C'est mon petit doigt qui me l'a dit!

— Tu racontes des sottises!

— T'en fais pas, maman ne sait rien!

— Mais... mais il n'y a rien à savoir, marmotta Denis. Qu'est-ce que ça signifie? De quoi te mêles-tu? »

Elle haussa les épaules :

« Te fâche pas, puisque je te dis qu'il n'y a que moi qui vous aie entendus!... Tu venais l'embrasser dans sa chambre!... C'était gentil!... Pauvre Clémentine!... Pourquoi que tu ne t'es pas marié avec elle?... Pourquoi que tu l'as laissée partir?... Maintenant, tu es bien embêté!... C'est pas à la grosse Hortense que tu iras faire la bise!... »

Denis jeta un regard épouvanté vers la trappe et gronda .

« Veux-tu te taire, enfin?

— Non, je ne me tairai pas! glapit Élisabeth. Je l'aimais bien, Clémentine! Et toi, t'étais méchant avec elle! Un jour, elle a pleuré et c'était ta faute! Après, c'est vrai, vous avez dansé sur les toits et ça allait mieux!... Mais tout de même!... Ma petite Clémentine!... Va chercher Clémentine!... »

Denis voulut la secouer par le bras pour la contraindre au silence. Elle lui échappa, sauta du tabouret, fit trois pas en titubant, et tomba assise sur son derrière.

« J'ai la tête qui me tourne », gémit-elle.

Il la releva, affolé :

« Tu es malade?

— Oui.

— Qu'est-ce que tu sens?

— Tout qui remue...

— Comment ça se fait?

— Je ne sais pas...

— Tu n'aurais pas bu du vin, par hasard?

— Si... un peu... Pour que... pour que ce soit au même niveau... tu comprends?

— Eh bien, il ne manquait plus que ça! » dit-il en riant.

Il l'assit de nouveau sur le tabouret, trempa son mouchoir dans un baquet d'eau et lui mouilla le visage :

« Ça va?

— Oui.

— Tu pourras remonter?

— Je pense.

— Alors, viens... »

Il l'aida à gravir les marches. En émergeant au grand jour, Élisabeth, écœurée, chancela sur ses jambes molles et poussa une faible plainte. Amélie tourna la tête, aperçut sa fille, livide, adossée au mur, et se précipita vers elle :

« Mon Dieu! Que se passe-t-il?

— Ce n'est rien, dit Denis avec une fausse insouciance. Un malaise... Un petit malaise...

— Elle a dû manger quelque chose qui n'était pas frais, dit Amélie. Tu vas vite lui faire un tilleul-menthe... »

Tout à coup, elle s'arrêta de parler, se pencha sur Élisabeth, respira son haleine et se recula, horrifiée :

« Elle sent le vin! Elle a bu!

— Eh oui! dit Denis.

— C'est toi qui l'as fait boire?

— Je te jure bien que non! J'étais ici pendant qu'elle sifflait son petit rouge en douce! De toute façon, c'est pas grave!...

— Ah! tu trouves? » dit Amélie.

Perdue dans un brouillard nauséeux, Élisabeth vit son père qui accourait en s'essuyant les mains. Denis riait. Maman était blanche de colère. Des exclamations se croisaient derrière le comptoir :

« Cette enfant est complètement ivre!

— On ne peut pas la laisser seule une seconde!

— Il est grand temps qu'elle retourne à Sainte-Colombe!

— Alors, ce tilleul-menthe?...

— Je vais monter avec elle. Mais si! Elle le prendra dans sa chambre. »

Pendant qu'Amélie poussait sa fille vers l'escalier, un client demanda :

« Elle n'est pas bien, la petite?

— Je suis ivre », dit Élisabeth avec un grand salut de la tête.

Ses cheveux lui tombèrent sur le nez. Amélie lui donna une taloche :

« Avance!... avance!... Excusez-moi, monsieur... C'est du propre!... A ton âge!... Ça promet!... »

Au premier étage, elles s'arrêtèrent devant la porte des cabinets. Élisabeth eut la force de bafouiller :

« Cupéli!... Gentil Cupéli!... »

Puis, l'inscription magique s'évanouit à ses yeux. Quelqu'un la soutenait au-dessus d'une cuvette blanche. Un filet d'eau ruisselait sur la berge de porcelaine. Par la porte restée entrouverte, arrivait un bruit de conversations. Après avoir vomi, elle se sentit mieux.

Sa mère la déshabilla, la mit au lit et lui apporta une tisane. La chambre était animée d'un doux mouvement de balançoire.

« Je pourrai me lever pour le dîner? demanda Élisabeth.

— Non. Hortense te servira au lit. D'ailleurs, tu n'auras qu'un bouillon pour ne pas te charger l'estomac.

— Mais c'est le Nouvel An!... Je voulais mettre ma jolie robe!...

— A qui la faute?

— Oh! maman, permets...

— Tu es punie, Élisabeth! »

Quand sa mère eut quitté la chambre, Élisabeth fondit en larmes. Elle pensait à la robe qu'elle eût aimé revêtir ce soir en l'honneur de tonton Denis, à la pauvre Françoise qui était morte, à Clémentine qui avait disparu, au plancher qui bougeait, à cette saveur de bile qui lui gonflait la bouche... Chaque motif de chagrin en attirait un autre. Sa vie n'était qu'une addition de contrariétés. « Plus que trois jours de vacances! » Elle répéta ces mots, et un sanglot lui fendit la poitrine. Ses parents ne l'aimaient pas, puisqu'ils la renvoyaient à Sainte-Colombe. Elle était seule au monde. L'ombre venait. Des enseignes de couleurs s'allumaient dans la rue. L'orchestre du *Bal de l'Élysée* commença à jouer plus tôt que d'habitude, car c'était jour de fête. Les vitres vibraient au passage des grosses voitures. Des rires montaient du trottoir. Tout le quartier était en liesse.

Hortense apporta le bouillon, qui était clair et sentait plus le poireau que la viande. Élisabeth demanda du pain et du beurre. La bonne refusa. Les ordres de Madame étaient formels : rien que du liquide. Le regard de la vieille femme était lourd de réprobation. Sans doute savait-elle qu'Élisabeth s'était enivrée dans la cave. Pourtant, elle aussi buvait du vin. Une bouteille à chaque repas! Comment pouvait-elle se tenir sur ses jambes? « Pourvu que je ne lui ressemble pas, plus tard! » se dit Élisabeth. Hortense sortit, énorme, lente, opaque, emportant le bol vide sur un plateau. Les bruits de l'extérieur s'amplifièrent. Le bal cognait au mur, la rue cognait à la fenêtre. Affaiblie par la faim et les larmes, Élisabeth s'assoupit dans la rumeur joyeuse de la ville.

Un baiser sur le front l'éveilla. La chambre était obscure, avec un reflet rose au plafond. Une silhouette noire se pencha sur le lit. La voix de maman chuchota :

« Bonne année, Élisabeth. »

Mal dégagée du sommeil, Élisabeth voulut parler, ouvrir les bras, mais, déjà, il n'y avait plus personne à son chevet. Une porte se refermait, un pas s'éloignait sur le parquet craquant. Elle se rendormit aussitôt, avec l'impression qu'un rêve heureux avait traversé sa nuit.

# TROISIÈME PARTIE

# 1

UNE lampe à pétrole, posée sur le piano, éclairait le milieu du parloir. La pièce n'était pas chauffée. Derrière la fenêtre, hurlait un vent furieux, casseur de branches, claqueur de volets, arracheur de tuiles. Les doigts d'Élisabeth s'engourdissaient de froid sur le clavier. Elle glissa ses mains entre ses cuisses pour y chercher un peu de tiédeur. Le métronome, qu'elle avait mis en marche pour se sentir moins seule, balançait sa réglette, en cliquetant, devant son nez. C'était l'heure de la récréation du soir. Les autres élèves jouaient dans le préau, sous la surveillance de Mlle Bertrand. Françoise était encore vivante lorsque Élisabeth avait écrit à ses parents pour leur dire qu'elle avait envie d'apprendre le piano. Ils l'avaient certes encouragée dans ce projet, mais leur autorisation était intervenue trop tard. Ayant perdu son amie, Élisabeth n'éprouvait plus le même entrain à l'idée de travailler la musique. C'était avec mélancolie qu'elle se présentait, deux fois par semaine, dans le parloir, pour y recevoir l'enseignement de Mlle Quercy. Après la leçon, la directrice s'éclipsait, et la fillette, livrée à elle-même, faisait des gammes pendant une demi-heure. Depuis deux mois qu'elle était rentrée à Sainte-Colombe, ses progrès étaient très faibles. Sans doute n'avait-elle guère de dispositions pour ce genre d'exercice. Mais elle ne regrettait pas de s'y adonner régulièrement. Ainsi, du moins, pouvait-elle se soustraire, parfois, au bavardage insipide des filles et aux criailleries de Mlle Bertrand. Avec Françoise, l'existence, en pension, était supportable. Sans elle, tout ici était bête, ennuyeux et laid. Même si Élisabeth eût voulu se chercher une nouvelle confidente, le souvenir de la petite morte l'eût empêchée de disperser son affection. Ses doigts appuyèrent sur les touches. Les notes accoururent au commandement. Do, ré, mi, fa, sol... Quand pourrait-elle jouer comme Mlle Quercy dont les mains pâles et nerveuses tiraient du clavier de merveilleux accords?

Le vent, qui s'était tu pour reprendre haleine, se jeta de nouveau sur la maison. Au-delà du cercle lumineux de la lampe, les fauteuils conspiraient, accroupis, les poings sur les genoux, dans l'ombre. Le Christ planait, bras ouverts, au-dessus du sol. Françoise s'était assise, autrefois, sur ce même tabouret tournant. Ses doigts avaient dansé sur ces mêmes touches blanches et noires. Le même métronome avait battu pour elle. Élisabeth l'arrêta, pénétrée de crainte. Un sifflement s'amplifiait dans ses oreilles. La directrice reparut, se posta derrière son élève et la gronda pour la position défectueuse de ses mains :

« Dès que j'ai le dos tourné, tu reprends tes mauvaises habitudes! »

Elle souleva le poignet de l'enfant, lui écarta les doigts, les plia, comme si elle eût modelé une main dans de la pâte. Élisabeth s'abandonnait, subjuguée. Pourvu que Mlle Quercy s'occupât d'elle exclusivement, elle était contente.

« Oh! mademoiselle, vous ne voulez pas me jouer quelque chose?

— Plus tard. Voyons d'abord cet exercice... Do, si... do... »

Elle pointait une règle sur le cahier à musique, nommait les notes successivement, et Élisabeth s'exécutait, le cou tendu, la langue tirée, le doigt cognant dur. A la fin de la leçon, pour inciter son élève à la persévérance, Mlle Quercy joua quelques mesures d'une valse très triste, et Élisabeth eut envie de pleurer.

Jusqu'à la montée dans le dortoir, elle vécut avec ce balancement langoureux dans sa tête. Elle n'entendait plus la plainte du vent. Elle ne voyait plus le visage de ses compagnes. Que ne pouvait-elle danser, au son d'une pareille musique, dans sa robe en taffetas rose saumon? La nuit, elle rêva de Françoise et s'éveilla en poussant un grand cri. Cela lui arrivait souvent. Des filles grognèrent, furieuses d'être dérangées. Mlle Bertrand accourut, gourmanda la coupable, la menaça d'une punition si elle recommençait, et retourna se coucher, glissant dans l'ombre, le long des lits, blanche et cassée, tel un glaçon à la dérive.

Le lendemain, jeudi, après le déjeuner, tout le pensionnat se rendit en promenade au bois Marie. A cause du froid très vif, les filles étaient rembourrées de lainages, emmitouflées, le nez passant à peine sous le bord du capuchon. Un ciel de fumée grise pesait sur la campagne. Les ornières du chemin étaient gelées. Au pied des arbres noirs, les feuilles mortes, les brindilles, la mousse, prises sous une pellicule de givre, craquaient à chaque pas comme du verre. Il n'était plus question de ramasser des châtaignes. Mlle Bertrand, qui accompagnait les pensionnaires, leur recommanda de jouer à cache-cache pour se réchauffer.

On forma trois équipes. Élisabeth s'enfuit avec Colette Martin. Toutes deux étaient décidées à échapper aux recherches jusqu'à l'heure du rassemblement. Pendant que Mauricette Lafleur, la figure appuyée contre un tronc de châtaignier, comptait à haute voix : « Cinquante-six, cinquante-sept, cinquante-huit... », elles sortirent du bois et s'installèrent à croupetons dans un taillis. Les cris des élèves retentissaient au loin. La chasse avait commencé. Mais personne ne s'aviserait de venir ici. Élisabeth se demanda pourquoi elle avait choisi de s'isoler avec Colette Martin, puisqu'elles n'avaient rien de secret à se dire. Colette Martin n'était ni jolie ni laide, ne travaillait ni bien ni mal, et son principal mérite était de savoir imiter le chant du coq, en soufflant dans ses deux mains unies sur un brin d'herbe. Ce n'était vraiment pas le moment de se livrer à cet exercice. Désœuvrées, les deux fillettes grattaient le sol, du bout des ongles, pour passer le temps. Tout à coup, Élisabeth remarqua un minuscule paquet gris, à demi enfoncé dans un lit de feuilles et de cailloux. C'était un oiseau inerte, au bec pointu, aux pattes raides.

« Regarde comme il est joli ! » dit Élisabeth.

Elle le ramassa et le coucha dans le creux de sa main. Le dessus du corps était revêtu d'un plumage terne, ébouriffé par endroits. Mais l'autre partie, qui avait été en contact avec la terre, laissait dans la paume une sensation de matière nue, froide et gluante. D'un doigt prudent, Élisabeth retourna la petite masse. Les plumes se détachèrent par touffes, découvrant une chair noire où grouillaient des vers blancs.

« Jette ça ! grogna Colette Martin. Tu vois bien qu'il est mort ! Il pue ! C'est dégoûtant ! »

Élisabeth ouvrit la main. L'oiseau tomba. Colette Martin ne pensait déjà plus au cadavre. Tirant Élisabeth par le coude, elle chuchota :

« Attention ! Mauricette est sortie du bois ! Elle vient par ici ! Baisse la tête ! Elle va nous voir !... »

Élisabeth se dissimula de son mieux derrière les buissons.

« Non! Elle tourne à droite! reprit Colette Martin. Elle va vers le chemin! Ça y est!... Elle a découvert Fernande!... Elle court après!...

— Qu'est-ce que c'est comme petit oiseau? demanda Élisabeth.

— J'en sais rien.

— Une grive?

— Non. On dirait plutôt un perdreau.

— C'est triste qu'il soit mort!

— Pourquoi? Puisqu'il est mort, il sent plus rien.

— On devrait peut-être l'enterrer pour qu'il ne s'abîme pas trop!

— Si tu l'enterres, les vers le mangeront encore plus vite.

— Alors, pourquoi enterre-t-on les gens?

— Faut bien les mettre quelque part. Quand mon grand-père est mort, je me rappelle, on a dû vite le porter au cimetière, parce qu'il commençait à sentir mauvais.

— Il était pas dans un cercueil?

— Ça change rien!

— Tu crois que les vers vont aussi dans les cercueils?

— C't' idée! Bien sûr! »

Une vague d'épouvante souleva le cœur d'Elisabeth.

« Et Françoise, alors...? balbutia-t-elle.

— Pense donc pas à Françoise, grommela Colette Martin. Regarde, voilà Mauricette qui revient. Ce qu'elle a l'air nouille! Elle tourne en rond...

— Il y a longtemps qu'elle est morte! soupira Élisabeth. Maintenant, elle doit être pourrie, comme le petit oiseau...

— Si tu continues à causer de ça, je vais aller me cacher plus loin, toute seule! »

Élisabeth regardait le maigre tas de plumes et songeait à Françoise, enfoncée dans un trou, avec des milliers de vers qui lui mangeaient la peau. Ses yeux pleins de lumière, ses lèvres qui parlaient du prince, ses mains habiles à écrire, à jouer du piano, ses pieds rapides, ses cheveux, tout s'effondrait en bouillie. A quoi bon, dans ce cas, la jolie robe, le chapelet, les fleurs dont on avait paré le corps pour son dernier repos? A quoi bon les chants, les prières, le souvenir? Elle se dressa sur ses jambes.

« T'es pas folle? souffla Colette Martin. Tu vas nous faire repérer! »

Sans se soucier de sa compagne qui cherchait à la retenir, Élisabeth jaillit hors des buissons et se précipita vers le bois. Mauricette Lafleur, l'ayant aperçue, se lança à sa poursuite :

« Je t'ai vue!... »

Les pieds d'Élisabeth touchaient à peine le sol. Elle volait, la bouche ouverte, les yeux exorbités, avec, dans son dos, le souffle de la mort. Cependant, Mauricette Lafleur parvint à lui couper la route. Élisabeth fit un crochet sur la droite. Une main l'arrêta par la manche :

« Je te tiens!

— Lâche-moi! cria Élisabeth.

— Non. T'es prisonnière! »

Élisabeth considérait avec rage cette figure hilare qui dansait devant elle. De quel droit l'empêchait-on de courir à sa guise? Elle se dégagea. Un craquement l'avertit qu'elle avait déchiré sa manche. Tant pis! Elle voulut repartir, mais Mauricette Lafleur hurla : « Tu triches! » et la saisit à bras-le-corps. Prenant appui des deux mains sur le menton de la fille, Élisabeth la repoussa brutalement. Étonnée par la violence du choc, l'autre rompit son étreinte, vacilla, hurla et tomba à la renverse sur un tas de cailloux. Ses lunettes avaient glissé de son nez dans la chute.

Au lieu de se relever elle rampait à quatre pattes, les mains tâtonnantes, l'œil bête, et gémissait :

« Mes lunettes!... Où sont mes lunettes?... »

Attirée par ses cris, une compagnie de capuchons noirs accourait en ordre dispersé sur les lieux du désastre. Mlle Bertrand venait derrière, branlant du chef et secouant les bras sous sa cape :

« Que se passe-t-il?

— C'est Élisabeth qui m'a bousculée! dit Mauricette Lafleur dans un hoquet.

— Vous n'avez pas de mal?

— Non, mais j'ai perdu mes lunettes!... J'y vois pas sans lunettes!... Faut retrouver mes lunettes!... »

Tout le monde se mit à les chercher. Soudain, Colette Martin poussa une exclamation de victoire :

« Les v'là! »

Elle serrait entre deux doigts une monture aux verres brisés. Mauricette Lafleur s'assit par terre et éclata en sanglots.

« J'ai pas fait exprès! marmonna Élisabeth.

— Si, elle l'a fait exprès! piailla Mauricette Lafleur. C'est une méchante!... Elle sait pas jouer doucement!... »

Quelques filles prirent son parti. D'autres, dont Colette Martin, essayèrent de disculper Élisabeth, disant qu'elles avaient tout vu et qu'il s'agissait d'un simple accident. Au centre de ce tumulte, Élisabeth, très calme, semblait inconsciente de sa responsabilité. Mlle Bertrand agitait ses ailes noires et croassait :

« Taisez-vous toutes!... Je vais sévir!... Voyons!... Un peu de silence!... Mauricette Lafleur, levez-vous!... »

Des élèves obligeantes aidèrent Mauricette Lafleur à se remettre debout, l'époussetèrent, la cajolèrent, avec tous les égards dus à la victime d'une brute forcenée. La malheureuse tenait ses lunettes à la main et pleurait si abondamment que la morve lui coulait des narines :

« Comment je vais m'arranger, sans lunettes?

— Nous les enverrons à Figeac pour faire changer les verres. Entre-temps, vous serez dispensée de devoirs... »

Mauricette Lafleur redoubla de larmes, comme si cette perspective eût fini de la désoler.

« Quant à vous, Élisabeth Mazalaigue, reprit Mlle Bertrand, vous devriez avoir honte de votre brutalité envers une compagne. Ce n'est pas une raison parce que vous êtes la dernière en études pour être aussi la dernière en conduite. Regardez-vous! De quoi avez-vous l'air avec votre capuchon de travers et votre manche déchirée? Vous me copierez cinquante fois : « C'est à la délicatesse des manières dans le jeu et dans la conversation qu'on reconnaît une enfant bien élevée! » Et, s'il y a une seule faute d'orthographe, vous me recommencerez tout! »

Le public accueillit cette sentence par un bourdonnement, dont il était impossible de savoir s'il était approbateur ou désobligeant. Se considérant comme injustement condamnée, Élisabeth murmura :

« Mais, mademoiselle, puisque c'est pas ma faute!...

— Vous répliquez! » s'écria Mlle Bertrand avec un affreux clapotis sur la deuxième syllabe.

Élisabeth baissa la tête et poussa un caillou avec la pointe de sa galoche. Ayant dompté le fauve, Mlle Bertrand redressa une épaule et claqua dans ses mains :

« En rangs! »

Mauricette Lafleur affectait de boiter. Deux amies la soutenaient sous les bras. Le troupeau se mit en marche, lourd d'un événement inhabituel.

En classe de couture, Élisabeth dut ravauder son tablier, sous l'œil narquois de ses voisines. Bien qu'elle eût quelques sympathies dans le pensionnat, la majorité des élèves appuyait Mauricette Lafleur, qui avait un an de plus qu'elle et était du pays. Quand on se rendit au réfectoire, deux filles du camp adverse, marchant derrière Élisabeth, essayèrent de la coincer dans la porte. Furieuse, elle les écarta à coups de coude et franchit le seuil devant elles. De faibles protestations éclatèrent dans son dos :

« Elle m'a fait mal! Mademoiselle, c'est encore Élisabeth!... »

Mais l'incident passa inaperçu de la direction.

Les jours suivants furent éclairés pour Élisabeth par une lettre de sa mère. Mais l'effet s'en dissipa, à la longue, dans la grisaille d'une vie désespérément monotone. Reprise par le souvenir de Françoise et de l'oiseau mort, elle travaillait de moins en moins, ne s'étonnait plus d'être punie à tout propos, évitait de se mêler aux jeux de ses compagnes et se montrait facilement irritable quand on la dérangeait dans ses méditations. Depuis son retour de vacances, elle était assise au réfectoire entre Colette Martin, qui l'aimait bien, et Louise Charamu, qui était une partisane déclarée de Mauricette Lafleur. Un soir, après le *Benedicite,* M$^{lle}$ Quercy, ayant croqué deux brins de salade, quitta la salle pour aller donner des instructions à la cuisine. Comme Élisabeth s'apprêtait à avaler sa ration d'huile de foie de morue, Louise Charamu lui poussa le bras et le contenu de la cuillère se répandit dans la soupe.

« Espèce d'idiote! » grommela Élisabeth.

L'autre ricana :

« J'ai pas fait exprès! »

La soupe aux poireaux empestait l'huile de foie de morue. Élisabeth écarta son assiette et se croisa ostensiblement les bras. La voix de M$^{lle}$ Bertrand s'éleva de la table directoriale :

« Élisabeth Mazalaigue, qu'attendez-vous pour manger votre soupe?

— Mon huile de foie de morue est tombée dedans, dit Élisabeth.

— Vous n'aviez qu'à faire attention!

— Ça y est! s'écria Élisabeth. On me pousse et c'est moi qui me fais attraper!

— Personne ne vous a poussée.

— Si, mademoiselle!

— Vous devriez avoir honte de mettre votre maladresse sur le compte d'une voisine. Taisez-vous et mangez votre soupe!... »

Étourdie par l'esprit de révolte, Élisabeth répliqua en levant le nez aussi haut qu'elle le pouvait :

« Je ne la mangerai pas, elle est trop mauvaise.

— On vous la resservira demain.

— Ça m'est égal! »

Sur ces mots, la directrice reparut. M^lle^ Bertrand lui parla à voix basse, pour l'informer de l'événement. Autour d'Élisabeth, quelques élèves feignaient de manger leur soupe, et chuchotaient, au ras de la cuillère, en lorgnant Louise Charamu :

« Si tu ne te dénonces pas, t'es une dégoûtante!

— Dis que c'est toi, ou alors je le dirai! »

Mais Louise Charamu ne dit rien et personne n'osa témoigner contre elle. Quand la surveillante eut fini de lui murmurer son rapport, M^lle^ Quercy prit la parole :

« Élisabeth, je ne suis pas du tout contente de toi depuis le début de ce trimestre. Au lieu de t'appliquer, tu te dissipes. Tes mauvaises notes et tes insolences ne se comptent plus. La patience et la douceur ont des bornes. Vas-tu, oui ou non, manger ta soupe? »

Élisabeth sentait peser sur elle l'attention de tout le pensionnat. Quelle joie pour Mauricette Lafleur et sa bande, si elle cédait aux ordres de la directrice! Fièrement, elle répondit :

« Non, mademoiselle.

— Parfait, dit M^lle^ Quercy. Tu vas donc immédiatement monter au dortoir et te mettre au lit. Seule, tu auras l'occasion de réfléchir. Eh bien, as-tu compris? »

Pâle de colère, Élisabeth enjamba le banc et sortit en claquant la porte. La voix de la directrice retentit derrière le battant :

« Élisabeth! Reviens! »

Sans doute M^lle^ Quercy avait-elle reconnu son erreur et changé sa sévérité en bienveillance. Heureuse d'en être quitte pour une réprimande, Élisabeth rentra dans le réfectoire. M^lle^ Quercy lui fit signe d'approcher. Elle s'arrêta devant la table directoriale.

« Je n'aime pas ces manifestations de mauvaise humeur, dit M^lle^ Quercy en la regardant fixement dans les yeux. Fais-moi le plaisir de recommencer ta sortie en fermant la porte derrière toi, doucement! »

Les prunelles d'Élisabeth étincelèrent. Elle enfla les narines, serra les dents, et, pivotant sur ses talons, traversa de nouveau toute la salle sous le regard des filles assises. Une fois dehors, pour montrer son insoumission, elle repoussa le vantail avec tant de lenteur, que quelques rires fusèrent autour des tables. Puis, craignant d'être rappelée, elle se rua dans l'escalier et gravit les marches, trois par trois, en tirant, à chaque enjambée, sur la rampe.

Le dortoir était plongé dans une nuit complète. Au milieu des ténèbres, le poêle chauffait en craquant. Élisabeth tourna le commutateur. Les deux ampoules, pendues au plafond, s'animèrent d'une lueur jaune et tremblante. Dans ce désert, l'alignement des lits blancs, tous pareils, fascinait l'esprit comme la répétition d'une même image par un jeu de glaces. Le silence et l'immobilité des lieux rendaient perceptible la vie secrète des choses. Élisabeth passa devant la couche que Françoise occupait jadis, et son malaise augmenta. La boîte à eau, posée sur le poêle, sifflait en sourdine. Une lame du parquet grinça. Élisabeth s'approcha de la fenêtre. Dans le ciel pur, sombre et glacé, brillait un croissant de lune. Au-delà des grilles, un pâle lumignon éclairait une croisée, dans le hameau noir comme un tas de charbon. Un arbre tendait des doigts de squelette vers les étoiles. La petite église était coiffée d'un chapeau de fête en écailles bleues. C'était si beau, qu'Élisabeth éprouva un picotement dans sa gorge. Pourquoi fallait-il qu'elle restât dans cette pension où elle n'apprenait rien d'utile, où elle étouffait d'ennui, où filles et maîtresses étaient méchantes, alors qu'il y avait, tout près d'elle, un monde immense, magnifique et mystérieux où elle eût été heureuse de vivre? Son nez s'écrasait sur la vitre froide. Les larmes embuaient ses yeux. Elle renifla, et, n'ayant rien d'intéressant à faire, décida de se mettre au lit. Machinalement, elle prit sa chemise de nuit sous son traversin et l'enfila par-dessus son tablier, pour se déshabiller selon la règle. Soudain, elle s'arrêta. A quoi bon tant de manières, puisque personne ne pouvait la voir? Rejetant sa chemise de nuit, elle s'accorda la revanche de se dévêtir à son aise, sans se cacher, comme à la maison. Nue, elle nargua davantage encore la discipline en exécutant quelques virevoltes entre les lits. Elle dansait sur les amies de Mauricette Lafleur, sur l'affreuse M^lle^ Bertrand, sur l'incolore M^lle^ Hugues, sur M^lle^ Quercy qui l'avait si injustement punie. Quand elle les eut toutes foulées aux pieds, elle passa de nouveau sa chemise de nuit et joignit les mains. Le « Notre Père » fut vite expédié. Déçue dans ses rapports avec le Bon Dieu, qui ne l'avait pas aidée au moment de la maladie de Françoise, elle estimait inutile de lui réciter avec ferveur des prières qu'il refusait d'entendre. Un signe de croix désinvolte acheva les formalités. Elle se blottit sous les couvertures et ramena ses genoux à son ventre pour avoir plus chaud.

Du rez-de-chaussée, montait un bruit assourdi de rires, de cris et de galopades... La dernière récréation de la journée. Élisabeth se sentit plus isolée, plus abandonnée encore. Tous ces lits vides autour d'elle! A force de les observer, il lui semblait qu'une vague ondulation en déformait les contours. Au fond du dortoir, un édredon avait bougé, elle en était sûre! Un autre, plus près d'elle, palpitait au rythme d'une respiration puissante. Des bandits logeaient entre les draps. Seule vivante dans un univers hanté, elle refoulait des cris d'effroi au creux de sa poitrine. Enfin, n'y tenant plus, elle se glissa hors de sa couche et s'agenouilla pour jeter un regard au ras du sol. Les sommiers était hauts sur pattes. Entre les pieds de châlit en fer noir, qui se déboîtaient l'un de l'autre, s'étendait une allée de plancher luisant. Rien d'anormal, de ce côté-là. Elle continua son inspection par une promenade entre les lits. Au passage, elle tapotait les édredons, avec la terreur de les voir bondir soudain, grimacer et s'asseoir dans une pose de dormeur éveillé en sursaut. Après le dixième essai, le cœur lui manqua, et elle courut se recoucher, poursuivie par les ricanements du poêle et les soupirs de l'eau qui bouillait dans sa boîte. Maintenant, elle n'avait plus qu'un espoir de salut : le prompt retour de M^lle^ Bertrand et de la horde babillarde des filles. Comment se faisait-il que la récréation ne fût pas encore terminée? Au plus aigu de sa détresse, elle entendit la cloche qui sonnait. Une armée de galoches s'engagea dans l'escalier profond. L'arrivée des renforts! Soulagée, Élisabeth colla sa joue sur son bras replié, ferma à demi les yeux et affecta de dormir. La porte s'ouvrit largement et le flot des pensionnaires dévala dans l'espace qui séparait les lits. Entre ses cils rapprochés, Élisabeth guettait le défilé rapide des visages. L'un après l'autre, ils se tournaient vers elle avec curiosité :

« Tiens ! La v'là !

— Elle dort !

— Penses-tu ! Elle fait semblant !

— Eh bien, ma petite, elle en a du culot !... »

Ces propos amusaient Élisabeth et lui donnaient la mesure de sa popularité. M^lle^ Bertrand ralentit le pas devant elle, l'enveloppa d'un regard méprisant et alla se placer au centre de la salle. Sur son ordre, le déshabillage collectif commença. Les chemises recouvrirent les tabliers. Toutes les filles noires devinrent blanches. Quand elles eurent fini de changer de peau, M^lle^ Bertrand les envoya se laver. Encore une corvée dont Élisabeth serait dispensée, ce soir. Les ablutions terminées, le pensionnat se rassembla au complet, en tenue de nuit, pour la prière. Seule Élisabeth restait couchée à mille lieues de la scène qui se déroulait en face d'elle. M^lle^ Bertrand commanda d'un ton tranchant :

« Élisabeth Mazalaigue, levez-vous ! »

A cette mise en demeure, la fillette opposa un visage d'ange assoupi. Ses paupières ne frémissaient pas. Une respiration égale coulait de ses lèvres entrouvertes.

Une envie de rire tourmentait Élisabeth, mais elle se domina et feignit de continuer un rêve délicieux. Deux mains brusques rejetèrent ses couvertures. Elle apparut aux yeux de tous, dormant encore, innocemment pelotonnée sur son drap. Ce fut seulement lorsque la surveillante l'eut secouée par l'épaule, qu'elle consentit à s'éveiller. Un bâillement de félin lui disloqua les joues. Elle se dressa sur un coude, se frotta les paupières avec son poing, fit un regard ahuri et marmonna :

« Hein?... Quoi?... Qu'est-ce qu'il y a?... »

Sans doute, M^lle^ Bertrand n'était-elle pas dupe de cette comédie, car sa bouche se tordit si violemment, qu'il n'y en eut plus trace sur le côté droit.

« Assez de simagrées, Élisabeth Mazalaigue! dit-elle en haletant de colère. Levez-vous!

— Mais pourquoi, mademoiselle? demanda Élisabeth d'une voix musicale.

— Pour réciter votre prière avec les autres.

— Je l'ai déjà récitée avant de me coucher.

— Cela ne vous fera pas de mal, aujourd'hui, de la dire deux fois! »

Élisabeth croula hors du lit, s'agenouilla et baissa la tête. Mais, apparemment, elle vacillait de fatigue. Son dos se voûtait, son nez piquait sur ses mains jointes. Les filles évitaient de la regarder, par crainte de ne pouvoir conserver leur sérieux jusqu'au bout de l'oraison. Après le signe de croix, il y eut quelques rires intempestifs, M^lle^ Bertrand lança des menaces de punition aux quatre coins de la salle et tout le monde se coucha. Selon son habitude, M^lle^ Quercy rendit une dernière visite à ses pensionnaires. Élisabeth, redoutant une nouvelle altercation, s'enfonça jusqu'aux joues sous le drap. La directrice traversa le dortoir sans accorder un coup d'œil à la coupable. revint sur ses pas et dit, du seuil de la porte :

« Bonne nuit, mes enfants. »

Les élèves répondirent en chœur :

« Bonne nuit, mademoiselle. »

M^lle^ Quercy disparut. Les ampoules électriques s'éteignirent. La lampe Pigeon imposa dans la nuit son faible halo de clarté bleue. Des conversations s'enlisèrent dans l'ombre, à hauteur de traversin. Élisabeth envia ses compagnes de pouvoir s'endormir si vite. Malgré le succès de prestige qu'elle avait remporté ce soir, une tristesse lancinante pesait sur son cœur et l'empêchait de prendre du repos. Elle se recroquevillait dans son lit, soupirait, jetait ses jambes au hasard, à la recherche d'une position confortable. Son esprit se brouillait, mais le sommeil ne venait pas. Était-elle encore éveillée ou rêvait-elle déjà, quand son pied nu effleura une petite boule molle et duveteuse? Son sang se figea. Ses orteils se rétractèrent. Un oiseau mort, perdant ses plumes, dégorgeant sa vermine! Un deuxième, contre sa hanche! Un troisième, au niveau de son cou! La forêt avait accumulé tous ses cadavres entre les draps. Il en montait une odeur sucrée de pourriture. Elle était dans la mort jusqu'aux mâchoires. Comme le grouillement gagnait son visage, ses cheveux, elle eut une commotion horrible, fit un effort pour se soulever, pour ouvrir la bouche et hurla.

Son appel de détresse bouscula les lits, dressa des dizaines de têtes contre les murs et suscita, au centre de la salle, un épouvantail malbâti, mal drapé, qui était M^lle^ Bertrand. Du haut de sa chemise, la surveillante glapit :

« Encore vous! Si vous ne respectez pas la discipline de la pension, respectez au moins le repos de vos compagnes!

— Mais, mademoiselle, balbutia Élisabeth, j'ai cru qu'il y avait des oiseaux morts dans mon lit!...

— Ne cherchez pas à vous rendre intéressante, Élisabeth Mazalaigue! Je vois clair dans votre vilain jeu. Dès demain, des sanctions seront prises! »

Tout en parlant elle secouait devant le nez d'Élisabeth un doigt plié en deux par l'habitude du tricot. Élisabeth souleva sa couverture et regarda dessous. Quelques filles accoururent :

« Fais voir!

— Voulez-vous retourner dans vos lits! vociféra M^lle^ Bertrand. La dernière à m'obéir sera signalée! »

Ses yeux lançaient des éclairs divergents, sa bouche crachait du venin.

Il n'y avait pas d'oiseaux morts. Élisabeth baissa la tête et se mit à pleurer. Les élèves se dispersèrent. Maîtresse du champ de bataille, M^lle Bertrand assura son pouvoir par un regard circulaire et conclut :

« Que je vous entende encore, Élisabeth Mazalaigue, et je vous envoie coucher à l'infirmerie ! »

Élisabeth se laissa tomber à la renverse sur son traversin. M^lle Bertrand regagna son réduit en boitant.

# 2

LE lendemain matin, pendant le catéchisme, M. l'abbé Bacounet reprocha vertement à Élisabeth d'ignorer ce que faisait le Saint-Esprit quand il remplissait le cœur des fidèles. En classe de géographie, elle ne sut pas dire quelles étaient les deux richesses de la Beauce, et M^lle^ Hugues prit un air triste pour lui donner un zéro. En classe de français, elle eut encore un zéro, parce qu'elle n'avait pas étudié *Le Meunier, son fils et l'âne,* croyant que c'était pour la semaine prochaine. Ayant mal dormi, elle vivait dans un brouillard cotonneux, où ses gestes se trompaient de direction, où sa voix sonnait faux, où les mots de son entourage l'atteignaient à peine. Pour le déjeuner, il y eut de la soupe aux choux. Élisabeth, qui avait faim, s'attendait à recevoir sa portion, mais la fille de cuisine, au lieu de la servir comme les autres, lui apporta la soupe aux poireaux de la veille. Stupide, Élisabeth considérait son assiette, pleine d'un brouet verdâtre, et reniflait l'odeur d'huile de foie de morue qui s'en dégageait. Des murmures perfides ou apitoyés commentaient cette nouvelle phase de l'épreuve de force qui opposait la directrice à la pensionnaire.

« Tu vois, Élisabeth, dit M^lle^ Quercy, je tiens la promesse de M^lle^ Bertrand. Tant que tu n'auras pas mangé ta soupe, on te la resservira. »

Élisabeth fit un regard en dessous et chuchota à l'intention de ses compagnes :

« Elle peut toujours courir pour que je la mange !

— Eh bien, tu te décides ? » demanda M$^{lle}$ Quercy.

Un tremblement de rage monta dans les veines d'Élisabeth. Elle écarta son assiette, si rudement qu'un peu de soupe déborda sur la toile cirée de la table, dressa le menton et posa ses deux mains sur ses genoux. Ses voisines, qui se préparaient à sourire, furent effrayées par l'insolence de son attitude. Même Colette Martin n'osait plus lui adresser la parole et l'observait d'un air étrange, comme si elle eût été une fille dangereuse à fréquenter. Elle n'avait plus d'amies. Un cercle de glace l'entourait. Qui allait le rompre ?

Sans dire un mot, M$^{lle}$ Quercy se pencha sur son assiette. Ses doigts, avec un mouvement de bec qui se referme, saisirent une feuille de salade et l'élevèrent à sa bouche. C'était le signal. Dans un silence terrible, les cuillères se mirent en branle. Seule Élisabeth ne mangeait pas. Après la soupe aux choux, il y eut du ragoût de macaroni pour tout le monde, sauf pour elle. Les châtaignes du dessert lui caressèrent les narines de leur parfum et allèrent emplir d'autres estomacs. La salive aux lèvres, elle n'avait pour se nourrir que le sentiment de sa colère et la conscience de son droit. A la fin du déjeuner, M$^{lle}$ Quercy prononça, comme toujours, une prière de remerciements à Dieu pour « ses bienfaits ». N'ayant rien avalé de tout le repas, Élisabeth grommela pourtant : « Ainsi soit-il. » Elle croyait avoir dépassé les bornes de l'humiliation, mais M$^{lle}$ Quercy dit, en se levant de table :

« Élisabeth, tu resteras ici pendant que tes compagnes iront en récréation. Je reviendrai dans une demi-heure. Si je vois que tu n'as pas fini ta soupe, tu seras mise en quarantaine. Tu sais ce que cela signifie : durant quarante heures, tu seras enfermée, au pain et à l'eau, dans une chambre, pour méditer sur ta mauvaise conduite et sur ton méchant caractère. Et dis-toi bien que, quoi qu'il arrive, je ne céderai pas ! »

Foudroyée sur place, Élisabeth assista, comme dans un rêve, à l'évacuation silencieuse du réfectoire. La porte du fond aspirait le troupeau des élèves repues. Certaines se retournaient en passant le seuil, pour voir la condamnée devant son assiette. M^lle^ Quercy sortit la dernière et referma le battant.

Assise seule dans la grande salle aux bancs déplacés, la coupable humait dans l'air une odeur de victuailles tièdes. Toutes les assiettes étaient vides, à l'exception de la sienne. Sûre d'être mangée, la soupe aux poireaux défiait Élisabeth de ses gros yeux de graisse refroidie. Un long moment, elles demeurèrent ainsi, l'une en face de l'autre, se mesurant du regard. Puis, la fillette prit sa cuillère et la glissa dans la poche de son tablier. Elle ne pouvait agir différemment. Son corps entier se raidissait dans la négation des solutions faciles. Ce n'était plus le mauvais goût de la soupe qui l'incitait à rester sur sa faim, mais la pensée qu'en se soumettant à M^lle^ Quercy elle se fût reconnue fautive. De quel droit cette personne la traitait-elle en prisonnière? Elle n'était pas une orpheline. Elle avait des parents qui payaient très cher pour qu'elle fût bien soignée! Si elle leur disait les misères qu'on lui faisait en pension, ils la rappelleraient immédiatement auprès d'eux. Une idée folle lui traversa la tête. Fuir! Retourner à Paris! Pourquoi pas? Elle écouta les cris des élèves dans le préau. La fille de salle allait venir d'une minute à l'autre pour débarrasser les tables. Il fallait se décider vite. Des morceaux de pain traînaient sous le banc. Elle les ramassa : ce seraient les provisions de route.

Ensuite, elle s'avança vers la fenêtre, l'ouvrit à deux battants, enjamba le rebord.

Le réfectoire étant situé au rez-de-chaussée, elle n'eut qu'à se laisser glisser pour tomber, à pieds joints, sur une plate-bande. La grille d'entrée se trouvait devant elle, au bout de l'allée des rosiers, mais, sur la droite, le jardin était bordé par un petit mur éboulé, qu'elle savait pouvoir franchir aisément. Pliée en deux pour offrir moins de prise aux regards, elle courut le long de la maison, dépassa la chapelle, arriva devant la clôture basse, envahie de ronces, et l'escalada en déchirant ses bas dans l'effort.

De l'autre côté de l'enceinte, elle poussa un soupir de soulagement : Sauvée! Adieu la soupe, adieu la quarantaine, adieu les punitions de toutes sortes!... Son premier soin fut de rejoindre le sentier qui conduisait au bois Marie. Ce chemin, qu'elle avait fait cent fois, lui parut nouveau parce qu'elle était seule. Personne pour la surveiller, pour la gronder, pour lui ordonner de se taire ou de régler son pas sur celui des autres. Toute la campagne était à elle. Il faisait beau, mais froid, comme le jour où elle avait trouvé l'oiseau mort. Une brume cendreuse rapprochait le ciel de la terre. Des corneilles volaient lourdement au-dessus des labours gelés. Ailleurs, brillait un petit pré, encore vert, avec sa barrière cassée et sa flaque d'eau. Élisabeth se hâtait vers les arbres. Ils la saluaient de loin en remuant leurs branches nues. Bientôt, ses pieds s'enfoncèrent dans les feuilles mortes. Elle s'arrêta pour reprendre haleine et croquer un morceau de pain. Il était dur et sentait la forêt. Elle le mâcha avec délices. M^lle^ Quercy était-elle déjà retournée dans le réfectoire? Si oui, elle devait se demander où Élisabeth avait bien pu se cacher! On la cherchait partout. On la croyait perdue. On s'accusait d'avoir été trop méchant avec elle! C'était exactement ce qu'elle souhaitait : « Tant pis pour Mlle Quercy, pour Mlle Bertrand, pour Mlle Hugues ! Je les déteste toutes ! Et ce n'est pas fini ! Elles verront ce qu'elles prendront quand je me serai plainte à maman !... » Tout à coup, elle songea que, peut-être, la directrice affolée pousserait ses investigations jusqu'au bois Marie ! Il ne fallait pas rester là ! Le plus simple était d'aller vers la route, d'arrêter une automobile, ou même une carriole, et de se faire conduire à la gare. Là, elle monterait dans un wagon et s'installerait pour dormir parmi les autres voyageurs. Si on lui demandait son billet, elle dirait de s'adresser à son papa, au café *Le Cristal.* Son cœur bondit de joie à l'idée que, le lendemain matin, elle s'éveillerait à Paris. Mais, auparavant, elle voulait voir si le petit oiseau mort était toujours à la même place. Elle sortit du bois, fouilla les buissons et ne trouva rien.

Le sentier n'était plus qu'une bande d'herbe jaune, foulée. Elle le suivit, plongeant dans les ravines, contournant des haies épineuses, escaladant des bosses de terrain, et, soudain, déboucha sur la route. Pour avancer plus vite, elle choisit un espace plat entre deux ornières. La fatigue grimpait dans ses jambes. Ses galoches la blessaient aux talons. Elle s'assit sur un talus et décida d'attendre le passage d'une voiture. Mais les minutes s'écoulaient, la route restait vide et le froid pénétrait les épaules d'Élisabeth, malgré l'épais gilet de laine qu'elle portait sous son tablier noir. Elle se remit en marche pour se réchauffer. Cent pas encore, et elle s'immobilisa, épuisée, les bras ballants. Des grincements de roues la firent sursauter : un chariot, tiré par deux bœufs, venait à sa rencontre. Il débordait d'un fumier où brillaient quelques brins de paille. Un homme le conduisait, coiffé d'une casquette et chaussé de sabots. Cet attelage n'était pas pour elle. Plus tard, elle aperçut une vieille femme, chargée de bois mort, qui se dirigeait vers Sainte-Colombe. Pas de doute possible ! C'était l'affreuse sorcière, qui habitait avec douze chats dans une cabane, en pleine forêt. N'allait-elle pas se raviser, rebrousser chemin, cracher, jeter un mauvais sort ? Dressée d'un bond, Élisabeth s'enfuit pour échapper à la menace. A plusieurs reprises, elle se retourna. L'énorme fagot s'éloignait, posé en équilibre sur une jupe déchiquetée. Il disparut derrière un bouquet d'arbres.

Élisabeth se rassit, attendit encore. Il y avait longtemps qu'elle était partie. A la pension, le concierge avait probablement inspecté les moindres recoins, des combles à la cave. Les filles étaient muettes de stupeur, Mlle Hugues pleurait, Mlle Bertrand priait, Mlle Quercy appelait plaintivement : « Élisabeth ! Reviens ! Reviens !... » Elle sourit : « Et pendant ce temps-là, moi, je m'amuse ! » Cette pensée ne lui donna pas tout le courage qu'elle en espérait. Son nez était gelé, presque insensible. Ses lèvres gercées craquaient quand elle remuait la bouche. Elle mangea un deuxième morceau de pain. Tandis qu'elle le mastiquait, le cerveau vide, les mâchoires crispées, la carriole de ses rêves apparut et roula vers elle au trot d'un joli cheval brun. Se relevant, avec peine, elle tendit le bras en travers de la route. Le cheval s'arrêta, dressant les oreilles et soufflant de la vapeur par ses naseaux ouverts en entonnoirs. Un homme moustachu, boudiné dans une veste de cuir, se pencha sur son siège et dit :

« Qu'est-ce que tu veux, petite ? »

Sa voix était comme de l'eau coulant sur les cailloux. Il avait de bons yeux bleus, sous de gros sourcils noirs.

« Vous ne pourriez pas m'amener au chemin de fer, monsieur ? demanda-t-elle.

— Au chemin de fer? s'écria-t-il en riant. Où ça? A Figeac?

— Oui, monsieur.

— Diable! C'est que c'est très loin!

— Ça ne fait rien, monsieur.

— Et pourquoi veux-tu que je t'amène au chemin de fer, petite?

— Pour prendre le train.

— Où sont tes bagages?

— J'en ai pas.

— Tu vas où?

— A Paris.

— Simplement!

— Oui, monsieur.

— C'est un bien long voyage pour une petite fille! »

Elle eut peur qu'il ne soupçonnât la vérité et murmura :

« Non, monsieur.

— Et tu viens d'où, comme ça? » dit-il.

Au lieu de répondre, elle recula lentement vers le talus. Le cheval brun hennit et secoua la tête. Les boucles de son harnais tintèrent.

« Tu viens d'où? reprit le conducteur. Hein?... Réponds, petite!... Tu viens d'où?... »

Les yeux bleus de l'homme la considéraient fixement. Si elle avouait son escapade, il la ramènerait à Sainte-Colombe. Elle lui tourna le dos et se mit à courir sur la terre dure et irrégulière d'un champ. Des cris la frappaient au vol :

« Eh! petite!... Qu'est-ce qui te prend?... Viens par ici!... »

Puis, la voix se tut. Élisabeth s'arrêta, la respiration coupée, et regarda en arrière. La carriole roulait de nouveau sur la route, au trot du joli cheval brun, qui levait haut la tête et faisait fièrement sonner ses sabots. Le danger s'en allait, mais l'espoir aussi. Elle revint sur ses pas. Sa fatigue augmentait avec sa déception. La brume se chargeait d'une ombre suspecte. Au bord de la chaussée, les arbres dénudés tendaient leurs branches vers une mer de nuages gris et bas. Élisabeth reprit sa faction sur le talus. Aucune voiture ne se montrait à l'horizon et il y avait de moins en moins de lumière dans le ciel. Deux paysans arrivèrent, marchant côte à côte. L'un portait un sac, l'autre poussait une brouette. Ils dévisagèrent Élisabeth et continuèrent lentement leur chemin. Le vent se leva. Elle eut un frisson : « Que vais-je faire s'il ne vient pas d'autre voiture avant la tombée de la nuit ? »

Comme piquée par un aiguillon, elle se dressa et posa un pied devant l'autre. Ses galoches étaient lourdes, ses mollets tremblaient. A chaque pas, elle recevait un choc dans les os de sa tête. Déjà, l'obscurité accrochait ses toiles d'araignée dans les plus hautes ramures, rampait en fumée sur le sol, imbibait d'encre les buissons spongieux qui couronnaient le talus. « Et si je revenais au bois Marie? se dit-elle. J'y passerais la nuit et, demain, j'aurais toute la journée pour aller à pied à Figeac... » Dans son égarement, cette solution lui parut la plus raisonnable. Elle retourna en arrière, tantôt marchant, tantôt courant, les genoux fléchis, le regard hypnotisé par le déroulement monotone de la route.

Elle croyait que sa fuite l'avait portée très loin de la pension et fut surprise de se retrouver bientôt en pays connu. Quittant la chaussée, elle prit l'étroit sentier, qui se faufilait entre les touffes d'herbes vers la masse opaque de la forêt. Sous les branches, il faisait encore plus sombre qu'en rase campagne. Un froid humide montait de la terre tapissée de feuilles mortes. Le précoce crépuscule d'hiver avait resserré les arbres en troupeau. Derrière les premiers troncs, aux silhouettes familières, s'alignaient leurs frères mystérieux, tout en écorces grimaçantes, en bras tordus, en haillons de noire pourriture. Malgré son appréhension, Élisabeth s'engagea lentement, à tâtons, dans le labyrinthe. Une racine crevait le sol, devant elle, d'un coup de coude. Des mousses grasses s'enfonçaient sous son poids, pour l'attirer vers quelque trou rempli d'oiseaux morts. Elle renversa la tête et vit, derrière des ramures difformes, la débâcle des nuées fuligineuses sur un fond de ciel gris. Le même vent, qui poussait et déchiquetait là-haut ces monstres vaporeux, s'engouffrait, ici-bas, dans la colonnade des arbres. Elle crut percevoir, au loin, le cri tragique d'une chouette. A Sainte-Colombe, les filles disaient que c'était signe de malheur. La veille de la mort de Françoise, Augustine avait entendu des chouettes qui ululaient dans les ténèbres. Une terreur panique secoua Élisabeth. Passer la nuit dans cet endroit? Elle n'en aurait pas le courage. Retourner au bord de la route? Elle était trop fatiguée pour s'y résigner. Elle songea à la pension, aux lampes allumées, au réfectoire chaud et bruyant... Une boule roulait dans sa gorge. Ses yeux se gonflaient de larmes. La voûte s'inclinait, craquait au-dessus de son front. Elle porta les deux mains à sa bouche. Son cœur sauta dans le vide. Un hurlement jaillit entre ses doigts. Soudain, elle partit en courant, droit devant elle, talonnée par l'épouvante. Elle trébuchait, tombait, se relevait, les genoux meurtris, des feuilles mortes collées dans le creux de ses mains. « Vite! Vite! » Ses dents s'entrechoquaient. Sa respiration n'était plus qu'une succession de sanglots rapides. Elle n'osait pas tourner la tête. Toute la forêt était à ses trousses.

***

Il devait être six heures du soir, lorsqu'elle atteignit le petit mur d'enceinte, dont chaque brèche lui était connue. Elle s'attendait à trouver la pension bouleversée, une galopade de silhouettes noires dans les buissons d'alentour, des lanternes balancées à bout de bras au milieu du jardin, Mlle Quercy criant son angoisse à tous les échos... Mais la grande maison avait son aspect habituel de sagesse et de sérénité. Personne dehors. Allées désertes. Portes closes. Derrière les croisées allumées, au premier étage, des profils d'élèves se penchaient sur leurs pupitres. C'était l'heure de l'étude surveillée. Élisabeth fut à la fois soulagée et déçue de constater que sa disparition n'avait dérangé en rien la discipline de l'établissement. Sans doute, Mlle Quercy avait-elle laissé ignorer aux autres pensionnaires que leur compagne avait pris la fuite. Pour toutes les filles, Élisabeth était en quarantaine. La croiraient-elles seulement lorsqu'elle leur raconterait son aventure?

Elle traversa la cour d'un pas chancelant, avec l'idée qu'elle n'arriverait jamais à cette porte lointaine, solide, au-delà de laquelle commençait le domaine de la sécurité. Enfin, sa main se posa sur la poignée. Les gonds grincèrent faiblement. Le couloir était vide. Une ampoule électrique éclairait les marches qui conduisaient au dortoir. Monter là-haut, se jeter sur un lit, pleurer, dormir, oublier la fatigue, le froid, la peur, la rancune... L'escalier entra dans ses jambes, degré par degré. Parvenue au palier, elle avait des mollets de pierre. Un vertige dansait devant ses yeux. Elle poussa le battant et tourna le commutateur. Au centre de la salle, parmi les lits blancs, trônait le poêle noir. Gardien des lieux et dispensateur de bien-être, il ronflait discrètement. Élisabeth s'avança et tendit ses mains vers les parois de fonte brûlante. La chaleur caressait la peau de son visage, de son cou, de ses paumes, mais n'allait pas plus profondément. Tout l'intérieur de son corps était de glace. Elle s'accroupit sur ses talons. Sa tête s'alourdissait. Un bruit de pas la tira de son hébétude. Elle voulut se cacher derrière un lit, mais n'eut que le temps de se redresser. Le concierge apparut, portant un panier de bois. Comme chaque jour, à la même heure, il venait garnir et régler le poêle. En apercevant Élisabeth, il bomba le ventre et fit un œil blanc :

« Te v'la, toi?

— Oui, monsieur, balbutia-t-elle.

— On t'a cherchée partout! »

Elle baissa la tête. L'homme grommela :

« Eh bien, moi qui suis venu trois fois dans le dortoir pour voir si t'étais pas cachée dans un coin!... Où que tu t'étais donc fourrée?... »

Elle ne répondit pas et recula vers le mur. Le concierge cessa de s'occuper d'elle. Ayant secoué la grille du poêle, il souleva le couvercle avec un crochet et jeta quelques bûches dans le feu. Sa moustache blanche prit la couleur de la flamme.

« Bon, dit-il. Ça ira comme ça... »

La rondelle de fonte coiffa de nouveau le foyer. Tout s'éteignit. L'homme sortit en marchant avec peine, car il était vieux et las. Après son départ, Élisabeth se sentit réconfortée. Si sa fugue avait été jugée sévèrement par la directrice, le concierge n'aurait pas eu cet air familier et placide. Vraisemblablement, l'affaire se terminerait par un zéro de conduite et quelque deux cents lignes à copier. Elle s'arrêta dans ses prévisions. Réfléchir la fatiguait. Le froid l'avait ressaisie. Elle n'était bien que dans la chaleur du feu.

Tandis qu'elle reprenait sa place devant le poêle, un pas vif, reconnaissable entre tous, retentit dans l'escalier : M^lle^ Quercy! Le concierge avait été bien prompt à la prévenir. L'inquiétude d'Élisabeth se développa en même temps que la porte s'ouvrait. La directrice entra, terriblement silencieuse. De son chignon à la pointe de ses chaussures, tout était raideur, équilibre et justice. Ses yeux se posèrent sur le visage de l'enfant. Élisabeth frémit. Des aiguilles couraient sous sa peau. Elle s'entendait claquer des dents, voulait se dominer et ne le pouvait pas.

« Y a-t-il longtemps que tu es ici? demanda M$^{lle}$ Quercy d'une voix tranquille.

— Pas très, mademoiselle, chuchota Élisabeth.

— Où étais-tu allée?

— Dans la campagne.

— Et tu as eu froid?

— Oui, mademoiselle.

— Viens avec moi. »

Suivie d'Élisabeth, la directrice descendit au rez-de-chaussée, traversa le réfectoire, poussa une porte, puis une autre, plongea dans l'obscurité, reparut à la lumière. Soudain, la fillette se trouva à mille mètres sous terre, dans la vraie cuisine des contes de fées. Elle n'était jamais venue dans cette partie secrète de la pension. Devant ses yeux émerveillés, s'ouvrait une grande salle basse, au plafond barré par des solives noires. Une lampe à pétrole brûlait sur la table. Le fourneau était chargé de casseroles. Des cuivres hilares brillaient dans tous les coins. Sous une voûte, s'amoncelaient des pommes de terre, des raves, des choux, des châtaignes. Un râtelier, fixé au mur, portait de grosses tourtes de pain, poudrées de farine grise. Mais le plus beau, c'était encore la cheminée. Elle était si profonde, que deux petits bancs avaient pu être placés, face à face, dans l'âtre. La hotte coiffait le tout, comme le toit d'une maison. Un tas de braises rougeoyait et sifflait sur la pierre. Dans une énorme marmite en fonte, montée sur un trépied, bouillait la soupe de l'ogre. La cuisinière était en train d'éplucher des légumes pour un régiment. Le bord de la table coupait son ventre en deux. Une fille de peine l'aidait, maigre, des mèches de cheveux dans le cou, l'œil incolore et les joues blettes. A l'entrée de Mlle Quercy, les deux femmes posèrent leurs couteaux et la regardèrent avec surprise. Sans dire un mot, la directrice marcha vers la marmite et en souleva le couvercle. L'âme odorante des choux s'échappa dans une bouffée de vapeur. Toute la cuisine en fut bientôt parfumée. Mlle Quercy saisit un bol sur un rayon et plongea une grande louche dans la soupe, d'un geste résolu de magicienne. Du premier coup, le bol s'emplit aux trois quarts. La directrice y ajouta un peu de vin d'une bouteille qu'elle avait prise sur la table. Le liquide changea de couleur. Son fumet devint plus puissant encore.

« Assieds-toi là », dit-elle à Élisabeth en lui désignant l'un des petits bancs.

Élisabeth obéit. Le tas de braises, tout proche, lui grillait les jambes. La fumée lui piquait les yeux. Elle tendit les mains vers le bol que lui présentait Mlle Quercy et faillit le lâcher, car il était brûlant.

« Eh bien, qu'attends-tu? dit Mlle Quercy. Bois vite! »

La première gorgée incendia la bouche d'Élisabeth. La seconde passa plus facilement et répandit dans tout son être la rude saveur des choux et du vin mélangés. Sa figure baignait dans la buée. Son nez se gonflait. Ses joues tremblaient. Elle se remit à claquer des mâchoires, comme si elle eût voulu ébrécher le bol à coups de dents. Mlle Quercy avisa une vieille pèlerine, pendue à un clou, et la jeta sur les épaules de la fillette. Le vêtement, rugueux et lourd, sentait la vache. On était bien dedans. Réchauffée de partout, les membres engourdis, la pensée divagante, Élisabeth avalait sa soupe, à petites doses, pour faire durer le plaisir. Debout devant elle, Mlle Quercy l'observait patiemment, sans inquiétude et sans colère. L'heure était au pardon, à la tendresse, aux délices étranges de l'obéissance. La cuisinière et la fille de peine avaient repris leur travail. Les couteaux grinçaient sur la peau des carottes et des navets. Parfois, un coup de vent s'engouffrait dans la cheminée. Des flammes courtes sautaient dans le brasier, telles des oreilles de lutin. Un chien noir, à longs poils, dormait sous la table. Élisabeth ne l'avait pas aperçu en entrant. Il s'étira, battit de la queue et s'approcha de M^lle^ Quercy. Elle le caressa distraitement. Élisabeth se dit : « Maintenant, elle a compris qu'elle avait tort. Elle ne sera plus jamais méchante avec moi. Nous referons du piano ensemble... » Des larmes lui mouillèrent les yeux. Elle souleva le bol et avala le fond de la soupe.

« Tu as terminé? demanda la directrice.

— Oui, mademoiselle.

— Tu n'as plus froid?

— Non, mademoiselle.

— Alors, pose ce bol et suis-moi. »

Était-ce la fin du rêve? En sortant de la cuisine enchantée, où le feu dansait, où la marmite parlait, où le chien avait peut-être un passé de prince, Élisabeth retrouva avec tristesse les murs nus et froids de la pension. Elle avait gardé la pèlerine sur son dos et s'empêtrait, à chaque pas, dans ce vêtement trop long et trop large. Ses pieds gelés se recroquevillaient dans ses galoches. Les semelles de bois claquaient sur le plancher du corridor. Marchant derrière M^lle^ Quercy, elle pénétra dans le minuscule bureau de la directrice, où il n'y avait rien de joli à voir. M^lle^ Quercy alluma une lampe, s'assit à sa table et posa devant elle ses deux mains gantées de mitaines. Sa figure était impassible. Une lueur glacée débordait de ses yeux.

« Élisabeth, dit-elle, ce que tu as fait cet après-midi me prouve que j'ai eu tort de t'accorder ma confiance. Tu n'es qu'une petite révoltée. Ta place n'est plus dans cette maison, où tout le monde s'aime, se comprend et s'entraide... »

Élisabeth était si peu préparée à cette semonce, qu'elle en resta un moment interdite, privée de voix et de raison. Ses mains pendaient sur son tablier. Un muscle tremblait dans sa jambe droite.

« A dater d'aujourd'hui, reprit M^lle Quercy, tu n'auras plus aucun contact avec tes compagnes. Je vais te mettre en quarantaine. Mais il ne s'agira pas d'une punition. Je ne punis que mes enfants, et tu n'es plus mon enfant. La chambre où je t'installerai pour t'isoler sera tout au plus pour toi une salle d'attente. Tu y resteras jusqu'à ce qu'on vienne te chercher.

— Qui viendra me chercher? marmonna Élisabeth.

— Tes parents. Je leur écrirai ce soir pour leur dire que je ne peux pas te garder, qu'ils doivent te reprendre. »

La coupable n'osait en croire ses oreilles. Timidement, elle demanda :

« Me reprendre... tout à fait, mademoiselle?

— Oui, tout à fait. »

Cette décision répondait au vœu d'Élisabeth, et elle se crut d'abord très heureuse. Évidemment, elle eût mieux aimé réussir sa fuite qu'être renvoyée honteusement après l'avoir manquée. Mais ce souci de vanité ne comptait pas auprès de la satisfaction qui, finalement, lui était offerte. Étant sûre, maintenant, de quitter la pension, elle considérait froidement la directrice avec l'idée qu'elle ne la reverrait jamais plus. Soudain, le visage de M^lle Quercy se déforma, s'allongea comme un reflet dans l'eau. Élisabeth avait beau écarquiller les yeux, il n'y avait plus, devant son regard, que ses propres larmes. Des coups de boutoir l'ébranlaient du ventre aux épaules. Elle ne comprenait pas la raison de ce brusque chagrin et le subissait avec la résignation inconsciente d'un animal.

« Pourquoi pleures-tu? » demanda M^lle^ Quercy.

Élisabeth reprit sa respiration et hoqueta :

« Je... ne sais... pas..., mademoiselle...

— N'avais-tu pas l'intention de partir?

— Si...i.

— Eh bien, tu as ce que tu voulais... Je vais te conduire à la chambre que tu occuperas jusqu'à l'arrivée de tes parents. »

Cette chambre était située à côté du bureau. Élisabeth franchit le seuil d'une porte, vit un petit lit sec, une table, une chaise, une cuvette et un broc, des murs gris, une fenêtre...

« Déshabille-toi et fais ta prière », dit M^lle^ Quercy.

Une détente nerveuse jeta Élisabeth dans une encoignure. Ses sanglots l'étouffaient. Entre deux aspirations spasmodiques, elle bredouilla :

« Je... je ne veux pas... faire ma prière!...

— Pourquoi?

— Parce que... ça... ne sert... à rien... »

M^lle^ Quercy eut un haut-le-corps et murmura :

« Ah! vraiment? »

Le visage d'Élisabeth flambait. Ses dents se heurtaient, hachant les mots au passage :

« Ça ne sert à rien... Vous avez bien vu... avec... avec Françoise... Et pour tout c'est... comme ça... Plus on le prie, le Bon Dieu..., moins il écoute... Ça ne l'intéresse pas, ce qu'on lui dit...

— Si, Élisabeth. Mais il sait mieux que toi ce qui convient au salut de chacun. S'il a rappelé Françoise, c'est qu'il l'a jugé nécessaire dans sa haute sagesse. Tu la pleures, mais elle est heureuse.

— Elle peut pas... elle peut pas être heureuse, puisqu'elle n'existe plus... puisqu'elle est pourrie!...

— Pourrie?

— Oui..., mademoiselle... Pourrie! hurla Élisabeth

dans une convulsion de toute sa figure. Pourrie!... Comme le petit oiseau... que j'ai trouvé... Il était plein de vermine... Il sentait mauvais... Et Françoise... c'est la même chose... Pourquoi?... Pourquoi le Bon Dieu..., s'il est grand,... s'il peut tout,... pourquoi est-ce qu'il permet que... que Françoise elle soit morte,... elle soit pourrie?... »

Elle secouait la tête en parlant. Ses jambes se dérobaient, tandis qu'à ses narines montait l'odeur même du tombeau. Une voix douce la toucha dans son délire :

« Élisabeth!... Qu'as-tu, mon enfant?... Reprends-toi... Le corps n'est que poussière, mais l'âme est éternelle. Tu l'as appris au catéchisme. Françoise est plus vivante qu'elle n'a jamais été. Françoise nous voit, nous écoute. Françoise ne comprend pas ton chagrin... Je vais prier avec toi. Après, tu seras plus calme. Répète : « Notre Père... »

Élisabeth ouvrit la bouche. Son regard rencontra le plafond. Les murs de la chambre pivotèrent. Le plancher s'inclina. Elle poussa un soupir, fléchit les genoux et ne vit plus rien.

***

Lorsqu'elle rouvrit les yeux, il faisait jour et elle se trouvait à l'infirmerie. Une brique chaude était posée à ses pieds, dans le lit. Son corps baignait dans un rayonnement de fièvre. Un parfum d'essence de térébenthine imprégnait l'air. Les autres lits étaient vides. Quand l'avait-on déshabillée, couchée, frictionnée? Elle ne s'en souvenait pas. Assise à son chevet, M^lle^ Quercy l'observait avec une tendresse inquiète. Le visage de la directrice était fatigué. Une meurtrissure mauve soulignait sa paupière inférieure. Le sang chantait aux oreilles d'Élisabeth. Son lit tremblait, comme si elle eût été en chemin de fer. Des images de la veille lui revinrent à l'esprit. « Ah! oui, c'est vrai... j'avais oublié... je suis très malheureuse... » Elle fit un effort prodigieux et prononça faiblement :

« La lettre à mes parents, mademoiselle..., vous l'avez envoyée?...

— Pas encore, dit M^lle^ Quercy.

— Il faut pas... l'envoyer... Je veux rester ici... avec vous... »

Elle ferma les paupières et ajouta dans un souffle :

« Je vous demande pardon. »

Un oiseau descendit sur son front. Non, c'était une main. Fraîche, douce, amicale.

« N'y pense plus, repose-toi », dit quelqu'un de très haut placé.

Elle n'y pensa plus, elle se reposa. Mais, dans le vertige où sombrait sa mémoire, où se perdait son énergie, elle devinait encore la présence d'une voyageuse vigilante et sombre, accrochée au bord de son lit, et roulant avec elle, à grands cahots, vers le sommeil.

# 3

« PIERRE! Pierre! » cria Amélie.

Il finit de remplir deux demis de bière, les remit au garçon et s'avança vers la caisse. Le facteur venait de passer. Amélie tenait une lettre ouverte à la main. L'angoisse marquait son visage. Elle murmura :

« C'est une lettre de Sainte-Colombe. La petite est très malade.

— Comment ça, très malade? grommela Pierre. C'est elle qui t'écrit?

— Non, c'est la directrice. »

Denis s'approcha à son tour.

« Qu'est-ce qu'elle a? » demanda-t-il.

Maurice attendait, avec ses deux demis sur le plateau. Amélie vérifia les soucoupes, encaissa les jetons, et, quand le garçon se fut éloigné, pencha la tête vers son mari et son frère pour leur lire la missive à voix basse :

« Chère madame,

« Je m'excuse d'avance du trouble que vous apportera cette lettre, mais je ne voudrais pas vous laisser ignorer plus longtemps que votre petite Élisabeth a pris froid, à la suite d'une imprudence, et que son état m'inspire de l'inquiétude. Le médecin, que j'ai immédiatement appelé, a diagnostiqué une broncho-pneumonie. Bien entendu, nous avons adopté, dès le début, les mesures énergiques qui s'imposaient. Je suis persuadée que le traitement prescrit aura raison de sa maladie. Cependant, comme nous avons affaire à une enfant très sensible, il me semble que votre présence à son chevet hâterait sa guérison. Quelle que soit la science des docteurs, rien ne vaut les soins d'une mère. Si vos occupations, que je sais très astreignantes, vous le permettent, je crois donc que vous devriez venir à Sainte-Colombe le plus vite possible. Mettez la liberté que je prends de vous faire cette suggestion sur le compte de l'intérêt que je porte à notre petite malade.

« Dans l'espoir de votre prompte visite, je vous prie d'agréer, chère madame, l'assurance de ma sympathie et de mon dévouement. »

Amélie laissa retomber la lettre sur ses genoux. Devant elle, les figures de Pierre et de Denis exprimaient différemment le même désarroi. Denis fronçait les sourcils, se mordait les lèvres, comme furieux de son impuissance dans le malheur. Pierre, bouche bée, le regard fixe, avait l'air dépassé par l'événement. Amélie rompit le silence :

« Je ne sais pas si vous vous rendez compte !... Ce doit être très grave pour que la directrice m'écrive de venir !

— Qu'est-ce que c'est, au juste, qu'une broncho-pneumonie ? demanda Denis.

— Une congestion des bronches.

— Pauvre gosse ! Avec ça qu'elle était déjà fragile de ce côté !

— Est-ce qu'elle sera seulement bien soignée là-bas ? dit Pierre. A la campagne, il n'y a pas d'aussi bons docteurs qu'à Paris... Quand comptes-tu partir ?

— Ce soir même », dit Amélie.

Comme toujours dans les moments de crise, une détermination farouche la tendait vers le but qu'elle s'était fixé. Son calme apparent était fait d'une extraordinaire concentration d'énergie.

« Renseigne-toi sur les heures des trains, Denis, reprit-elle. Je crois me rappeler qu'il y en a un vers les vingt et une heures, qui arrive à Figeac vers les cinq ou six heures du matin. Ce serait parfait. Si je dois rester plusieurs jours absente, vous engagerez un extra et Denis tiendra la caisse... »

Toute à l'organisation de son voyage, elle ne prenait pas garde aux clients. L'un d'eux écouta la conversation, puis, perdant patience, tapota la tablette de marbre avec une pièce de monnaie. Rappelée à l'ordre, Amélie lui fit un sourire d'excuse :

« Voici, monsieur. »

C'était pour un paquet de gauloises bleues et une boîte d'allumettes tisons. Quand le client suivant se présenta, Amélie avait déjà cédé sa place à son frère et montait dans sa chambre pour préparer ses bagages.

***

La toux sèche, déchirante, s'apaisa dans un sifflement. Élisabeth laissa retomber sa tête sur l'oreiller et ferma les paupières. Amélie se redressa un peu sur sa chaise, comme si, souffrant du même mal que sa fille, elle eût bénéficié, par contrecoup, de la même rémission. Dans ce repos entre deux crises, l'enfant gardait une grimace d'anxiété qui n'était pas de son âge. La peau de sa figure était blafarde, avec un reflet grisâtre au creux des joues et dans les orbites. Ses lèvres bleues se retroussaient sur ses dents blanches. Un battement rapide agitait les ailes de son nez. Elle respirait prudemment, par saccades, et, de temps à autre, un râle engorgé montait dans sa poitrine. Sa température oscillait aux environs de 40°. Le délire ne la quittait pas, malgré la quinine, les sinapismes et les sirops. Ce matin, elle avait été à peine surprise en voyant arriver sa mère. Maintenant encore, elle ne savait pas au juste où elle se trouvait, confondait la pension avec le café, réclamait une grenadine, se plaignait du bruit de la foire. Il était cinq heures de l'après-midi. Mlle Quercy venait de descendre pour quelques minutes dans son bureau. Une lampe à pétrole, coiffée d'un abat-jour en carton vert, brûlait sur la table, parmi les fioles de médicaments. Le poêle dégageait une odeur de suie. Un crépuscule brumeux collait à la fenêtre. Dans le mur opposé, s'ouvrait une lucarne, qui donnait sur l'intérieur de la chapelle.

Il y avait trois jours qu'Élisabeth avait été transportée de l'infirmerie dans cette petite chambre tranquille et bien chauffée. La directrice y avait fait installer une chaise longue, pour qu'Amélie pût dormir à côté de son enfant. Mais, malgré la fatigue du voyage, Amélie savait déjà qu'elle ne fermerait pas l'œil de la nuit. Le regard fixé au visage de sa fille, elle lui ordonnait silencieusement de lutter pour guérir plus vite. Sa volonté était si forte, qu'elle ne doutait pas d'obtenir gain de cause contre la maladie. C'était en refusant d'imaginer une issue fatale qu'elle l'empêcherait de se produire. La directrice, qui avait une autre tournure d'esprit, paraissait plus inquiète. Sans doute ne pouvait-elle pas oublier qu'une de ses pensionnaires était morte récemment dans des conditions analogues. Mais, aux dires mêmes de Mlle Quercy, la petite Françoise Pierroux avait eu les deux poumons gravement atteints. Le cas d'Élisabeth était moins alarmant. Dans quelques jours, la fièvre tomberait, le pouls redeviendrait normal. « J'en suis sûre, sûre, sûre! » se répétait Amélie, en serrant ses mains l'une contre l'autre, convulsivement, sur ses genoux.

« Maman... j'ai soif... »

Amélie se pencha vers sa fille, dont le visage de cire se soulevait difficilement sur l'oreiller. Elle lui tendit une tasse de tilleul et lui soutint la nuque pendant qu'elle buvait. Après deux gorgées, Élisabeth fut prise d'étouffements. Les yeux exorbités, les lèvres tendues à craquer, elle essayait de s'asseoir, de bomber la poitrine, de creuser le ventre, pour résister à la menace d'asphyxie. Enfin, sa respiration se rétablit, irrégulière, crépitante, et elle se coucha, à bout de forces. Ses narines blanches palpitaient. Les larmes débordaient de ses paupières. Elle eut un grand frisson et chuchota :

« Quand est-ce que tu allumeras les lampions?...

— Quels lampions, ma petite? demanda Amélie.

— Les lampions... quoi?... tu sais bien... Et puis... tu lui diras de changer... de costume...

— A qui?

— A Cupéli... C'est pas beau ce veston... à carreaux... Et les pantalons... aussi... sont à carreaux... Partout... il y a des carreaux... Je veux pas... Je veux pas!... »

Amélie lui caressa le front. Il était brûlant. Elle allait retirer sa main, mais Élisabeth gémit :

« Oh! non... laisse... Comme ça, c'est bon... »

Dans la paume d'Amélie, montait un fourmillement de fièvre. Elle songea à cette évasion, dont M^lle^ Quercy lui avait raconté les détails. Jamais elle n'aurait supposé que sa fille fût capable d'une décision aussi violente, aussi insensée. Ce trait de caractère lui rappelait sa propre mère, qui, dans les cas de grande contrariété, punissait son entourage en s'enfermant dans sa chambre ou en fuyant la maison. Peut-être vivrait-elle encore, si elle n'avait pas pris froid lors de sa dernière escapade?

Mlle Quercy rentra sur la pointe des pieds. Elle apportait un sinapisme, qu'elle avait préparé elle-même, sur une serviette. Parlant à voix basse, elle demanda :

« Comment va-t-elle?

— Toujours la même chose : elle délire, dit Amélie.

— Ne vous inquiétez pas trop. La fièvre, chez les enfants, est très spectaculaire.

— Je sais », dit Amélie.

La directrice approcha le sinapisme de sa joue, le retourna, souffla dessus, s'avança vers le lit. Amélie découvrit Élisabeth et lui releva sa chemise jusqu'au cou. L'enfant se remit à tousser. Sa bouche se tordait, son menton sautait en avant. Quand elle se fut calmée, Mlle Quercy lui appliqua le cataplasme sur la peau. Puis, elle rabattit les couvertures. Élisabeth commença à gémir :

« Ça pique!... Ça brûle!... »

Elle remuait les jambes et les bras, roulait sa tête sur l'oreiller, pour protester contre le supplice. Mlle Quercy la contraignait, des deux mains, à rester couchée, et disait affectueusement :

« Là... là!... Je sais... Ce n'est pas drôle!... Mais tu verras, après, comme tu seras soulagée!... Ne bouge pas... Un peu de patience..

— Non... Faut l'enlever..., faut l'enlever!... »

La plainte s'amplifiait de seconde en seconde. Amélie, crispée, l'entendait résonner jusque dans son ventre. Elle se sentait bête et inutile, debout au chevet de son enfant, qu'une étrangère soignait à sa place. Tout ce que faisait Mlle Quercy, elle aurait pu le faire elle-même, avec une égale assurance. Dépossédée de son rôle de mère, elle chercha les yeux d'Élisabeth pour, au moins, l'encourager du regard. Mais la fillette ne la voyait pas, ignorait sa présence.

Tendue vers la directrice, elle criait d'une voix étranglée :

« Ça brûle trop!... J'ai mal!... J'ai un... point de côté!... Mademoiselle!... s'il vous plaît... Mademoiselle!...

— Je crois que vous pouvez lui ôter son sinapisme, dit Amélie.

— Encore une minute », dit M^lle^ Quercy.

Amélie dut se soumettre. La minute passa, aussi lentement, aussi douloureusement, pour la mère que pour la fille. Enfin, M^lle^ Quercy délivra Élisabeth et montra avec fierté le rectangle rose vif qui marquait la poitrine de l'enfant :

« Voici du bon travail! Bravo, Élisabeth! Tu as été courageuse! »

Élisabeth pleurait. On lui donna de la tisane. Elle en avala une demi-tasse et retomba dans une torpeur haletante. Des mots sans suite venaient à ses lèvres. Elle appelait Françoise, elle se prenait pour une grive, elle voulait danser sur les toits. M^lle^ Quercy se retira, emportant le cataplasme vidé de ses vertus.

Un peu plus tard, Amélie entendit un murmure de foule disciplinée. Elle s'approcha de la lucarne. A cause du grillage, qui l'empêchait d'avancer la tête, elle ne pouvait voir ce qui se passait en bas. Juste devant ses yeux, il y avait un gros chapiteau sculpté. Un courant d'air froid lui baignait le visage. Elle respira une vague odeur d'encens et de pierre humide. Des voix de fillettes, assourdies, monotones, s'élevaient ensemble vers la voûte. C'était le pensionnat qui priait.

Elle retourna à sa chaise et serra dans ses deux mains la main droite d'Élisabeth. Les yeux clos, l'enfant marmonnait encore.

A sept heures, la fille de salle apporta à Amélie un plateau avec un bol de soupe, un œuf à la coque, des légumes, du pain et une carafe d'eau. La jeune femme toucha à peine au repas et alla déposer le plateau derrière la porte, sur le palier. M^lle^ Quercy revint après le dîner et s'exclama en joignant les mains :

« Vous n'avez rien mangé, madame !

— Je n'avais pas très faim, dit Amélie. Vous m'excuserez...

— En tout cas, vous devez être bien lasse. Il faut vous allonger, essayer de dormir. Je vais rester assise auprès d'Élisabeth. »

Amélie secoua la tête et murmura :

« Vous la veillez depuis trois nuits. N'est-ce pas votre tour de prendre du repos ?

— Oh ! madame, dit M^lle^ Quercy, surtout ne vous inquiétez pas pour moi ! J'ai l'habitude. »

Amélie considéra avec curiosité cette personne mince et pâle, ascétique, vêtue à l'ancienne mode, qui avait tant de douceur dans la voix et tant de fermeté dans le caractère. Malgré sa complexion délicate, il semblait qu'aucune épreuve ne fût au-dessus de ses forces. Belle, intelligente, instruite, pourquoi ne s'était-elle pas mariée ? Pourquoi avait-elle choisi de s'enterrer dans ce trou de province, sans autre distraction que la lecture et la prière, sans autre souci que l'éducation d'une cinquantaine de fillettes, qui, toutes, la quitteraient un jour et oublieraient jusqu'à son existence ? La vie des autres était mystérieuse. M^lle^ Quercy baissa la mèche de la lampe pour en diminuer la lueur, attira une chaise et s'assit, à son tour, près du lit.

« Vraiment, vous ne voulez pas aller vous coucher ? demanda Amélie.

— Non, non. Je préfère rester ici. Je crois, d'ailleurs, que je ne pourrais pas dormir. J'aurai tout le temps de me reposer quand Élisabeth sera guérie... »

Elle parlait simplement, sans fausse humilité et

sans fausse hardiesse. Amélie se reprocha d'avoir éprouvé de l'irritation à la voir penchée sur Élisabeth comme une seconde mère. N'avait-elle pas librement confié sa fille à M^lle^ Quercy? N'étaient-elles pas associées, toutes deux, dans le même espoir et dans la même crainte? Élisabeth s'était assoupie.

« C'est bon signe, dit M^lle^ Quercy. Elle respire mieux.

— Peut-être la température a-t-elle baissé? »

M^lle^ Quercy tâta le pouls de l'enfant :

« Oui... On dirait... Mais la fièvre peut remonter tout à coup, si le foyer infectieux se déplace. Pauvre petite! Ah! Seigneur! nous avions bien besoin de cela! »

Son regard était triste. Pensait-elle à Françoise Pierroux? Elle soupira et dit encore :

« Quelle enfant étrange, votre Élisabeth! Dès qu'elle est arrivée ici, je me suis attachée à elle. Rétive, fière, secrète... Mais, derrière cette attitude révoltée, il y a une chaleur qui ne trompe pas. Elle brûle sur place. Elle a hâte de vivre. Si vous l'aviez vue pendant nos promenades en forêt! Le moindre brin d'herbe, le moindre caillou était pour elle un sujet d'émerveillement... »

Amélie écoutait ce discours et se demandait s'il s'agissait bien de sa fille. Elle s'était habituée à la nature de celle-ci, au point de ne plus savoir la définir exactement. D'ailleurs, eût-elle voulu suivre, pas à pas, l'évolution d'Élisabeth, que l'agitation du commerce l'eût empêchée de le faire. Il fallait cette maladie, ce brusque temps de repos, pour qu'elle prît une vue nouvelle de son enfant.

« Oui, dit-elle, c'est une petite très sensible, très passionnée... difficile à élever, sans doute. Avec son caractère entier, je crains que l'existence ne lui réserve des déboires! »

Élisabeth se retourna en geignant dans son lit.

Mlle Quercy mit un doigt sur ses lèvres. Après un long silence, elle chuchota :

« Voilà ! Elle s'est rendormie. Ne vous tourmentez pas à son sujet. Elle a un bon fond. L'éducation que nous lui donnons ici la disciplinera. Surtout si, pendant les vacances, vous savez l'entretenir dans les mêmes dispositions d'esprit. »

Amélie sentit l'allusion et rougit un peu. Sans doute, pour cette charmante vieille fille, confite en dévotion, les parents de sa pensionnaire ne pouvaient être que des gens aux mœurs dissolues, puisqu'ils tenaient un café à Montmartre. Le manque d'instruction religieuse d'Élisabeth laissait supposer, en outre, qu'elle n'était pas d'une famille pratiquante. Amélie se rappela le regard scrutateur dont Mlle Quercy l'avait enveloppée, quelques heures auparavant : les cheveux courts, la jupe aux genoux, les souliers légers, les bas de soie — la directrice avait tout vu, tout jugé du premier coup d'œil.

« Mon mari et moi avons un métier qui, malheureusement, ne nous permet pas de veiller sur notre enfant comme nous le désirerions, dit Amélie avec un frémissement dans la voix, mais soyez sûre, mademoiselle, qu'en famille elle ne reçoit que des bons principes et ne voit que de bons exemples. »

Un sourire effleura les lèvres fines de Mlle Quercy :

« Vous n'aviez pas besoin de me le dire, madame. Depuis aujourd'hui, j'en suis convaincue.

— Depuis aujourd'hui, seulement ?

— Oui. Lorsque vous m'avez amené votre fille, au début de l'année scolaire, j'étais très prise, je vous ai à peine aperçue. Puis, égarée sans doute par la fausse représentation du monde que peut se faire une solitaire, je vous ai imaginée sous un jour un peu... enfin un peu différent. Mais il a suffi que je vous revoie ici, près de votre enfant, pour reconnaître mon erreur. »

Cette confession, si spontanée, surprit Amélie. Elle ne savait si elle devait s'en offusquer ou s'en réjouir. La fatigue avait usé sa résistance nerveuse. Une émotion bizarre, attendrissante, l'envahit. Sa gorge se serra. Mlle Quercy prit son chapelet. Amélie la regarda à la dérobée. Dans la lueur réduite de la lampe, son profil était d'un bleu de porcelaine. Ses paupières étaient baissées. Sa bouche remuait faiblement. Elle priait pour Élisabeth. De nouveau, Amélie se sentit désœuvrée, impuissante. Elle ne croyait pas à l'efficacité de cette invocation, et, cependant, regrettait de ne pouvoir s'y joindre, puisque la santé de sa fille était en cause. Son embarras augmentait à mesure que la directrice avançait dans ses dizaines. Les ombres, sur le mur, étaient plus vivantes que les corps. La respiration entrecoupée d'Élisabeth faisait marcher le monde. Enfin, Mlle Quercy s'arrêta de prier. Le silence, entre les deux femmes, devint si pesant, qu'Amélie éprouva le besoin de dire n'importe quoi pour se délivrer de son angoisse.

« Y a-t-il longtemps que vous dirigez cet établissement ? demanda-t-elle.

— Bientôt treize ans, madame. D'ailleurs, la maison m'appartient.

— Ah ! oui ?

— Oui, et j'en suis très fière. C'est un couvent désaffecté, qui, depuis la séparation des Églises et de l'État, passait de main en main, sans porter chance à ses propriétaires successifs. D'une année à l'autre, il se délabrait un peu plus. Mes parents, que j'ai perdus très jeune, m'avaient laissé quelque bien en héritage. J'ai tout vendu pour pouvoir acquérir ces vieilles pierres, les restaurer et y loger des enfants. Oh ! il y a eu beaucoup à faire, et ce n'est pas fini !

— Mais cette exploitation vous laisse quand même des bénéfices ?

— Des bénéfices merveilleux, madame : l'affection

des fillettes que j'ai formées. Leur nombre s'accroît avec le temps. L'une d'elles est revenue me voir, avec son mari, l'année dernière.

— Élisabeth m'a dit que vous aviez installé vous-même l'électricité dans la pension! »

M^lle^ Quercy eut un petit rire et murmura :

« Oui! Croyez-vous? Cela m'a donné bien du mal, mais j'y suis arrivée. Maintenant, nous n'avons rien à envier au confort de la ville. »

Amélie prit un air intéressé et chercha quelle question elle pourrait bien poser encore pour entretenir la conversation.

« Et vous vivez à Sainte-Colombe toute l'année, même pendant les vacances? » demanda-t-elle.

M^lle^ Quercy écarta ses deux mains blanches, comme pour ouvrir un rideau :

« Où irais-je? Ma place est ici. Mon horizon est ici. L'été me suffit à peine pour remettre la maison en état et pour préparer la rentrée. Vous vous étonnez de mon manque de curiosité pour le monde? Mais le monde ne peut rien m'offrir de comparable à la satisfaction que j'éprouve parmi ces enfants si divers, dont chacun pose un problème, dont chacun m'a été confié à la fois par ses parents et par Dieu. Quand j'étais très jeune, mon amour de la solitude et de la méditation était tel que je souhaitais prendre le voile. Puis, j'ai compris que ma vocation était ailleurs, dans des tâches plus quotidiennes, à l'endroit où le service du Seigneur et le service de ses créatures les plus petites, les plus fragiles, se rejoignent. Jamais encore je n'ai eu à regretter mon choix. »

Il y avait, sur son visage, une expression de joie paisible et insensée. En décrivant avec tant de conviction les délices de son état, ne condamnait-elle pas encore, obliquement, celles qui, comme Amélie, prétendaient trouver leur bonheur dans des voies différentes? La jeune femme le crut un moment et en fut agacée. Un fossé les éloignait brusquement l'une de l'autre.

« Je vous admire pour votre abnégation, mademoiselle! dit Amélie.

— Il n'y a aucune abnégation chez moi, madame, répliqua M$^{lle}$ Quercy, puisque je fais exactement ce qui me plaît, puisque rien d'autre ne m'intéresse. Surtout, ne vous figurez pas que je tire vanité de mon travail! Tout individu a été placé sur terre pour y accomplir une tâche déterminée. Vous avez votre rôle et j'ai le mien. Ce qui compte, ce n'est pas la situation de chacun, mais l'esprit dans lequel il l'occupe. Ai-je tort de penser qu'en dépit des apparences nous avons, vous et moi, de nombreux points communs? »

M$^{lle}$ Quercy prêchait-elle le faux pour apprendre le vrai? Incapable de feindre, Amélie jeta un regard méfiant à la directrice et murmura :

« Vous faites erreur, mademoiselle. Je suis très éloignée des choses de la religion...

— Je le sais, madame, dit M$^{lle}$ Quercy. Mais j'ai souvent constaté que certains êtres, qui se prennent pour des athées, agissent exactement comme s'ils croyaient en Dieu. Leur prière n'est pas la même que la nôtre. Ils la prononcent intérieurement, inconsciemment, au hasard des événements qui bouleversent leur existence. Ils ignorent que, ce faisant, ils s'élancent follement vers le Ciel. Ce qui est grave, c'est d'avoir une âme immobile. Vous n'êtes pas affligée de ce défaut. C'est pourquoi je me permets de vous dire qu'il y a, de vous à moi, quelque ressemblance.

— Peut-être », dit Amélie.

Élisabeth eut une quinte de toux et se dressa sur un coude, le visage allongé par l'épouvante :

« La chouette... la chouette qui crie!... Maman..., chasse la chouette..., j'ai peur!... »

Mlle Quercy lui donna une cuillerée de sirop pour la calmer. Amélie lui épongea le front :

« Comme elle transpire!

— Tant mieux! Tant mieux! dit Mlle Quercy. Il le faut pour que le mal s'en aille... »

Ensemble, elles changèrent le linge de l'enfant. Élisabeth gémit encore : « La chouette! » et se rendormit. Les deux femmes se rassirent.

« Vous seriez tellement mieux sur la chaise longue! dit Mlle Quercy.

— Non, dit Amélie. Plus tard, peut-être. Pour l'instant je suis bien..., très bien... »

Elle mentait. Son dos était rompu, sa tête douloureuse. Mais elle ne voulait pas, elle, la mère, se montrer moins vaillante que Mlle Quercy. La fatigue les marquait diversement : Amélie, les pommettes rouges, les yeux brillants, Mlle Quercy, blanche, avec un cerne charbonneux autour des paupières. Courtoises et distantes, elles échangèrent encore quelques rares paroles. Quand elles se turent tout à fait, la chambre recomposa son silence, avec la respiration rauque de l'enfant, le bavardage du feu dans le poêle et la plainte du vent qui battait la maison.

# 4

PENDANT six jours consécutifs, la fièvre tourmenta Élisabeth, avec de violentes poussées de délire à l'approche du soir. Des toux fréquentes et quinteuses l'épuisaient. Elle se plaignait d'un point de côté, respirait mal et avait de la peine à se tourner dans le lit. Amélie et M^lle^ Quercy se relayaient à son chevet. Puis, un matin, la température baissa nettement, les traits de la fillette se détendirent. Elle était encore oppressée, mais avait moins de crainte dans les yeux. Le médecin vint à dix heures, examina l'enfant et déclara que, sauf quelque complication imprévisible, la période critique lui paraissait heureusement franchie. Il était d'autant plus satisfait de ce résultat, qu'il avait été très inquiet de l'évolution de la maladie durant les dernières quarante-huit heures.

Après son départ, M^lle^ Quercy et Amélie échangèrent un regard de triomphe. Un poids immense tombait de leurs épaules. Seule leur réserve naturelle les empêchait de se jeter dans les bras l'une de l'autre. Fatiguée par l'auscultation, Élisabeth s'était assoupie et soufflait à petits coups, la joue sur son oreiller.

« Elle a déjà un meilleur visage, chuchota Amélie.

— Je vais annoncer la bonne nouvelle à ses compagnes, dit M^lle^ Quercy. Elles seront si contentes ! »

Elle sortit rapidement. Amélie s'approcha du lit et contempla sa fille, avec le sentiment farouche d'avoir reconquis son bien par la force. Émergeant d'une longue angoisse, elle comprenait mieux le prodige dont témoignait cette simple figure d'enfant dans le sommeil. Jamais, lui semblait-il, elle ne se rassasierait de caresser du regard la courbe des sourcils, la boule du menton, le pli boudeur des lèvres, tout cela qui avait failli périr, tout cela qui était sauvé !

La fille de cuisine apporta un bol de tisane et une bouillotte. Pendant qu'elle les déposait sur la table de chevet, une rumeur de voix puériles s'éleva derrière la lucarne.

« Que se passe-t-il ? demanda Amélie. Ce n'est pas l'heure de la prière !

— Elles en font une exprès pour votre petite, dit la servante en se retirant.

— Ah ! très bien..., très bien », dit Amélie.

La chapelle bourdonnait comme une ruche. Il y avait de l'allégresse dans l'air. La chambre même paraissait plus grande, plus propre, mieux éclairée. Élisabeth ouvrit les yeux, fit un vague sourire et balbutia :

« Tu les entends ?... Pour Françoise aussi... c'était... comme ça... »

Amélie profita du réveil de l'enfant pour lui faire boire sa tisane et glisser la bouillotte chaude entre ses draps. La chapelle redevint silencieuse. Élisabeth ferma les paupières. La cloche du déjeuner tinta. Amélie connaissait les moindres bruits de la pension. Comme d'habitude, la fille de cuisine reparut, à midi, portant un repas frugal sur un plateau. Pour la première fois depuis son arrivée à Sainte-Colombe, la jeune femme goûta à la nourriture avec appétit. Elle était en train de croquer un biscuit sec, quand

M^lle^ Quercy rentra, transfigurée, rajeunie. Elle tenait une lettre à la main.

« Voici votre courrier, madame », dit-elle sur un ton enjoué.

En prenant l'enveloppe que lui tendait la directrice, Amélie rougit de plaisir. Pierre lui écrivait chaque jour. Comme une jeune fille dont la correspondance est surveillée, elle était à la fois très fière et un peu confuse de cette preuve d'assiduité.

« Je vous ai apporté également quelques livres de ma bibliothèque pour vous distraire », dit M^lle^ Quercy.

C'étaient *Atala,* l'*Imitation de Jésus-Christ* et des *Morceaux choisis* de Fénelon. Amélie remercia la directrice pour son obligeance. M^lle^ Quercy resta peu de temps dans la chambre. A peine fut-elle partie, que la jeune femme s'étendit sur sa chaise longue et décacheta l'enveloppe. La lettre avait été griffonnée en hâte, sans doute dans la réserve à tabac, entre les heures de service :

« ... Es-tu vraiment sûre qu'on la soigne bien?... Veux-tu que j'aille voir le docteur Brouchotte pour lui demander ce qu'il en pense?... Un client m'a dit que ça lui semblait bizarre ces sinapismes et ces enveloppements froids dont tu parles dans ta dernière lettre...

« Suivant ton conseil, nous avons engagé un extra comme garçon de comptoir, et c'est Denis qui tient le tabac et la caisse. On se débrouille, tu n'as pas à t'en faire!...

« Comme tu dois être fatiguée et inquiète, ma petite femme chérie!... Ici, nous ne vivons que dans l'attente des nouvelles!... »

Tant de sollicitude la troubla. Cette alerte brutale avait-elle guéri Pierre de son indifférence envers tout ce qui n'était pas lui? Habituée à souffrir et à espérer dans la solitude, elle se réjouissait à l'idée qu'aujourd'hui, enfin, il partageait son souci à distance. Ils étaient deux, comme jadis, devant la vie. Elle se sentait de nouveau mariée. Pauvre Pierre! Il se débattait encore dans l'incertitude, alors qu'elle s'abandonnait à la joie! Son regard courut vers le bas de la page :

« Je t'embrasse sur ta jolie bouche. Ton mari qui t'aime. — PIERRE. »

Elle inclina la tête. Son cœur s'affolait. Immobile, sérieuse, elle écoutait s'élever en elle l'écho d'une émotion ancienne. C'était la première fois, depuis la guerre, qu'elle restait si longtemps séparée de son mari. Les dernières lettres qu'elle avait reçues de lui avaient été écrites sur le front. Elle retrouvait, dans celle-ci, certaines expressions dont il se servait alors pour déplorer de ne pouvoir la rejoindre comme il le désirait. Les mots étaient les mêmes. L'écriture n'avait pas changé. Elle pensait à toutes les privations qu'il avait subies dans les tranchées, à leurs rencontres hâtives de Toul et de Flesselles, à cet hôpital où elle l'avait découvert, allongé parmi des inconnus, le crâne rasé, avec un visage de moribond. D'une image à l'autre, l'histoire de leur passion se reconstruisait devant elle. Maintenant que leur enfant était hors de danger, ils allaient s'aimer doublement dans la tendresse. « Je t'embrasse sur ta jolie bouche. Ton mari qui t'aime... »

Elle jeta un coup d'œil à Élisabeth qui dormait encore et s'assit devant la table pour écrire. Sa plume courait vite. Elle ne préparait même pas ses phrases dans sa tête. Ayant rapporté à Pierre les prévisions optimistes du médecin, évoqué son propre soulagement et dépeint la joie de tout son entourage, elle passa à la ligne, réfléchit un peu, et continua d'une main plus lente, en pesant chaque mot :

« ... Ne t'inquiète donc plus pour moi et ne te fatigue pas trop en mon absence. Si tu savais comme il me tarde de te retrouver ! Quand je réfléchis à notre existence, je constate que nous n'avons pas assez de loisirs. Nous travaillons ensemble et nous nous voyons à peine. A mon retour, nous essaierons d'organiser notre vie autrement. Nous nous ménagerons des sorties. Nous rattraperons le temps perdu... »

Des fioles de médicaments entouraient la lettre d'amour. Amélie examina les étiquettes d'un œil fixe, et un vieux rêve, qu'elle croyait avoir oublié, la reprit : *Le Cristal* était, certes, une excellente affaire, mais n'eût-elle pas été plus heureuse, avec Pierre, dans un commerce moins pénible et aussi rémunérateur ? Autrefois, elle avait souhaité tenir un hôtel, dans un site charmant, au bord de la mer, à la montagne... Elle se rappelait cette pension de famille, à Deauville, où elle avait rejoint Pierre, l'année de leur mariage. Acheter une maison semblable après avoir vendu *Le Cristal?* La solution était à considérer. Pas immédiatement, bien sûr, mais plus tard, beaucoup plus tard, quand Élisabeth serait grande. De toute façon, la vie de café n'était pas recommandée pour une jeune fille. Elle sourit à son enfant, songea : « Nous avons le temps d'y penser ! » trempa sa plume dans l'encrier et conclut :

« Élisabeth repose près de moi. Tout à l'heure, je l'éveillerai, je la soignerai, et je l'embrasserai, pour toi et pour Denis, avec toute mon âme. Maintenant, c'est vers toi que vont mes baisers. J'attends avec impatience le moment où je pourrai te les donner autrement que par lettre. Ta femme qui t'aime. — AMÉLIE. »

Après avoir cacheté l'enveloppe et rédigé l'adresse, elle ne sut plus à quoi s'employer. Les livres de Mlle Quercy traînaient sur le coin de la table. Elle en prit un et se recoucha sur la chaise longue. Ses doigts paresseux tournèrent quelques pages, au hasard. Le texte grisâtre bougeait devant ses yeux. Elle lut :

« Nous rentrâmes dans la grotte, où l'ermite étendit un lit de mousse de cyprès pour Atala... »

La directrice entrebâilla la porte :

« Je vous dérange, madame?

— Nullement », dit Amélie.

M^lle^ Quercy était accompagnée de M^lle^ Hugues et de M^lle^ Bertrand. La maîtresse et la surveillante s'attendrirent sur la mine paisible d'Élisabeth.

« Quel changement depuis hier!

— On dirait même qu'elle a repris un peu de rose aux joues! »

Leur chuchotement emplit la chambre. Elles hochaient leurs têtes de fées bienveillantes au-dessus du lit. Enfin, elles s'éclipsèrent. M^lle^ Quercy demeura pour les soins. Ayant pris la température d'Élisabeth, Amélie inclina le thermomètre vers la lumière et annonça fièrement : 38°8.

« Dieu soit loué! » soupira M^lle^ Quercy.

## 5

« Tu ne montes pas ? demanda Denis.

— Non, dit Pierre.

— Tu devrais ! Il est déjà tard !

— J'ai pas sommeil. »

Denis s'impatientait. Remplaçant Amélie à la caisse, il était obligé, maintenant, de travailler sans relâche de midi à trois heures du matin. Ce nouvel emploi du temps l'empêchait de rejoindre sa maîtresse, en fin de soirée, selon son habitude. Comme Clémentine était prise, de son côté, dans la journée, ils ne se voyaient presque plus depuis deux semaines. La situation se révélait si pénible, à la longue, qu'il avait prié la jeune femme de venir, du moins, bavarder avec lui, au café, après minuit. Or, il était minuit moins dix, et Pierre, qui aurait dû être couché depuis longtemps, s'obstinait à rester derrière le comptoir. Encore un peu, et il se trouverait nez à nez avec Clémentine. Il fallait, à tout prix, éviter cette rencontre. Pour décider son beau-frère à déguerpir, Denis invoqua l'autorité de sa sœur :

« Amélie ne serait pas contente si elle savait que tu es encore debout !

— Oh ! Amélie ! grommela Pierre, elle a d'autres soucis en tête. Quand même, tu ne crois pas qu'elle pourrait revenir, à présent que la petite est guérie ?

— Elle veut surveiller sa convalescence. C'est normal.

— On a l'air malin, tous les deux, sans elle! »

Denis partit d'un éclat de rire :

« Allez! Un peu de patience! Tu la retrouveras bientôt, ton Amélie. Ma parole, on dirait que tu ne peux pas vivre loin d'elle! Tu es là tout désœuvré, tout bête, tu tournes en rond...

— Je voudrais bien t'y voir! » dit Pierre en haussant les épaules.

Denis se préparait à lancer une remarque ironique sur les inconvénients des ménages trop unis, mais les paroles séchèrent dans sa bouche : Clémentine venait d'entrer dans le café, un petit chapeau cloche sur la tête et une maigre écharpe en peau de lapin autour du cou. Voyant que Pierre était encore au comptoir, elle eut un mouvement de recul. Du regard, Denis lui intima l'ordre de rester. Elle s'assit timidement à une table, près de la porte. Maurice, le garçon de nuit, s'approcha d'elle pour prendre la commande.

« Bon, je vais tout de même aller me coucher », dit Pierre.

Il n'avait rien remarqué. Tout pouvait s'arranger encore.

« Mais oui, dit Denis. Va vite. »

Pierre dénoua son tablier, vérifia machinalement la fermeture des robinets à bière et quitta le comptoir en bâillant. Comme il traversait la salle, ses yeux se posèrent sur Clémentine. Il s'arrêta, les jambes écartées. Sa tête s'avança dans un mouvement de surprise. Denis sentit un étau qui se resserrait dans son ventre. Les réactions de son beau-frère étaient toujours inquiétantes. Avec son cerveau faible, ses nerfs malades, il ne savait plus dominer ses impulsions et se comportait, en toute circonstance, d'une manière imprévisible pour son entourage. Allait-il se fâcher, crier, provoquer un scandale? Non, il paraissait très calme, presque souriant. Après un moment d'hésitation, il marcha vers la table de Clémentine. Elle le regardait venir, apeurée, les dix doigts crispés sur le fermoir de son sac à main.

« Eh non! je ne me trompe pas! dit-il. C'est bien Clémentine. Bonjour. Comment ça va?

— Très bien, monsieur, balbutia-t-elle.

— C'est gentil de venir nous voir. Que faites-vous maintenant?

— Je suis vendeuse dans un magasin de chaussures, boulevard des Capucines.

— Ah! oui? Mes compliments! Ça doit être plus intéressant que de faire des ménages! »

Il semblait si aimable, que la jeune femme se demanda s'il n'avait pas oublié dans quelles conditions elle avait quitté sa place.

« J'ai appris qu'Élisabeth avait été très malade, dit-elle.

— Oh! maintenant c'est fini. Elle va vite se retaper. Ma femme est là-bas. »

Clémentine rougit.

« C'est pas facile de tenir le café sans elle, reprit Pierre. J'ai hâte qu'elle revienne.

— Je comprends ça, dit Clémentine.

— Eh bien, voilà, je vous laisse. Denis va s'occuper de vous. A un de ces jours! »

Il la salua d'un hochement de tête et se dirigea vers l'escalier. Quand il eut disparu, Clémentine s'approcha de la caisse.

« J'ai eu une de ces peurs! chuchota-t-elle.

— Et moi donc! dit Denis en lui serrant la main furtivement. Il a été gentil?

— Très gentil! C'est à ne pas croire! Seulement, il ne faudrait pas qu'il parle de nous à ta sœur!

— T'en fais pas. Je m'arrangerai avec lui. Il ne dira rien. C'est un chic type, tu sais? »

Clémentine s'était accoudée au comptoir. Maurice

posa devant elle, sur le zinc, le vermouth-cassis qu'elle avait commandé.

« Tu m'en refileras un aussi », dit Denis.

Le garçon le servit à la caisse et s'éloigna.

« Ce que t'es chouette avec ta fourrure et ton petit chapeau, reprit Denis. Dire que t'es si jolie et qu'on se voit si rarement ! Je t'assure qu'il y a des soirs où j'ai envie de tout envoyer promener pour aller te retrouver chez toi !

— Tu le dis et tu ne le ferais pas, soupira Clémentine.

— Je le ferais si cette vie-là devait continuer longtemps. Mais ma sœur va revenir bientôt. Alors, on reprendra nos bonnes petites habitudes. »

Clémentine pinça ses lèvres fardées dans une moue de dédain :

« ... Parce que toi, nos bonnes petites habitudes, ça te suffit ?

— On n'est pas malheureux !

— Ah ! tu trouves ? »

Un client les sépara. Denis lui vendit deux paquets de cigarettes. Puis, ce fut Maurice qui se présenta pour réclamer un nouvel assortiment de jetons. Quand il fut parti, Clémentine relança la conversation :

« Tu trouves, toi, qu'on n'est pas malheureux ? Eh bien, t'es pas difficile ! Quand je pense que nous pourrions habiter ensemble, gentiment, sans rendre de comptes à personne, mettre nos sous en commun, nous aimer tous les soirs si ça nous fait plaisir, et qu'à cause de ta sœur...

— Laisse ma sœur tranquille. Elle n'a rien à voir là-dedans !

— Ah ! non ? Pourquoi donc es-tu revenu travailler ici ? C'est pas elle qui te l'a demandé ?

— Si. Mais elle a eu raison. Je ne pouvais pas la laisser tomber, avec Pierre, en plein boulot !

— Et moi, tu pouvais me laisser tomber?

— C'est pas pareil!

— Bien sûr que ce n'est pas pareil! Et pourquoi, ce n'est pas pareil? Parce que tu n'as pas peur de moi, mais que tu as peur d'elle! Depuis des années, elle te fait marcher à la baguette... »

Ces reproches, Denis les avait déjà entendus vingt fois dans la bouche de Clémentine. Tout en reconnaissant, à part soi, qu'elle avait raison de se plaindre, il refusait de l'approuver ouvertement, par crainte d'être entraîné à quelque décision capitale et irrévocable. L'essentiel, pour lui, était de conserver sa liberté de mouvements dans une situation mal définie.

« Ose dire que j'ai tort, murmura Clémentine d'une voix coléreuse, ose dire que tu n'obéis pas en tout à ta sœur, que tu n'es pas aux petits soins pour elle!... »

Excédé par ces lamentations monotones, Denis grommela :

« Si c'est pour me faire une scène que tu es venue, tu aurais pu rester chez toi. On ne s'est pas vus depuis longtemps, on a la chance d'avoir un moment devant nous, et, au lieu d'en profiter, tu me cherches des histoires! Vraiment, je ne te comprends pas... »

Il servit encore un client et dit :

« Ma sœur, je sais très bien comment il faut la prendre. Peu à peu, je la déciderai. Tout s'arrangera.

— Qu'est-ce qui s'arrangera? s'écria Clémentine. Elle ne voudra jamais qu'on se marie. Et, si elle ne veut pas, c'est pas toi qui voudras! »

Un consommateur, accoudé au comptoir, la regardait en buvant son demi.

« On peut même pas causer tranquillement, chuchota-t-elle.

— Pour ce que tu as à me dire, grogna Denis, ça vaut peut-être mieux.

— Tu veux que je m'en aille?

— Je veux qu'on parle d'autre chose. »

Maurice s'approcha d'eux, tenant un plateau chargé à hauteur de son épaule.

« Excusez-moi, je vous dérange, dit-il avec un clin d'œil.

— C'est rien », dit Denis.

Il compta les soucoupes, pendant que Maurice réglait les consommations en jetons. Le garçon s'en alla. Denis mit toute la douceur possible dans son regard et continua à voix basse :

« Tu passes ta vie à te faire du mauvais sang. Si je te dis que ça se tassera, c'est que j'ai mes raisons. Laisse-moi me débrouiller. Ma petite Clémentine que j'aime, ma petite Clémentine qui veut pas me croire!... »

Elle se tapota le bout du nez avec un mouchoir et but une gorgée de vermouth-cassis.

« Souris-moi », dit Denis.

Elle lui sourit, les lèvres molles et les yeux tristes. Cette fois encore, le péril était écarté. Il profita du sursis avec reconnaissance :

« Ah! Enfin, je te retrouve! Tu sais pas ce que j'ai dans l'idée? Tu devrais rester après la fermeture!

— C'est pas possible!

— Mais si. On montera dans ma chambre et, demain matin, je te ferai sortir en douce avant que Pierre ne soit levé. Personne ne se doutera de rien, et nous, nous aurons eu notre nuit. Depuis le temps qu'on s'en passe!... »

Son visage exprimait un désir si impatient, qu'elle en fut ébranlée.

« Toi, alors, tu ne penses qu'à ça! dit-elle.

— C'est oui? »

Elle baissa les paupières et balbutia :

« C'est comme tu veux! »

***

Le jour naissait à peine quand ils descendirent de la mansarde. Silencieux et sombre, le café dormait dans une odeur de poussière, de vin et de tabac. Tenant Clémentine par la main, Denis la guida entre des récifs de chaises aux pieds dressés vers le plafond. Devant la porte, ils se séparèrent. Denis introduisit le bec-de-cane dans la serrure, fit jouer le loquet et ouvrit le battant. Un air frais et brumeux se coula dans la salle.

« Demain, à la même heure! dit Denis.

— Oui, murmura-t-elle. Va vite te reposer.

— Toi aussi.

— Oh! moi, j'ai pas beaucoup de temps. Faut que je sois au magasin à huit heures et demie. D'ailleurs, même si je me couchais, je ne pourrais pas dormir.

— Pourquoi?

— Parce que je penserais à nous. C'était bon! »

Ses lèvres étaient rouges dans un visage blêmi par la fatigue. Haussée sur la pointe des pieds, elle lui tendit le bec avec gourmandise. Il y cueillit une saveur sucrée de fard et de salive. Elle ferma les yeux et gémit :

« Oh! toi! toi! Tu me rends bête! »

Il s'admira de la désirer encore après plusieurs étreintes.

« Je me sauve », dit-elle.

Denis la regarda partir, dans le crépuscule du matin. Ses talons pointus claquaient sec sur l'asphalte. Son chapeau cloche dansait gaiement. Elle était seule sur le trottoir, bordé de poubelles pleines. Il referma la porte, content de lui, de sa maîtresse et de la vie.

Comme il s'apprêtait à remonter dans sa chambre, des marches craquèrent, une ampoule électrique s'alluma dans la cage de l'escalier et Pierre apparut, penché sur la rampe. Sa figure était encore molle de sommeil. Une ombre de barbe lui salissait les joues et le menton. Il cligna des yeux et marmonna :

« Qu'est-ce que tu fais dans la salle, à cette heure-ci? »

Après avoir cherché une excuse convenable, Denis se contenta de répondre évasivement :

« Rien de spécial!

— Sacré farceur! dit Pierre. Je t'ai entendu filer avec Clémentine! »

Il riait avec tant de bienveillance, que Denis, rassuré, prit le parti de rire lui-même, un ton plus bas.

« Eh oui, dit-il. On ne peut rien te cacher. J'étais avec elle.

— Si Amélie l'apprenait, ça ferait du grabuge! dit Pierre en descendant les dernières marches.

— Tu ne le lui diras pas!

— Non! Sois tranquille. Elle n'a pas besoin de savoir. C'est votre affaire, après tout! »

Denis considéra son beau-frère avec gratitude. Comme on était bien entre hommes, comme on se comprenait dans la simplicité et la bonne humeur! C'étaient les femmes qui compliquaient les situations les plus claires. Dès qu'il s'agissait d'amour, elles perdaient la tête. Cette remarque s'appliquait aussi bien à Amélie, qui voyait le mal partout, qu'à Clémentine, qui s'épuisait à demander l'impossible.

« Alors, comme ça, reprit Pierre, tu te plais toujours avec cette petite?

— Eh oui, dit Denis.

— T'es amoureux?

— Je le crois bien. »

Pierre alluma une cigarette et passa derrière le comptoir :

« Je l'ai regardée, hier. Elle est mignonne. Je ne

comprends pas qu'Amélie soit tellement montée contre elle.

— Moi non plus, dit Denis. C'est idiot!

— Qu'est-ce que tu veux? soupira Pierre, elle est bizarre, Amélie. Elle voit tout de son côté, en femme. Elle ne se met pas à la place des autres. Et, quand elle a une idée en tête, tu peux toujours courir pour la raisonner. C'est comme ça et comme ça. Un vrai mur. Tout de même, j'ai envie de lui parler, quand elle rentrera.

— De quoi?

— De toi et de Clémentine. Puisque ça dure entre vous, c'est que vous êtes sérieusement accrochés. On n'a pas le droit d'empêcher les gens d'être heureux. Tu te marierais avec la petite. Vous viendriez habiter ici. Elle aiderait Amélie à la caisse... »

Tandis que son beau-frère discourait avec une généreuse inconscience, Denis sentait croître en lui l'angoisse des mauvais jours. Ses pieds s'enlisaient dans la glu matrimoniale. Des portes se fermaient. Une femme remplaçait toutes les femmes. Il allait être pris au piège.

« Tu sais, dit-il, pour le mariage, je ne suis pas pressé...

— Ah! non? » demanda Pierre.

Il paraissait déçu. Denis lui appliqua une tape sur l'épaule :

« Non, mon vieux! Je me trouve bien comme ça. On verra plus tard...

— Alors, qu'est-ce que je fais pour Amélie?

— Tu ne lui en causes pas, et c'est tout.

— Comme tu préfères. Je pensais que ça t'aurait arrangé.

— Merci quand même! Tu veux que je t'aide pour l'ouverture?

— Non. Albert ne va pas tarder. Monte te coucher plutôt. Tu dois être à plat.

— Un peu », dit Denis.

Pierre lui lança un coup d'œil égrillard et grogna :

« Quand est-ce qu'elle revient?

— Demain soir.

— Eh bien, tu ne perds pas de temps! »

Ils se regardèrent en riant. La figure de Pierre exprimait une envie incrédule. Il se gratta la nuque et dit encore :

« T'es un chaud lapin, toi! »

Le garçon de jour cogna du doigt au carreau de la porte.

« Voilà! cria Pierre. On arrive! »

Denis regagna sa mansarde, se coucha voluptueusement dans l'odeur de Clémentine et s'endormit.

# 6

AMÉLIE resta à Sainte-Colombe pendant la convalescence d'Élisabeth et la ramena à Paris, tout à fait rétablie, peu avant le début des vacances de Pâques. La fillette avait maigri ou grandi au cours de sa maladie. Il fallut rallonger ses jupes. En se regardant dans la glace, elle se trouvait une pâleur intéressante et des yeux plus beaux que jamais. Ses parents, tonton Denis, Hortense, le garçon de salle, tout le monde la traitait avec les égards dus à une rescapée. Maman sortit plusieurs fois pour se promener avec elle, la conduisit un dimanche, en matinée, au Trianon-lyrique, où on jouait *Les Cloches de Corneville,* et lui permit de revêtir sa robe rose aussi souvent qu'elle en aurait envie. Tant de prévenance aurait pu inciter Élisabeth à ne pas vouloir quitter la maison. Mais, malgré la liberté dont elle jouissait en famille, l'idée de retourner en pension n'était plus un souci pour elle. Il lui semblait que, là-bas aussi, maintenant, elle avait une chance d'être heureuse. N'y avait-elle pas laissé une amie, en la personne de Mlle Quercy?

Quand elle revint à Sainte-Colombe, accompagnée par sa mère, les arbres avaient ouvert leurs bourgeons et la terre noire de la pelouse s'estompait sous un duvet d'herbe tendre. Amélie repartit le soir, après avoir fait promettre à sa fille de tenter un ultime effort pour rattraper son retard dans les études.

Les premiers jours, Élisabeth crut sincèrement qu'elle tiendrait parole. Elle considérait ses cahiers, ses livres, avec amour. Sa soif d'apprendre l'étonnait. Mais, bientôt, les bonnes résolutions s'effacèrent dans sa mémoire. Il y avait dans l'air une langueur, une gaieté précoce, qui détournaient l'esprit de tout ce qui n'était pas l'éveil de la nature. Les poêles, n'étant plus chauffés, se renfrognaient dans l'indifférence générale. Souvent, l'après-midi, la maîtresse ouvrait les fenêtres de la classe pour laisser entrer le soleil. A l'heure de la récréation, quand il faisait beau, les élèves abandonnaient le préau pour la cour. Mlle Hugues et Mlle Bertrand participaient à ce mouvement printanier par le renouvellement de leur toilette. Ayant renoncé aux lainages, elles portaient, à présent, des robes d'alpaga gris. Leur âme même semblait s'être allégée, après une sévère gestation hivernale. Miraculeusement guérie, Élisabeth était devenue l'objet de leur sollicitude. Par crainte de la fatiguer en lui imposant des travaux au-dessus de ses forces, elles évitaient de lui faire réciter ses leçons et acceptaient qu'elle leur remît des devoirs dont l'écriture et l'orthographe n'étaient pas toujours très correctes.

Mlle Quercy approuvait cette indulgence, mais profitait de ses entrevues, en tête à tête, avec son élève, pendant les séances de piano, pour tenter de l'initier aux avantages de l'émulation scolaire. « Si tu ne t'appliques pas maintenant, disait-elle, tu seras obligée d'étudier pendant les grandes vacances pour pouvoir retrouver ta place, ici, à la rentrée!... » Les grandes vacances étaient encore loin. Élisabeth soupirait, convenait de ses torts et oubliait son embarras en admirant les doigts de la directrice posés sur le clavier. D'ailleurs, il ne lui déplaisait pas d'être grondée par M^lle^ Quercy. Cette voix grave, ce regard loyal, pénétraient en elle à des profondeurs où la moindre vibration était une cause de joie. Les autres filles qui, jadis, eussent été jalouses de la bienveillance que lui marquait la directrice, n'y voyaient rien à redire aujourd'hui, puisqu'elle n'était pas une « chouchoute » ordinaire, mais une personne à part, quelque chose comme une ressuscitée. On lui parlait souvent des prières prononcées en commun pour sa guérison. « Un jour, on a été quatre fois à la chapelle! T'as pas entendu? » Elle remerciait ses compagnes, qui avaient contribué à la retenir sur terre. Son air mélancolique et résigné impressionnait même Augustine et Mauricette Lafleur. Fier de cette œuvre salvatrice, tout le pensionnat se reconnaissait maintenant comptable de sa santé. Pour peu qu'elle toussât en récréation, ce n'était qu'une clameur : « Mademoiselle, mademoiselle! Il y a Élisabeth qui a mal à la gorge! » Si elle ne finissait pas sa portion, au réfectoire, il se trouvait toujours quelqu'un pour prévenir M^lle^ Quercy, qui la convoquait ensuite dans son bureau, lui tâtait le pouls, lui faisait tirer la langue, examinait le blanc de ses yeux et la renvoyait en la priant de se forcer pour manger davantage.

Ces signes constants d'intérêt entretenaient Élisabeth dans le sentiment qu'elle était un symbole vivant de ce que peut la foi en ce monde. Au début du mois de mai, elle voulut mettre le comble à la surprise de son entourage en devenant d'un coup la première de la classe. Mais cette décision tombait mal, car les études furent pratiquement interrompues pour honorer la Vierge Marie. Les prières succédaient aux lectures pieuses à haute voix. Le soir, sous la surveillance de M^lle^ Bertrand, les filles confectionnaient des roses de papier en frisant les pétales sur une lame de leurs ciseaux. Ces roses, montées en demi-cercle, devaient être leur parure pendant la cérémonie. Entre-temps, M^lle^ Quercy avait décoré la chapelle avec des lis et des branchages. On sortit de sa niche la statue de Notre-Dame. Quatre pensionnaires, de la division des grandes, la soulevèrent sur un brancard. Derrière, venait le cortège des élèves, coiffées d'un carré de toile blanche et couronnées de fleurettes artificielles. La procession fit le tour du village. Tout le monde chantait :

*C'est le mois de Mari-i-e,*
*C'est le mois le plus beau!...*

La Vierge oscillait doucement sur les épaules des porteuses. Son auréole brillait au soleil. Sa robe était taillée dans l'azur du matin. Élisabeth, toute ferveur, essayait de pousser sa voix par-dessus celle des autres. N'avait-elle pas, plus que quiconque, le devoir de louer le Ciel? Un point, cependant, demeurait obscur dans son esprit : pourquoi les mêmes prières qui l'avaient sauvée n'avaient-elles pas réussi à sauver Françoise? Était-ce parce que Françoise était mieux qu'elle, ou moins bien qu'elle, que Dieu l'avait rappelée? Elle n'avait pas osé le demander à M^lle^ Quercy. Du reste, la directrice eût certainement répondu à cette question en disant que les voies du Seigneur étaient impénétrables. Cette formule, qu'Élisabeth avait souvent entendue à Sainte-Colombe, ne satisfaisait pas sa raison mais développait dans son âme la notion du mystère. Après tout, peut-être était-il plus sage de ne pas chercher à savoir la vérité?

Les jours allongeaient. Des rosiers précoces fleurirent. M^lle^ Quercy enseigna à ses filles la façon de les cultiver. Chaque matin, le pensionnat était convié à admirer les boutons que la nuit avait fait éclore. M^lle^ Hugues, souffrant de la chaleur, somnolait parfois derrière sa chaire, pendant que les élèves s'employaient à rédiger chaque narration sur les beautés de la nature ou les joies de l'amitié. On sortait souvent en promenade. La route était poudreuse. Le soleil cuisait les nuques sous les chapeaux ronds. Dans le bois Marie, le feuillage neuf versait une ombre bleue sur la terre. Colette Martin et Mauricette Lafleur fouillaient les buissons, et ramassaient subrepticement des insectes, pour les enfermer dans une boîte percée de petits trous. Au réfectoire, on s'amusait à prévoir l'avenir en comptant les brèches des assiettes, selon une méthode particulière : « Lettre, paquet, visite, sortie, lettre, paquet... » Les voisines comparaient leurs chances respectives : « Une visite, je me demande qui ça pourrait être!... Un paquet, c'est sûrement les mouchoirs que maman avait promis de m'envoyer!... »

Sept filles, dont Augustine, devaient faire leur première communion cette année. M. l'abbé Bacounet ne s'occupait plus que d'elles, quand il venait à la pension. Huit jours avant la date fixée pour la cérémonie, elles s'éloignèrent de leurs compagnes. Pour obéir aux règles de la retraite, elles parlaient entre elles à voix basse, mangeaient à une table séparée, sous la présidence de M^lle^ Quercy, dormaient en groupe, au fond du dortoir, et déambulaient pensivement dans le jardin, pendant la récréation, alors que les autres élèves jouaient dans la cour. Il était difficile d'aborder ces êtres touchés par la grâce. Quand, d'aventure, une de leurs anciennes camarades essayait de causer avec elles, un regard hautain lui rappelait qu'elle se fourvoyait dans le cercle des initiées. Élisabeth les observait avec envie et déplorait qu'il lui fallût attendre l'année suivante pour connaître la même distinction. On avait un peu moins d'égards pour elle depuis que les retraitantes étaient devenues le centre de l'intérêt général. Mais cette baisse d'estime ne l'affligeait pas. Elle se donnait tout entière aux préparatifs de la fête. Mlle Quercy l'avait choisie pour chanter, avec dix autres élèves, dans le chœur. Les répétitions avaient lieu chaque matin, dans le parloir, au son du piano. L'après-midi, la directrice s'isolait dans la chapelle avec les futures communiantes pour leur apprendre à marcher, à s'agenouiller et à reculer, tête basse, sans regarder en arrière. La fièvre montait dans le pensionnat. Des colis arrivaient par l'autocar. Mlle Bertrand cousait hâtivement, dans la lingerie. Les figures de celles qui allaient bientôt s'approcher de la Sainte Table étaient de plus en plus graves, de plus en plus pâles. La vie se retirait d'elles. Si l'affaire était retardée, elles mourraient d'inanition.

Dès le matin du grand jour, les familles se présentèrent, superbement parées. Les chapeaux des mères ondulaient autour de la pelouse. Leurs robes étaient sombres et leurs visages roses. Tous les pères avaient des faux cols durs. Les premières communiantes restèrent dans le dortoir, pendant que les autres pensionnaires se dirigeaient en rang vers l'église du village. Le chœur se groupa derrière Mlle Quercy, qui tenait l'harmonium. Quand l'assistance fut en place, sept silhouettes liliales, vaporeuses, pénétrèrent lentement, en file, dans la nef. Élisabeth, suffoquée par l'admiration, vit glisser devant elle une procession de jeunes mariées. Il lui était impossible d'identifier ces anges aux mains jointes avec les pensionnaires en tablier noir dont elle avait gardé le souvenir. Seule Augustine déparait l'ensemble par sa haute taille. Elle dépassait ses compagnes de la tête, portait une robe trop courte, dont les manches découvraient des poignets osseux, et posait fortement sur les dalles ses grands pieds plats chaussés de souliers en toile blanche. Malgré cette imperfection, dont l'Église n'était pas responsable, la cérémonie se déroula pour Élisabeth comme un rêve scintillant de dorures, traversé de musiques et parfumé d'encens. L'harmonium jouait. Les filles du chœur chantaient avec des voix que l'émotion faisait trembler sur les notes hautes. Des prières répondaient aux cantiques. Le prêtre parlait de la pureté enfantine, des jardins célestes et de la nourriture des âmes. Au moment où il tendait la première hostie, une mère se mit à pleurer.

Après la messe, les premières communiantes distribuèrent à leurs compagnes des images pieuses, avec leur nom imprimé au dos. Pour le déjeuner, il y eut une surprise : les tables étaient drapées de nappes blanches; chaque élève reçut un doigt de vin; le dessert fut un énorme gâteau de noix. Élisabeth regrettait que sa mère n'eût pas assisté à la fête.

Ce fut la dernière étape avant les grandes vacances. Les nuits devenaient chaudes. Par les fenêtres béantes, l'odeur du chèvrefeuille entrait dans le dortoir. Les filles transpiraient beaucoup. Certaines, parmi les grandes, avaient des boutons sur le visage. On ne pensait plus qu'à la joyeuse séparation de juillet. Ayant annoncé son arrivée par lettre, Amélie se présenta à Sainte-Colombe trois jours avant la date prévue pour la distribution des prix. Bien qu'elle n'attendît aucune récompense, Élisabeth était déçue de manquer cette solennité. Blottie contre sa mère, dans le parloir frais et sombre, elle écoutait M^lle^ Quercy, qui évoquait tristement le cas de sa plus inquiétante pensionnaire :

« Je ne vous cache pas que le retard de votre enfant me navre, chère madame. Elle était déjà parmi les moins fortes, et sa maladie lui a fait perdre un trimestre. Je lui ai dit, à plusieurs reprises, qu'elle devait travailler ferme, cet été, si elle ne voulait pas redoubler sa classe en octobre.

— Comptez sur moi, mademoiselle, dit Amélie, je vais la prendre en main.

— Aurez-vous le temps de vous occuper d'elle, malgré tout ce que vous avez à faire?

— Je m'arrangerai.

— Je lui ai donné quelques devoirs, mais vous auriez intérêt à réviser avec elle tout le programme de l'année scolaire.

— Alors, j'aurai pas du tout de vraies vacances? gémit Élisabeth.

— Si, dit Amélie. Tu passeras d'abord trois semaines à La Chapelle-au-Bois, chez ton grand-père. »

Élisabeth fit un bond de côté, regarda sa mère et s'écria, illuminée :

« C'est vrai? Oh! merci, maman!

— Vous avez raison de ne pas la garder à Paris pendant toute la durée des vacances, dit M^lle^ Quercy. Bien que rétablie, elle a encore besoin de grand air. La campagne lui fera beaucoup de bien.

— C'est ce que j'ai pensé, dit Amélie. Je l'amènerai donc à La Chapelle-au-Bois vers le 20 juillet et viendrai l'y rechercher vers le 15 août. Alors, nous nous mettrons sérieusement à la tâche, n'est-ce pas, Élisabeth? »

Émerveillée par la promesse de ce séjour champêtre, Élisabeth s'efforçait de contenir sa joie, par égard pour M^lle^ Quercy.

« Oh! oui, maman, murmura-t-elle.

— En un mois et demi de travail assidu, j'espère que nous parviendrons à combler bien des lacunes, reprit Amélie.

— Certainement, dit M^lle^ Quercy, à condition que vous soyez souvent derrière son dos!

— Je suis désolée de la savoir si paresseuse!

— Ce n'est pas exactement de la paresse... Plutôt

une sorte d'incapacité à fixer son attention sur un point précis... »

Tandis que les grandes personnes discutaient avec compétence des raisons qui l'empêchaient de s'intéresser aux études, Élisabeth goûtait déjà, en imagination, les plaisirs d'une existence bucolique et oisive. Des ruisseaux couraient dans sa tête. Tous les oiseaux des bois venaient chercher leur nourriture, en pépiant, dans le creux de sa main. Elle gardait un troupeau de moutons blancs, au flanc d'une colline verte. Son grand-père lui racontait des histoires en travaillant devant le feu de sa forge.

M^lle^ Quercy parlait toujours, d'une voix égale et douce. Maman souriait, approuvait d'un hochement de tête. Elles avaient l'air de deux amies.

Des coups de marteau retentirent. C'était le concierge qui clouait l'estrade pour la distribution des prix. Par la fenêtre ouverte, Élisabeth vit M^lle^ Bertrand qui passait, en boitant, dans le jardin. Elle portait, roulée en boule contre sa poitrine, une grosse guirlande de papier, destinée à décorer le préau. Élisabeth se rappela les préparatifs du 14 juillet, au café. Bientôt, tonton Denis accrocherait les lampions dans la salle!

« Promets-moi de m'écrire, Élisabeth, dit M^lle^ Quercy.

— Oui, mademoiselle.

— Quand tu reviendras, en octobre, je veux que tu sois parmi les premières de ta classe.

— Je tâcherai, mademoiselle.

— Elle est pleine de bonne volonté! dit Amélie en riant. Souhaitons que cela dure!... »

La cloche sonna pour celles qui restaient.

« L'autocar ne va pas tarder », dit M^lle^ Quercy.

Amélie se leva. Élisabeth prit sa valise, qui pesait lourd, parce que tout son trousseau y était contenu. M^lle^ Quercy accompagna les voyageuses jusqu'à la grille. De la pension aux croisées ouvertes, s'échappaient les voix de filles qui chantaient en chœur :

*Quel doux penser me transporte et m'enflamme !*
*O mon Jésus, c'est vous que j'aperçois...*

Élisabeth avait déjà dit au revoir à ses amies de classe, à M^lle^ Bertrand, à M^lle^ Hugues. En règle avec sa conscience, elle n'était plus attentive qu'aux rumeurs de la campagne, où un bruit de moteur se précisait lentement.

# QUATRIÈME PARTIE

# 1

AMÉLIE eut un sourire consterné, hocha la tête et dit :

« Comment as-tu attaché ta cravate, papa?

— Comme d'habitude, dit Jérôme. Ça ne va pas? »

Sans répondre, elle s'approcha de son père, délia le ruban de satin noir qui se gonflait en boule sous son menton, tira sur l'un des pans pour remonter l'autre et recomposa un nœud correct, entre les pointes du faux col. Il tendait son cou pour ne pas gêner le travail. Sous la masse des cheveux gris, presque blancs, son rude visage avait la couleur du cuivre. Une moustache poivre et sel avançait en brosse au-dessus de sa bouche. Ses yeux brillaient comme le charbon de la forge. Malgré cet air dur et robuste, sa fille le traitait en enfant, ce qui amusait beaucoup Élisabeth. Amélie donna une pichenette sur le nœud qu'elle venait de refaire et dit :

« Là, c'est déjà mieux!

— Bien mieux! renchérit Élisabeth.

— Alors, si je plais à tout le monde, je suis content! » dit Jérôme.

Il croyait l'inspection terminée, mais Amélie le retint, parce qu'elle avait aperçu deux taches au revers de son veston :

« Attends donc ! Tourne-toi vers la lumière. »

Il obéit, à la fois malicieux et fautif. Amélie trempa un torchon propre dans l'eau de la seille et frotta le revers du veston à petits coups nerveux.

« Tu t'en donnes du mal pour peu de chose, dit-il. Ni la cousine ni la tante n'auraient rien remarqué !

— Ce n'est pas pour elles que je le fais, dit Amélie, mais pour moi.

— Dans ce cas, ça change tout ! Vas-y ! » s'écria Jérôme en ouvrant les bras d'une manière comique.

Élisabeth aimait son grand-père, car il souriait toujours et ne grondait jamais. Depuis une semaine qu'elle était arrivée à La Chapelle-au-Bois avec sa mère, elle passait le plus clair de son temps à le regarder travailler dans la forge. Devant le feu, il paraissait beau et fort comme un génie souterrain. Le fer pliait sous son marteau. Les étincelles sautaient à sa figure, tels des éclats de diamant. Il était riche de tout ce qui jaillit, scintille et ne dure pas. Elle eût souhaité le voir éternellement en manches de chemise et tablier de cuir. Mais, évidemment, pour une visite aussi importante que celle qu'ils allaient faire, une tenue décente s'imposait. Maman elle-même avait revêtu sa plus jolie robe d'été, en crêpe d'organdi vert jade, et coiffé son chapeau de taffetas mauve, entièrement découpé en petites dents qui entraient l'une dans l'autre. La robe rose saumon d'Élisabeth était mise en valeur par cette heureuse opposition de teintes. En les accueillant tous trois dans leur maison, les instituteurs de La Jeyzelou seraient stupéfaits de leur élégance. Maman affirmait qu'elle avait des torts envers eux parce qu'elle ne leur écrivait qu'à l'occasion des fêtes, alors qu'ils avaient été si bons pour elle dans sa jeunesse. Elle avait souvent raconté à Élisabeth comment, après avoir obtenu son certificat d'études, elle avait séjourné un an chez les Chazal, à La Jeyzelou, pour compléter son instruction. L'école étant réservée aux garçons, elle travaillait à la maison, sous la surveillance de tante Clotilde. « Une femme admirable, si gaie, si intelligente, si active! Presque tout ce que je sais, c'est à elle et à oncle Hector que je le dois. » Dès le lendemain de son installation à La Chapelle-au-Bois, elle leur avait envoyé une lettre pour leur annoncer son intention de passer les voir. Une réponse enthousiaste était arrivée par retour du courrier : on les attendait, elle, sa fille et son père, pour déjeuner, le dimanche suivant. Aucune excuse ne serait admise.

Élisabeth était très excitée à l'idée de cette expédition vers les confins de la famille. Au plaisir de prendre le train, s'ajoutait pour elle celui de découvrir, au bout du voyage, des gens qu'elle connaissait de nom mais n'avait jamais rencontrés. Elle trouvait que maman était bien lente à nettoyer la tache. Mme Pinteau entra, ronde et affolée, dans la cuisine :

« Il est dix heures cinq! Faut vous dépêcher, vous manqueriez le train!

— C'est ma foi vrai, dit Jérôme. Ils en feraient une tête, les pauvres!

— Voilà! Ça séchera en route. »

On perdit encore quelques minutes à chercher le sac à main d'Amélie, le chapeau de Jérôme et à répéter les instructions à Mme Pinteau, qui n'en avait pas besoin :

« Je sais, je sais... Je ferme tout... Vous rentrez ce soir... Je ne vous prépare rien pour le dîner... »

Elle les poussa vers la porte et resta sur le seuil pour les regarder partir. Ils marchaient de front dans la rue qui conduisait à la gare. Amélie donnait le bras à son père et tenait Élisabeth par la main. Jérôme aurait voulu que tout La Chapelle-au-Bois pût le voir, avec sa fille et sa petite-fille, en toilette du dimanche. Il dressait la taille afin de paraître plus jeune et répondait gravement au salut des passants.

Ils arrivèrent à la gare dix minutes avant le départ du train et eurent la chance de trouver un compartiment vide.

Le convoi étant un omnibus, il fallait compter plus d'une heure pour aller de La Chapelle-au-Bois à La Jeyzelou. Pendant le trajet, Amélie tenta d'expliquer pour la vingtième fois à Élisabeth la généalogie des familles Chazal et Pastoureau :

« Tu comprends, il y a ta grand-tante Clotilde et ton grand-oncle Hector Chazal, qui sont tous deux des instituteurs à la retraite, leur fille Thérèse et son mari, M. Julien Pastoureau, qui sont également instituteurs et qui, maintenant, dirigent l'école, et enfin leur petite-fille, qui a ton âge et s'appelle Geneviève.

— Elle est la fille de qui, alors, Geneviève? demanda Élisabeth.

— Quelle question! La fille de Thérèse et de Julien!

— Je dois les appeler cousin et cousine?

— Non, c'est moi qui les appelle cousin et cousine. Pour toi, ils sont un oncle et une tante.

— Un oncle et une tante comme tonton Denis?

— Un peu plus éloignés...

— Et Geneviève? Qu'est-ce qu'elle est, alors? ma cousine?

— Si tu veux. Mais tu peux aussi bien lui dire : Geneviève.

— Et le grand-père?

— Tu lui diras « pépitou », comme tout le monde. Cela lui fera plaisir. Et, à la grand-mère : « ménou ».

— Je ne m'y retrouverai jamais », soupira Élisabeth.

Jérôme se mit à rire :

« Allons donc! C'est pourtant très simple. Ah! je suis tout content de les revoir. Je crois bien que je ne les ai pas rencontrés depuis la mort de ta pauvre maman!

— Mais si, papa, dit Amélie. Rappelle-toi : ils étaient venus à mon mariage.

— Tu as raison. Et encore deux ou trois fois peut-être après la guerre. Mais qu'est-ce que c'est, dans une vie? On habite à une heure de train, on s'aime bien les uns les autres, et on reste chacun chez soi!

— C'est drôle qu'ils soient tous instituteurs, dit Élisabeth rêveusement.

— Oui, hein? s'écria Jérôme. Dans l'enseignement de père en fils et de mère en fille. Il paraît que la petite Geneviève va préparer, elle aussi, l'École Normale... »

Élisabeth voyait se construire devant elle, étage par étage, comme au cirque, une pyramide de gens forts en orthographe, en calcul, en histoire et en géographie. Les vieux étaient à la base de l'édifice. Au sommet, se tenait une enfant.

« Cela ne m'étonne pas que Geneviève soit douée pour les études, dit Amélie. Avec des parents comme les siens!... »

A mesure qu'on approchait de La Jeyzelou, Élisabeth se sentait plus intimidée. Quelle figure ferait-elle parmi ces athlètes de la pensée, elle qui se trompait encore en récitant sa table de multiplication? Le train grondait et craquait. La grosse chaleur de juillet entrait avec une odeur de suie par la vitre baissée de la portière. On s'arrêtait souvent dans de petites gares de campagne, blanches sous le ciel bleu. Des gens descendaient d'un wagon, d'autres y montaient. Beaucoup d'hommes portaient la blouse limousine et les sabots. Les femmes troussaient un épais feuillage de jupes pour gravir le marchepied. Elles avaient toutes des paniers au bras. La locomotive sifflait avant de repartir. Enfin, Jérôme annonça :

« Préparez-vous. C'est la prochaine. »

Amélie rajusta son chapeau, essuya les ailes de son nez avec un fin mouchoir, se repoudra légèrement, défripa la robe de sa fille et lui ordonna de tirer ses chaussettes. Après une courbe, que le train aborda en grinçant, le quai apparut dans toute sa longueur. Amélie, penchée à la portière, cria :

« Les voilà ! »

Une secousse violente faillit lui faire perdre l'équilibre. Jérôme mit pied à terre le premier et aida Amélie à descendre. Ce brusque passage du vacarme au silence et du mouvement à l'immobilité laissa Élisabeth abasourdie. Les mains de son grand-père la soulevèrent sans effort et la déposèrent sur le quai, au bout du monde. Immédiatement, trois figures inconnues se précipitèrent sur elle dans un élan de joie. Elle eut le temps de remarquer que la dame était grande et molle, avec de bons yeux bleus et une robe noire à pois blancs, que le monsieur avait une calvitie barrée par des mèches de cheveux parallèles et une petite moustache frisée aux deux extrémités, et que la fillette, habillée en rose saumon — elle aussi ! — portait des anglaises blondes sous un chapeau de paille et des gants gris perle. Puis, cette vision se brouilla, car tout le monde bougeait et parlait ensemble. Des baisers goulus claquaient sur les joues.

« Bonjour, Thérèse ! s'écria Amélie en embrassant la dame.

— Bonjour, Amélie ! dit la dame en lui rendant son baiser. C'est si gentil d'être venus ! Eh ! mais voilà notre Élisabeth ! Qu'elle est grande ! Qu'elle est jolie !

— Mon Dieu ! Est-ce possible que ce soit Geneviève ? reprit Amélie pour n'être pas en reste d'étonnement. Bonjour, Geneviève ! Tu en as une belle robe !

— Bonjour, cousine, dit le monsieur en s'approchant d'Amélie, les bras ouverts.

— Bonjour, cousin, lui répondit-elle en lui tendant

la joue avec un gracieux sourire. Comment vont ménou et pépitou?

— Ils sont restés à la maison, dit la dame. Ils vous attendent avec impatience. Ménou, tu penses bien, est à sa cuisine! Et vous, tonton Jérôme, savez-vous que vous n'avez pas changé?

— Un peu blanchi, peut-être.

— Cela vous va très bien! Mais où sont donc ces enfants? Voyons, Élisabeth, Geneviève, embrassez-vous... faites connaissance! »

Geneviève sourit et s'avança, les bras collés le long du corps. Les deux robes rose saumon se touchèrent. Élisabeth en éprouva une vive contrariété. Elles avaient l'air ridicules, vêtues ainsi, comme des sœurs jumelles.

« Bonjour, Geneviève.

— Bonjour, cousine. »

De part et d'autre, le baiser fut réticent. Mais les parents étaient aux anges :

« Regarde comme elles sont mignonnes, côte à côte! dit tante Thérèse.

— Cela me rappelle l'époque où nous allions nous promener ensemble, toi et moi, dit Amélie. Ménou voulait absolument que nous ayons le même ruban dans les cheveux!

— C'est vrai. Ah! mon Dieu, comme le temps passe! Et Pierre, et Denis?

— Je les ai laissés à Paris. Oh! pas pour longtemps : je repars dans trois jours...

— Avec Élisabeth?

— Non, non. Elle restera chez son pépé jusqu'au 15 août. Il lui faut le grand air après sa maladie.

— J'ai appris! C'est affreux!

— Ne m'en parle pas! J'ai vécu des journées terribles!

— Pauvre chou!

— Mesdames, si vous voulez me suivre », dit

l'oncle Julien, et il cacha sa calvitie sous un chapeau noir à larges bords.

On se dirigea vers la sortie. Dans la rue, le groupe se divisa, à cause de l'étroitesse du trottoir. Les deux hommes allaient en tête. Les deux femmes suivaient, se tenant par le bras et bavardant sans répit. En dernière position, venaient Geneviève et Élisabeth, qui n'avaient rien à se dire. Les maisons de La Jeyzelou étaient, dans l'ensemble, plus hautes et plus neuves que celles de La Chapelle-au-Bois. Il y avait des rideaux de tulle aux fenêtres. La rue principale était pavée. Comme tout le monde, dans le bourg, connaissait les instituteurs, l'oncle Julien ne faisait pas dix enjambées sans soulever son chapeau, et la tante Thérèse sans incliner la tête avec un sourire.

« Vous devriez passer devant nous, les enfants », dit Amélie.

Les fillettes obéirent et se retrouvèrent au deuxième rang, avec, dans leur dos, le regard vigilant des mères. On arriva dans cet ordre devant une jolie maison, de couleur crème, entourée de verdure. Au mur de gauche, s'appuyait le long bâtiment de l'école, construit en rez-de-chaussée et percé de fenêtres claires. Une grille séparait le jardin des instituteurs de la cour de récréation.

« C'est merveilleux ! soupira Amélie. Rien n'a changé ! Je reconnais tout, tout !... »

L'oncle Julien poussa le portillon et s'effaça galamment pour permettre aux femmes de passer d'abord. Une allée de gravier fin conduisait au perron. Un vieux monsieur et une vieille dame descendirent les marches et s'avancèrent, en boitillant, à la rencontre des visiteurs.

« Ménou ! Pépitou ! » s'écria Amélie.

Elle s'élança vers eux avec une légèreté de jeune fille. Ménou était très petite, très mince, avec un visage rose et fripé, un lorgnon plein de lumière bleue et un chignon tissé d'argent fin. Elle disparut dans les bras d'Amélie. On ne la voyait plus, mais on l'entendait qui parlait d'une voix essoufflée :

« Enfin, te voilà, vilaine! Encore un peu, et tu m'aurais laissée mourir sans me revoir!... »

Pépitou, à côté, riait en balançant sa grande tête au crâne chauve et oblong. Des mèches de cheveux gris bouffaient sur ses tempes. Son nez était assis, les narines à l'aise, sur le bourrelet blanc et moelleux d'une moustache. Amélie se tourna vers lui, et il y eut un nouvel échange de baisers et d'exclamations. Puis, les deux vieillards s'attendrirent sur Élisabeth. Pressée contre la joue de pépitou, elle constata qu'il sentait le tabac. Ménou, elle, avait un parfum de frangipane. Sa peau était douce. Elle portait un tablier blanc. A peine plus haute que la fillette, elle avait l'air d'une enfant déguisée en grand-mère.

« Bonjour, Hector! Bonjour, Clotilde!... »

Jérôme entrait dans le mouvement des embrassades. Les effusions continuèrent sous une tonnelle, dont le feuillage était habité par mille abeilles bourdonnantes. Au bout d'un moment, pépitou tira une montre plate de son gousset, ferma un œil pour lire l'heure et grommela :

« C'est bien bon de bavarder, mais il ne faut pas que notre cuisinière en oublie son travail! Tu ne crois pas qu'il est temps, Clotilde? »

Ménou haussa les épaules :

« Oh! j'ai bien dix minutes encore.

— Va voir, tu reviendras ensuite.

— Je n'ai pas besoin de voir. Je sais.

— Tu m'avais dit ça la dernière fois, et il était trop cuit.

— Il n'était pas trop cuit, Hector!

— Si, Clotilde. Rappelle-toi... »

Ils parlaient l'un et l'autre en roulant les *r*, avec

l'accent lourd et traînant du pays. Enfin, ménou, agacée, vaincue, se leva :

« Eh bien, voyez donc ! Il ne me laissera pas ! Vous m'excusez, je retourne à la cuisine !... »

Elle s'éloigna, pendant que son mari lui recommandait encore de ne pas se fier à son instinct mais à la montre. Amélie et Thérèse éclatèrent d'un rire jeune et irrévérencieux.

« Papa n'a pas changé, dit Thérèse. Il faut toujours qu'il mette son nez dans les casseroles.

— Heureusement ! grogna-t-il. La bonne cuisine ne s'improvise pas. C'est une affaire de méthode et de réflexion.

— Si tu savais comme je suis émue de me retrouver ici, après tant d'années ! dit Amélie. J'ai hâte de jeter un coup d'œil dans la maison.

— Tout à l'heure, dit Thérèse. Après le déjeuner, nous ferons le tour de nos souvenirs. Mais parle-nous un peu de toi, de Paris... »

La conversation se poursuivit sans pépitou. Il faisait mine d'écouter, par politesse, mais, évidemment, son esprit était ailleurs, près de sa femme, devant le fourneau. L'inquiétude avançait sur son visage. Il finit par dire :

« Ah ! il faut que j'aille me rendre compte... »

Et il sortit de la tonnelle, superbe et claudicant, sans prendre garde aux propos ironiques qui saluaient son départ.

Dix minutes plus tard, ménou reparut sur le perron et cria :

« A table ! A table ! »

Il faisait chaud. Amélie retira son chapeau et se recoiffa devant la glace du vestibule. La porte du salon-salle à manger était ouverte à deux battants. C'était là qu'on avait dressé le couvert, car il ne pouvait être question de servir un grand déjeuner dans la cuisine. La table, très longue, touchait presque la cheminée d'un côté et le piano droit de l'autre. Pépitou se glissa laborieusement à sa place, le dos coupé en deux par le couvercle du clavier, le ventre appuyé à la nappe. Élisabeth et Geneviève s'installèrent à l'extrémité opposée, sur des chaises aux sièges rehaussés par des coussins. Les autres convives s'assirent plus commodément. Muette d'admiration, Élisabeth contemplait la table, dont la décoration dépassait tout ce qu'elle avait vu jusqu'à ce jour. Devant chaque assiette, dorée sur les bords, s'alignaient trois verres à facettes, de tailles décroissantes. L'argenterie brillait au soleil. Les serviettes étaient pliées en petits bateaux. Pépitou secoua la sienne et la noua autour de son cou.

« Vraiment, papa, dit tante Thérèse, pour une fois tu pourrais mettre ta serviette autrement!

— Non, dit pépitou. Je sais que ça ne se fait pas, mais c'est tellement plus pratique! »

Pour commencer, il y eut du foie gras et de la salade. L'oncle Julien s'apprêtait à servir le vin blanc, mais pépitou l'en empêcha :

« C'est mon affaire! Vous n'avez aucune idée de la façon dont il faut traiter une grande bouteille! »

Il eut de la peine à sortir de son réduit. Le piano, malmené, résonna sourdement sous son couvercle. Au centre de la table, se dressait une bouteille poudreuse. Le vieillard la prit dans ses mains avec des précautions d'oiseleur, la déboucha, la huma, en versa quelques gouttes dans un gobelet, porta le breuvage à ses lèvres, le ballotta d'une joue à l'autre, clappa de sa langue et dit :

« Voici un petit monbazillac 1920, dont vous me direz des nouvelles!

— Eh bien, sers-le vite! dit ménou. Nous avons soif! »

Mais pépitou ne voulait pas se presser. Passant derrière les chaises, il remplissait les verres, avec la lenteur et la gravité d'un officiant. Sa main tremblait un peu. Quand arriva le tour d'Élisabeth, Amélie s'écria :

« Une larme à peine! Elle ne supporte pas le vin! »

Malgré cette prescription, elle en reçut la valeur de trois doigts. On but. On s'extasia. C'était toute l'âme du raisin qui s'exaltait, au contact du foie gras, sur la langue. Élisabeth, qui aimait le vin doux, se retenait pour ne pas avaler son verre d'un trait. A peine pépitou se fut-il rassis, qu'il dut se relever pour ouvrir une deuxième bouteille. De temps à autre, une horloge, fixée au mur, laissait pleuvoir sur les têtes les premières notes d'un carillon. Mais personne ne l'écoutait. La conversation était très animée. Dans le bruit joyeux des fourchettes et des couteaux, Amélie et Thérèse évoquaient des souvenirs de jeunesse, ménou questionnait Jérôme sur des amis communs qui habitaient La Chapelle-au-Bois, Julien forçait la voix pour raconter la discussion qu'il avait eue, récemment, avec un inspecteur de l'enseignement primaire; quant à pépitou, coincé entre le piano et la table, il gémissait : « Vous ne mangez pas! Vous ne buvez pas! Servez-vous! Il n'y a presque rien après! » Assourdie par ces propos entrecoupés, Élisabeth planait à quelques centimètres au-dessus du sol. Geneviève, à sa droite, paraissait aussi désorientée qu'elle et aussi heureuse. Elles se regardaient, se souriaient, mais ni l'une ni l'autre n'avait envie de parler.

Tout à coup, un grand mouvement se fit autour de la table. Ménou disparut dans la cuisine. Tante Thérèse et Geneviève se levèrent pour changer les assiettes. Amélie voulut les aider, mais pépitou le lui défendit formellement :

« Tout est prévu, tout est réglé! Reste en place!... »

Lui-même s'absenta pour quelques minutes et

revint, portant deux autres bouteilles, aussi poudreuses que les premières.

« Mon petit chambertin personnel », dit-il en clignant de l'œil.

Les verres s'emplirent d'un liquide rouge sombre, où le soleil allumait des éclats de rubis. Un énorme gigot entra sur les bras de ménou. Cette pièce de choix arracha un soupir d'admiration aux convives. Le plat fut posé sur la table et son arôme se répandit. Le carillon sonna. Armé d'un long couteau, pépitou attaqua la viande, d'un geste précis et caressant. Les tranches roses, juteuses, se couchaient mollement l'une sur l'autre. Ménou disait :

« Tu vois que j'avais raison de ne pas le retirer tout de suite ! J'ai même l'impression que dix minutes de plus ne lui auraient pas fait de mal. Attention à l'os... Tu devrais prendre l'autre côté, maintenant...

— Laisse-moi faire, disait pépitou. J'ai l'habitude, non ? Amélie, passe-moi ton assiette.

— Pourquoi moi d'abord ?

— Pas de questions ! Ton assiette, j'ai dit ! Là...

— C'est trop, pépitou !

— Silence !... Jérôme, à ton tour... Thérèse, prépare-toi... Ah ! j'oubliais, qui veut la souris ? »

La souris échut à Élisabeth. Avec le gigot, il y avait des haricots verts. Tout le monde se régala. Mais, ensuite, seuls les messieurs touchèrent aux fromages. Le dessert fut un opulent soufflé au chocolat, qui s'affaissa en arrivant sur la table.

« Quelle folie ! Je n'en peux plus ! » soupirait Amélie.

Cependant, pépitou s'était extirpé de sa prison pour servir du barsac à ceux qui avaient encore la tête assez solide pour boire. La chaleur était devenue suffocante. Les hommes avaient les joues rouges. Le nez des dames était blanc et luisant. A demi étouffée par l'abondance des nourritures, Élisabeth ne s'en jeta pas moins avec convoitise sur le soufflé. Autour d'elle, la conversation avait repris bruyamment. Les grandes personnes parlaient de l'importance des études. Tante Thérèse citait le cas de Geneviève, qui avait obtenu le prix d'excellence à l'école des filles de La Jeyzelou.

« Dans un an, nous comptons la placer comme pensionnaire à l'école primaire supérieure de Limoges.

— Dans un an? » s'écria Amélie.

Geneviève baissa les yeux, modestement.

« Oui, dit tante Thérèse. Mais je ne suis pas contente. Je trouve qu'elle travaille outre mesure. Au mois de juin, elle avait une bien pauvre mine! »

Élisabeth n'avait jamais supposé que des parents pussent être inquiets d'avoir une fille trop studieuse. Observant sa cousine à la dérobée, elle s'étonna qu'un visage si délicat recouvrît une telle somme de science.

« J'ai moins de chance avec mon Élisabeth, dit Amélie. Sa broncho-pneumonie lui a fait perdre un trimestre. Et comme, déjà, elle n'était pas très forte... »

Élisabeth sentit que l'entretien prenait un tour dangereux. Quatre instituteurs la considéraient du même regard critique. Toutes ses fautes apparaissaient au grand jour, soulignées à l'encre rouge, avec des observations dans la marge. Tante Thérèse eut-elle conscience de sa gêne?

« Geneviève, dit-elle, si vous alliez jouer sous la tonnelle, pendant que nous prenons le café? »

Les fillettes se levèrent de table et sortirent, sous l'œil attendri et repu des parents.

Dehors, Élisabeth respira profondément pour chasser de sa tête le parfum obsédant des vins, du gigot et du chocolat. Elle avait l'impression de n'être qu'un gros ventre sur deux jambes grêles. Jouer sous la tonnelle ne l'amusait pas.

« Tu veux pas plutôt me montrer l'école? dit-elle.

— Il n'y a rien d'intéressant à voir, dit Geneviève.

— Si, on trouvera bien... »

Prenant son rôle de guide au sérieux, Geneviève la conduisit d'abord dans la classe des tout-petits, meublée de pupitres nains et décorée de dessins puérils aux crayons de couleur, puis dans la classe des moyens, d'un aspect nettement plus sévère, enfin dans la classe des grands, dont l'imposant tableau noir, les inscriptions morales et les cartes de géographie placardées au mur témoignaient du haut degré d'instruction des élèves. Entre la chaire et la fenêtre, se trouvait une bibliothèque vitrée, fermée à clef. Devant les rangées de livres, reliés en papier bleu, s'alignaient des boîtes garnies de coton, où reposaient des insectes morts, des brins d'herbe, des fleurs séchées. Deux minuscules oiseaux empaillés se défiaient du bec à chaque extrémité d'un rayon. La planche du milieu supportait une série de pierres, si bizarrement taillées et d'un si bel éclat, qu'Élisabeth se crut en présence d'un trésor. Il y en avait de grises, pailletées d'or et d'argent, d'autres marron, veinées de rose, d'autres jaunes, en fer de lance, d'autres d'un mauve vif, avec des piquants acérés.

« Ce que c'est joli! s'écria Élisabeth.

— Oui, dit Geneviève. Papa est très fier de sa collection minéralogique. Tu vois, ça c'est du gypse, ça c'est du cuivre naturel, ça c'est de l'améthyste...

— C'est rien que des pierres rares, alors?

— Oui.

— Ça doit coûter cher?

— Je ne sais pas. Sans doute... En tout cas, papa y tient beaucoup!

— Qu'est-ce qu'il en fait?

— Il les montre aux élèves... Il leur apprend à les reconnaître...

— Et il est seul avec ta maman pour diriger tout le monde?

— Non, il y a M. Charbot, l'instituteur adjoint, qui s'occupe des petits. Maman, elle, a les moyens. Et papa, les grands. »

Élisabeth passa ses doigts sur la vitre de l'armoire, pour caresser, par transparence, le merveilleux butin qui s'y trouvait réuni et demanda :

« Ils ont quel âge, les grands?

— Douze ans, treize ans, dit Geneviève.

— Tu les connais?

— Oh! non! Presque pas. Quand je rentre de mon école, ils sont déjà partis. Heureusement!

— Pourquoi, heureusement!

— Parce que je n'aimerais pas les rencontrer. Ils ne pensent qu'à se battre, à crier et à se moquer des filles!

— Qui est-ce qui est plus sévère avec eux, ton papa ou ta maman?

— Mon papa, bien sûr! C'est lui le directeur. »

Tout en parlant, elles sortirent de la classe et rentrèrent dans la maison par la porte du fond. Geneviève montra à Élisabeth une salle meublée de deux longues tables et de quatre bancs. Au centre, trônait un fourneau noir avec sa marmite.

« C'est la cantine, dit Geneviève. Comme il y a beaucoup d'élèves qui habitent loin, dans la campagne, ils mangent ici, à midi. Ménou leur prépare la soupe avec les légumes qu'ils apportent de chez eux, le matin. Quand on est dans la cuisine, on les entend qui remuent, qui se disputent... »

Concentrant son esprit, Élisabeth essayait d'imaginer ce que pouvait être la vie d'une fillette dont les parents étaient instituteurs. Cette situation était aussi inconcevable, dans un autre genre, que celle de

Claire, dont le papa était clown. L'école se continuait à la maison, de quoi parlait-on entre les heures de classe? De l'accord des participes, de la liste des départements, des grandes dates de l'histoire de France? Les deux fillettes se retrouvèrent dans la cour déserte et ensoleillée.

« C'est ici qu'ils jouent, les garçons? demanda Élisabeth.

— Oui, quand il fait beau, et dans le préau quand il pleut. Tu aimerais le voir, le préau?

— Je veux bien », dit Élisabeth.

Le préau était plus vaste et plus clair que celui de Sainte-Colombe. Son toit se prolongeait par un auvent assez large, que soutenaient des piquets de fer. Sous l'auvent, se cachait l'édicule des cabinets. Il y avait un espace libre en haut et en bas du portillon, pour permettre l'éventuelle surveillance des occupants par les maîtres. Mais, ce qui surprit le plus Élisabeth, ce fut de voir, tout à côté, trois stalles dont une plaque d'ardoise formait le fond. L'eau ruisselait doucement sur la paroi et descendait dans une rigole commune. Bien qu'elle se doutât vaguement de l'usage auquel cette installation était destinée, Élisabeth demanda :

« C'est pour quoi faire? »

Les joues de Geneviève s'empourprèrent entre ses boucles blondes. Elle balbutia :

« Toi, alors!... Tu es drôle!... C'est pour les garçons, quoi! »

Le caractère exclusivement viril de l'école s'affirmait en ce lieu plus que partout ailleurs. Pour la première fois depuis le début de sa visite, Élisabeth sentit qu'elle était une fille égarée dans le domaine des hommes. Elle fit quelques pas, indécise, s'accrocha d'une main à un pilier de l'auvent et tourna autour, à vive allure, comme sur un pivot.

« Alors, comme ça, tu ne joues jamais avec des garçons? reprit-elle.

— Jamais, dit Geneviève.

— Ils sont combien?

— Soixante-quinze, je crois.

— C'est beaucoup!

— Oui.

— Nous, à Sainte-Colombe, on était cinquante filles, à peu près.

— Toutes pensionnaires?

— Bien sûr! »

Geneviève soupira :

« Moi aussi, dans un an, je vais être pensionnaire. Ça ne m'amuse pas, tu sais?

— Pourquoi?

— Parce qu'il faudra que je vive loin de mes parents.

— On s'y habitue, va, dit Élisabeth sur un ton protecteur.

— Est-ce qu'on a beaucoup d'amies quand on est pensionnaire? demanda Geneviève.

— Ça dépend! Moi, j'en avais une seule. Et elle est morte.

— Morte? s'écria Geneviève. C'est affreux!

— Pas pour elle, dit Élisabeth, puisqu'elle est au ciel maintenant. Mais pour moi, pour ses parents. D'ailleurs, moi aussi, j'ai failli mourir...

— A cause de ta broncho-pneumonie?

— Oui. »

Elles s'étaient éloignées du préau.

« Tu veux voir le potager? dit Geneviève. C'est pépitou qui s'en occupe. Après, nous irons dans ma chambre, je te montrerai mes livres.

— Tu as vraiment de beaux cheveux, dit Élisabeth.

— Tu trouves?

— On dirait de la soie. Et tes anglaises, c'est naturel?

— Oui. Maman les refait chaque matin en les tournant sur son doigt.

— Ça tient comme ça? »

Geneviève eut un rire coquet et secoua la tête pour faire voler ses boucles.

« J'aime bien tes cheveux aussi, dit-elle. Souvent, il me semble que je préférerais une coiffure plate, comme toi.

— Dis pas ça!

— Si. C'est tout de même plus à la mode maintenant. Tu as remarqué qu'on a presque la même robe?

— Oui, dit Élisabeth avec résignation. On n'y peut rien. Ça arrive...

— La tienne vient de Paris?

— Évidemment! Maman l'a achetée à la Samaritaine.

— C'est un grand magasin?

— Le plus grand et le plus chic », dit Élisabeth en faisant bouffer du doigt le volant qui lui couvrait les épaules.

Elles avançaient sur un étroit chemin, entre deux haies de pois grimpants, aux vrilles échevelées. Élisabeth saisit une gousse, au hasard, l'ouvrit avec ses ongles, en tira un grain et le fit craquer sous ses dents. Prompte à s'effaroucher, Geneviève s'écria :

« Ne mange pas ça! Tu auras des coliques!

— Penses-tu! Je mange tout ce qui est cru et ça ne me fait jamais rien », dit Élisabeth.

Le comportement de cette cousine, si sage, l'incitait à exagérer, par opposition, sa propre liberté d'allure. Devant Geneviève consternée, elle emplit sa bouche de petits pois et les mastiqua avec délectation :

« C'est bon! C'est sucré!... Oh! et ici, ce sont des fraises?

— Elles sont vertes!

— Tant mieux!

— Tu as encore faim?

— Non, dit Élisabeth en mettant une fraise sur sa langue.

— Alors, pourquoi manges-tu?

— Pour m'amuser. »

La fraise avait un goût de terre. Élisabeth se força pour l'avaler. Le déjeuner, trop copieux, pesait sur son estomac. Subitement, elle se sentit pâlir. Des points brillants dansaient devant ses yeux. Elle murmura :

« Si on rentrait pour voir ta chambre? »

L'ombre et la fraîcheur du vestibule la réconfortèrent. Elle suivit sa cousine dans un escalier dont les marches de bois luisaient comme du caramel. La chambre de Geneviève était rangée avec tant de soin, qu'elle paraissait inhabitée. Sur la table, autour d'un buvard jaune sans tache, l'encrier, la gomme, la règle, le porte-plume, le crayon, le taille-crayon étaient disposés symétriquement. Personne n'avait jamais couché dans ce lit, à la couverture de satin rose toute neuve. On ne voyait pas de jouets traînant dans les coins. Deux chaises, poussées contre le mur, encadraient une étagère chargée de livres. Tous avaient des reliures rouges, ou bleues, ou vertes, à dorures. Élisabeth déchiffra quelques titres : *Un bon petit diable, L'Auberge de l'Ange gardien, Sans famille*, *Le Petit Chose*...

« T'en as des livres! dit-elle. Tu les as achetés?

— Non, dit Geneviève, la plupart sont des prix que j'ai eus à l'école.

— Et tu les as tous lus?

— Oui, plusieurs fois.

— Moi, je ne lis pas beaucoup, dit Élisabeth. A la

pension, j'ai pas le temps, et, à Paris, je suis trop occupée. »

La voix de tante Thérèse entra par la fenêtre :

« Geneviève! Élisabeth! Où êtes-vous?

— Dans ma chambre, cria Geneviève.

— Venez vite. »

Elles descendirent l'escalier, Geneviève le pied silencieux, la main à la rampe, Élisabeth sautant d'une marche à l'autre, avec de vigoureux claquements de talons. Les grandes personnes étaient réunies sous la tonnelle. A l'arrivée des enfants, tous les visages prirent une expression souriante.

« Élisabeth, dit Amélie, j'ai une bonne nouvelle à t'annoncer. Nous avons parlé en famille de ton retard dans les études, qui me cause tant de soucis! Tante Thérèse et oncle Julien viennent de me proposer très gentiment de te prendre chez eux, à La Jeyzelou, pour te faire travailler pendant les vacances. »

Geneviève battit des mains :

« C'est vrai, maman? Oh! comme je suis contente! »

D'abord étonnée par cette décision, Élisabeth fut brusquement transportée de joie à l'idée qu'elle allait, une fois de plus, changer d'existence. Tout ce qui était nouveau l'attirait irrésistiblement. Certes, la perspective d'avoir à reprendre bientôt ses études, sous la surveillance de la tante ou de l'oncle, tempérait un peu son enthousiasme. Mais ils n'avaient pas l'air d'une sévérité rebutante. Et puis, comme elle, ils étaient en vacances. Quelle que fût leur conscience professionnelle, ils ne sacrifieraient pas tout leur temps à l'instruction d'une enfant qui n'était même pas leur fille.

« Moi aussi, je suis bien contente! s'écria-t-elle. Mais comment va-t-on faire? J'habiterai ici?

— Pas maintenant.

— Quand?

— Eh bien, voilà, dit Amélie. Moi, je vais partir après-demain, et toi, tu resteras encore une dizaine de jours avec ton pépé. Ainsi, il profitera tout de même largement de sa petite-fille. Puis, il t'amènera ici, vers le 10 août, par exemple...

— Mais oui, vers le 10 août, ce serait parfait, dit tante Thérèse.

— Et je viendrai te chercher à la fin du mois de septembre, pour te reconduire à Sainte-Colombe, reprit Amélie. Tante Thérèse est sûre qu'en six semaines elle aura fait de toi une savante!

— Si elle veut bien s'appliquer! dit l'oncle Julien en levant un doigt.

— Elle s'appliquera, elle me l'a promis, dit Amélie. N'est-ce pas, Élisabeth?

— Oh! oui! maman! Merci, maman.

— Ce n'est pas moi qu'il faut remercier, mais la tante et l'oncle. »

Élisabeth fit le tour de la famille, en plaquant des baisers de gratitude sur toutes les joues qui se tendaient vers elle dans l'ombre verte des feuillages. Elle embrassa aussi son grand-père, qui était un peu déçu de cette solution, mais feignait d'en comprendre la nécessité.

« Quelle chance! chuchota Geneviève. On vivra ensemble, on ne se quittera plus pendant un mois et demi! »

Elle prit la main d'Élisabeth et la serra fortement. Les deux fillettes échangèrent leur premier regard d'amitié.

« Quand je pense qu'elles ont vécu onze ans sans se connaître! soupira ménou. Sais-tu, Amélie, qu'Élisabeth te ressemble beaucoup? C'est tout à fait toi quand tu étais petite! »

Ces paroles surprirent Élisabeth. Elle avait du mal à admettre que sa mère eût été, jadis, une fillette comme elle, qui peinait sur ses devoirs, recevait des réprimandes, jouait avec des amies, rêvait d'épouser le plus bel homme du monde, et montait se coucher, sur l'ordre de ses parents, tout de suite après le dîner. Maman avait trop l'air d'une grande personne pour avoir jamais été autre chose. En naissant, elle avait déjà sa taille, son visage, son intelligence, son autorité et sa douceur d'aujourd'hui.

« Eh bien, je ne suis pas de votre avis, ménou, dit Amélie. Je trouve qu'Élisabeth est plutôt du côté de Pierre.

— Par l'ovale de la figure, peut-être... Mais ses yeux, ce sont tes yeux!... »

La conversation devenait passionnante. Pépitou se leva : il s'était rappelé qu'il lui restait une bouteille de liqueur digestive à la cave.

## 2

ALORS, vraiment, tu veux partir demain? demanda Jérôme.

— Il le faut, papa, soupira Amélie. Pierre et Denis m'attendent. Ils sont débordés de travail. Dans un métier comme le nôtre, il n'y a pas de répit. Si on commence à prendre ses aises, à engager des remplaçants, tout est perdu, les bénéfices s'en vont en fumée...

— Ne me dis pas que c'est à cause de ton commerce que tu es pressée de rentrer!

— Mais si, papa! »

Il cligna de l'œil :

« Ne serait-ce pas plutôt parce que tu as envie de revoir ton mari? »

Amélie rougit et murmura :

« Quelle question!... Cela va de soi!... »

Ils étaient assis, l'un en face de l'autre, dans la cuisine. La lampe à pétrole éclairait le bois luisant et fissuré de la table. M^me^ Pinteau était partie après avoir lavé la vaisselle. Élisabeth dormait dans sa chambre au premier étage. Par la fenêtre entrebâillée, le bourg soufflait sa chaleur, son silence. Couché aux pieds de son maître, le vieux chien, Drac, respirait calmement.

« A propos de commerce, dit Amélie, je me

demande si, plus tard, nous n'aurions pas intérêt à vendre *Le Cristal* pour acheter un hôtel, à Paris ou ailleurs. Je n'en ai pas encore parlé à Pierre, mais je suis persuadée que l'idée lui plaira. Ce sera tellement mieux pour lui, pour moi, pour Élisabeth surtout!

— Sans doute, dit Jérôme. Tu verras, le moment venu. Je te connais assez pour savoir que tu ne te décideras pas à la légère! »

Il passa la main dans l'échancrure de sa chemise et se gratta le cou. Ses yeux s'éteignirent, puis se rallumèrent soudain, comme excités par une curiosité nouvelle.

« Et Denis? reprit-il avec entrain. Parle-moi encore un peu de lui. Comment est-il?

— C'est un beau garçon, dit Amélie, courageux et gai, sympathique à tout le monde.

— Il vous aide bien?

— Il nous est indispensable.

— A la bonne heure! Et pour le reste?

— Quel reste?

— Je ne sais pas... enfin... il faudra bien qu'il se marie un jour, celui-là! »

Amélie détourna les yeux :

« Il a le temps!

— Tu trouves? A son âge?...

— Il n'a jamais que vingt-cinq ans, papa!

— Justement! A vingt-cinq ans, moi, j'avais déjà épousé ta pauvre mère!

— S'il rencontrait quelqu'un comme maman, je dirais : oui, tout de suite, répliqua Amélie avec fierté.

— Pour ça, ma fille, soupira Jérôme, il peut toujours chercher : il n'y en a pas deux comme elle!

— J'espère, tout de même, qu'il finira par découvrir une jeune fille convenable, dit Amélie.

— Eh! oui, vous ne manquez certainement pas de relations dans votre métier. Peut-être même qu'il a déjà une fiancée dans un coin et qu'il ne vous le dit pas!

— Je suis sûre que non, papa.

— Dommage! Évidemment, ça le regarde! Mais, en vivant près d'un couple uni comme le vôtre, il devrait avoir envie de se marier, lui aussi! »

Amélie tressaillit et murmura :

« Il me semble... oui... »

Jérôme réfléchit et un sourire de confiance détendit sa figure :

« Je peux bien te l'avouer maintenant, Amélie : après la blessure de Pierre, j'ai eu très peur.

— Peur? De quoi?

— De tout, ma pauvre petite! Combien de ménages ont été abîmés par la guerre! Toi si jeune, et lui qui avait tant souffert!... Rappelle-toi dans quel état tu l'avais ramené ici!... Un infirme, voilà ce qu'il était!... Et il aurait pu le demeurer pour la vie!... Que serais-tu devenue avec un mari épuisé, malade?... Ah! j'aime mieux ne pas y penser, tiens!... Mais tu n'as pas perdu courage, ni dans les affaires, ni dans la maison... Tu as su mener ta barque... C'est grâce à tes soins, à ta tendresse, à ta volonté, que Pierre a repris le dessus... Je t'en félicite!... A présent, ça y est, c'est gagné!

— Oui, c'est gagné, dit-elle faiblement.

— Je ne sais pas si tu te rends compte de ta chance! Un commerce qui marche, qui rapporte, un mari qui t'aime, une enfant si jolie, si affectueuse... »

Le chien fit claquer ses mâchoires sur une mouche. Jérôme avança son visage dans la lumière de la lampe et ajouta d'une voix plus basse :

« Est-ce que tu ne vas pas, un de ces jours, me donner un petit-fils? »

Elle reçut ces mots comme un choc au ventre. Son père venait de toucher à ce qu'il y avait de plus profond, de plus secret dans sa vie de femme. Avec une insouciance terrible, il l'obligeait à considérer un problème dont elle avait, depuis longtemps, détaché sa pensée. Montant de ses entrailles, une chaleur honteuse l'envahit. Elle balbutia :

« Tu n'y songes pas!

— Et pourquoi non? dit-il en riant. Cela me ferait rudement plaisir! Et à toi aussi, je suppose!

— Certainement... Mais enfin... dans notre situation..., Élisabeth me suffit... »

Il prit son embarras pour un excès de pudeur.

« Bon, bon, grommela-t-il, si on ne peut pas parler de ces choses-là avec sa fille, je me tais! Mais je garde mon petit espoir. Dis-moi que je n'ai pas tort... »

Il l'observait, en plissant les yeux, avec une tendresse naïve. Incapable de supporter son regard, elle baissa les paupières. Tandis qu'il l'imaginait impatiente de se replonger dans un bonheur conjugal sans défaut, elle se représentait les désillusions, les tracas, qui marqueraient immanquablement son retour : Pierre fatigué, nerveux, abattu, ses maux de tête, son indifférence maladive et ses pauvres sursauts de désir qu'elle n'osait plus encourager; Denis et sa liaison stupide avec cette Clémentine, qu'il allait rejoindre la nuit, deux fois par semaine, avec des airs de conquérant; les figures des habitués, leurs propos, toujours les mêmes, le bruit des verres, la fumée, l'argent qui rentre... Elle avait rêvé un tout autre avenir, quand elle habitait, jeune fille, dans cette maison. Mais — n'était-ce pas étrange? — aujourd'hui encore, bien que diminué physiquement, Pierre demeurait au centre de ses pensées. Il était sa propriété, sa chose. Davantage, peut-être, qu'à l'époque où il était sain de corps et d'esprit. Maintenant, elle avait un deuxième enfant dans sa vie. Un grand enfant, vulnérable et capricieux. Un enfant qui ne savait pas se conduire lui-même, qui avait besoin d'elle pour le commander, le consoler, le soigner. Elle était d'autant plus attachée à lui, qu'il pouvait moins se passer d'elle. Son instinct de possession maternelle, d'accaparement intégral et ombrageux, se renforçait de toutes les tentations qu'elle avait dû refouler pour ne pas le blesser dans son amour-propre. Après une période d'insatisfaction douloureuse, elle inclinait enfin vers le repos. Tout était calme dans sa chair. A vivre auprès d'un infirme, elle était devenue infirme à son tour. La réussite dont parlait son père, en vérité, c'était cela.

« Un jour, je me déciderai tout de même à venir vous voir à Paris, dit-il.

— Oh! oui, dit-elle, depuis le temps que nous t'attendons!... »

Mais elle ne souhaitait pas vraiment cette visite. S'il se laissait facilement abuser à distance, une fois sur place il ne manquerait pas de comprendre qu'elle l'avait trompé, par charité autant que par orgueil. Dans la vieille cuisine enfumée, où, si souvent, la famille s'était réunie au complet, il n'y avait plus qu'elle, avec son tourment indicible, et lui, ridé, blanchi, qui la regardait en souriant, parce qu'il la croyait pleinement heureuse. Elle évoqua le visage de sa mère, pâle et maigre, sous son gros chignon lustré. Elle s'asseyait là, pour la soupe. Denis, à sa gauche, n'était qu'un gamin aux doigts sales, au plumage ébouriffé, aux poches gonflées de billes. Pierre n'existait pas encore. Une jeune fille sage et réservée, qui se nommait Amélie, l'attendait sans le savoir.

« A quoi penses-tu, Amélie? » demanda Jérôme.

Que de fois il lui avait posé cette question! Était-ce dans son passé d'enfant ou dans son présent de femme qu'elle l'entendait à nouveau? Avant même de s'en rendre compte, elle répondit comme jadis :

« Mais... à rien, papa. »

Puis, elle remonta tout à fait à la surface et dit résolument :

« Il est tard. Je vais préparer ma valise.

— Bon, dit-il, eh bien, moi, j'en profiterai pour sortir un peu.

— Où vas-tu?

— Chez Sénéjoux.

— Au café? Pour quoi faire?

— J'ai promis à Calamisse, à Barbezac et à Ferrière d'aller les retrouver pour une petite manille. On a pris l'habitude de passer la soirée comme ça, de temps en temps, entre vieux copains. C'est agréable! Évidemment, les dames ne sont pas contentes! Mais, qu'est-ce que tu veux? c'est indispensable pour des hommes de se rencontrer après le travail pour parler... »

Elle ne songea même pas à protester contre un usage qui, autrefois, lui eût paru inadmissible. Cette docilité lui donna la mesure de l'abîme que les années avaient creusé entre elle et son père. Vivant loin de lui, dans des soucis qu'il ne pouvait comprendre, elle avait fini par le laisser organiser son existence à sa façon. Maintenant, il avait des pensées, des manies, qu'elle ne connaissait pas. Il s'était ménagé des satisfactions dans sa solitude. Les conseils de sa fille ne lui étaient plus nécessaires.

« Où diable Antoinette a-t-elle fourré ma veste? » grogna-t-il en se levant.

Le chien se dressa à son tour. Amélie eut un mouvement de surprise. « Qui est Antoinette? se demanda-t-elle. Ah! oui, M^me^ Pinteau! Pourquoi l'appelle-t-il par son prénom? » Puis, elle se dit que cela n'avait aucune importance. Depuis treize ans que cette femme s'occupait de la maison et du magasin, il était normal que Jérôme la traitât familièrement en paroles. Leur intimité n'allait pas plus loin, elle en était sûre. Jérôme tournait dans la cuisine, ouvrait les bras et ronchonnait :

« Celle-là! tu peux toujours courir pour retrouver

ce qu'elle a rangé! Je pose quelque chose ici, ou ici (il désignait la table, le banc), je vais pour le reprendre, elle l'a déjà fait disparaître! Personne ne le lui demande, mais c'est plus fort qu'elle! »

Amélie sourit à l'emportement de son père :

« Si tu ne l'avais pas pour veiller sur tes affaires, comment te débrouillerais-tu?

— Je ne dis pas! grommela-t-il. Mais elle est bien maniaque, je t'assure! Et plus ça va, plus ça empire! Un de ces jours, je me fâcherai pour de bon! »

Il ouvrit la porte, sortit dans le couloir, et revint, au bout d'un moment, sa veste sur le bras.

« Elle l'avait pendue avec les tabliers! dit-il en haussant les épaules.

— Ce n'était pas sa place?

— Si, mais elle aurait pu me prévenir! Ah! les femmes!... »

Amélie l'aida à enfiler sa veste, l'embrassa, et, quand il fut parti, se pencha à la fenêtre pour le voir, marchant dans la rue obscure, la tête droite, son chien sur les talons.

# 3

SELON ce qui avait été convenu, dix jours après le départ d'Amélie pour Paris, Jérôme ramena Élisabeth à La Jeyzelou. Ménou voulut le retenir pour le dîner, mais il avait du travail en retard à la forge et préféra rentrer à La Chapelle-au-Bois par le train de six heures cinq. Tante Thérèse, Geneviève et Élisabeth l'accompagnèrent à la gare. On s'embrassa, une dernière fois, devant une rangée de wagons. En montant dans son compartiment, Jérôme avait un visage triste. Les roues commencèrent à tourner. Il se montra à la portière. Élisabeth le plaignait, parce qu'il s'en allait tout seul. Elle agita sa main aussi longtemps que le convoi fut en vue. Quand la voiture de queue se fut effacée dans le virage, la fillette éprouva un soulagement absolu, comme si le chagrin de son grand-père eût disparu au moment où il disparaissait lui-même.

Le retour à la maison s'accomplit pour elle dans la hâte et la bonne humeur. Il y avait tant de choses à découvrir dans cette nouvelle demeure, qui, provisoirement, serait la sienne! Sa chambre, au premier étage, était très petite et très fraîche. Comme personne n'y couchait jamais, on n'avait pas jugé utile de coller du papier sur les murs. Ils avaient encore leur revêtement de plâtre, d'un blanc cru, fendillé par endroits. La fenêtre donnait sur le potager. Des boîtes de carton s'empilaient sur la chaise. Une machine à coudre était coincée entre le lit de bois, brun foncé, et la grosse armoire à ferrures jaunes, qui fermait mal. Tante Thérèse ouvrit les deux battants du meuble, et un parfum de pommes sures s'en échappa. Les rayons pliaient sous le poids des draps, des serviettes, des nappes, rangés en piles. Dans la partie inférieure, se trouvait une planche vide, tapissée de cretonne.

« C'est là que tu mettras ton linge, dit tante Thérèse. Quant à tes robes, tu les pendras dans la chambre de Geneviève. Elle t'a réservé une place dans son armoire. »

Les enfants protestèrent, lorsqu'elle voulut les aider à déballer la valise :

« On va le faire nous-mêmes! Ce sera si amusant!... »

Tante Thérèse consentit à l'expérience et se retira en rappelant qu'à sept heures et demie tout le monde devait être prêt pour le dîner. Bien que la garde-robe d'Élisabeth fût modeste, Geneviève l'admira avec complaisance. Elle avait une telle délicatesse dans le geste, qu'au contact de ses mains blanches et grassouillettes, les vêtements les plus ordinaires devenaient précieux. Très vite, excitées par les discussions, les comparaisons et les essayages devant la glace, les deux fillettes songèrent moins à ranger leurs affaires qu'à avancer dans l'intimité l'une et l'autre. Blouses, chaussettes, culottes, tout leur était prétexte à se mieux connaître. C'était Geneviève qui posait le plus de questions :

« C'est neuf?... Ça vient de Paris?... Quand ta maman t'a-t-elle acheté ça?... »

En sortant de sa chambre, Élisabeth remarqua, dans le couloir, deux rondelles de feutre, placées côte à côte, sur le parquet.

« Ça sert à quoi? demanda-t-elle.

— Ce sont des patins, dit Geneviève.

— Des patins?

— Oui, pour ne pas salir le plancher quand on vient du dehors. Tu mets tes pieds dessus et tu marches. En même temps, ça donne du brillant... »

Élisabeth trouva cette invention magnifique. Ce fut en exécutant de vertigineuses glissades, qu'elle transporta ses robes, une à une, jusqu'à l'armoire de sa cousine. Geneviève, effrayée, criait :

« Non, Elisabeth!... Ce n'est pas fait pour jouer!... Tu vas tomber et te casser quelque chose!... »

La voix de tante Thérèse interrompit les exercices d'Élisabeth et les lamentations de Geneviève :

« Vous avez dix minutes pour vous préparer, les enfants! »

Élisabeth voulut se ruer dans l'escalier, mais Geneviève la retint :

« Il faut se laver les mains, d'abord. »

Le cabinet de toilette était au fond du couloir. Élisabeth atteignit la porte d'un seul élan, sur ses patins magnifiques, se heurta avec fracas au battant, et éclata de rire.

« Que se passe-t-il, là-haut? demanda tante Thérèse, inquiète. Quelqu'un a fait une chute?

— Non, non, c'est rien, tantine! » cria Elisabeth en se tenant le ventre à deux mains pour étouffer les sursauts de sa joie.

Geneviève dut encore lui apprendre à tourner le robinet modérément, pour ne pas éclabousser la cuvette et le mur. Chaque membre de la famille avait sa serviette, pendue à un crochet. Dans un verre, s'épanouissait un bouquet de cinq brosses à dents, marquées de couleurs différentes sur le manche. Le blaireau de pépitou et celui de l'oncle Julien se saluaient de la barbe aux deux extrémités d'une tablette.

Impressionnée par l'ordonnance et la propreté du lieu, Élisabeth écouta docilement les instructions de Geneviève sur la façon de disposer ses objets de toilette sans déranger ceux des autres. Ensuite, elles descendirent dans le jardin, car, la soirée étant douce et claire, tante Thérèse avait décidé qu'on dînerait sous la tonnelle. Tous les habitants de la maison, abandonnant au même moment leurs occupations particulières, se réunirent autour de la table ronde, drapée d'une toile cirée à carreaux. Il n'y avait plus trois verres devant chaque personne, mais un seul. Des couteaux à manche de corne avaient remplacé les couteaux d'argent. Le vin était dans une carafe, et les enfants n'avaient plus le droit d'en boire. Pépitou noua sa serviette autour du cou. Ménou apporta la soupe, et, une louche à la main, servit les convives, qui tendaient leur assiette à tour de rôle.

Pour Élisabeth, dont les parents mangeaient en hâte, séparément, à n'importe quelle heure, il était surprenant de voir une famille entière, du grand-père à la petite-fille, assemblée devant la nourriture. Le secret du bonheur domestique était dans la soupière qui fumait entre les visages. Avec le parfum des poireaux et du pain trempé, ce récipient pansu distribuait à chacun des conseils de sagesse. Autour de lui, l'action simultanée des cuillères marquait l'accord des âmes. La conversation était cordiale et instructive. On parlait de la température, de la dernière crise d'asthme de ménou, d'un problème posé pour le certificat d'études et de la supériorité du vinaigre de vin sur le vinaigre d'alcool. De tous les personnages assis sous la tonnelle, c'était l'oncle Julien qui était le moins loquace et le plus mystérieux. Visiblement, il réfléchissait à quelque chose de grave derrière sa petite moustache noire. Élisabeth savait déjà par Geneviève qu'il écrivait, parfois, dans un journal de Limoges. Pépitou le plaisanta, à deux reprises, parce qu'il ne faisait pas honneur au repas :

« On vous donnerait n'importe quoi, mon cher Julien, que vous le mangeriez de la même façon ! »

Le menu était moins extraordinaire que lors de la première visite d'Élisabeth à La Jeyzelou, mais elle avait faim et apprécia la blanquette de veau, dont, d'habitude, elle n'était pas friande. Le ciel s'obscurcissait lentement. Les fruits du dessert étaient presque noirs sur les assiettes bleues. Un vent frais se leva et les feuillages de la tonnelle bougèrent.

« Élisabeth, monte chercher un gilet dans ta chambre, dit tante Thérèse.

— J'ai pas froid.

— Tu es fragile des bronches, tu dois te couvrir.

— Et Geneviève ?

— Elle est moins légèrement habillée que toi. Va vite. »

Élisabeth traversa le jardin en courant, gravit l'escalier et glissa merveilleusement sur les patins de feutre jusqu'à sa chambre. Il y faisait plus sombre que dehors. Elle tourna le commutateur. Une lumière vive l'éblouit. Elle allait s'avancer vers l'armoire, quand son cœur se crispa et ses jambes fléchirent. Muette d'horreur, elle considérait fixement le mur, en face d'elle. Dans ce désert de plâtre, une énorme araignée noire s'étalait comme une tache d'encre aux prolongements filiformes. Les poils même de ses pattes se détachaient avec une netteté affreuse sur le fond blanc. Accroupie sur ses huit membres pliés, elle était prête à trotter, à bondir. Élisabeth sentit sur sa peau la galopade légère du monstre. Un frisson la chatouilla dans la région des reins. Elle poussa une clameur folle, se rua vers la porte, dévala les marches et, toujours en hurlant, tomba dans les bras de tante Thérèse, qui s'était levée de table pour la recevoir. Des figures inquiètes l'entourèrent. On la pressa de questions. Elle reprit son souffle et hoqueta :

« Dans ma chambre... une araignée... une grosse araignée!...

— Ce n'est que ça? dit tante Thérèse en riant. Il ne faut pas avoir peur des araignées. Tu n'es pas une mouche! Elles ne te feront pas de mal!

— Je ne veux pas remonter là-haut », dit Élisabeth.

Elle tremblait. Elle claquait des dents.

« Mon Dieu, que cette enfant est donc nerveuse! » dit ménou.

Pépitou, téméraire malgré son grand âge, se dirigea vers le perron :

« Je t'en débarrasserai en un clin d'œil, moi, de ton araignée! »

L'oncle Julien, enflammé par l'exemple, lui emboîta le pas.

« Je vais avec eux, dit tante Thérèse. Restez ici, les enfants.

— Non, dit Élisabeth. Je veux voir s'ils l'ont vraiment chassée. Autrement, je ne pourrais pas dormir.

— Moi aussi, je veux voir, dit Geneviève.

— Alors, venez vite! »

Elles rattrapèrent pépitou et l'oncle Julien au seuil de la chambre. L'araignée était toujours là, immobile, noire, le corselet reposant à l'aise dans le berceau des pattes écartées.

« Quelle horreur! s'écria tante Thérèse.

— Oui, elle est vraiment très grosse, dit pépitou avec une nuance de considération dans la voix.

— C'est la plus grosse que j'aie jamais vue, renchérit l'oncle Julien. Un spécimen extraordinaire! Le type même de la *tegenaria parietina* géante. »

Pépitou se proposait de la tuer à coups de pantoufles, mais son gendre avait une autre idée :

« Si nous pouvions la capturer vivante, je la montrerais aux élèves, à la rentrée.

— Comment vas-tu t'y prendre? demanda tante Thérèse.

— Qu'on me donne un grand verre », dit-il avec autorité.

Geneviève, qui n'avait pas peur des araignées, courut chercher un verre à la cuisine. Quand elle l'eut apporté à son père, il le mesura du regard, le saisit fermement dans sa main et s'avança vers le mur. Pépitou, de son côté, s'était emparé d'une boîte en carton, dont il espérait se servir comme d'un piège. L'araignée se trouvait entre l'armoire et la tête du lit.

« Je vais essayer de l'attaquer par la droite, dit l'oncle Julien. Si elle s'échappe vers la gauche, pépitou, vous l'arrêterez.

— Comptez sur moi », dit pépitou.

L'ombre de l'oncle Julien se coucha sur le mur. Pendant qu'il préparait son intervention, les pattes de l'araignée se détendirent comme des ressorts. A trois reprises, il colla violemment son verre contre la paroi blanche et nue, mais l'insecte, plus prompt que lui, ne se laissa pas coiffer. Porté par ses béquilles velues, il se déplaçait follement, en zigzag, au-dessus du lit.

« A vous, pépitou! » dit l'oncle Julien.

Pépitou s'appuya d'un genou sur le matelas, visa et appliqua sa boîte, lourdement, à côté du but.

L'araignée descendit vers la couverture.

« Vite! vite! » cria tante Thérèse.

Déséquilibré par son premier effort, pépitou donna de grands coups maladroits avec le carton pour empêcher la fugitive de poursuivre sa route. Chaque fois, il arrivait trop tard. Élisabeth, debout près de la porte, trépignait de dégoût et d'épouvante.

« Attention, pépitou! gémissait Geneviève. Plus par ici!... Tu vois bien, elle file!... elle file!... Dépêche-toi, tu vas l'avoir!... »

Soudain, l'araignée disparut.

« Elle est dans le lit! hurla Élisabeth.

— Mais non, dit tante Thérèse. Elle est partie.

— Elle est pas partie, elle est dans le lit! reprit Élisabeth d'une voix enrouée par les larmes.

— Vous voyez, Julien, dit pépitou, nous aurions mieux fait de la tuer comme j'en avais l'intention! »

Tante Thérèse rejeta les couvertures, souleva l'oreiller, secoua les draps, l'araignée restait introuvable.

« Alors, elle est derrière! » dit Élisabeth.

Un peu confus d'avoir manqué leur chasse, pépitou et l'oncle Julien écartèrent le lit de la cloison. Tante Thérèse, Geneviève, puis Élisabeth se hasardèrent dans la ruelle. Leur inspection les amena à conclure que l'animal s'était sans doute réfugié dans quelque trou, à la jonction du mur et du plancher.

« Elle en sortira la nuit! balbutia Élisabeth. Elle se promènera sur moi! Oh! tante Thérèse, c'est affreux! Je ne pourrai pas dormir! Je t'en supplie, fais quelque chose!... »

Ménou arriva sur ces entrefaites. Elle avait débarrassé la table et rangé la vaisselle. Comme les autres, elle essaya de persuader Élisabeth que l'araignée était une bête inoffensive et qu'ayant été énergiquement traquée elle ne s'aviserait pas de revenir sur les lieux. Mais Élisabeth ne voulait rien entendre. Ses yeux étaient fascinés par une vision de cauchemar. Des sanglots secs lui secouaient les épaules. La violence même de ce désespoir incita la famille à user de modération envers une enfant manifestement trop sensible. On tint conseil.

« Voici ce que je propose, dit tante Thérèse. Nous pourrions transporter ton lit dans la chambre de Geneviève. Ainsi, tu ne serais plus seule, tu n'aurais plus peur...

— Oh! oui, merci, tantine! » soupira Élisabeth.

Geneviève, elle, ne disait mot. Apparemment, elle était partagée entre la joie de dormir à côté d'Élisabeth et l'ennui d'avoir à compromettre, pour la loger, la disposition parfaite de sa chambre.

« Et où le mettrait-on, son lit? demanda-t-elle enfin.

— A côté du tien, dit tante Thérèse. Il suffirait de pousser l'étagère et de déplacer les deux chaises. »

Geneviève réfléchit. Peu à peu, une curiosité affectueuse l'emportait sur son souci de ménagère.

« Ce serait très bien », dit-elle enfin avec élan.

Tante Thérèse elle-même parut surprise de la bonne volonté que sa fille montrait en l'occurrence. Malheureusement, la porte était trop étroite pour qu'on pût traîner le lit d'une chambre à l'autre. Il fallait le démonter d'abord. Pépitou dit que ce n'était rien, qu'il avait l'habitude. L'oncle Julien s'offrit à l'aider dans cette entreprise. Sur son ordre, Geneviève leur apporta la boîte à outils. Ils se mirent au travail. Debout derrière eux, les femmes observaient leur effort d'un œil intéressé et critique. Élisabeth était gênée de déranger ainsi les usages de la maison, mais il lui était vraiment impossible de cohabiter avec une araignée. Le sommier se laissa aisément enlever et le cadre du lit ne résista pas longtemps aux deux hommes, qui, soufflant et pestant, s'acharnaient à le disjoindre. Toutes les pièces de la charpente furent transportées ensuite dans la chambre de Geneviève. Il ne restait plus qu'à les assembler de nouveau. Accroupis entre les pans de bois, pépitou et l'oncle Julien épuisaient leur patience sur de grosses vis, à têtes sphériques perforées, qu'on ne pouvait tourner qu'avec un clou. Tantôt la tige filetée s'enfonçait de travers, tantôt elle ne mordait pas sur les rainures et ballottait dans son logement. L'oncle Julien reprochait à tante Thérèse de ne pas maintenir le dossier à la verticale :

« Comment veux-tu que je visse, si les deux parties ne sont pas d'équerre? »

Pépitou s'écorcha le pouce à une pointe qu'il n'avait pas remarquée. Il avait oublié ses lunettes sous la tonnelle. Ménou lui prêta les siennes. Tante Thérèse lui noua un léger pansement autour du doigt. Il ôta son veston. L'oncle Julien en fit autant. Tous deux reprirent leur ouvrage avec humeur. Sur leur dos, les bretelles écartaient leurs tiges, dans un mouvement d'araignée. Élisabeth frémit d'appréhension. C'était exactement cela : de longues pattes, tirées en étoile hors d'un corselet minuscule. Les femmes se retenaient de donner des conseils. Le silence n'était plus ponctué que par des exclamations coléreuses :

« Saleté de vis!... Je me demande quel est l'imbécile qui a inventé ce système d'assemblage!... Passe-moi un autre clou pour tourner, Geneviève... Celui-ci est trop mince... Thérèse, ne bouge pas!... Je ne suis plus en face du trou!... »

Enfin, le lit consentit à se tenir d'aplomb sur ses quatre pieds. Le dossier seul branlait encore, mais pépitou déclara qu'il était impossible de faire mieux. Les épouses complimentèrent leurs maris, qui sortaient, fumants et victorieux, d'un travail inhabituel pour des instituteurs. Élisabeth se confondit en remerciements.

« Allons donc! Ce n'est rien, ma petite! » dit l'oncle Julien en s'épongeant le front.

Ayant installé le sommier et le matelas, les hommes se retirèrent, abandonnant aux femmes le reste de la besogne, qui n'exigeait ni force, ni compétence.

Il était presque dix heures du soir, quand les fillettes purent se coucher. Tante Thérèse les borda, les embrassa et éteignit la lampe de chevet en s'en allant.

« Tu veux pas la rallumer? chuchota Élisabeth. J'aime pas faire ma prière dans le noir.

— Tu fais ta prière, toi? demanda Geneviève.
— Oui. Pas toi?
— Non.
— Et ton papa, ta maman, ménou, pépitou?
— Non plus. »

Élisabeth resta pensive un moment, et reprit avec décision :

« Ben, tu vois, moi, je fais ma prière. »

Geneviève ralluma la lampe, Elisabeth s'agenouilla sur le plancher et récita le « Notre Père », en pensant plus à l'impression qu'elle produisait sur sa cousine qu'à ses rapports personnels avec le Bon Dieu. Son signe de croix fut d'une élégance suprême. Elle se recoucha avec un visage purifié et dit :

« C'est fini. Tu peux éteindre. »

# 4

« LA nuit était claire,... les étoiles a-vi-vées de froid;... la bise piquait, et un fin grésil... gré-sil... glissant sur les vêtements,... sans les mouiller,... gardait fidèlement la tradition... tra-di-tion... des Noëls... blancs de neige... »

Tante Thérèse dictait avec lenteur, pour permettre à Élisabeth de se remémorer l'orthographe de chaque mot. Assise au premier rang, dans la salle de classe, la fillette était gênée par la présence, dans son dos, de tous ces pupitres vides, noirs et luisants. Au lieu de se concentrer, elle pensait à la place perdue. C'était tante Thérèse qui avait décidé que leurs leçons se passeraient à l'école même. Elle comptait beaucoup sur l'atmosphère studieuse de l'endroit pour hâter les progrès de sa nièce.

« Tout en haut... de la côte, le château... apparaissait... comme le but,... avec sa masse... énorme... é-nor-me de tours,... de pignons... »

Élisabeth s'aperçut qu'elle partait dans un rêve et se ressaisit pour ajouter un « s » à « tour » et à « pignon ». Depuis trois jours qu'elle travaillait ainsi, sous la direction de tante Thérèse, elle avait conscience, fièrement, de n'avoir rien à se reprocher sous le rapport de la sagesse. Deux heures, le matin, pour le calcul, l'orthographe, l'histoire, la géographie, c'était suffisant. L'après-midi, elle apprenait ses leçons et préparait ses devoirs pour le lendemain. Le reste du temps, elle aidait au ménage ou s'amusait avec Geneviève. La vie, chez les instituteurs, était, décidément, passionnante.

« ... avec sa masse énorme de tours, de pignons, le clocher de sa chapelle... de... sa... chapelle... montant dans le ciel... dans le ciel bleu-noir... »

Fallait-il deux « p » à « chapelle »? Elle hésita et n'en mit qu'un, mais avec un jambage épais et traîtreusement dédoublé par en bas. Cette dictée était bien longue! La dernière épreuve de la journée. Après, elle serait libre! Que faisait Geneviève? Elle eut hâte de la rejoindre et se tortilla sur son banc pour montrer qu'elle était fatiguée. Tante Thérèse poursuivit d'une voix impassible :

« ... et une foule de petites lumières qui clignotaient,... allaient,... venaient,... s'agitaient à toutes les fenêtres... »

Élisabeth sentit qu'elle perdait pied sous cette avalanche de verbes à l'imparfait et que, quoi qu'elle fît, elle les écrirait de travers. A tout hasard, elle donna un « l » à « allaient » et deux « t » à « clignotaient ».

« ... et ressemblaient,... sur le fond sombre... du bâtiment,... aux étincelles... courant dans des cendres... dans des cendres... de papier brûlé... »

C'était fini. Tante Thérèse prit le cahier, relut le texte, souligna dix fautes, sans compter celles de ponctuation, et ordonna à Élisabeth de recopier trois fois, pour le lendemain, chacun des mots dont elle ignorait l'orthographe.

« Ce n'est pas bien? soupira Élisabeth. Tu n'es pas contente?

— Ce n'est pas fameux, en effet, dit tante Thérèse. Mais j'ai l'impression que, si tu continues à te donner de la peine, très vite nous obtiendrons un meilleur résultat. »

Ces paroles ragaillardirent Élisabeth. Elle ne tenait pas tant à écrire correctement qu'à épargner du souci à sa tante Thérèse.

« Je peux aller, maintenant?

— Oui, va vite. »

Elle s'échappa de la classe et courut droit à la cuisine. Ménou épluchait des légumes pour le déjeuner. Élisabeth l'embrassa fougueusement, non pour lui souhaiter le bonjour, car elle l'avait déjà vue au début de la matinée, mais pour sentir de nouveau, sous ses lèvres, la peau douce, fripée et parfumée de la vieille femme, qui, par une ancienne habitude de coquetterie, s'enduisait le visage, au lever, avec de la crème Tokalon. Proprette, rieuse et odorante, ménou repoussa les assauts de l'enfant qui la respirait avec gourmandise.

« Qu'est-ce que tu prépares, ménou?

— Une jardinière de légumes.

— Pour aller avec quoi?

— Tu le sauras plus tard. As-tu seulement bien travaillé, ce matin?

— Très bien, dit Élisabeth. Mais j'ai une de ces soifs! »

Elle prit un verre dans le placard et s'approcha de l'évier.

« Laisse couler le robinet un moment, dit ménou, sinon tu auras l'eau des tuyaux, qui est malsaine. »

Ayant bu, Élisabeth posa son verre vide sur la table.

« Oh! vilaine! dit ménou. Veux-tu bien le rincer et le remettre à sa place? Ici, chacun range son désordre. »

Élisabeth s'exécuta, mais, au passage, chipa une carotte crue et y mordit à pleines dents, pour le plaisir de l'entendre craquer dans sa tête.

« Cela t'amuse de te charger l'estomac avant le déjeuner? grommela ménou.

— Où est Geneviève? demanda Élisabeth en continuant à mâcher sa carotte.

— Elle vient d'aller dans la cour avec pépitou. Il lui donne sa leçon de bicyclette.

— De bicyclette? s'écria Élisabeth, et elle resta la bouche ouverte, la langue chargée de grumeaux jaunes.

— Oui.

— Geneviève a une bicyclette?

— Une belle bicyclette, toute neuve!

— Elle ne me l'a pas dit! »

Ménou se mit à rire :

« Cela ne m'étonne pas!

— Depuis quatre jours qu'on est ensemble, elle aurait pu m'en parler, tout de même!

— Moi, je sais pourquoi elle ne t'en a pas parlé! Elle ne veut pas apprendre à monter dessus. Sans pépitou, elle ne la sortirait jamais de la remise... »

Avant même que ménou eût achevé sa phrase, Élisabeth était dehors et courait vers le fond de la cour, où un groupe vacillant attirait ses regards.

A cheval sur une bicyclette étincelante, Geneviève, la tête dans les épaules, les coudes écartés, la figure décomposée par l'effroi, s'appuyait de tout son poids sur son grand-père, qui, une main cramponnée à la selle et l'autre au guidon, essayait de la maintenir en équilibre.

« Pédale! criait-il. Pédale!

— Non! gémissait Geneviève. Je ne veux pas! Je vais tomber!... Je vais me casser quelque chose!...

— Quand tu seras lancée, ça ira tout seul. Hop! Courage! »

Il fit plusieurs pas en avant. Les roues tournèrent dans un joli miroitement de rayons argentés. La bicyclette et Geneviève s'inclinèrent davantage encore. Pépitou s'arc-bouta pour les redresser à la verticale :

« Pédale! Pédale, je te dis!

— Attends, Geneviève! s'écria Élisabeth. Je vais te tenir de l'autre côté! »

Elle se précipita à la rescousse. Encerclée sur son siège, poussée par-derrière, tirée par-devant, Geneviève glapissait :

« Non! Ça ne m'amuse pas! Assez! »

Elle finit par laisser traîner ses deux pieds sur le sol. On s'arrêta.

« Je voudrais essayer, dit Élisabeth.

— Tu es déjà montée à bicyclette? demanda pépitou.

— Non.

— Alors, fais attention. Ne te crispe pas. C'est moi qui te guide. »

Elle prit la place de Geneviève sur la selle. Pépitou l'épaula légèrement et se mit en marche. La machine roulait avec lenteur. Il pressa le pas. Élisabeth appuya sur les pédales. Pépitou, accroché à la bicyclette, commença à trotter menu en soufflant :

« Bon... bon... Pédale toujours... Regarde en avant!... »

Grisée par le succès, Élisabeth accéléra le mouvement de ses jambes.

« Pas si vite! » gronda pépitou, qui, maintenant, était obligé de courir pour rester au niveau des roues.

Soudain, elle se sentit seule, libre, perchée très haut, entourée de vide. Pépitou l'avait lâchée. Une crainte délicieuse lui poignit le cœur. Le guidon vibrait dans ses mains. Les fenêtres de l'école défilaient en sautillant le long de sa joue droite. Elle allait s'envoler. Un caillou en décida autrement. La roue avant hésita, dévia. Élisabeth se retrouva par terre, les jambes prises sous la machine, dont une pédale tournait encore. Elle s'était écorché le genou.

Le sang coulait, mais elle n'avait pas mal. En voyant accourir pépitou, elle pouffa de rire. Geneviève le suivait. Elle était blanche et balbutiait d'une voix mourante :

« Tu vois que c'est dangereux, pépitou ! »

Puis, elle s'enfuit en hurlant :

« Maman ! Maman ! Vite ! Élisabeth s'est blessée ! »

Pépitou avait une mine coupable. N'était-il pas l'instigateur de cette expérience, qui se terminait par un accident ?

« Ça arrive, grognait-il, ça arrive souvent dans les débuts ! »

Il releva Élisabeth et la conduisit à la cuisine, où tante Thérèse et ménou lui lavèrent sa plaie, la désinfectèrent avec un liquide piquant et la recouvrirent d'un volumineux bandage.

« Elle a été très vaillante, dit pépitou en s'essuyant le front et la nuque avec un grand mouchoir.

— Et toi, très imprudent, Hector, dit ménou.

— Mais non, Clotilde. Chaque sport a ses risques. Et la bicyclette est un sport complet. Si je suis tel que tu me vois, c'est grâce à la bicyclette ! Il faut que ces enfants fassent de la bicyclette ! C'est un brevet de santé qu'elles se préparent...

— En se cassant le nez sur les cailloux », dit tante Thérèse.

Il baissa la tête. Élisabeth rassura tout le monde et sortit, héroïque, souriante et la jambe raide.

Le lendemain, elle pria pépitou de lui donner encore une leçon. Pendant qu'ils s'exerçaient devant l'école, Geneviève s'installa ostensiblement sous la tonnelle, avec un ouvrage de broderie : elle décorait un coussin, avec des soies de couleur, pour le salon. Au bout d'un quart d'heure, pourtant, elle s'ennuya et vint faire valoir ses droits sur la bicyclette. Malgré l'émulation qui s'était emparée d'elle, ses progrès furent plus lents que ceux de sa cousine. Après quinze jours d'entraînement intensif, si toutes deux savaient se tenir en selle, Élisabeth pouvait déjà tourner aisément dans la cour en évitant les trous, alors que Geneviève, bossue, titubante, serrant les freins, s'arrêtait tous les dix mètres pour reprendre courage.

Avec la bicyclette, l'une des distractions préférées d'Élisabeth était le nettoyage de la maison. Une très vieille femme, Eulalie, qui portait encore le bonnet blanc tuyauté, venait à domicile pour le ménage. Mais elle n'avait ni le temps, ni le goût, d'effectuer des travaux délicats. Chaque matin, les deux fillettes rangeaient leur chambre et aéraient leurs draps et leurs couvertures, en les exposant sur le rebord de la fenêtre, pendant le petit déjeuner. Le jeudi, qui était jour des visites, elles s'occupaient plus particulièrement d'ouvrir et de mettre en état le salon. Les meubles, qui avaient vécu pendant une semaine sous des housses grises, apparaissaient à la lumière dans leur vénérable splendeur. Un fichu noué sur la tête, un tablier trop grand ficelé autour des hanches, Geneviève et Élisabeth frottaient amoureusement ce qui leur tombait sous la main. Les accoudoirs des fauteuils brillaient au moindre coup de torchon. Mais pour les chaises, dont le dossier était formé de petites baguettes parallèles, il fallait glisser le chiffon dans les interstices et le tirer, de part et d'autre, vivement. L'époussetage des bibelots était plus amusant encore. Geneviève se réservait ceux de l'étagère. Élisabeth avait la charge des deux terres cuites du piano, qui représentaient Jean-qui-pleure et Jean-qui-rit. Comme ils faisaient la paire, elle devait prendre d'infinies précautions en les maniant : si elle en cassait un, l'autre perdrait toute sa valeur ! C'était elle également qui avait la responsabilité du sujet en bronze de la cheminée. Un jeune garçon, très beau, très svelte, coiffé d'une toque à plume et chaussé de souliers pointus, jouait de la mandoline, en s'appuyant négligemment de l'épaule à un cadran rond et blanc, dont les aiguilles marquaient toujours midi vingt. Élisabeth éprouvait un contentement romanesque à astiquer cette statuette, qu'on appelait, dans la famille, le petit sage. Si Geneviève n'avait pas été là, elle se fût volontiers attardée à le contempler, à le caresser, à imaginer pour elle et pour lui d'impossibles aventures. Pour suppléer la pendule, qui, étant détraquée, ne devait son maintien dans les lieux qu'à la richesse artistique de sa décoration, il y avait, pendue au mur, une énorme horloge, dont le carillon sonnait tous les quarts d'heure. Pépitou avait, seul, le droit de la remonter. Il le faisait solennellement, à dates fixes. Le tintement joyeux des clochettes s'entendait jusqu'au premier étage.

Deux jeudis passèrent sans qu'aucun visiteur se présentât. Le troisième jeudi, les instituteurs reçurent dans leur salon M. et M^me^ Grouchy, pharmaciens à La Jeyzelou, et leur fils Albert, âgé de treize ans, qui avait été le meilleur élève de l'oncle Julien et allait entrer, en octobre, au lycée de Limoges. M. Grouchy était malingre et blafard, comme s'il eût gardé sur son visage le reflet du gros bocal vert qui ornait la vitrine de sa boutique. M^me^ Grouchy, opulente et le teint vif, semblait colorée, en revanche, par les rayons du bocal rouge voisin. Elle portait un grand chapeau de paille mordorée, deux perles lourdes aux oreilles et un camée à l'endroit où sa poitrine changeait de pente pour piquer résolument vers le bas. Blond, trapu, joufflu, l'œil bleu et le nez retroussé, Albert ne correspondait pas du tout à l'image qu'Élisabeth se faisait d'un brillant élève. Il souriait obliquement, tandis que l'oncle Julien et la tante Thérèse évoquaient ses succès scolaires. Tout le monde avait trouvé à s'asseoir dans le salon. Les grandes personnes occupaient des fauteuils, les enfants, des chaises. Élisabeth et Geneviève, passant sur l'inconvénient d'être habillées de même, avaient mis toutes deux leurs robes roses. M^me^ Grouchy les complimenta sur leur toilette. Puis, on parla de l'avenir d'Albert, qui ne visait rien de moins que l'École de pharmacie. A intervalles égaux, le carillon se mêlait à la conversation.

Pépitou apporta deux flacons de liqueur, l'une très douce pour les dames, l'autre, plus corsée, pour les messieurs. M^me^ Grouchy demanda à l'oncle Julien s'il n'avait pas écrit quelque nouveau poème en patois, dont il pût leur donner la primeur. Il se fit prier, disant que c'était peu de chose, qu'il n'était pas content du résultat, mais il avait le papier dans sa poche. C'était une adaptation de *La Mort et le bûcheron*, de La Fontaine. On se prépara en silence. L'oncle Julien chaussa des lunettes, glissa un pouce dans l'entournure de son gilet, éloigna le feuillet de ses yeux et lut, d'une voix inhabituelle, comme au théâtre :

*Un bucheirou, qu'éro for viei,*
*Venio de lo foure vesino,*
*E treinavo sur soun eichino*
*Un fai de branchâ de rouvei...*

La poésie était longue. Élisabeth n'en devinait pas la signification. Mais l'auditoire était sous le charme. Même Geneviève et Albert avaient l'air de saisir quelques mots au passage. Enfin, l'oncle Julien prononça sur un ton plaintif :

*Aido me, si te plâ, a soulevâ moun fai!*

Le carillon sonna. Les compliments éclatèrent. L'oncle Julien protesta qu'il n'avait fait que suivre La Fontaine. M^me^ Grouchy voulut savoir s'il n'avait pas une autre poésie dans ses cartons. Il dit que oui. Mais c'était une poésie que seules les grandes personnes pouvaient comprendre. On envoya les enfants jouer dans la cour.

Pendant un long moment, ils ne surent à quoi s'employer. En passant devant le mur de l'école, Albert montra aux fillettes, par la fenêtre, le banc qu'il avait occupé jadis dans la classe des grands, mais cela n'avait d'intérêt que pour lui. Puis, il grimpa, en s'aidant des pieds et des mains, à l'un des piquets de fer qui soutenaient l'auvent du préau. Sa force et son agilité étaient telles, qu'en quelques tractions il fut au sommet. Ayant touché le bord du toit avec sa tête, il se laissa glisser de tout son poids jusqu'au sol. Élisabeth, enthousiasmée, voulut en faire autant. Geneviève poussa des cris horrifiés :

« Tu vas salir ta robe! Tu vas abîmer tes chaussures!... »

Trop tard. Le poteau fermement tenu entre ses cuisses, Élisabeth tirait sur ses bras pour se hisser. L'effort lui rougissait le visage. Ses paumes cuisaient, distendues. Sa robe se relevait, se froissait par-devant.

« Oh! Élisabeth, on voit ta culotte, chuchota Geneviève.

— Je m'en fiche! » dit Élisabeth.

A mi-hauteur, elle dut abandonner, épuisée. Albert trouva que, tout de même, pour une fille, c'était très bien. Il avait suivi ses parents à bicyclette et s'offrit à exécuter quelques voltes acrobatiques dans la cour. Élisabeth annonça que sa cousine aussi avait une bicyclette. On allait pouvoir organiser des jeux. Pendant qu'Albert courait chercher sa machine, qui était adossée à la grille du jardin, Geneviève reprocha à Élisabeth de s'être montrée trop familière avec lui :

« Il n'y avait qu'à lui laisser faire de la bicyclette tout seul si ça l'amusait!

— A deux, ce sera plus drôle, dit Élisabeth.

— Non, je ne sais pas assez bien monter dessus.

— Justement, il t'apprendra, il t'expliquera des trucs! »

Albert revint, poussant une vieille bicyclette, à la peinture rouge écaillée, aux nickels ternis. Le cadre de l'engin comportait une barre transversale, parce que son propriétaire était un homme et pouvait lever haut la jambe. Il bondit en selle et se mit à pédaler, couché sur son guidon comme un véritable coureur. Élisabeth crut qu'il allait s'écraser contre le mur du préau, mais, au dernier moment, il donna un coup de freins et amorça le virage avec élégance. Ses roues dérapèrent dans la poussière blanche. La gorge desséchée par l'émotion, Élisabeth hurla :

« Bravo, Albert! »

Après plusieurs tours de piste, il lâcha son guidon. Le dos droit, les bras croisés, un sourire supérieur aux lèvres, il semblait aussi à l'aise sur son perchoir que dans un fauteuil.

« Je vais chercher la bicyclette de Geneviève! » dit Élisabeth au comble de l'excitation.

Quand elle reparut avec la belle machine neuve, Geneviève refusa de s'en servir : elle n'était pas habillée pour ce genre d'exercice, il faisait chaud, maman n'allait pas tarder à les appeler dans le salon.

« Alors, tu permets que je la prenne? » dit Élisabeth.

Et, sans attendre la réponse, elle enfourcha la bicyclette et partit. Albert roulait devant. Elle essayait de le suivre. Dans les virages, l'un et l'autre faisaient tinter violemment leurs sonnettes.

« Tu freines trop tôt avant de tourner! criait Albert. C'est pour ça que tu perds du terrain sur moi! »

Il la tutoyait et elle en était fière. Debout au centre de la cour, les bras pendant sur sa robe rose,

Geneviève suivait leur ronde d'un regard piteux. Enfin, ils s'arrêtèrent et Albert dit :

« On devrait aller sur la route.

— Sur la route? s'exclama Geneviève en ouvrant de grands yeux de porcelaine bleue. Ce n'est pas possible!

— Pourquoi? demanda Élisabeth.

— Maman ne voudra jamais!

— Justement, dit Albert, il ne faut pas lui demander! On y va comme ça. Dix minutes, pas plus. Elle ne saura rien! »

La lèvre inférieure de Geneviève s'avança dans une moue boudeuse :

« Et moi?

— Je te prends sur mon cadre! répondit Albert.

— Ah! non, alors!

— Eh bien, attends-nous. On fait la course et tu regardes celui qui arrive le premier...

— Ce sera toi, dit Élisabeth.

— Pas sûr! » dit-il d'un air avantageux qui démentait ses paroles.

Ils se dirigèrent vers le portillon qui, de la cour, ouvrait droit sur la rue. Geneviève intervint une dernière fois :

« Élisabeth, ce n'est pas bien!

— Qu'est-ce que tu racontes? répliqua Élisabeth. Une bicyclette, c'est fait pour se balader, non? »

L'école étant presque à la lisière du bourg, Albert et Élisabeth furent bientôt en rase campagne. Ils roulaient côte à côte, avec lenteur, en suivant le bord de la route, ombragé par le feuillage des arbres. Élisabeth éprouvait un plaisir captivant à pédaler ainsi, en toute liberté, avec un compagnon qu'elle connaissait à peine. Les garçons étaient vraiment plus amusants que les filles. Ils n'avaient peur de rien. Ils étaient forts. Ils cherchaient l'aventure. A condition de ne plus penser aux instituteurs de La

Jeyzelou, elle pouvait se dire qu'Albert l'emmenait à la découverte du monde. Elle observa leurs ombres confondues, glissant sur le sol, faillit perdre l'équilibre, et se redressa à temps pour ne pas accrocher son voisin.

« Tu ne te débrouilles pas mal, dit-il. Surtout que c'est plus difficile quand on va doucement. Il y a longtemps que tu as appris?

— Pas même quinze jours, dit-elle.

— Et Geneviève? Je suis sûr qu'elle s'en tire moins bien que toi!

— Je crois, oui...

— Ce qu'elle peut être fille, celle-là! J'aime pas les filles qui sont filles! »

Élisabeth reconnut qu'elle était tout le contraire de sa cousine :

« Elle préfère les jeux calmes, et moi j'ai toujours envie de bouger.

— Moi aussi, j'ai toujours envie de bouger, dit-il. A Limoges je tâcherai de faire du football, le jeudi. S'il n'y avait pas la pharmacie de papa, je serais entré dans la marine, plus tard. C'est bien, la marine! On voyage, on traverse des tempêtes, on voit du pays... »

Élisabeth l'écoutait avec ravissement. Elle aussi, soudain, avait envie d'entrer dans la marine. Une auto les corna. Ils se rangèrent, l'un derrière l'autre, pendant qu'elle les dépassait dans un nuage de poussière. Quand ils purent, de nouveau, rouler de front, Albert dit :

« Tu as ta selle qui est trop haute. Je vais te l'arranger. »

Ils mirent pied à terre et Élisabeth s'assit sur le talus. Albert trouva dans les sacoches de la bicyclette la clef dont il avait besoin pour baisser la selle. Élisabeth le regarda travailler avec complaisance. Il était très habile de ses mains.

« Essaie, maintenant », dit-il.

Elle enfourcha la bicyclette, donna deux coups de pédales et cria :

« C'est beaucoup mieux ! »

Puis, elle se rappela Geneviève qui les attendait.

« Il faudrait peut-être rentrer, dit-elle.

— Penses-tu ! Il y a dix minutes qu'on est partis ! »

Elle avait l'impression qu'ils se promenaient depuis des heures. Ils continuèrent leur chemin sans se hâter. Un village se montra au loin.

« On fait de la vitesse jusqu'à la première maison ? » demanda-t-il.

Elle accepta. Il démarra violemment. Son postérieur dansait au-dessus de sa selle. Élisabeth peinait derrière lui. Lorsqu'elle le rejoignit, il était déjà affalé devant la clôture d'une ferme et se massait les mollets pour les défatiguer. Elle s'accroupit à côté de lui. Trop essoufflés l'un et l'autre pour échanger de longues phrases, ils se contentaient de sourire en se regardant. Un clocher sonna six heures.

« Maintenant, vraiment, il faut rentrer », dit Élisabeth.

Elle avait des jambes de bois. Au retour, la route lui parut interminable. Albert lui-même semblait épuisé par sa performance. Geneviève était postée devant la grille. L'indignation crispait son visage. Comme ils descendaient de bicyclette, elle chuchota :

« Vous allez vous faire attraper ! Il y a une demi-heure que M. et M$^{me}$ Grouchy attendent Albert pour partir !

— Tu leur as dit qu'on était sortis ? demanda Élisabeth.

— J'ai bien été obligée ! » répondit Geneviève en haussant les épaules.

Les parents étaient assemblés sous la tonnelle, avec des faces de juges. Pourtant, leur accueil ne fut pas aussi sévère qu'on aurait pu le redouter. Sans doute, les règles de la courtoisie empêchaient-elles les grandes personnes de manifester leur mécontentement. Il y eut, certes, quelques exclamations motivées par le fait que les deux fugitifs étaient en nage, que les chaussettes d'Élisabeth étaient tachées de cambouis et qu'Albert avait les mains sales, mais les derniers reproches se fondirent dans un concert de remerciements et de protestations d'amitié. Toute la famille raccompagna les Grouchy jusque sur le trottoir.

En rentrant dans la maison, l'oncle Julien changea de figure. Élisabeth le remarqua et voulut se faufiler dans l'escalier. Mais une voix sèche coupa son élan :

« Viens ici, Élisabeth. »

Il avait ouvert la porte du salon. Elle en franchit le seuil, guidée par un doigt menaçant. Le battant se referma sans bruit. Comme toujours dans les grandes occasions, l'oncle Julien glissa ses deux pouces dans les entournures de son gilet. Cela lui élargissait la poitrine.

« Qui t'a permis de sortir? demanda-t-il.

— Personne, balbutia Élisabeth.

— La cour de récréation ne te suffit plus pour t'amuser?

— Si.

— Alors, pourquoi es-tu allée sur la route?

— Pour essayer la bicyclette.

— Pendant trois quarts d'heure?

— On n'avait pas de montre. »

Il eut un reniflement terrible :

« La belle excuse! J'espère que tu te rends compte, maintenant, de l'inconvenance de ta conduite! Seule avec un garçon, en pleine campagne! Les parents d'Albert vont avoir une bonne opinion de toi! Sans compter tous ceux qui vous ont peut-être vus pédaler ensemble!...

— Mais je n'ai rien fait de mal!

— Ne réplique pas. Tu as désobéi, tu seras punie.

*Primo :* je confisque la bicyclette jusqu'à nouvel ordre. *Secundo :* tu n'auras pas de dessert dimanche. *Tertio :* tu me copieras cinquante fois : « Un enfant ne peut espérer se rendre aimable à son entourage qu'en observant les règles de la bienséance. »

— Comment tu dis?

— Je t'inscrirai la phrase sur un papier. Va! Et médite mon avertissement! »

Geneviève attendait Élisabeth au sommet de l'escalier. Elles se réfugièrent dans leur chambre.

« Il t'a grondée très fort? demanda Geneviève avidement.

— Oh! non, dit Élisabeth. Pas fort du tout!

— Qu'est-ce qu'il t'a dit?

— Que ça ne se faisait pas de sortir avec un garçon!

— Tu vois, je t'avais prévenue! s'écria Geneviève. Surtout qu'il n'est même pas ton cousin, Albert...

— Et alors?

— Alors, quand on est une fille, ma petite, il ne faut pas donner une mauvaise impression aux gens! »

Élisabeth eut un sourire dédaigneux :

« A Paris, si on sort avec un garçon, les parents ne font pas tant d'histoires!

— Tu es déjà sortie avec un garçon, à Paris?

— Bien sûr!

— Dans les rues?

— Oui.

— Et tata Amélie n'a rien dit?

— Non. »

A mesure qu'Élisabeth s'enfonçait dans le mensonge, il prenait pour elle les couleurs de la vérité.

« Tu exagères, toi! chuchota Geneviève, à la fois effrayée et séduite par la révélation.

— Tu ne me crois pas?

— Si, comment était-il?

— Qui?

— Le garçon.

— Oh! dit Élisabeth, il y en a eu un, puis un autre, puis encore un autre... Tous, ils étaient grands!

— Comme Albert?

— Plus qu'Albert. »

Elles restèrent silencieuses. Geneviève essayait de se représenter la vie aventureuse des filles de son âge, à Paris. Mais son imagination n'alla pas très loin. Au bout d'un moment, elle murmura :

« Moi, tu vois, même si on m'avait permis de me promener seule avec un garçon, je n'aurais pas pu.

— Ils te font peur?

— Non! dit Geneviève. Mais ils sont bêtes. Avec des filles, on se comprend mieux, on s'amuse mieux.

— C'est autre chose », dit Élisabeth gravement.

Geneviève ouvrit l'armoire et en tira sa robe de tous les jours.

« Tu te changes? demanda Élisabeth.

— Évidemment! répondit Geneviève. Tu ne voudrais pas que je garde ma belle robe quand il n'y a plus de visites. Il faut te changer, toi aussi.

— Bon! dit Élisabeth. Et après, qu'est-ce qu'on fera?

— On ira chercher le lait. »

C'était un rite : chaque soir, à la même heure, elles se rendaient ensemble à l'épicerie, afin d'acheter les deux litres de lait nécessaires au petit déjeuner du lendemain matin et aux diverses préparations culinaires de ménou. Ayant troqué leurs robes rose saumon contre des vêtements plus modestes, elles descendirent dans la cuisine pour prendre un récipient. Élisabeth craignait un peu que la famille, indignée par son escapade, ne lui interdît, au dernier moment, de sortir avec Geneviève. Mais l'oncle Julien s'était enfermé dans une salle de classe pour écrire, pépitou travaillait dans le potager et tante Thérèse cousait dans sa chambre. Ménou remit la boîte à lait aux enfants et elles s'envolèrent avec des mines de petites messagères dociles.

L'épicerie se trouvait à dix maisons de là, au coin de la rue. On y vendait de tout, depuis les légumes secs jusqu'aux boutons de culotte. La boutique, étroite comme un couloir, était moins propre et moins bien aménagée que celle de La Chapelle-au-Bois. Six femmes bavardaient, en attendant leur tour, entre des murailles de boîtes multicolores et de sacs ventrus. D'habitude, la patronne était à la caisse et le patron seul s'occupait de servir les clients. Ce jour-là, il était secondé par un garçon qu'Élisabeth n'avait jamais vu. Grand et solide, le front bas, le cheveu noir, il pouvait avoir quatorze ans. Les manches de sa chemise étaient roulées au-dessus de ses coudes. Un duvet grisâtre couvrait ses avant-bras. Son tablier s'ouvrait par-derrière sur un robuste postérieur, gainé dans une culotte courte. L'année suivante, il porterait sûrement un pantalon d'homme. En apercevant Geneviève, il dit :

« Bonjour, mademoiselle. »

Elle répondit :

« Bonjour, Georges.

— Tu le connais? chuchota Élisabeth.

— Oui. C'est le fils de l'épicier.

— Il n'était pas là, les autres fois!...

— Non. Je crois qu'il était allé passer quelques jours chez ses grands-parents, dans l'Ardèche.

— Et maintenant, il est revenu?

— Tu le vois bien! » dit Geneviève sur un ton agacé.

Une grosse femme se retourna vers les fillettes et sourit. Geneviève, rouge de confusion, feignit de s'intéresser à une rangée de boîtes de conserve.

« Il a l'air gentil, dit Élisabeth. Tu penses que c'est lui qui nous servira, tout à l'heure? »

Le sourire de la femme s'accentua.

« Je t'en prie, Élisabeth, murmura Geneviève, tais-toi, veux-tu?

— Bon, bon, si on ne peut plus parler! »

Elle regardait Georges, le comparait à Albert. Et Albert rapetissait, disparaissait sur sa bicyclette. Il y avait encore quatre personnes devant elles. Le patron s'approcha de la première. Élisabeth calcula rapidement que le deuxième tour serait pour le fils, le troisième pour le père, le quatrième pour le fils, le cinquième pour le père... Or, le cinquième tour était celui de Geneviève. Tant pis! Élisabeth allait se désintéresser de la question, quand deux clientes la bousculèrent pour sortir : elles étaient ensemble. Cela changeait l'ordre des numéros. Avant même qu'Élisabeth eût renoué le fil de ses déductions, Georges demanda :

« Vous désirez, mesdemoiselles? »

Elle dressa le cou. Des talons hauts lui poussèrent aux pieds.

« Deux litres de lait », dit Geneviève.

Georges lui prit son récipient des mains, ouvrit un gros bidon et y plongea la mesure. Son visage anguleux, au front à demi caché par une mèche noire en aile de corbeau, s'inclinait mystérieusement au-dessus de la nappe liquide et blanche, d'où montait un parfum d'étable. Le lait coula en large ruban dans la boîte cylindrique. Élisabeth s'emplissait les yeux de ce ruissellement. Les mains de Georges étaient grandes et rouges. Il tenait fermement les objets.

« Et avec ça, mademoiselle, qu'est-ce que je vous sers? »

En disant cette phrase, sa voix passa du grave à l'aigu. Cette brusque cassure de ton ajoutait encore à son charme.

« Je voudrais un paquet de chicorée », répondit Geneviève.

Il alla le cueillir sur un rayon haut placé. Son bras se détendit. Tout son corps s'allongea, s'étira.

Une tache de sueur marquait sa chemise, à l'aisselle.

« Voici, dit-il. Ensuite? »

Élisabeth souhaitait que Geneviève achetât encore quelque chose. Mais elle dit :

« C'est tout. »

Il griffonna des chiffres, avec un bout de craie, sur une ardoise, et les additionna laborieusement :

« Deux et neuf, onze... Trois et deux, cinq, et un six... Vous payez maintenant, ou je le porte en compte? »

Il s'adressait à Geneviève, mais Élisabeth avait l'impression que c'était elle qu'il regardait en parlant.

« Je paie maintenant », dit Geneviève.

Pendant qu'elle fouillait dans son porte-monnaie, Georges tendit la boîte à lait et le paquet de chicorée à Élisabeth. Elle les reçut comme un cadeau.

« Vous n'êtes pas trop encombrée? dit-il.

— Oh! non », murmura-t-elle.

Et tout son souffle s'échappa de sa poitrine avec ces simples mots. Geneviève, ayant payé ses emplettes à la caisse, retrouva Élisabeth qui l'attendait, immobile, les yeux brillants, la bouche entrouverte.

« Alors, tu viens? dit Geneviève.

— Oui, oui, voilà... »

Georges s'occupait déjà de deux autres clientes. Élisabeth lui jeta un regard furtif et sortit derrière sa cousine. Dans la rue, elles se répartirent les charges : Geneviève prit la boîte à lait, Élisabeth garda le paquet de chicorée.

« Et maintenant, dépêche-toi, dit Geneviève. Ménou doit nous attendre...

— Est-ce que tu le connais depuis longtemps? demanda Élisabeth.

— Qui?

— Georges.

— Bien sûr! Il a été en classe chez nous. Ce n'était pas un bon élève!

— Tous les garçons de La Jeyzelou ont été en classe chez vous, alors?

— A peu près.

— Ça en a fait du monde! » soupira Élisabeth.

Était-il possible que, des messieurs les plus respectables aux gamins les plus turbulents, tous eussent travaillé devant les mêmes pupitres, reçu les remontrances des mêmes instituteurs et joué dans la même cour? Elle regardait les passants d'âge mûr et les voyait en culottes courtes avec un cartable au dos.

« Alors, comme ça, Georges n'était pas un bon élève? reprit-elle.

— Non. Mais qu'est-ce que tu as avec lui? Il n'est pas intéressant!

— J'ai pas dit qu'il était intéressant!

— Eh bien, quoi?

— Eh bien, rien... »

Elle sourit d'un air énigmatique. Geneviève haussa les épaules :

« T'es bête! »

Elles firent quelques pas en silence. Élisabeth songea qu'elle avait parlé à deux garçons dans la même journée. Un blond et un brun. C'était incroyable! Une palpitation heureuse l'envahit. Elle avait envie de danser, de rire. Elle lança son paquet de chicorée verticalement, battit des mains et le rattrapa au vol.

« Élisabeth! s'écria Geneviève. Pas dans la rue!

— Si ça me plaît?

— Tu vas déchirer le paquet!

— Mais non, regarde!... »

Elle continua son exercice en fredonnant :

*Nuit de Chine,*
*Nuit câline,*
*Nuit d'amour...*

Geneviève était partagée entre la tentation de rire et celle de se fâcher. Trottant à côté d'Élisabeth, elle suppliait :

« Non... non, Élisabeth! Ne joue pas! Ne chante pas!... »

Élisabeth ne se calma qu'en arrivant devant la grille du jardin.

# 5

L'ORTHOGRAPHE d'Élisabeth s'améliorait imperceptiblement mais tante Thérèse disait qu'en cette matière plus les progrès étaient lents, plus ils étaient sûrs. Toutes deux travaillaient dans l'espoir d'un « zéro faute » pour la fin des vacances. En attendant ce prodige, auquel, pour sa part, elle ne croyait guère, la fillette s'abandonnait au plaisir, si nouveau pour elle, de vivre, du lever au coucher, dans l'épaisseur d'une famille. Elle avait adopté les habitudes de la maison au point d'y être, maintenant, aussi à l'aise que sa cousine. Tout, ici, respirait l'ordre, la propreté et la bonne humeur. Même les crises d'asthme de ménou avaient un charme indéfinissable. Cela lui arrivait, parfois, le matin. Alors, un fort parfum d'eucalyptus se répandait dans le couloir. Après la dernière quinte de toux, on pouvait voir ménou, assise dans son lit, souriante, soulagée, avec une fanchon de dentelle posée sur ses cheveux gris. Pépitou, lui, portait un bonnet de coton pour dormir. Quand il se montrait, ainsi coiffé, hors de sa chambre, il ressemblait à un vieux meunier sortant de son moulin. Tous les après-midi, l'oncle Julien s'isolait pour lire ou pour écrire. Pendant qu'il travaillait, son entourage faisait silence. Au moindre bruit, tante Thérèse surgissait, le regard sévère, un doigt sur la bouche :

« Chut, les enfants! Allez jouer dans la cour! »

Le dimanche était un jour radieux. On se levait plus tard que d'ordinaire. On s'habillait avec élégance. Ménou préparait une tarte. Mais personne, dans la famille, n'assistait à la messe. Surprise d'abord par ce manque de piété, Élisabeth avait fini par comprendre que les instituteurs, comme ses parents, avaient une manière de s'entendre avec le Bon Dieu qui n'était pas celle de M^lle^ Quercy.

Chaque soir, les deux fillettes se rendaient à l'épicerie. Georges les servait. Mais il ne gagnait pas à être vu souvent. N'importe qui avait droit, de sa part, aux mêmes marques de politesse. Élisabeth sentit qu'à moins d'une circonstance imprévisible, elle se détacherait de lui avant qu'il ne se fût intéressé à elle. Tout à coup, elle souhaita revoir Albert qui montait si bien à bicyclette. Justement, on parlait de fêter l'anniversaire de Geneviève, le 12 septembre prochain. Les Grouchy ne seraient-ils pas invités à cette occasion? La réponse des parents fut catégorique : on célébrerait l'événement dans la plus stricte intimité.

Le matin du grand jour, Élisabeth fut aussi excitée que sa cousine par la promesse d'un déjeuner remarquable. Vêtues toutes deux de leurs robes roses, elles passaient et repassaient devant la cuisine, où il leur était défendu de pénétrer. Ménou travaillait à un chef-d'œuvre de pâtisserie, dont le parfum embaumait le vestibule et débordait dans le jardin. Tante Thérèse, enfermée dans le salon-salle à manger, dressait la table et préparait les surprises. Pour donner plus d'éclat à la cérémonie, Geneviève proposa à Élisabeth de descendre du grenier un vieux phonographe et des disques, dont ses parents avaient voulu se débarrasser. A l'insu des grandes personnes, elles dissimulèrent l'appareil derrière le porte-parapluies de l'entrée. On le mettrait en marche au moment du dessert.

Enfiévrées par leur projet, elles gravirent le petit escalier, qui, du premier étage, conduisait aux combles. Parmi un désordre de meubles rompus, de malles en osier éventrées, de bouquins racornis et de vieux journaux, le phonographe les attendait, superbe, avec son pavillon béant, braqué vers la lucarne. Trois disques gisaient en flaques noires à ses pieds. Avec des précautions de voleuses, les fillettes transportèrent leur butin dans le vestibule. Elles avaient à peine fini de se laver les mains, que des voix impatientes les appelèrent à table.

Sur l'assiette de Geneviève, s'empilaient quatre paquets noués de faveurs. Elle les ouvrit, l'un après l'autre, sous l'œil amusé des grandes personnes. Ils contenaient de beaux livres à reliures rouges. Penchée sur l'épaule de sa cousine, Élisabeth poussait un soupir d'extase à chaque découverte. Geneviève se précipita successivement au cou de sa mère, de son père, de sa grand-mère et de son grand-père. Ils l'avaient trop gâtée. C'était exactement ce qu'elle espérait. Comment avaient-ils pu deviner ses plus secrets désirs? Elle ne voulut pas se séparer de ses livres pendant le repas et les plaça sur une chaise, à côté d'elle.

Ménou avait bien fait les choses. Il y eut du poisson froid en gelée, qui était très bon, mais qu'il fallut manger lentement, à cause des arêtes, puis un poulet rôti, garni de petits pois verts et rieurs. Cependant, tout le monde se réservait pour le dessert. Pépitou, selon son habitude, bondissait, toutes les cinq minutes, pour verser du vin. Il était l'homme des grands repas, l'organisateur attitré des réjouissances familiales. Bien que le déjeuner eût été préparé par sa femme, ce fût lui qu'on eût offensé en n'appréciant pas la finesse des plats. Après le fromage, ménou se réfugia dans la cuisine. Quelques instants plus tard, elle rentra, portant un volumineux gâteau, à base de moka et d'amandes, avec des bourrelets de crème tout autour. Onze bougies roses couronnaient l'édifice. Les petites flammes palpitantes, rangées en cercle, éclairaient le menton de la vieille dame qui, lui aussi, paraissait comestible. Elle déposa l'entremets scintillant au bord de la table et écouta les compliments d'un air modeste et satisfait. Illuminée par ce brasier en miniature, Geneviève devint réellement la reine de la fête. Ses onze ans brillaient devant elle.

Élisabeth, émerveillée, songea que ses parents ne lui avaient jamais souhaité son anniversaire avec tant de pompe. Ce n'était pas leur faute, évidemment, si le commerce les accaparait au point qu'ils n'avaient plus le temps de se réunir autour de leur fille. Le cœur serré, elle se dépêcha de penser à autre chose. Geneviève s'apprêtait à éteindre les bougies. Ses joues se gonflèrent comme des ballons.

« Attention! cria pépitou. Un, deux, trois! »

Elle souffla violemment et sans viser. Cinq flammes sur onze périrent dans la bourrasque.

« Il en reste six, dit ménou. Tu te marieras dans six ans.

— Oh! non alors! dit Geneviève. C'est trop tôt! »

Élisabeth n'était pas de cet avis : se marier à dix-sept ans lui paraissait tout à fait raisonnable. Elle le dit, et cela provoqua autour d'elle des rires et des commentaires bruyants. Le carillon lui-même sonna plus fort que d'habitude. Après l'extinction des dernières bougies, pépitou découpa le gâteau. Il était succulent, et, à en croire l'oncle Julien, « très stomachique », malgré la richesse des ingrédients qui le composaient. Pendant que ménou servait la deuxième portion, Geneviève se faufila dans le vestibule. Soudain, une musique enrouée et vieillotte entra en sautillant dans le salon. L'étonnement arrêta les fourchettes.

« Qu'est-ce que c'est ? demanda tante Thérèse.

— C'est notre surprise ! piailla Geneviève.

— C'est notre surprise ! » répéta Élisabeth en se laissant glisser de son siège.

Et elle se mit à virevolter dans l'étroit espace qui séparait la table de la porte. L'oncle Julien voulut intervenir pour la rappeler à l'ordre, mais tante Thérèse et ménou, riant aux larmes, l'en empêchèrent.

« Tu vois, Élisabeth, c'est cette danse-là qu'on dansait de mon temps, dit ménou. Je reconnais l'air ! Ta-ti, ta-ti, ta-ta, ti-ti !...

— On dirait une valse ! s'écria Élisabeth.

— Non, c'est une polka ! » dit ménou en se trémoussant sur sa chaise.

Élisabeth lui tendit les mains :

« Tu viens la danser avec moi ? »

Pépitou leva les bras au plafond :

« Et puis quoi encore ? »

Mais la vieille dame était déjà debout, l'œil allumé de malice, et dodelinait de la tête en mesure :

« Ta-ta, ti-ti !

— Clotilde ! Ton asthme ! reprit pépitou sur un ton alarmé.

— On verra après », dit-elle.

Élisabeth l'enlaça. Elles étaient presque de la même taille. Tout à coup, elles s'élancèrent. Malgré son âge, ménou était d'une légèreté d'oiseau. Guidée par elle, ce fut tout naturellement qu'Élisabeth se soumit au rythme de la musique. Le bras tendu, la tête inclinée, elles avançaient ensemble, à petits pas, tournaient avec grâce, frappaient le sol d'un pied leste, et sautaient ensuite sur un temps de repos.

« Bravo, ménou! criait Élisabeth. Encore! Encore!... »

Malgré cet encouragement, ménou dut s'arrêter, à bout de souffle. Elle riait en toussant, les yeux humides, le rose aux joues.

« Je te l'avais dit, Clotilde! grogna pépitou.

— Laisse donc, Hector, ce ne sera rien! » murmura-t-elle entre deux halètements.

Ce ne fut rien, en effet. Pendant que les grandes personnes prenaient leur café, Geneviève et Élisabeth s'installèrent sous la tonnelle pour admirer les livres. Tout l'après-midi se passa pour elles en lectures et en conversations. L'heure avançait et elles n'avaient pas faim. Le gâteau, principalement, ne se laissait pas oublier. On dîna un peu plus tard que de coutume, et très sommairement, dans la cuisine.

En se couchant, ce soir-là, Élisabeth était songeuse. Elle se demanda si ses parents, qui se désintéressaient des anniversaires, travaillaient sans arrêt, chacun dans son coin, s'amusaient rarement, avaient toujours l'œil au client, au garçon, à la caisse, et ignoraient le plaisir de posséder un salon aux fauteuils couverts de housses et un jardin avec une tonnelle, étaient des gens heureux. La maison du boulevard Rochechouart n'avait que trois murs. Ouverte, par-devant, sur la rue, elle appartenait d'abord aux passants. Il n'existait pas de pièce à usage commun, où l'on pût se réunir en famille, à heure fixe, pour échapper à la pression de tous les inconnus qui voulaient boire ou acheter des cigarettes. Ici, en revanche, on vivait dans un carré, bien clos, bien défendu, avec des provisions, des habitudes, des meubles qui avaient leur histoire, une vaisselle pour la semaine, une autre pour le dimanche, et même une horloge pour régler l'activité de tous. En comparant ces deux demeures, Élisabeth était obligée de convenir qu'elle se sentait plus chez elle à La Jeyzelou qu'à Paris. Déjà, elle s'attristait à l'idée que, bientôt, il lui faudrait quitter ce petit univers de quiétude et de confort pour retourner en pension. Elle soupira en s'étirant sous ses couvertures :

« Plus que dix-huit jours!

— Ce n'est pas drôle! murmura Geneviève, couchée dans le lit voisin. Je vais m'ennuyer sans toi!

— Qu'est-ce que tu dirais à ma place? Tu restes avec tes parents, au moins! Tandis que moi...

— Tu ne te plais pas à Sainte-Colombe?

— Si, à cause de la directrice. Elle est très gentille, M^lle^ Quercy. Mais elle n'est pas seule!...

— Moi, je serai dans la classe de M^lle^ Héquet; elle est sévère! Personne ne l'aime! Papa dit qu'elle a mauvais caractère parce qu'elle ne s'est pas mariée!

— C'est bête que tu sois dans une école à La Jeyzelou et moi dans une autre, à Sainte-Colombe.

— Oui, c'est bête.

— Tu te rends compte, si on était ensemble? On s'amuserait bien. Tu m'aiderais à faire mes devoirs... »

Une idée lumineuse arrondit les prunelles de Geneviève. Elle chuchota :

« Si ta maman voulait bien te laisser ici, on pourrait peut-être s'arranger... »

La soudaineté de cette proposition déconcerta Élisabeth. Elle se dressa sur un coude. Un espoir insensé l'emporta pendant quelques secondes. Ensuite, comme blessée en plein vol, elle retomba sur sa couche et marmonna piteusement :

« Mais tes parents, qu'est-ce qu'ils diraient?

— Je ne sais pas.

— Ah! tu vois!

— Veux-tu que je leur demande?

— Tu oserais?

— Bien sûr.

— Quand?

— Demain.

— Ça ne réussira pas! dit Élisabeth en secouant ses cheveux courts.

— T'as peur que tonton Pierre ne soit pas d'accord?

— Oh! lui, il ne dit jamais rien. C'est maman qui décide!

— Chez nous, c'est papa! Il faudrait que je prévienne maman et qu'elle lui en parle après le déjeuner. Il est toujours de bonne humeur à ce moment-là. Si mes parents disent oui, et que tes parents disent oui...

— Ce que ce serait chouette! » balbutia Élisabeth en joignant les mains.

Ce geste lui rappela qu'elle n'avait pas récité sa prière depuis trois jours. Elle espéra que Dieu ne tirerait pas argument de cette négligence pour s'opposer à la réalisation de son vœu.

# 6

COMME Geneviève l'avait prévu, sa mère et ses grands-parents, consultés à tour de rôle, la félicitèrent pour son projet et promirent de l'appuyer sans réserve.

Au début de l'après-midi, il ne restait plus que l'oncle Julien à convaincre. Ignorant le complot qui se tramait dans la maison, il s'épanouissait, solitaire et important, au milieu d'une famille qui multipliait les marques de prévenance à son égard. Jamais il n'y avait eu autant de sourires autour de lui. On l'observait tendrement, on s'inquiétait de ses moindres désirs, on écoutait ses propos les plus ordinaires avec déférence. A cinq heures, tante Thérèse jugea qu'il était mûr pour une conversation capitale et l'appela sous la tonnelle. Élisabeth et Geneviève grimpèrent dans leur chambre. Assises l'une à côté de l'autre, l'esprit aux aguets, elles attendaient le résultat. Un bruit de discussion les attira bientôt à la fenêtre. L'oncle Julien élevait la voix. Le feuillage, disposé en berceau, le dissimulait aux regards des fillettes. Il était impossible de comprendre ce qu'il disait.

« Il doit être furieux! balbutia Élisabeth.

— Ce n'est pas sûr, dit Geneviève. Il lui arrive de parler fort, même quand il est content. »

Elles se penchèrent en avant, pour mieux entendre. Leur oreille s'habituait progressivement à percevoir le contour des mots. On eût dit que les deux interlocuteurs se rapprochaient d'elles. Soudain, quelques phrases intelligibles jaillirent du murmure.

« Nous aurions dû y penser nous-mêmes, dès le début ! dit l'oncle Julien avec véhémence.

— C'est bien mon avis, répliqua tante Thérèse.

— Quand on a la chance d'avoir des cousins instituteurs, on ne va pas mettre sa fille dans une pension comme celle-là, reprit-il. Je n'ai rien contre l'école libre. Il en faut pour tous les goûts ! Mais tout de même !... »

« Ça s'arrange ! dit Geneviève.

— Ç'a l'air », dit Élisabeth.

L'oncle Julien avait baissé le ton. Malgré son désir de suivre la conversation, Élisabeth ne put saisir au passage que des expressions décousues :

« Éducation religieuse... tourner le dos à la vie réelle... poison des jeunes esprits... formellement contre... la prière avant l'orthographe... »

Puis, de nouveau, le dialogue se précisa.

« J'espère qu'Amélie n'y verra pas d'inconvénient, dit tante Thérèse.

— Je l'espère aussi, dit l'oncle Julien. Elle ne veut pourtant pas en faire une bonne sœur, de son Élisabeth !

— Certes non !

— Alors ? Il faut suivre les traditions laïques de la famille. Je ne me gênerai pas pour le lui dire dans ma lettre !

— Tu vas lui écrire ?

— Dès ce soir. Ou plutôt, c'est toi qui lui écriras. Tu es femme et tu es mère : tu sauras mieux lui présenter la chose. »

Il était sorti des feuillages de la tonnelle pour prononcer ces derniers mots. Craignant d'être surprises à leur poste d'observation, les deux fillettes se rejetèrent vivement dans la chambre.

« Ça y est! Tu restes! Tu restes! cria Geneviève.

— Si maman le permet! dit Élisabeth.

— Elle le permettra, j'en suis sûre! Oh! Élisabeth, comme je suis heureuse! »

Elles s'embrassèrent. Tout en répondant aux démonstrations d'amitié de sa cousine, Élisabeth s'étonnait que sa propre joie ne fût pas plus forte. Un remords obscur se mêlait à son contentement. Sa gorge se contractait. Était-il possible qu'elle ne revît plus jamais M$^{lle}$ Quercy, pâle et droite dans sa robe noire, qu'elle n'entendît plus jamais sa voix profonde, dont les inflexions chantaient encore dans son souvenir? La directrice disparaissait dans une trappe. C'était comme si elle n'avait pas existé. Luttant contre son chagrin, Élisabeth se promit de lui écrire souvent, et même de lui rendre visite quand elle serait grande. Cette décision l'apaisa.

***

En réponse à sa lettre, tante Thérèse reçut, par retour du courrier, trois longues pages où Amélie exprimait sa confusion et sa reconnaissance. La solution qu'on lui proposait était exactement celle qu'elle avait choisie dans son cœur, sans oser le dire. À La Jeyzelou, écrivait-elle, Élisabeth vivrait en famille, apprendrait les bonnes manières et travaillerait mieux que partout ailleurs. Sa cousine Geneviève serait pour elle un vivant exemple de sagesse. Et, comme le climat de la région était excellent, sa santé se développerait en même temps que son intelligence. Dans les dernières lignes de sa missive, Amélie annonçait que, n'étant plus obligée de conduire sa fille à Sainte-Colombe, elle ne viendrait pas dans le pays à la fin du mois de septembre, ainsi qu'elle l'avait d'abord décidé, mais seulement pour les vacances de Noël.

Cette nouvelle chagrina Élisabeth, qui espérait revoir sa mère avant la rentrée des classes. Elle pleura un peu, en cachette, et se résigna en pensant qu'il y avait sans doute beaucoup de travail au café et que le commerce marchait moins bien quand maman n'était pas à la caisse.

L'oncle Julien avait décrété qu'Élisabeth, malgré son retard dans les études, serait admise, comme Geneviève, au cours supérieur. Il s'agissait d'en convaincre M^lle^ Héquet, la directrice. Un jeudi matin, tante Thérèse s'habilla en grande toilette pour rendre visite à sa collègue de l'école des filles. Élisabeth, suivant le conseil avisé de ménou, passa un tablier noir sur sa robe, afin de paraître plus studieuse. Elle tremblait d'avance à l'idée de l'examen que, vraisemblablement, on lui ferait subir pour reconnaître ses capacités. Tout au long du trajet, tante Thérèse la prépara à l'épreuve en lui posant des questions sur la table de multiplication et l'accord des participes. L'école des filles était à l'autre extrémité du bourg par rapport à l'école des garçons. En arrivant à la grille de l'établissement, Élisabeth eut l'impression que tout ce qu'elle avait appris s'échappait de sa tête, à gros bouillons, par un trou de vidange. Sa pâleur subite inquiéta tante Thérèse :

« Tu n'es pas bien?

— Si.

— Tu as peur?

— Oui.

— Il ne faut pas! Tu verras, tout se passera le mieux du monde... »

Élisabeth se sentit poussée par les épaules. Une clochette tinta. Une porte s'ouvrit. M^lle^ Héquet avait une dent en or sur le devant de la bouche.

***

« Dix-sept fautes en quinze lignes! s'écria l'oncle Julien. Mais comment diable as-tu fait? »

Élisabeth ne répondit pas et baissa la tête.

« Elle était très émue, dit tante Thérèse.

— Même si elle était très émue, elle aurait pu s'en tirer à meilleur compte », dit l'oncle Julien en tiquant du genou.

Toute la famille s'était réunie dans la cuisine pour entendre le récit des événements. Un cercle de visages consternés entourait Élisabeth, qui ruminait sa honte en silence.

« Et en arithmétique? reprit l'oncle Julien.

— M^lle^ Héquet lui a posé deux petits problèmes, dans le genre de ceux qu'elle réussit facilement avec moi, dit tante Thérèse.

— Et elle s'est trompée dans la solution?

— Elle a voulu aller trop vite, soupira tante Thérèse, qui, visiblement, ne savait qu'inventer pour excuser l'échec de sa nièce.

— En somme, grogna l'oncle Julien, nous pouvons parler d'un désastre sur toute la ligne.

— Pas précisément...

— Allons, Thérèse, ne mâchons pas les mots. Je dis bien : un désastre! Il faudra que cette enfant travaille doublement en classe pour corriger l'impression déplorable qu'elle vient de produire.

— Certainement, dit tante Thérèse. D'ailleurs, comme M^lle^ Héquet trouve qu'Élisabeth est trop faible pour entrer au cours supérieur, elle la prendra dans le cours moyen. »

La figure de l'oncle Julien se haussa vivement au-dessus de son faux col.

« Le cours moyen? dit-il. Elle t'a vraiment parlé du cours moyen?

— Oui, Julien. »

Il s'appliqua une claque sur le front, si violemment que ses doigts y laissèrent une trace rose, et s'écria :

« Qu'est-ce que cela signifie? Ne dirait-on pas qu'il n'y a que des sujets d'élite dans son cours supérieur? Sans être parmi les premières, Élisabeth aurait très bien pu suivre le train. Si on la fourre avec les moyennes, elle aura le sentiment d'apprendre ce qu'elle sait déjà, elle s'engourdira, elle perdra le goût de l'étude...

— Vous avez raison, Julien, dit pépitou. Ce qu'il faut, c'est stimuler cette petite en la lançant parmi les filles de son âge, et même plus âgées qu'elle...

— Il m'est agréable de constater que vous pensez comme moi, pépitou.

— Mais, c'est bien naturel, mon ami.

— Où en étais-je?

— Vous parliez de la nécessité qu'il y aurait de mettre Élisabeth parmi les grandes.

— Ah! oui. Une nécessité! Une nécessité inéluctable. Eh bien, que se passe-t-il? Je le demande comme un service à une femme, qui, étant notre collègue, ne devrait rien avoir à nous refuser, et voici qu'elle monte sur ses grands chevaux, pose des conditions, nous rebute!... Non, non et non! C'est un peu fort! »

Il était noble dans sa colère. Élisabeth releva la tête et comprit que, de coupable, elle devenait victime. Ce changement de situation la soulagea. Geneviève lui avait pris la main. Ménou et pépitou la regardaient avec commisération. L'oncle Julien se mit à marcher de long en large dans la cuisine :

« Elle devrait bien savoir, tout de même, qu'un examen, dans des conditions pareilles, ne signifie pas grand-chose! Si je lui fais dire que ma nièce est capable de suivre son cours, c'est que je le crois réellement. Il ne lui appartient pas de contester mon expérience pédagogique. Sa décision n'est pas autre chose qu'un acte d'hostilité à mon égard! A travers Élisabeth, c'est moi, c'est nous, qu'elle a voulu atteindre!

— Peut-être pas, Julien, dit tante Thérèse. Calme-toi. Va lui parler à ton tour... »

La foudre jaillit des petits yeux de l'oncle. Tiré par les deux pouces, à l'endroit des entournures, son gilet se bomba en cuirasse.

« Je ne m'abaisserai pas à aller solliciter l'indulgence de cette personne, dit-il. Depuis longtemps, j'ai deviné qu'elle nous cherchait noise. Elle veut la guerre, elle l'aura! »

Un souffle de terreur passa sur l'assistance. Élisabeth se voyait déjà le prétexte et l'enjeu d'un combat de rues. Des vitres volaient en éclats. On emmenait M^lle^ Héquet prisonnière.

« Que comptes-tu faire, Julien? demanda tante Thérèse d'une voix amortie par la crainte.

— Répondre coup pour coup, dit-il entre ses dents.

— Diable! s'écria pépitou, et sa moustache blanche devint celle d'un général.

— Si tu ne t'entends pas avec M^lle^ Héquet, il faudra nous résigner à placer Élisabeth chez elle, dans le cours moyen, dit tante Thérèse.

— Non.

— Où ira-t-elle donc?

— Je la prendrai dans ma classe!

— Dans ta classe?

— Parfaitement, Thérèse! Puisque M^lle^ Héquet juge Élisabeth indigne de suivre le cours supérieur dans son école, elle suivra le cours supérieur dans la nôtre. »

En disant ces mots, il promena un regard altier sur son entourage. Frappée d'étonnement, Élisabeth retenait son souffle. Enfin, ménou balbutia :

« Mais... Julien... ce n'est pas possible...

— Et pourquoi, s'il vous plaît?

— Parce que l'école que vous dirigez est une école de garçons et qu'Élisabeth est une fille...

— Élisabeth n'est pas une fille, répliqua l'oncle Julien, c'est un cas! Un cas sur lequel tout pédagogue digne de ce nom a le devoir de se pencher. En outre, elle est ma nièce...

— Oui, oui, Julien, dit tante Thérèse, mais tu oublies le règlement...

— C'est très juste, dit pépitou, il y a le règlement, Julien...

— N'invoquez pas le règlement, dit l'oncle Julien, je le connais mieux que vous. Il me suffira d'obtenir l'autorisation du délégué cantonal. Une simple formalité, M. Chesseloux est un ami. Je l'ai dans ma poche. Et tous les membres du conseil départemental aussi! »

Élisabeth jeta un regard furtif à la poche de son oncle, qui contenait tant de personnages officiels. Il se tapota la cuisse, négligemment, comme pour constater leur présence, et poursuivit avec autorité :

« D'ailleurs, je sais qu'il y a eu des précédents en la matière. Je ne manquerai pas d'en faire état pour appuyer mon argumentation, si M. Chesseloux se montre réticent, ce qui, je le répète, est tout à fait improbable!... »

Il y eut un silence. De nouveau, l'attention générale se concentra sur Élisabeth. Elle en éprouva de la fierté et de la gêne. Le problème de son instruction prenait les proportions d'une affaire d'État. Tante Thérèse posa une main sur l'épaule de sa nièce et dit :

« Je veux bien croire que tu as raison, Julien, mais il nous faut aussi penser à cette enfant. Ne sera-t-elle pas contrariée d'être la seule fille dans une classe de garçons?

— Pourquoi serait-elle contrariée? répondit-il. Elle n'aura pratiquement aucun contact avec eux. Je l'installerai au premier rang, sans voisins immédiats. Pendant les récréations, elle se réfugiera à la maison, auprès de ménou... Qu'en dis-tu, Élisabeth? »

Questionnée à l'improviste, Élisabeth répondit :

« Je ne sais pas, tonton...

— Cela te plairait?

— Je crois... oui...

— Tu ne crains pas les garçons, au moins?

— Oh! non...

— Parfait! Parfait! »

Il se frottait les mains avec rapidité, comme pour en faire jaillir des étincelles. Soudain, il demanda :

« Vous vouliez dire quelque chose, pépitou?

— Non, non, grommela pépitou, qui paraissait abasourdi par la décision de son gendre.

— Et vous, ménou?

— Non plus... On verra bien ce que ça donnera...

— Faites-moi confiance.

— Oh! nous te faisons confiance, Julien », dit tante Thérèse avec des yeux doux comme le velours.

Personne n'osant le contredire, il conclut rondement :

« Voilà donc une question réglée. Élisabeth, tu peux te considérer, dès maintenant, comme mon élève. Il reste une demi-heure avant le déjeuner. Allez jouer, les enfants! On vous appellera... »

Les fillettes sortirent dans le jardin et s'assirent sous la tonnelle. Geneviève était bouleversée. Saisissant les mains d'Élisabeth, elle murmura :

« Quel dommage que M^lle^ Héquet n'ait pas voulu te prendre! Ce sera dur, pour toi, de rester ici, avec les garçons. Papa ne se rend pas compte. Ils sont méchants, moqueurs! De vrais diables!... »

Plus Geneviève se désolait en évoquant les épreuves qui attendaient sa cousine, plus Élisabeth se sentait attirée par la promesse d'une situation extraordinaire. Elle qui n'avait guère fréquenté de garçons jusqu'à ce jour, voici que l'oncle Julien lui en offrait une pleine école : des grands, des petits, des bruns, des blonds, des roux... Ce nombre et cette diversité lui causaient une impression de vertige. Elle était bien un peu inquiète à l'idée qu'il n'y aurait pas d'autre fille avec elle pour représenter le naturel féminin dans le monde des cheveux drus et des culottes courtes. Mais ce redoutable honneur comportait, à ses yeux, moins de risques que d'agréments. Déjà, elle s'imaginait, gracieuse souveraine, imposant le respect à toute une cour de mâles batailleurs. Un sourire effleura ses lèvres.

« Moi, reprit Geneviève, à ta place j'aurais dit que je ne voulais pas... Ils auraient bien été forcés, alors, de te mettre à l'école des filles!...

— Au cours moyen! dit Élisabeth.

— Eh bien, oui, au cours moyen. Tu aurais tout de même été mieux qu'ici!...

— Pas pour les études. Si je veux faire des progrès, il faut que j'entre au cours supérieur. Ton papa l'a bien dit!... »

Elle s'exprimait avec tant d'assurance, que Geneviève lui décocha un regard soupçonneux, se recula lentement et balbutia :

« Ma parole! on dirait que ça t'amuse! »

Élisabeth pouffa de rire et s'élança vers le perron.

« Où vas-tu? cria Geneviève.

— Me laver les mains! » dit Élisabeth.

Mais, avant d'entrer dans la maison, elle fit le tour de la pelouse en courant très vite, comme si elle eût éprouvé le besoin d'user son trop-plein d'énergie pour paraître, apaisée et modeste, à la table des instituteurs.

# 7

LE matin de la rentrée des classes, Élisabeth ouvrit la fenêtre de la cuisine, pour guetter l'arrivée des premiers élèves. Il en venait des deux extrémités de la rue, grise, mouillée et brumeuse. Isolément ou par groupes, ils convergeaient vers le même point. Des petits se laissaient traîner, à bout de bras, en pleurnichant, par une mère qui marchait trop vite, ou par un frère aîné, qui les abandonnait, sitôt passé la grille, pour rejoindre des camarades de son âge. Toutes les tailles et toutes les allures étaient représentées dans la cour. Il y avait là de grands garçons maigres, hissés sur des jambes de faucheux, et d'autres, bas sur pattes, rondouillards comme des champignons. Leurs cartables pointaient sous leurs pèlerines. A cause des gros foulards qui leur entouraient le cou, leurs têtes semblaient vissées directement dans leurs épaules. Bossus et pattus, ils collaient au sol par leurs lourds sabots. Ceux qui habitaient loin apportaient leur casse-croûte. Ménou les appelait dans un coin de la cour. En se penchant un peu, Élisabeth pouvait les voir, assiégeant la vieille femme et lui remettant, avec solennité, leur part de légumes pour la soupe commune. Qui offrait un navet, qui un poireau, qui une carotte. Ils brandissaient leur présent et le jetaient sur le tas, dans un panier.

Quand il fut plein, deux grands le transportèrent jusqu'à la cantine. Ménou disparut avec eux. Elle devait allumer le fourneau. Quelques acharnés jouaient aux billes, à la poursuite, ou, plus simplement, à patauger dans les flaques.

Geneviève était partie depuis longtemps pour se rendre au cours de M^lle^ Héquet. Fille, elle allait, comme de raison, avec les filles. Pourquoi fallait-il qu'il en fût autrement pour Élisabeth? Elle avait été très heureuse d'abord d'être admise à étudier avec les garçons, et, maintenant, elle avait peur. Tante Thérèse, oncle Julien et M. Charbot, l'instituteur adjoint, circulaient entre les groupes, comme des acheteurs dans une foire. Ils reconnaissaient leur monde et le triaient d'une main ferme. Bientôt, une cloche sonna, les jeux s'arrêtèrent, le bétail se divisa en trois masses compactes : les grands, les moyens, les petits. Un claquement de mains, et, devant chaque classe, s'allongea une file de gamins silencieux. Il était huit heures, juste. Un piétinement martial retentit. Par ses trois portes ouvertes, l'école avalait lentement trois serpents noirs. Ménou rentra dans la cuisine. Elle était en tablier, essoufflée, décoiffée, les yeux rougis par la fumée du fourneau.

« Eh bien, il faut y aller, Élisabeth », dit-elle.

Un plomb dans la poitrine, Élisabeth balbutia :

« J'ose pas, ménou...

— Et pourquoi donc?

— C'est à cause des garçons...

— Tu t'y habitueras, dit ménou en riant. Vite! L'oncle Julien doit s'impatienter... »

Ses cahiers sous le bras, Élisabeth quitta la cuisine d'un pas incertain. Dans la cour, vide et muette, sa crainte s'étala. Elle avançait en tremblant vers elle ne savait quel supplice ou quelle apothéose. Tout à coup, elle pensa qu'elle était une actrice et que son public la réclamait. Cette idée, loin de la rassurer, précipita les battements de son cœur. La classe des grands était la première à droite. Elle s'approcha de la porte et tourna la poignée en souhaitant que la maison s'écroulât. Un roulement de tonnerre répondit à son geste. Tous les élèves s'étaient dressés en croisant les bras. Sans doute avaient-ils l'habitude de se lever quand quelqu'un leur rendait visite. Mais ils s'attendaient à voir paraître une grande personne et c'était une fillette qui entrait. La stupeur frappa une vingtaine de visages en même temps. Anéantie par l'émotion, Élisabeth contemplait cette assemblée de figures joufflues, aux yeux ronds et fixes, qui s'alignaient jusqu'au fond de la salle. Un murmure courut de bouche en bouche. Elle perçut nettement les mots : « Qui c'est ça?... » « D'où qu'elle vient?... » et : « Oh! dis, une fille!... »

Déjà, l'oncle Julien tapotait le bord de sa chaire avec une règle et ordonnait :

« Asseyez-vous. »

Le troupeau s'affaissa comme un soufflé qui retombe. Les sabots raclèrent le plancher sous les pupitres. Quand le calme fut revenu, l'oncle Julien désigna à Élisabeth un banc vide, au premier rang, et dit :

« Voici ta place, Élisabeth. »

Puis, il passa dans la travée, pour faire circuler un papier sur lequel les élèves devaient marquer leur nom et leur âge. De temps à autre, il grognait :

« Allons! Dépêchons! Dépêchons!... Tu ne sais pas encore comment s'écrit ton nom? Eh bien, alors... Tu as grandi pendant ces vacances, Groussolin, je ne t'aurais pas reconnu!... Tu te rappelles ce que je t'ai dit, Devaize... Si tu flanches, tu retournes chez les moyens... A bon entendeur...! »

Élisabeth s'assit, et toute la classe des garçons se colla à son dos. Elle avait envie de bouger les omoplates pour chasser les regards qui pesaient sur elle, par-derrière. Des doigts claquèrent sèchement. Une voix de cancre demanda :

« M'sieur! M'sieur!

— Que veux-tu?

— C'est qui, la fille? »

Le feu prit brusquement aux cheveux d'Élisabeth. Toute sa face n'était plus qu'un brasier ardent.

« C'est ma nièce, dit l'oncle Julien. Elle suivra les cours avec vous. Mais je vous avertis charitablement que, si sa présence devenait un prétexte d'indiscipline, je me montrerais impitoyable envers les mauvais sujets. Compris? »

Quelques garçons répliquèrent en chœur :

« Oui, m'sieur! »

Élisabeth en éprouva du soulagement. L'oncle Julien reçut la liste des mains du dernier élève, revint à sa chaire et fit l'appel des noms. Les réponses partaient tels des pétards : « Présent! Présent! Présent!... » A un moment, il se trompa et dit Labouille, au lieu de Labrouille. Tout le monde éclata de rire. Il rit, lui aussi, mais petitement, comme si sa moustache, très serrée, l'eût empêché d'ouvrir la bouche à son aise. Puis, il inscrivit l'emploi du temps au tableau noir. Avant de tracer une majuscule, il tournait son poignet plusieurs fois avec élégance. Ses pleins et ses déliés étaient inimitables. Un oiseau avait moins de grâce que ses accolades au bec pointu et aux ailes déployées. Il usait de craies de couleur pour souligner les mots importants.

Des soupirs de détresse accompagnaient le grincement des plumes qui recopiaient ces indications sur les cahiers. Élisabeth s'appliquait, la tête penchée, les coudes étalés sur le pupitre qui lui appartenait entièrement. Lorsque les élèves eurent pris note des diverses épreuves qui les attendaient, heure par heure, d'un bout à l'autre de la semaine, l'instituteur s'empara d'un torchon et, sans égards pour son propre chef-d'œuvre, l'effaça brutalement, aux yeux de tous. A la place, il écrivit la phrase suivante :

« Liberté, égalité, fraternité, telle est la devise de la République française et tout bon Français est tenu de s'y conformer. »

C'était le début du cours de morale et d'instruction civique, qui, d'après l'emploi du temps, devait durer un quart d'heure. Élisabeth était si occupée à regarder son oncle, qu'elle ne saisissait pas un mot de son discours. Devant ses élèves, il était plus digne et plus autoritaire encore qu'à la table familiale. L'estrade, qu'il arpentait en parlant, résonnait sourdement sous son pas. Le cou tendu, les mains nouées dans le dos, il semblait traîner derrière lui un chariot plein de tous les livres savants de la terre.

Il écrivit encore des phrases au tableau noir. Elle les recopia sans chercher à en pénétrer le sens. Soudain, il y eut un grand remue-ménage sur les bancs, et tout le monde se prépara pour une dictée. Elle fut heureusement très courte. Pendant l'analyse grammaticale qui suivit, deux élèves demandèrent la permission de sortir. Elle leur fut accordée, à tour de rôle. Ils passèrent la porte en se dandinant, comme si quelque chose les eût gênés entre les jambes. Élisabeth, gagnée par la contagion, regretta de n'avoir pas pris ses précautions avant d'entrer en classe. Un picotement insupportable attaquait son bas-ventre. Elle songea que, si le malaise s'aggravait, il lui faudrait lever la main et annoncer publiquement son envie. Cette obligation ne l'eût pas contrariée s'il n'y avait eu que des filles dans son entourage, mais, à l'idée de quitter la salle sous le regard de tous ces garçons qui sauraient ce qu'elle allait faire, une angoisse mortelle l'accablait. Elle essaya de se calmer en s'appuyant, de tout son poids, sur le banc. L'arête de bois pénétrait dans le haut de ses cuisses et y étouffait une fourmilière. Quelques traquenards grammaticaux l'aidèrent à détourner son esprit d'un besoin naturel que seul le sexe fort pouvait avouer sans honte. Subitement, elle n'y pensa plus. Le point critique était dépassé.

L'oncle Julien attira l'attention de son auditoire sur le caractère particulier des mots « vingt » et « cent », qui, contrairement aux autres adjectifs numéraux cardinaux, généralement invariables, prenaient un « s » au pluriel, quand ils étaient multipliés par un nombre. Ayant donné la règle de l'accord, il posa des questions pour voir si on l'avait bien compris. A l'appel de leur nom, les garçons se dressaient, dans une détente de ressort. Élisabeth ne fut pas interrogée. Après cet exercice, le maître annonça qu'il allait s'absenter pour cinq minutes et que, pendant ce temps-là, les élèves auraient à mettre au présent, sur leur cahier, le premier paragraphe de la dictée, qui était primitivement au passé. Il sortit, et Élisabeth l'aperçut, se dirigeant vers la classe des moyens. Vraisemblablement, il voulait dire quelque chose d'important à sa femme.

A peine eut-il disparu, qu'un coup de vent secoua l'assistance. Têtes, jambes et bras étaient en mouvement. On s'envoyait des boulettes de papier, on s'interpellait, d'un banc à l'autre, en patois. Élisabeth était d'autant plus effrayée, qu'elle ne comprenait pas ce qui se disait autour d'elle. Un doigt sec lui tapota le dos. Elle se retourna, furieuse, et se trouva nez à nez avec un gamin hirsute et hilare :

« Eh ! la quille ! Pourquoi qu'on t'a mise ici ?

— Parce que, dit-elle avec hauteur.

— T'es vraiment la nièce de l'*instruisou ?*

— Oui.

— Et d'où tu viens ? demanda un autre.

— De Paris !

— Oh ! dis donc, elle est de Paris, la quille ! »

Un grand brun, au regard fou, grimpa sur son banc et glapit :

« *Fï dé lou!* C'est une *Porisienne!* C'est Mimi Pinson! »

Le mot fit fureur. Vingt énergumènes gueulaient ensemble :

« Mimi Pinson!... Mimi Pinson!... Ça va, Mimi? Ça va, Pinson? »

L'un d'eux cria même d'une voix éraillée :

« Eh! Mimi, tu veux le voir, mon pinson? »

Il y eut des éclats de rire en cascade. Immobile, muette, les dents serrées, Élisabeth se contraignait à garder un maintien de reine dans la tourmente révolutionnaire. Mais le sang bouillait dans ses veines. Elle avait envie de mordre, de griffer. Une casquette, lancée de loin, atterrit sur son pupitre. Elle la repoussa.

« Ma casquette! Elle a jeté ma casquette par terre!

— *Yé! Là, Boun Di!*

— Hou! la vilaine!

— *Mo bello bruneto!*

— Aïe! Aïe! *Fai me bouno mino,* Mimi Pinson!... »

C'en était trop. Les larmes aux yeux, elle piailla :

« Idiots! Idiots! Idiots!... »

Et toute la classe se tut, comme domptée par l'autorité de sa voix. Les têtes se penchèrent sur les cahiers. Les plumes se trempèrent dans l'encre. Elle comprit la raison de cette accalmie en entendant le pas de son oncle derrière la porte.

A dix heures moins le quart, un tintement fêlé annonça la récréation. C'était à pépitou qu'incombait officiellement le soin de sonner la cloche. Tandis que les garçons se déversaient en hurlant dans la cour, Élisabeth retourna à la maison, et, après un court passage dans les cabinets, rejoignit ménou dans la cuisine.

« Alors, cette rentrée des classes? demanda ménou. Tu n'as pas trop été dépaysée?

— Oh! non, dit-elle évasivement.

— Les garçons ont été gentils avec toi? »

Trop orgueilleuse pour reconnaître l'humiliation qu'elle avait subie, elle inclina la tête et murmura :

« Oui, mais ils sont bêtes! On dirait qu'ils n'ont jamais vu de filles! »

Des cris stridents pénétraient comme des projectiles par la fenêtre entrouverte.

« Écoute-les! reprit ménou. De vrais sauvages! »

Élisabeth ne put résister au désir de jeter un regard sur les jeux des élèves. Disséminés dans la cour, ils galopaient, se bousculaient, se battaient à coups de règles, lançaient une balle dans le dos d'un fuyard, qui, atteint en plein élan, poussait un râle d'égorgé et s'asseyait en riant dans la boue. Habitués à ce tumulte, l'oncle Julien, la tante Thérèse et l'instituteur adjoint se promenaient à pas lents le long du mur de l'école. Un gamin aperçut Élisabeth à la croisée et lui tira la langue. Un autre survint, le saisit par-derrière et lui tordit le bras. Ils s'éloignèrent en se dandinant, épaule contre épaule. Le grand brun, qui avait le premier traité Élisabeth de Mimi Pinson, les arrêta, leur parla sévèrement, et ils se séparèrent. Il était très maigre, avec un front bas, des sourcils touffus et une mâchoire proéminente. A sa façon de commander ses camarades, on devinait qu'il était le chef. Lui aussi regarda du côté d'Élisabeth, mais sans faire de grimaces. Les mains dans les poches, les jambes écartées, il ne bougeait pas. Ses yeux étaient méchants et tristes. Au bout d'un moment, elle haussa les épaules. Il cracha par terre et s'en alla.

En rentrant dans la classe, Élisabeth trouva sur son pupitre un papier plié en quatre. Elle l'ouvrit subrepticement et vit un dessin représentant un personnage en jupe et un autre en culottes, avec ces mots écrits dessous : « C'est pas pareil ! » Des ricanements crépitèrent derrière son dos. Elle les supporta avec le sourire. Sans pouvoir s'expliquer les raisons de son changement d'humeur, il lui semblait maintenant que les moqueries des garçons à son égard dissimulaient une admiration qu'ils n'osaient pas s'avouer encore. C'était pour se défendre contre leur trouble qu'ils l'accablaient de sarcasmes maladroits. Ils croyaient l'offenser, et, en fait, ils lui rendaient hommage. Ce sentiment heureux l'accompagna tout au long de la classe d'arithmétique. A onze heures, l'oncle Julien libéra ses élèves. Ceux qui retournaient chez eux pour le déjeuner dévalèrent comme des boulets de charbon dans la rue. Les autres se groupèrent dans la cour, en attendant que ménou les appelât du seuil de la cantine.

Geneviève revint de son école avec un air excité et joyeux. Elle avait retrouvé des amies. M^lle^ Héquet l'avait assise au premier rang, avec les meilleures élèves. Lili ne portait plus de nattes dans le dos. Marguerite attendait un petit frère, qui naîtrait, probablement, dans un mois. Cet après-midi, il y aurait cours de dessin. Chaque fille devait se munir d'une feuille morte pour la reproduire exactement sur du papier. La famille, réunie dans la cuisine, pour le repas, écoutait ce rapport avec attendrissement. Le nez dans son assiette, Élisabeth évoquait autour de sa cousine un monde scolaire voué aux cheveux longs, aux cris acides, aux trompeuses confidences et aux jalousies déguisées. Sa propre personne lui paraissait, par contraste, frottée d'une essence garçonnière. Leurs chemins s'écartaient. Geneviève lui demanda ses impressions de la matinée. Elle répondit fièrement qu'elle était très contente d'être dans la classe de l'oncle Julien. Celui-ci, en retour, la complimenta sur sa bonne tenue. Il était sûr qu'elle se mettrait rapidement au niveau de ses compagnons :

« Tu as tout compris?
— Oui, tonton.
— Même en arithmétique?
— Peut-être pas en arithmétique.
— C'est le problème des intérêts qui t'a troublée?
— Je crois... un peu...
— Ce soir, je te l'expliquerai.
— Merci, tonton. »

Élisabeth craignait qu'il ne lui posât d'autres questions, mais il s'était déjà tourné vers sa femme, qui lui parlait des élèves du cours moyen. Derrière la cloison, on entendait des tintements de gamelles et les voix confondues des gamins qui mangeaient ensemble dans la cantine. M. Charbot prenait son repas avec eux et surveillait la tablée. De temps en temps, ménou se levait pour aller voir si ses pensionnaires ne manquaient de rien. Pépitou s'impatientait :

« Reste donc assise, ils n'ont pas besoin de toi! »

Après le déjeuner, Geneviève s'envola vers le royaume des filles, et Élisabeth monta dans sa chambre pour attendre la rentrée en classe des garçons. Plantée devant l'armoire à glace, elle se contemplait en tournant la tête avec la lenteur majestueuse d'un cygne. Soudain, elle décida qu'elle n'était pas satisfaite de sa coiffure. Ayant peigné ses cheveux et changé sa barrette de place, elle se regarda de nouveau dans le miroir et fut frappée de se trouver un air étrange et séduisant. Son sourire était de miel. La lumière vibrait à la pointe de ses cils. Au tintement de la cloche, elle éprouva un grand battement de cœur, pensa : « C'est le moment! » et se précipita dans l'escalier, dont les marches défilèrent sous ses pieds comme autant de petits nuages,

# 8

TRÈS vite, Élisabeth apprit à distinguer les élèves par leurs noms et par leurs caractères. Le brun taciturne s'appelait Cassagne et était le premier de la classe. Il se voyait d'ailleurs menacé dans ce privilège par un gros blond, bavard et rigolard, Léonard Bourdoux, qui était plus fort que lui et plus intelligent, mais moins assidu dans ses études. La dernière place revenait de droit à Martin Baysse, un rouquin malingre, ahuri et craintif, que ses camarades traitaient de fille et torturaient à l'occasion, car il pleurait pour un rien. Il y avait aussi Étienne Labrouille, qui collectionnait des ficelles, Devaize, le chahuteur, toujours sale, morveux, taché d'encre, mais dont les grimaces assuraient la popularité, Grousselin, qui était gaucher et portait des lunettes, Aubert, qui, malgré son incontinence d'urine, gardait l'estime de ses voisins, parce qu'il prétendait connaître le langage des Indiens sioux... Tous ces garçons, si divers, avaient fini par s'habituer à la présence d'une fille dans leur tribu. Ils continuaient à la surnommer Mimi Pinson, mais Élisabeth n'en était pas fâchée. S'ils avaient su qu'à Sainte-Colombe elle était « la grive »!... Elle s'amusait de leurs œillades et des billets qui pleuvaient sur son pupitre, quand l'instituteur avait le dos tourné. Ces messages, grossièrement écrits, la confirmaient dans l'idée qu'elle obsédait leur esprit durant les heures de cours, et peut-être même au-delà. Bien qu'ils fussent incontestablement vulgaires et brutaux, elle déplorait de ne pouvoir leur parler qu'en de rares circonstances, dans les bousculades de l'entrée ou de la sortie de classe. Si l'oncle Julien l'avait autorisé, elle se fût volontiers mêlée à leurs ébats pendant les récréations. Mais l'oncle Julien ne plaisantait pas avec la discipline.

Souvent, après le dîner, il s'installait avec tante Thérèse à la table de la cuisine, pour corriger des copies. Avant de monter se coucher, Élisabeth pouvait les voir, tous deux, penchés sur leur besogne mystérieuse et cruelle. Contrairement à sa cousine, chez qui l'habitude avait éteint toute curiosité à cet égard, elle ressentait fortement la bizarrerie d'une situation qui lui permettait de vivre à la fois du côté des élèves et du côté des maîtres. L'école entière passait en jugement sous ses yeux. La plume des instituteurs, trempée dans l'encre rouge, soulignait un mot, un chiffre, additionnait des fautes impardonnables, crachait un point d'exclamation rageur dans la marge. Les pages les plus propres, en sortant de leurs mains, étaient marquées du sceau de l'infamie. De tous les devoirs examinés par l'oncle Julien, c'étaient ceux d'Élisabeth que recouvraient les annotations les plus sévères. En lui remettant son travail, il lui expliquait ses erreurs et le moyen de les éviter à l'avenir. Elle l'écoutait avec une mine contrite et rêvait aux prochaines vacances. La première halte, de bien courte durée, hélas! était prévue pour la Toussaint. Jérôme avait fait écrire une lettre, par M^me^ Pinteau, pour avertir les instituteurs qu'il viendrait chercher sa petite-fille, le 30 octobre, et la garderait chez lui pendant les deux jours de congé. Élisabeth fut enchantée par ce projet, qui impliquait un nouveau changement d'intérêts, de décor et de personnages. Toute occasion de se déplacer était à son avis une aubaine. Elle se prépara au départ avec la même fièvre que si La Chapelle-au-Bois eût été pour elle un endroit inconnu, où l'attendaient de merveilleuses aventures.

***

Le jour de la Toussaint, après le déjeuner, Mme Pinteau et Élisabeth se hâtèrent de laver et de ranger la vaisselle, car il allait être l'heure, bientôt, de se rendre au cimetière. Jérôme était monté dans sa chambre pour passer son costume des dimanches. Quelques minutes plus tard, il surgit dans la cuisine, tout de noir vêtu, des pantoufles aux pieds et le regard furibond.

« Où sont mes chaussures, Antoinette?

— Au bas de l'escalier, monsieur Aubernat, dit Mme Pinteau.

— Pourquoi au bas de l'escalier?

— Parce que je viens de les cirer et que je n'ai pas eu le temps de vous les porter là-haut!

— Ah! bon », grogna-t-il en ravalant sa colère.

Et il tendit le cou pour qu'elle lui nouât sa cravate. Élisabeth trouva que Mme Pinteau était moins adroite que maman dans ce travail. Quand ce fut fini, un énorme papillon de deuil apparut, les ailes pendantes, sur le faux col de grand-père.

« C'est pas joli comme ça, dit la fillette.

— Laisse, répliqua Jérôme. On n'a pas le temps de faire mieux. »

Il s'assit sur un banc pour chausser ses gros souliers noirs, tout luisants de cirage. Tandis qu'il s'acharnait à tirer sur les lacets, Mme Pinteau mit son chapeau gris, son manteau lie-de-vin, et ressembla soudain à une dame de la ville. Son menton replet et duveteux s'appuyait sur un col rabattu, fermé par un seul bouton. Intrigué par cette toilette inhabituelle, Drac vint lui renifler les mollets et elle l'écarta avec la pointe de son parapluie. Au même instant, les cloches de l'église sonnèrent. Mme Pinteau se dirigea vers la porte.

« Où allez-vous? demanda Élisabeth.

— A la procession, dit-elle.

— Ben! nous aussi. Vous ne nous attendez pas? »

Jérôme se dressa sur ses jambes et grommela dans un vague remuement de moustache :

« Non, Élisabeth, toi et moi, nous n'allons pas à la procession, mais directement au cimetière.

— Et la procession, elle n'y va pas, au cimetière?

— Si.

— Alors, pourquoi qu'on n'y va pas avec elle? »

Mme Pinteau plissa ses lèvres dans une moue de réprobation. Jérôme lui jeta un regard oblique, toussota et dit :

« Parce que c'est comme ça... La procession va d'un côté... et nous de l'autre... Il faut bien quelqu'un pour la recevoir, là-bas, devant les tombes... tu comprends? »

Le sourire méprisant de Mme Pinteau se précisa et elle sortit, noble, volumineuse et muette. Jérôme était mécontent de l'explication qu'il avait donnée à sa petite-fille, mais pouvait-il lui révéler que, comme tous les libres penseurs de La Chapelle-au-Bois, il refusait de se joindre au cortège religieux de la Toussaint, et se rendait au cimetière, par un chemin détourné, afin d'assister cependant à la bénédiction des tombes? C'était une affaire de bon sens et de dignité. Si ses convictions anticléricales lui interdisaient de se montrer, marchant derrière le curé, dans les rues, il n'en estimait pas moins que, le jour où la commune célébrait ses morts, sa place était auprès de celle dont le souvenir ne le quittait pas. Les gens de la procession, qui prétendaient tenir la vérité dans leurs livres de messe, le trouveraient donc, comme chaque année, debout au chevet de Maria, incroyant et pourtant fidèle.

« Dépêche-toi d'enfiler ton manteau, dit-il à Élisabeth. Il faut arriver avant eux. »

Ils sortirent par la porte de la forge et prirent la route qui menait au cimetière en contournant le bourg. Drac trottait derrière eux, la queue en trompette et la truffe au vent. La cloche de l'église sonnait toujours. Grand-père marchait vite. Du ciel bas et gris, une bruine impalpable descendait sur la campagne au repos. Le chien s'arrêta à l'entrée du cimetière. Il savait qu'il n'avait pas le droit d'aller plus loin. Jérôme poussa la vieille grille grinçante et franchit le seuil, en tenant Élisabeth par la main. Elle connaissait les lieux pour y être venue, avec sa mère, pendant les vacances. La veille encore, elle avait accompagné son grand-père pour déposer des chrysanthèmes sur la tombe. Entre-temps, bien des gens avaient suivi leur exemple. Tous les défunts, ou presque, avaient maintenant leurs étrennes de fleurs. Jérôme observa avec plaisir que la plupart des familles non pratiquantes étaient déjà là, près de leurs caveaux. Il salua au passage ses amis Calamisse, Ferrière, Barbezac, d'autres encore, qui avaient les mêmes opinions que lui. Pour certains ménages, l'épouse était avec le curé et le mari avec le mort.

En arrivant devant la tombe de sa grand-mère, Élisabeth constata que le vent avait renversé le pot de chrysanthèmes sur le carré de terre, au pied de la croix.

« C'est rien, dit Jérôme, je vais le redresser... »

Il ouvrit la petite grille en fer forgé qui bordait la sépulture.

« Non, laisse-moi faire, pépé! s'écria Élisabeth. Je saurai mieux. »

Elle pénétra, sur la pointe des souliers, dans l'enclos, releva les chrysanthèmes et souffla sur leurs pétales tachés de boue noirâtre pour les nettoyer et les ébouriffer convenablement. Puis, elle voulut déplacer quelques très anciennes couronnes en perles de verre, qui méritaient d'être mises en valeur.

« N'y touche pas! dit Jérôme.

— Mais si, tu verras! Après ce sera plus beau! »

Elle piétinait dans la terre grasse. Une mémé qu'elle n'avait pas connue était là-dessous. Cette pensée lui glaça le cœur. Elle se rappela Françoise, l'oiseau mort, et tourna vers son grand-père un regard craintif. Il lui souriait. Elle se sentit rassurée. Les couronnes de perles étaient froides comme le ciel. Dans le transport, des boulettes blanches et mauves se détachèrent de leur monture. Élisabeth compléta son travail en posant, devant le pot de fleurs, le petit livre de pierre, sur lequel on lisait : « Elle fut bonne épouse, bonne mère, et partit regrettée de tous. » Cette inscription lui plaisait beaucoup. Elle recula d'un pas et dit :

« C'est pas bien arrangé comme ça?

— Si, dit Jérôme. Viens, maintenant. »

Elle le rejoignit de l'autre côté de la grille. Ils contemplèrent le jardin. Autour d'eux, çà et là, des gens s'affairaient pour achever la toilette de leurs tombes avant la venue du prêtre. Un murmure courut dans l'assistance :

« Les voilà!... Les voilà!... »

Une multitude bourdonnante approchait du cimetière. De l'endroit où elle se trouvait, Élisabeth ne pouvait pas voir l'arrivée de la procession. Mais, tout à coup, il y eut un grand mouvement noir entre les dalles grises. La foule des vivants entrait chez les morts. Une croix d'argent glissa en scintillant derrière les croix de pierre. De nombreuses tombes, qui étaient encore désertes, reçurent leur contingent de visiteurs affligés. Chaque famille se posta devant son caveau, comme au seuil de sa maison. Seuls restèrent à l'abandon quelques très vieux monuments funéraires, dévorés de mousse. Il n'existait plus personne au monde pour s'occuper d'eux. Élisabeth reconnut le chapeau gris de M^me^ Pinteau, qui s'était arrêtée à l'endroit où reposait son propre défunt.

Les groupes étaient si serrés, au bord de l'allée centrale, qu'il était impossible de distinguer ce que faisait le prêtre. Une voix nasillarde s'éleva dans le silence brumeux. Des gens baissèrent le front et joignirent les mains. D'autres demeurèrent les bras ballants, le menton haut, avec un air d'indifférence. Tous les messieurs étaient nu-tête et toutes les dames en chapeau. Élisabeth récita le « Notre Père » et le « Je vous salue, Marie ». Sans cesser de remuer les lèvres, elle observait son grand-père, par en dessous. Il était de ceux qui ne priaient pas. Pourtant, son visage était empreint d'une grave mélancolie. Il regardait le ciel. Des larmes brillaient dans ses yeux. Un chant timide se dilua dans l'air froid et mouillé. Le grondement d'un train secoua la campagne. La main du prêtre agita un objet en argent au-dessus des épaules. Élisabeth comprit qu'il aspergeait les quatre coins du cimetière avec de l'eau bénite.

Après la fin de la cérémonie, la foule s'écoula lentement sur la route, laissant les morts à leurs tristes cadeaux de perles et de fleurs transies. Élisabeth et son grand-père sortirent les derniers. Drac s'impatientait, à la porte. Jérôme lui tripota les oreilles en disant :

« Oui, oui, je sais! On a été longs!... »

Le chien levait sur lui son regard vitreux. Des poils blancs entouraient sa gueule haletante. Sur le chemin du retour, Élisabeth demanda :

« Pourquoi t'as pas prié, pépé?

— Parce qu'on ne m'a pas appris, dit-il en souriant.

— Tu veux que je t'apprenne, moi?

— Non. Je suis trop vieux, maintenant. Je ne retiendrais rien. Il faut me laisser comme je suis, avec ma peine et mes idées.

— T'as vraiment de la peine?

— Ça m'arrive.

— Parce que mémé est morte?

— Oui.

— Mais il y a très longtemps qu'elle est morte!

— J'ai l'impression que c'était hier.

— De toute façon, t'as pas à te faire du souci, puisqu'elle est au ciel. Un jour, tu la retrouveras! »

Il hocha la tête :

« C'est grand, le ciel! Peut-être que je devrai chercher là-haut pendant des années et des années avant de la rencontrer. »

Élisabeth se demanda s'il parlait sérieusement : combien d'âmes tentaient de se rejoindre ainsi, derrière les nuages!

« Si tu es bien avec le Bon Dieu, tu la rencontreras tout de suite! » dit-elle.

Jérôme lui caressa la joue du revers de la main :

« Alors, comme ça, je suis tranquille! »

Elle fut heureuse de l'avoir facilement réconforté. En rentrant à la maison, ils changèrent de vêtements et s'attablèrent dans la cuisine. Élisabeth prit un vieux journal illustré pour y découper des images. Tout en travaillant, elle racontait à son grand-père des histoires de l'école.

« Tu es contente d'y retourner après-demain? demanda-t-il.

— Oui, dit-elle. Mais j'aimerais autant rester ici. Je suis bien avec toi. Je m'amuse. Tu veux m'aider à coller les images sur du carton?

— Non, dit-il. J'ai une autre idée. Attends voir! »

Il la laissa pour se rendre à sa forge et revint, portant un gros morceau de bois et une caisse à outils. Un tablier de cuir lui couvrait le ventre. Il s'assit sous la hotte de la cheminée, et plaça le morceau de bois sur ses genoux.

« Qu'est-ce que tu vas faire? » demanda Élisabeth.

— Tailler quelque chose là-dedans! » dit-il.

Elle s'approcha de lui, intriguée, et s'écria :

« Mais tu as déjà commencé!

— Oui, la semaine dernière. »

Une forme, aux contours grossièrement hachurés, se dégageait de la masse fibreuse.

« Oh! un bonhomme! dit Élisabeth.

— Oui, tu vois, la tête, les bras, les jambes...

— Qui est-ce? »

Il lui montra une carte postale, posée sur le banc, à côté de lui. Elle représentait un berger, en houppelande, debout parmi ses moutons.

« J'essaie de copier là-dessus, tu comprends? dit-il.

— Pourquoi?

— Pour m'amuser!

— Tu vas faire le berger, les moutons, tout comme c'est là?

— Si je peux, oui.

— Ce que ce sera joli!... »

Il prit un maillet et se mit à frapper légèrement sur une lame, que sa main gauche guidait à la surface du bloc. De fins copeaux sautaient sous la pression du tranchant. Le personnage se précisait à chaque blessure nouvelle. Deux petits coups, et un nez lui poussait au milieu du visage. Une caresse du fer, et il ouvrait la bouche. Élisabeth, émerveillée, battit des mains :

« C'est rigolo!

— N'est-ce pas?

— T'en as déjà fait avant? demanda-t-elle.

— Non, c'est la première fois.

— Quand auras-tu fini?

— Comment savoir? Je n'ai guère le temps pour ça, avec tout le travail de la forge.

— A la Noël, quand je reviendrai, peut-être?

— Sûrement, dit-il. Et, si mon berger est réussi, je te le donnerai. »

Elle l'embrassa et s'assit sur le banc pour mieux voir les gestes de ce grand-père magicien, qui tirait du bois mort une figure vivante.

# 9

IL pleuvait. La terre de la cour bouillonnait sous les traits de l'averse. Des colliers de bulles naviguaient sur les flaques café au lait. A cause du mauvais temps, les élèves étaient en récréation dans le préau. Comme chaque vendredi, à dix heures moins le quart, l'automobile du poissonnier s'arrêta devant la grille. Le marchand sonna de la trompe. Ménou prit son parapluie et sortit avec Élisabeth dans la rue. Les poissons gisaient dans des caisses, au fond de la voiture. Leurs écailles argentées brillaient sur un lit de feuilles et de glaçons. Dans la confusion des nageoires raidies, des queues mortes, des bouches entrouvertes, quelques yeux ronds étaient piqués comme des boutons de nacre. Ménou acheta du colin, parce qu'il avait l'air frais et ne coûtait pas cher.

Elles rentrèrent à la maison en trottant côte à côte, sous la coupole noire du parapluie. Élisabeth se pressait tendrement contre la vieille femme, qui embaumait la crème de beauté. Dans sa chaleur, elle se sentait à la fois protégée comme par une grande personne et comprise comme par une enfant. Tout à coup, elle eut envie de se fondre à elle, de devenir, à son tour, une petite aïeule très âgée et très propre, avec beaucoup de souvenirs. Ce fut à regret qu'elle prit pied sur le perron.

Revenue dans la cuisine, ménou chargea Élisabeth de moudre le café, pendant qu'elle-même débitait le colin en tranches. La fillette s'assit près de la fenêtre et serra le moulin entre ses genoux. Elle tournait la manivelle, qui était dure, et écoutait avec satisfaction le craquement des grains écrasés. Il restait moins de dix minutes avant la fin de la récréation. L'eau ruisselait sur les vitres. Au loin, retentit une sourde clameur. Élisabeth dressa la tête et lâcha la poignée de l'appareil. La cour était toujours vide. Que se passait-il dans le préau? Une bataille? Un nouveau jeu?

« Tu es fatiguée? demanda ménou.

— Non, c'est ce bruit!

— Il faut qu'ils crient quand ils sont en liberté. Ça leur développe les poumons. »

Le couteau grinça sur la forte arête centrale, et un disque de chair rosâtre se détacha de la masse. Ayant taillé le colin en six parts égales, ménou prit les moignons en mains pour les saupoudrer de farine. Une odeur fade et collante flottait au-dessus de la table. Élisabeth se remit au travail, mais sa pensée rôdait encore autour du préau.

« Qu'est-ce que tu as, Élisabeth? dit ménou. Ton moulin tourne à vide! »

Elle sursauta, dérangée dans sa rêverie, et constata qu'en effet il n'y avait plus de grains dans le broyeur. Le tiroir, qu'elle ouvrit délicatement, était plein d'une poudre brune, très fine et très odorante. Elle s'apprêtait à la verser dans un pot, quand un doigt timide frappa à la porte.

« Entrez », dit ménou.

Sur le seuil, apparut Martin Baysse, le rouquin, livide, les joues barbouillées de larmes sales, et un ruisseau de sang sous le nez.

« Ah! mon Dieu! *Paubre pipito!* s'écria ménou. Que t'est-il arrivé? »

Il renifla et dit d'une voix haletante :

« On s'est battu... »

Des gouttes écarlates se détachaient de ses narines et constellaient le carrelage entre ses sabots.

« Viens vite par ici! Tu vas tout me salir, malheureux! » reprit ménou.

Elle l'attira vers l'évier. Il continua à saigner dedans. Ménou lui soutenait le front et gémissait :

« Quels garnements vous faites! On dirait que vous ne pouvez pas vous amuser sans échanger des coups! Regarde-moi ça, ton tablier est tout taché pardevant! Donne-moi ton mouchoir!

— J'en ai pas.

— Qui est-ce qui t'a frappé?

— Je sais pas.

— Tu ne veux pas me le dire?

— Non. »

Il prononçait : « nan », à la manière des gens du pays.

« Je suis sûre que c'est Cassagne..., ou Bourdoux..., ou... ou... Aubert peut-être?

— Nan.

— Ils sont tombés sur toi à plusieurs?

— Nan. »

Chaque fois qu'il disait « nan », il secouait la tête, et un filet rouge débordait de sa joue. Élisabeth, horrifiée, regardait ce sang qui coulait, ces tranches de colin poudrées de farine, et un malaise lui soulevait le cœur. Elle pensait à la vie des garçons, où tout était violence, orgueil, héroïsme, rivalité et mystère. Ils l'intéressaient de plus en plus, et, pourtant, elle se sentait de moins en moins capable de les comprendre.

« Eh! c'est que ça ne veut pas s'arrêter! soupira

ménou. Tiens ta tête droite et attends-moi ici, je vais chercher ce qu'il faut. »

Quand elle fut sortie, Martin Baysse lança à Élisabeth un coup d'œil furtif et honteux. Certainement, il lui déplaisait qu'elle le vît, saignant du nez, à la suite d'une bataille qui avait tourné à son désavantage. Il grogna :

« Alors, la quille? »

Des bulles rouges crevèrent au-dessus de sa lèvre. Élisabeth ne répondit pas. Il attendit deux secondes et lâcha un gros mot qu'elle avait déjà entendu plusieurs fois en classe et au café : « Merde! » Puis, il la regarda à nouveau. Il avait l'air très malheureux. Elle demanda :

« T'as mal?

— Pas du tout », dit-il.

Ménou rentra, portant un paquet de coton et une clef.

Elle mit la clef sur la nuque de Martin Baysse et dit :

« Il n'y a pas de meilleur remède. »

La cloche sonna. Élisabeth retourna en classe.

Entre-temps, l'instituteur avait dû punir les responsables de la bagarre. L'ordre était rétabli. Tous les visages exprimaient le calme et la satisfaction qui suivent les grandes décisions de justice. Pendant que l'oncle Julien écrivait quelque chose au tableau noir, un billet tomba sur le pupitre d'Élisabeth. Elle le déplia et lut : « Martin Baysse est le roi des culs. C'est Devaize qui lui a cassé la gueule. A cause qu'il voulait le cafarder. » Sur ces entrefaites, Martin Baysse fit son apparition, pâle et confus, une mèche de coton dans chaque narine. Sans que personne eût ouvert la bouche, un chuchotement se précisa :

« Hoû!... Baysse!... Baisse ton froc!... Poule mouillée!... Andouille!... Péteux!... Cocu!... Hoû!... Hoû!...

— Silence ! » cria l'oncle Julien.

L'œil au sol, deux crocs blancs pendant sur la lèvre, Martin Baysse regagna son banc, près des portemanteaux. On s'occupa des départements. Ils avaient tous un chef-lieu, qu'il était indispensable de connaître. Diabolique, l'oncle Julien sautait d'une région à l'autre pour égarer ses élèves. Sa question partait comme une flèche, en même temps que son doigt, poudré de craie, désignait la victime choisie dans le tas :

« Bouches-du-Rhône, chef-lieu ? »

L'élève tressaillait et commençait par dire : « Euh ! » Autour de lui, ceux qui savaient s'agitaient, claquaient des doigts, murmuraient : « M'sieur ! M'sieur ! » pour obtenir la permission de parler. A plusieurs reprises, Élisabeth eut un nom de chef-lieu sur le bout de la langue, mais l'oncle Julien refusait de l'interroger en classe. C'était à la maison qu'il lui faisait réciter ses leçons et lui rendait ses devoirs. Contrainte au silence, elle se consolait en affectant une mine joyeuse et renseignée, même quand elle n'était pas sûre de son information. Assis au pupitre voisin, Bourdoux la reluquait d'un air béat. Leurs regards se croisèrent.

« Bourdoux ! Côtes-du-Nord, chef-lieu ? »

Il se dressa lentement et leva les yeux au plafond. Élisabeth lui souffla :

« Vannes... »

Il réfléchit un moment et dit :

« Saint-Brieuc. »

C'était lui qui avait raison. Gratifié d'un : « Très bien, Bourdoux », il se rassit, modeste dans sa victoire. Tandis que l'oncle Julien continuait à prospecter la France dans ses plus secrètes provinces, Élisabeth secoua les doigts devant son visage, pour montrer à Bourdoux qu'elle regrettait sa bévue. Il lui cligna de l'œil et se passa la langue sur les lèvres. Elle rougit, sans savoir pourquoi, peut-être parce que cette langue était très pointue et très rose.

Pendant le déjeuner, en famille, il fut question du saignement de nez de Martin Baysse, mais comme d'un événement sans importance, qui entrait dans l'histoire ordinaire d'une école de garçons. Même Geneviève, qui, pourtant, avait le cœur sensible, ne prêta qu'une faible attention au récit de ménou. Les histoires qui se déroulaient à l'école des filles lui paraissaient tellement plus intéressantes! Elle voulut en raconter quelques-unes mais son père l'arrêta. Ce jour-là, il était entièrement acquis à la géographie. Tout en décortiquant une tranche de colin dans son assiette, il entreprit d'interroger Élisabeth, à son tour, sur les départements. Entre deux bouchées, il levait sa fourchette, disait : « Charente?... Dordogne?... » Et il fallait répondre. Chaque fois, Élisabeth, prise de court, feignait d'avoir une arête sous la dent. Elle remuait fortement sa langue au creux de sa joue. Cela lui donnait le temps de réfléchir. L'oncle Julien grondait :

« Alors, ça vient? »

Ménou se tortillait sur sa chaise.

« Défense de souffler! » s'écriait pépitou.

La bouche pleine de bouillie, Élisabeth laissait couler sa réponse, humblement, comme un aveu. Un coup sur deux, elle se trompait.

« Elle va finir par s'étrangler, Julien, si vous la tarabustez pendant qu'elle mange! disait ménou.

— Mais oui, Julien! soupirait tante Thérèse. Laisse-la se restaurer en paix, cette petite! »

L'oncle Julien riait, les yeux plissés, la moustache en réglette :

« J'ai ma méthode! C'est en poursuivant l'instruction à travers les circonstances les plus banales de la journée, que j'obtiendrai le résultat voulu avec cette enfant. Déjà, j'ai noté quelque progrès dans ses devoirs de français et de calcul. Nous tenons le bon bout! »

Il était d'excellente humeur et redemanda des pommes de terre.

L'après-midi, en classe de récitation, Bourdoux se tailla un nouveau succès en déclamant *Le Laboureur et ses enfants*. Debout sur l'estrade, un pied en avant, les bras croisés, il disait les vers d'une voix forte et considérait obstinément le corsage d'Élisabeth. Elle en fut troublée, car, la veille, en se couchant, elle avait constaté un double renflement charnu, encore à peine marqué, au niveau de ses seins. Geneviève lui avait même dit : « Je t'assure que tu commences à avoir de la poitrine. » Elle n'y avait pas repensé depuis, mais le regard fixe du garçon venait de lui remettre cette phrase en mémoire. Avait-il remarqué quelque chose? Pourtant, cela ne devait pas se voir encore sous les vêtements!

« Très bien, Bourdoux. Neuf sur dix. »

Il retourna à sa place. Cassagne lui succéda devant le tableau noir. Lui aussi regarda Élisabeth pendant la récitation. Elle eut une bouffée de chaleur et creusa instinctivement le buste, pour que ses formes naissantes se perdissent dans les plis de son tablier. Victime de sa distraction, Cassagne fit trois fautes et n'obtint qu'un sept sur dix. En se rasseyant, il avait un visage sombre. Élisabeth le plaignit, car elle se jugeait seule responsable de son échec. D'autres élèves défilèrent pour ânonner leur leçon, et chacun, semblait-il, n'avait d'yeux que pour la nièce de l'instituteur, si belle derrière son pupitre, avec ses grandes prunelles rêveuses, sa peau de lait, son nez spirituel et ses lèvres de fleur.

Après la sortie des classes, Élisabeth reçut de ménou l'habituelle tartine de quatre heures, et monta dans sa chambre pour préparer ses devoirs. Mais le problème d'arithmétique, sur lequel elle se pencha d'abord, la découragea par sa complexité : il s'agissait de deux trains, qui partaient à la rencontre l'un de l'autre et se croisaient en un point, qu'il fallait déterminer, compte tenu de la vitesse respective des convois. Elle se promit d'en parler à Geneviève, dès que celle-ci serait de retour. Puis, avisant un dictionnaire, posé sur le coin de la table, elle le feuilleta pour se distraire. Des colonnes de texte serré passaient devant ses yeux. Les gros mots étaient-ils mentionnés comme les autres, dans le livre? Elle n'avait jamais songé à le vérifier. Mouillant son pouce, elle tourna les pages à la recherche de certains vocables sonores qu'elle avait entendus parmi les garçons. Dans son esprit, « merde » s'écrivait « m-a-i-r-d-e » et elle ne le trouva pas. Cependant, « cul » était indiqué comme désignant la partie de l'homme et de certains animaux, qui comprend les fesses et le fondement, et « cocu », comme un terme vulgaire appliqué à un mari dont l'épouse est infidèle. Ces explications lui parurent d'une audace extraordinaire. En revanche, elle fut déçue par la définition du mot « sein » : « Chacune des mamelles d'une femme. » Il était impossible de traiter avec plus de mépris des avantages physiques dont toutes les personnes du sexe étaient fières. Elle glissa la main entre son tablier et sa blouse pour tâter sa poitrine. Dans l'épaisseur de la chair, il y avait deux petits disques durs et sensibles.

Un parfum de pâtisserie s'insinua dans la chambre. Ménou devait préparer un gâteau. Élisabeth huma cette odeur et devint plus rêveuse encore. L'idée la visita, tout à coup, d'écrire à ses parents. Depuis trois jours, elle se promettait de répondre à leur dernière lettre. Mais elle leur avait déjà raconté, la semaine précédente, son existence studieuse à l'école des garçons. Que leur dire de plus? Le meilleur d'elle-même ne se laissait pas exprimer. La plume à la main, elle pensait à Paris, au café bruyant, à sa maman, si digne et si belle, tenant la caisse, à son papa fatigué, maniant le robinet de la pompe à bière, à tonton Denis, qui, séparé de Clémentine, dansait peut-être maintenant, sur les toits, avec une autre jeune fille. Tout cela était si loin d'elle, en cette minute, qu'elle doutait de l'avoir vécu. Depuis qu'elle était arrivée à La Jeyzelou, les visages de son passé reculaient ensemble dans la brume. Même les souvenirs récents prenaient dans son esprit une allure de songes. Avait-elle réellement étudié un an à Sainte-Colombe? M^lle^ Quercy n'était-elle pas une figure de son imagination? Et Françoise, et les autres pensionnaires? Et son grand-père, qui taillait un berger dans le bois? Il n'y avait de vrai, de solide, en ce monde, que la maison où elle se trouvait à présent, avec, d'un côté, la famille des instituteurs, et, de l'autre, la bande indisciplinée des gamins. Elle trempa sa plume dans l'encrier et écrivit :

« Mes parents chéris,

« Je viens une fois de plus me jetté dans vos bras et vous dire que je vai toujours bien et suis toujours bien contante d'être ici. Je travaille beaucoup et c'est merveilleux comme tout le monde est gentil pour moi, même les garçons. Et vous comment allez-vous?... »

Après dix longues lignes de questions, elle acheva sa lettre par une large distribution de baisers et signa : « Votre petite Élisabeth qui vous aime à la follie. »

A ce moment, Geneviève entra dans la chambre, comme un brusque rayon de soleil. Elle rapportait trois bons points. Cela lui en faisait sept en tout. Quand elle en aurait dix, elle recevrait une petite gravure! Et cinq petites gravures lui donneraient droit à une grande gravure! Incapable de partager son exaltation, Élisabeth attendit qu'elle eût fini de manger sa tartine de confiture et dit :

« Écoute, j'ai un problème, là, je n'y comprends rien! Tu ne voudrais pas m'aider à le faire?

— Oh! Élisabeth! s'écria Geneviève, tu sais bien que papa le défend! Il veut que tu travailles seule!

— Y a qu'à pas lui dire!

— Ce serait vilain de tromper sa confiance! Et puis, réfléchis, ce n'est pas ainsi que tu apprendras.

— Ce sont des trains, reprit Élisabeth avec obstination, des trains qui roulent ensemble. »

Elle tendit son manuel d'arithmétique à Geneviève et ajouta :

« Exercice 37. C'est souligné. »

Mais Geneviève repoussa le livre d'un geste catégorique :

« Non.

— Tu aimes mieux que j'aie un zéro? dit Élisabeth.

— J'aime mieux que tu essaies de trouver toi-même.

— J'ai déjà essayé.

— C'est pas vrai!

— Si! » s'écria Élisabeth.

Et le mensonge qu'elle venait de proférer augmenta sa colère.

« Alors, essaie encore, dit Geneviève.

— Ce que t'es chipie! gronda Élisabeth en serrant les poings jusqu'à sentir la coupure de ses ongles dans ses paumes fermées. Tu verras quand t'auras un service à me demander!... »

Geneviève haussa les épaules, prit le livre, et soupira :

« Bon! Bon! Mais ce sera la dernière fois, je te préviens... »

La voix lointaine de tante Thérèse lui coupa la

parole. Elle criait quelque chose au bas de l'escalier. Geneviève ouvrit la porte et demanda :

« Qu'est-ce que tu dis, maman?

— Descends avec Élisabeth.

— Tout de suite?

— Oui. Dépêchez-vous! »

Oubliant leur dispute, les fillettes s'échappèrent en courant de la chambre. Une même curiosité les porta, coude à coude, jusqu'au seuil de la cuisine. Là, elles s'arrêtèrent, interdites. Toute la famille les attendait. Les visages étaient graves. La moustache de pépitou pendait, blanche et triste, de part et d'autre d'un menton de pierre. Ménou était assise, tête basse, près de la table. Tante Thérèse pétrissait un mouchoir entre ses doigts nerveux. Derrière le crâne de l'oncle Julien, une casserole, accrochée au mur, brillait comme une auréole d'argent.

« Mes enfants, dit-il, j'ai une nouvelle incroyable à vous apprendre : on a volé ma collection minéralogique. »

L'étonnement figea toutes les pensées d'Élisabeth dans son cerveau. Sa bouche s'ouvrit sur un rond de silence. Geneviève recouvra ses esprits la première et balbutia :

« Ce n'est pas possible, papa? Comment est-ce arrivé?

— Si seulement je le savais! s'écria-t-il. C'est la femme de ménage qui s'est aperçue du larcin, il y a dix minutes à peine, en balayant la classe. Je suis allé voir. La porte de l'armoire a été fracturée. Toutes les pierres ont disparu... »

Élisabeth songea que ces pierres étaient probablement très précieuses et que les instituteurs, maintenant, étaient des gens ruinés. Elle se préparait déjà à les plaindre, mais l'oncle Julien poursuivit sur un ton désinvolte :

« Que ces cailloux soient sans grande valeur

marchande ne change rien à la monstruosité du geste. Il m'est pénible d'admettre qu'un de mes élèves s'en est rendu coupable.

— Pourquoi serait-ce l'un de vos élèves, Julien? demanda ménou.

— Qui voulez-vous que ce soit? répondit-il. Imaginez-vous un cambrioleur professionnel risquant la prison pour dérober quelques échantillons de quartz? Non! non!... Seul un gamin, un gamin perverti jusqu'à la moelle, a pu être assez sot pour perpétrer le coup!

— Au premier abord, dit tante Thérèse, je ne vois aucun de nos garçons capable d'une pareille vilenie! »

L'oncle Julien ouvrit les bras et les laissa retomber. Ses mains claquèrent sur ses cuisses maigres :

« Moi non plus, je n'en vois aucun. Mais, sans doute, ne savons-nous pas les regarder avec les yeux qu'il faudrait!

— Comment croyez-vous que le malfaiteur s'est introduit dans la classe? demanda pépitou.

— Au cours d'une récréation, je suppose.

— Ce serait d'une audace inconcevable!

— Inconcevable, pépitou! Vous avez dit le mot. Nous sommes victimes d'un coquin de la pire espèce. Et, ce qui complique notre tâche, c'est que je n'arrive pas à déterminer l'instant, le jour, où j'ai constaté, pour la dernière fois, que ma collection était en place! »

A la fin de cette phrase, l'oncle Julien se tourna vers Élisabeth. Elle défaillit sous son regard, comme si les pierres multicolores eussent chargé la poche de son tablier.

« Et toi, Élisabeth, reprit-il, toi qui es assise au premier rang, juste devant l'armoire, as-tu remarqué si les minéraux étaient encore là au début de la matinée? »

Élisabeth fit un effort de mémoire. Mais elle était tellement habituée à la présence, en face d'elle, de ce petit meuble vitré, bourré d'objets hétéroclites, que, depuis longtemps, elle ne le voyait pour ainsi dire plus.

« Non, je ne me rappelle pas, murmura-t-elle.

— Réfléchis bien! En rentrant dans la classe, à huit heures, tu t'es assise, tu as regardé devant toi... Est-ce que le rayon était vide?

— Je ne sais pas, tonton.

— Et après la récréation de dix heures?

— J'ai pas fait attention.

— Et cet après-midi? »

Élisabeth secoua la tête. Elle avait beau concentrer son esprit, l'armoire perdait ou récupérait son trésor, indifféremment, à toutes les heures de la journée.

« Et hier? Hier? s'écria l'oncle Julien en lui plantant ses yeux en plein front.

— Hier..., je crois bien que tout y était », dit Élisabeth.

L'oncle Julien se redressa et sa pomme d'Adam fit un saut d'allégresse au-dessus de son faux col dur.

« C'est également mon impression, dit-il. Donc, c'est aujourd'hui, entre huit heures et seize heures, que le vol a été commis. Indication sommaire mais précieuse!

— Ne devrions-nous pas nous rendre sur les lieux, dit pépitou, pour voir si le malfaiteur n'a pas laissé de traces?

— J'allais vous y inviter », dit l'oncle Julien avec un geste arrondi du bras vers la porte.

Toute la famille sortit en file indienne.

A la lumière des ampoules électriques, la classe apparut, vide, froide, sinistre, avec ses rangées de pupitres noirs, où les encriers blancs étaient enchâssés comme des yeux de nègres. On fit cercle autour de la petite armoire, dont les battants vitrés ne fermaient plus. L'oncle Julien promena ses doigts, en râteau, sur le rayon nu et dit :

« Vous voyez : plus rien! »

Une lame de canif avait entaillé le bois de la porte, à hauteur de la serrure. Pépitou se baissa, les mains sur les genoux, l'arrière-train exposé, pour étudier de près les indices.

« Votre bonhomme s'est servi de son couteau comme d'un levier, dit-il enfin. Le pêne étant très court, il n'a pas eu d'effort à fournir. Une petite traction, et hop!...

— Eh! nous le savons bien! dit l'oncle Julien. Mais cela ne nous donne pas la clef de l'énigme. »

Les fillettes échangèrent un regard apeuré. Jamais Élisabeth n'avait été mêlée à un drame aussi sombre, aussi passionnant.

« Tu vas prévenir les gendarmes, papa? demanda Geneviève.

— Non, dit l'oncle Julien, pas de gendarmes! J'ai mon plan. Dès demain, je le mettrai à exécution. Le coupable, quel qu'il soit, sera démasqué et châtié comme il le mérite! Voulez-vous m'aider à fouiller les pupitres dans les trois classes?

— Même chez les petits? s'écria tante Thérèse.

— J'ai dit dans les trois classes », répliqua l'oncle Julien d'une voix tranchante.

Tout le monde se mit à l'œuvre. La vieille femme de ménage, Eulalie, branlant sa tête de pomme cuite sous son bonnet tuyauté, fut appelée, elle aussi, à participer aux recherches. Comme il fallait s'y attendre, cette inspection dans le domaine des bouts de réglisse, des plumes encrassées, des crayons rongés, des amorces pour pistolets, des billes, des toupies et des timbres-poste ne donna aucun résultat. Ménou retourna dans sa cuisine pour préparer le dîner. Les autres restèrent quelque temps encore à déambuler dans les salles. Puis, l'oncle Julien referma les portes de l'armoire avec du fil de fer et éteignit l'électricité. L'expédition était terminée. Geneviève et Élisabeth se tinrent par la main pour traverser la région d'ombre qui séparait l'école de la maison.

## 10

« JE compte jusqu'à quinze, dit l'oncle Julien. Si le coupable se dénonce entre-temps, je voudrai bien considérer qu'il est plus bête que méchant, et il s'en tirera avec une simple punition. S'il persiste dans son silence, je le découvrirai moi-même et j'exigerai son renvoi de l'école. Est-ce bien compris ? »

Il balaya toute la classe d'un regard glacial et commença à compter lentement :

« Un, deux, trois... »

Élisabeth se tourna à demi sur son banc pour voir les visages de ses camarades. Tous avaient sur leurs traits la même expression de stupeur innocente. Était-ce Cassagne qui avait volé, ou Martin Baysse, ou Bourdoux, ou Aubert?... Elle passa les vingt élèves à l'épreuve de ses soupçons. Mais il suffisait qu'elle essayât d'attribuer le crime à l'un d'eux, pour être convaincue aussitôt que sa supposition était injurieuse. Et pourtant, le malfaiteur était certainement là, entre ces quatre murs, suant de peur, hésitant à lever la main. Allait-il se décider à la dernière seconde?

L'oncle Julien s'arrêta de compter et dit :

« J'ouvre une parenthèse pour permettre au délinquant de réfléchir encore à ceci : il a cru me voler, moi, mais cette collection minéralogique appartenait, en fait, à la classe entière. C'est donc tous ses compagnons d'étude qu'il a dépouillés, en se figurant qu'il ne dépouillait que le maître. Si, à défaut d'honnêteté, il possède le sens de la camaraderie, il ne manquera pas d'être sensible à cet argument. »

Il y eut un silence. Les élèves se regardèrent. Mais personne ne broncha. L'oncle Julien reprit d'une voix menaçante :

« Onze..., douze..., treize... Attention!... Voici le moment de la dernière chance!... Quatorze... Non?... Vous l'aurez voulu... Quinze! »

Le mot tomba, tel un couperet.

« Soit, dit l'oncle Julien. Je sais donc, à présent, ce qui me reste à faire. »

Et il se frotta les mains avec une joie mauvaise, comme s'il eût été heureux de la licence qui lui était enfin donnée de traquer le coupable et de le châtier à sa façon. Élisabeth crut qu'il allait se livrer à quelque interrogatoire extraordinaire, forcer les élèves aux aveux en leur tapant sur les doigts avec une règle, ou convoquer tous les parents pour tenir conseil, mais il grimaça un sourire hautain et déclara :

« Passons à un autre genre d'exercice. Aujourd'hui, en cours de morale, nous commenterons les deux proverbes suivants : « Bien volé ne profite jamais », et : « Qui vole un œuf vole un bœuf! »

Dix garçons furent appelés à exprimer successivement leur avis sur le sujet. Pendant qu'ils parlaient, l'oncle Julien les observait d'un œil pointu. La classe de français fut consacrée à une dictée. Le texte relatait l'aventure d'un jeune Spartiate, qui, ayant dérobé un renard, le tint caché sous sa robe et nia sa culpabilité, tandis que l'animal lui dévorait la poitrine. En classe d'arithmétique, il fut question de quatre voleurs, lesquels, après avoir subtilisé 1 378 francs dans une banque, divisaient cette somme entre eux, selon une méthode si compliquée, qu'il fallait réduire les fractions à un même dénominateur pour établir la part de chacun. Puis, pour se reposer de ces calculs, les élèves eurent à expliquer une fable de La Fontaine : *Le Voleur et l'Ane*.

Malgré ces allusions, bien faites pour troubler une jeune conscience, en fin de journée, l'oncle Julien n'avait pas encore réussi à se former une opinion sur l'auteur probable du délit. De leur côté, ni tante Thérèse ni M. Charbot n'avaient pu recueillir la moindre précision auprès de leurs élèves respectifs. L'absence de témoins retardait les recherches.

Le lendemain, dimanche, l'enquête piétina, bien que toute la famille en fût préoccupée. A table, même quand on parlait d'autre chose, c'était à cela qu'on pensait. De temps en temps, coupant le fil de la conversation, quelqu'un murmurait :

« Et si c'était le petit Fanguy?... »

Ou bien :

« Tu ne crois pas qu'Aubert, avec ses vilaines façons...? »

Aussitôt, tous les autres se récriaient. Pourquoi Fanguy? Pourquoi Aubert? Ces garçons avaient toujours eu de bonnes notes en conduite! On connaissait leurs parents! Finalement, le responsable de l'accusation confessait qu'il l'avait formulée à la légère. L'oncle Julien disait :

« Patience!... Ne nous emballons pas!... Attendons l'étincelle!... »

Aux approches du soir, les fillettes commencèrent à éprouver un sentiment de malaise. Après le dîner, elles s'attardèrent longtemps dans la cuisine et l'oncle Julien dut se fâcher pour les obliger à monter dans leur chambre. Quand elles furent couchées, tante Thérèse les embrassa, borda leurs couvertures et éteignit la lampe de chevet. Plongées dans l'ombre, elles écoutèrent les allées et venues des grandes personnes. Des portes s'ouvraient, se fermaient, des tuyaux grondaient au passage de l'eau, le plancher du couloir craquait sous un pas solitaire, de vagues chuchotements traversaient des cloisons poreuses. Enfin, tout s'apaisa. La maison n'était plus qu'une construction de silence et d'immobilité.

« Tu dors? murmura Élisabeth.

— Non, dit Geneviève, je ne peux pas.

— Moi non plus. A quoi tu penses?

— Au voleur.

— Moi aussi. »

Elles méditèrent pendant quelques secondes, laissant aller leur respiration dans le noir. Puis, Élisabeth reprit faiblement :

« Tu sais..., moi je suis sûre que ce n'est pas un garçon de l'école!

— Qui ce serait, alors?

— Quelqu'un du dehors... Un bandit... Ça existe!...

— Si c'était un bandit, il aurait volé quelque chose de plus cher!

— Il va le faire, peut-être. »

Geneviève se dressa dans son lit et demanda d'une voix étranglée :

« Le faire? Quand?

— Une nuit, lorsque tout le monde dormira... C'est toujours la nuit que ça se passe...

— Tu crois vraiment qu'il reviendra?

— Ça se pourrait bien, maintenant qu'il connaît la maison », dit Élisabeth.

Elle jouait avec sa propre peur. Mais, en essayant de convaincre Geneviève, elle finissait par se convaincre elle-même. L'inquiétude amusante du début se transforma soudain, dans son esprit, en une certitude épouvantable. Elle porta les deux mains à sa bouche et balbutia :

« T'as entendu?

— Quoi?

— On a marché dans le jardin !
— Ça t'a semblé !
— Non, non... Écoute... »

Elles tendirent l'oreille. Le monde était sans bruit, mais la menace persistait, accroupie, quelque part, dans l'ombre.

« Ils se sont arrêtés, dit Élisabeth.

— Tu penses qu'ils sont plusieurs ?

— Oui ! Maintenant, ils marchent de nouveau. Ils tournent autour de la maison. Ils vont entrer !...

— J'ai peur ! s'écria Geneviève. Je vais prévenir papa !

— Non, non ! dit Élisabeth. Faut pas bouger ! Si nous restons bien tranquilles, ils ne nous feront pas de mal. Autrement, ils nous tueront...

— Qu'est-ce que tu crois qu'ils vont prendre ?

— Je ne sais pas. Il y a des tas de choses dans le salon. Le petit page en bronze..., Jean-qui-pleure et Jean-qui-rit..., le carillon...

— Oh ! Élisabeth ! C'est affreux !... Et les cuillères, les fourchettes !...

— J'aimerais mieux qu'ils enlèvent les cuillères et les fourchettes que le petit page.

— Moi aussi. »

Un meuble craqua. Le cœur d'Élisabeth fit un bond de carpe. Instinctivement, elle allongea le bras vers Geneviève. Leurs mains se rencontrèrent, se nouèrent étroitement.

« C'est en bas que ça va se passer, dit Geneviève. Ils ne monteront tout de même pas jusqu'ici !

— J'espère que non, dit Élisabeth. Mais, s'ils en ont envie, ils ne se gêneront pas. Ils n'ont peur de rien. Et puis, ils ont un masque sur la figure pour qu'on ne puisse pas les reconnaître !

— Tu en as déjà vu ?

— Pas moi... Mais des amies... Elles m'ont raconté... »

Elles se turent, épiant les rumeurs de la maison, lentement cernée, envahie. Des silhouettes noires fracturaient une porte, en silence, au rez-de-chaussée, se glissaient dans le vestibule, dans la cuisine, dans le salon. Sur les murs étonnés, dansaient les ronds lumineux des lampes de poche. Les dents et les yeux luisaient férocement. Des mains crochues fouillaient les tiroirs. Toutes sortes d'objets tombaient sans bruit dans des sacs profonds. N'était-ce pas une marche de l'escalier qui avait gémi, touchée par un pied d'homme?

« Ils viennent! » chuchota Élisabeth.

Elle se voyait déjà, saisie à bras-le-corps, bâillonnée, ligotée, emportée dans la nuit... Si encore elle n'avait pas oublié de dire sa prière! Mais maintenant, qui la protégerait? Vite, elle bredouilla : « Mon Dieu, faites que ça n'arrive pas! »

Une brusque clarté l'éblouit. Geneviève avait allumé la lampe.

« Éteins! balbutia Élisabeth. Ils vont remarquer la lumière sous la porte... Ils sauront que nous sommes là... »

Mais la vue des meubles, se détachant à leurs places habituelles sur le papier à fleurs, la rassura tout à coup.

« Tu veux vraiment que j'éteigne? demanda Geneviève.

— Non, dit-elle. Laisse, comme ça... On est mieux...

— Moi, je trouve! »

Élisabeth observa sa cousine à la dérobée. Les yeux de Geneviève étaient brillants et fixes. Sa lèvre inférieure tremblait. Elle avait croisé ses bras sur le haut de sa chemise en pilou rose.

« J'entends plus rien! dit-elle. Et toi?

— Moi non plus, dit Élisabeth. Ils sont peut-être partis.

— Ou, peut-être, on a cru qu'ils étaient venus et il n'y avait personne!

— Peut-être aussi... »

Elles restèrent longtemps immobiles, se regardant, écoutant. Un chien aboya. Un autre lui répondit. Puis, ce fut le silence. La nuit respirait calmement derrière les volets clos. Une présence malveillante s'éloignait, à pas de loup, dans la campagne. Mais tout pouvait recommencer, dès que la lampe serait éteinte.

« T'as sommeil? demanda Élisabeth.

— Non, dit Geneviève.

— Qu'est-ce qu'on fait?

— Ben... rien... »

Élisabeth hésita et reprit d'une voix étouffée :

« Tu veux pas venir près de moi?... Juste pour un moment...

— Oh! non, Élisabeth!

— Alors, c'est moi qui vais venir près de toi... Pousse-toi un peu, que je m'installe. »

Elle se coucha à côté de sa cousine. Le lit était étroit. Serrées l'une contre l'autre, dans la même poche de chaleur, elles oublièrent leur angoisse. Les paupières d'Élisabeth se fermaient à demi. A portée de son souffle, dans le rayonnement rose de la lampe, flottait une masse de cheveux blonds. Elle huma leur parfum d'herbe, voulut parler encore et comprit que sa voix déformée résonnait déjà dans le monde du rêve.

# 11

LE lundi matin, les maisons de La Jeyzelou s'éveillèrent dans le brouillard. Quand les portes des classes s'ouvrirent pour la première récréation, les garçons plongèrent en hurlant dans le néant grisâtre de la cour et s'y transformèrent en fantômes. Postée à la fenêtre de la cuisine, Élisabeth écarquillait les yeux sur ces ombres mouvantes, qui couraient, se croisaient, se rencontraient et poussaient des cris aigus, dans le coton. Le long mur de l'école partait à la dérive. La grille, sur la rue, n'avait plus de barreaux. Reconnaissables à leur haute silhouette, l'oncle Julien et M. Charbot naviguaient au jugé, dans la brume. Ils devaient parler encore du vol et s'étonner de n'être pas plus avancés dans leurs conjectures. Tante Thérèse avait préféré rester au chaud dans la salle des moyens. Ménou, qui venait d'avoir une crise d'asthme, à cause du brouillard, était montée dans sa chambre afin de se reposer. Pépitou, après avoir sonné la cloche, était redescendu à la cave, pour tirer du vin. Élisabeth se sentit seule, oisive, perdue, elle aussi, dans un monde sans consistance. Elle souffla sur le carreau et s'amusa d'y voir naître une âme de vapeur. Puis, elle se rendit dans la cuisine, où bouillait la marmite avec tous les légumes des élèves, glissa sur les patins de feutre dans le vestibule, échangea quelques mots avec Eulalie qui astiquait la rampe de l'escalier, sortit sur le perron, s'emplit la gorge d'un parfum de feuilles mortes, et retourna en classe sans attendre la fin de la récréation.

Là, elle retrouva l'odeur des garçons, épaisse et un peu aigre, qui n'était pas la même que l'odeur des filles à Sainte-Colombe. La salle était chauffée. Un petit poêle en fonte, accroupi comme un singe, s'appuyait au plafond de son long bras noir, coudé. Les capuchons, pendus aux portemanteaux, étaient autant d'élèves, sans jambes, tournés contre le mur pour la punition. Des livres, des papiers, gisaient sur les pupitres. Élisabeth prit son cahier de textes et le feuilleta machinalement. Un billet tomba sur ses genoux. Elle sourit, lança un regard vers la porte et déplia le message. Il était rédigé au crayon :

« Secret! Si tu veut savoir ou sont les pierres vient ce soir, à 5 heures, dans le pré, derrière l'école, vers le gros noyer. Mais il faut que tu soit seule. Et ne dit rien à personne. Ou alors ça ira mal et tu véra rien. »

La stupéfaction d'Élisabeth fut si grande, qu'elle dut relire ces quelques lignes pour se convaincre qu'elle en avait bien interprété le sens. Elle se rappela son angoisse de la nuit précédente, alors qu'une troupe de bandits rôdait autour de la maison. N'était-ce pas l'un d'eux qui avait apporté la lettre? Elle fut sur le point d'y croire, puis se ravisa : « Non, un vrai bandit n'aurait jamais fait cela, en plein jour. D'ailleurs, on voit bien que l'écriture n'est pas d'une grande personne. Et le papier, je le reconnais, il a été arraché à un cahier de brouillons. C'est un garçon qui est entré pendant la récréation pour déposer le billet à ma place... » Cette idée la rassurait mais laissait sa curiosité entière. Elle tournait la missive entre ses doigts : « Qui cela peut-il être? Pourquoi veut-il me voir? Que dois-je faire, maintenant? Prévenir l'oncle

Julien? Ce ne serait pas gentil pour ce voleur, qui m'a donné sa confiance. En parler à Geneviève? Elle ne comprendrait pas, s'affolerait et se dépêcherait de tout raconter à ses parents... » Elle serra ses mâchoires et réfléchit plus fermement encore : « Je ne dirai rien à personne... Je ne dirai rien à personne, mais je n'irai pas. Qu'est-ce qu'il se figure, ce voleur? Qu'il suffit de m'écrire pour que je me dérange? Il fera ce qu'il voudra. Ça m'est égal de ne pas le connaître! »

La violence même de son trouble lui donnait l'impression d'un calme intérieur absolu. Elle déchira la lettre et enfouit les morceaux dans la poche de son tablier.

La cloche des brumes tinta pour annoncer la fin de la récréation. Des pieds se massèrent devant la porte. Le battant s'ouvrit. D'un abîme sans fond, déboulèrent des figures rougies par l'excitation du jeu. Élisabeth crut que son pupitre allait être emporté par le courant. Les élèves se bousculaient au passage, juraient en patois et échangeaient des coups de poing pour profiter jusqu'au bout du plaisir de n'être pas surveillés.

« Tiens! T'es déjà là, Mimi Pinson?

— Coucou, la quille!

— Fais-moi la bise, *moun omour!* »

Habituée à ces propos, Élisabeth ne les écoutait même plus et scrutait les visages qui défilaient devant elle, dans l'espoir que l'un d'eux se trahirait par un sourire de complicité ou un regard furtif à son cahier de textes. Mais tous les garçons regagnèrent leurs places avec leur désinvolture coutumière. L'oncle Julien se montra en dernier et referma la porte. Louis XIII et Richelieu entrèrent avec lui. Durant une heure, il fut question de batailles, de traités et d'annexions de provinces. Élisabeth traversa cette époque mouvementée avec le sentiment que sa propre histoire était plus intéressante que celle des hauts personnages dont l'instituteur s'obstinait à l'entretenir. Elle crut que la fin du cours la délivrerait de son hébétude, mais même pendant le déjeuner elle ne put éclaircir ses idées et prendre part à la conversation. Le brouillard de la cour avait pénétré dans sa tête. De l'autre côté du mur, les élèves de la cantine mangeaient bruyamment. Le mystérieux auteur du billet était-il parmi eux?

L'après-midi fut interminable. Grammaire et arithmétique : ce qu'elle détestait le plus! L'oncle Julien était un gros bourdon. Ne s'arrêterait-il jamais de bouger et de bruire? A mesure que le temps passait, elle devenait plus nerveuse. La pensée du coupable l'obsédait. Elle avait résolu de ne pas aller au rendez-vous, et cependant tout son être se préparait à une révélation imminente. Un tremblement de terre l'ébranla dans sa rêverie. Quatre heures. Les élèves sortaient de classe.

Elle prit sa tartine au vol et monta dans sa chambre pour rédiger ses devoirs. Quelques minutes plus tard, Geneviève la retrouva, penchée sur la table. « Elle ne soupçonne rien », se dit Élisabeth. Et cette certitude accrut son exaltation. Tout à coup, il lui parut évident qu'elle ne pourrait pas rester assise devant ses cahiers, pendant que l'insaisissable voleur l'attendait dans le pré désert et brumeux. La tentation de le rencontrer, de le connaître, était plus forte en elle que la peur qu'il lui inspirait. Ou plutôt, c'était, inexplicablement, cette peur même qui la poussait vers lui. Dès qu'elle avait lu sa lettre, elle avait accepté, sans le savoir, de le rejoindre. Le réveille-matin, sur la table de chevet, marquait cinq heures moins le quart. Élisabeth feignit de s'absorber dans la lecture de son manuel d'arithmétique. L'aiguille des minutes rampait sur le cadran. Geneviève s'empara de la règle pour souligner d'un trait d'encre une phrase qu'elle venait d'écrire. Soudain, Élisabeth se leva et dit d'un ton faussement détaché :

« Je reviens tout de suite.

— Où vas-tu ? demanda Geneviève.

— Chercher un livre que j'ai oublié en bas. »

Elle descendit l'escalier sur la pointe des pantoufles, écouta les voix de ménou et de pépitou qui discutaient dans la cuisine, chaussa ses galoches, décrocha son capuchon, le jeta sur ses épaules et s'échappa, tremblante et ravie, par la petite porte du fond.

Un brouillard crépusculaire pesait sur le potager aux verdures molles et mouillées, au sentier boueux. Elle se hâta vers le portillon ouvert dans la clôture. Au-delà, s'étendait un pré galeux, dont la brume effaçait les limites. Un gros arbre sortait de terre, comme une colonne de fumée noire. Il n'avait plus de tête. Le ciel avait mangé les plus hautes branches. C'était le lieu du rendez-vous. À demi morte de peur, Élisabeth avançait d'un pas prudent, comme si elle se fût approchée d'un gouffre. Le sol détrempé collait à ses galoches. Les images les plus folles tremblaient dans son cerveau. Elle entendait son cœur qui marchait devant elle. Arrivée au pied de l'arbre, elle s'arrêta. Ses yeux fouillèrent l'espace, espérant et craignant d'y découvrir celui qu'elle cherchait. Mais il n'y avait personne dans le pré. S'était-on moqué d'elle ? Un peu de dépit se mêlait à son soulagement. Elle allait s'en retourner, quand un bruit d'herbe froissée lui fit dresser le menton. Cela venait du bouquet de buissons, là-bas, sur la droite. Elle porta les deux mains à sa poitrine qui battait. Une voix jaillit du brouillard :

« Eh ! la quille ! C'est toi ?

— Oui », dit-elle.

Et elle sentit que la salive manquait dans sa bouche.

« T'es seule? reprit la voix.
— Bien sûr!
— Alors, j'arrive. »

Une silhouette rapide traversa le rideau de vapeur. Élisabeth se mordit les lèvres pour ne pas crier de saisissement. Martin Baysse, le rouquin, se tenait devant elle, la lippe mauvaise, les yeux brillants de défi.

« Ça t'étonne? » dit-il.

Elle murmura :

« Oui. »

Elle était déçue. A tout prendre, elle eût préféré rencontrer Cassagne, ou Devaize... Comment ce gamin chétif, qui était la risée de la classe, avait-il eu le courage de se lancer dans une pareille aventure? Incrédule, elle demanda :

« Alors, c'est toi le voleur?

— La preuve! dit-il en secouant un petit sac qu'il tenait dans sa main droite.

— Qu'est-ce que c'est?

— Tu veux voir? »

Il posa le paquet par terre et l'ouvrit avec précaution. Les pierres apparurent. Élisabeth s'accroupit, émerveillée, devant ce trésor où dominait l'éclat de quelques cristaux blancs et violets. Martin Baysse s'assit sur les talons, à côté d'elle. Le bord de leurs capuchons traînait dans la boue. Leurs figures se rapprochaient au-dessus des minéraux précieux.

« Tu les reconnais? reprit Martin Baysse avec un rire de conquête.

— Oui.

— Elles y sont toutes!

— Pourquoi les as-tu volées? »

Il se redressa, tandis qu'elle restait pelotonnée en boule. Vu d'en bas, il paraissait plus grand et plus fort. Des copeaux de cuivre couronnaient son front.

Comme il se taisait, les traits tendus, elle répéta sa question :

« Pourquoi les as-tu volées? »

Il répondit d'une voix sourde :

« Pour te montrer que je ne suis pas le roi des culs, comme ils disent!

— Qui le dit?

— Cassagne, Devaize, Aubert, tous!... Ils ont une grande gueule!... Mais ils n'auraient pas osé faire ce que j'ai fait! Maintenant, tu sauras... Tu ne riras plus de moi avec eux!

— J'ai jamais ri de toi...

— Tu dis ça! Mais, quand j'ai saigné du nez...

— J'ai pas ri quand tu as saigné du nez!

— Ah! j'ai cru... D'ailleurs, ça change rien. Fallait que je le fasse! Ah! Il en a été tout baba, *l'instruisou!* Il se demande encore comment ses cailloux se sont envolés de l'armoire!...

— Oui, comment? » dit Élisabeth.

Martin Baysse posa un doigt sur ses lèvres et cligna de l'œil :

« Un truc à moi! Mystère et boule de gomme! Je ne suis peut-être pas costaud, mais je suis rapide. Et c'est ça qui compte. Pour le billet, ce matin, t'as vu? Personne n'a rien remarqué. T'es chic d'être venue. T'as pas eu la frousse?

— Si, dit-elle.

— Et maintenant, t'as encore la frousse?

— Non.

— Alors, ça va! »

Élisabeth plongea ses mains dans le sac et remua les pierres. Elles étaient froides, elles brillaient. Une fortune coulait entre ses doigts.

« Tu vas les rendre? demanda-t-elle.

— Ah! non, s'écria-t-il. J'ai eu trop de mal à les avoir!

— Et qu'est-ce que tu veux en faire? »

Il la couvrit d'un regard fier et répliqua :

« Je te les donne! »

Décontenancée, elle appuya un genou à terre, leva la tête et chuchota :

« T'es fou?

— Non. C'est pour toi que je les ai prises. Je t'en fais cadeau. »

Une émotion subite contracta la gorge d'Élisabeth. Ainsi, Martin Baysse avait volé pour elle. Son geste, qu'elle croyait condamnable, avait été inspiré, en fait, par des sentiments d'une rare noblesse. Un héros se précisait dans le brouillard. Elle le contempla et le trouva presque beau, avec ses joues semées de taches de rousseur et son regard loyal. Il respirait fortement par les narines, comme après une bataille. Deux pistolets d'argent pendaient à sa ceinture. Un cheval blanc l'attendait, la bride attachée à une branche basse. Son repaire était loin, dans un pays de cascades et de rochers feuillus. Si elle acceptait de le suivre, il l'amènerait dans une caverne, jonchée de perles, de rubis, d'émeraudes, de diamants, et se mettrait à rire, illuminé de mille feux, tête haute et le poing sur la hanche, tandis qu'elle choisirait sa parure d'un soir parmi les bijoux qu'il avait assemblés pour elle. Il rajusta son capuchon et grogna :

« Tu les ramasses?

— Je peux pas, dit-elle tristement.

— Pourquoi?

— Où veux-tu que je les mette?

— Tu les cacheras dans un coin!

— Et après, si on les trouve on dira que c'est moi! Remporte-les. T'as qu'à les garder toi-même. Je te promets que je n'en parlerai à personne. »

Il haussa les épaules :

« Alors, c'est non?

— C'est non », dit-elle en se relevant.

Martin Baysse avança la tête. Ses sourcils incolores

se froncèrent au-dessus de ses prunelles en billes. Une grimace de colère lui retroussa les lèvres. Elle eut peur. Il allait la battre. Elle chuchota :

« C'est non... Mais je te remercie beaucoup!...

— Je me fous de ton merci! cria-t-il soudain. Elles sont à toi et c'est tout! T'as compris? »

Et, sans attendre sa réponse, il partit en courant. Elle appela :

« Martin Baysse! Martin Baysse! Reviens!... »

Mais il s'enfonçait, à grands bonds inégaux, dans la brume. Bientôt, elle ne le distingua plus, ne l'entendit plus. Alors, elle se pencha. Les yeux des pierres la regardaient. Elle resta un moment indécise, puis referma le sac, le serra sous sa pèlerine, et se dirigea vers la maison, sans savoir encore ce qu'elle allait faire de ce trésor qui, à chaque enjambée, se déplaçait, craquait dans son cœur. Le plus simple était de le cacher dans le grenier, pour ce soir. Demain, elle prendrait d'autres dispositions. Et si quelqu'un la voyait rentrer, à l'instant, avec son capuchon sur les épaules et son fardeau sous le bras, que dirait-elle? La folie de son entreprise lui apparut et elle dut se retenir pour ne pas jeter la collection minéralogique dans le potager.

. Une courte prière la soutint pendant qu'elle poussait la porte. Dieu l'entendit : le vestibule était désert. Les grandes personnes parlaient toujours dans la cuisine. Elle retira ses galoches, suspendit son capuchon à une patère et aborda les marches avec la légèreté ascendante d'une ombre. Une fois sur le palier, elle se confia aux patins de feutre pour glisser, sans bruit, devant la chambre où Geneviève travaillait encore. L'escalier conduisant aux combles prenait à l'extrémité du couloir. A quatre mètres du but, elle s'arrêta, glacée. Un pas s'élevait par degrés du rez-de-chaussée au premier étage. Elle crut reconnaître la démarche de l'oncle Julien. Même en se précipitant, elle n'aurait pas le temps d'atteindre le grenier sans être vue. N'osant ni avancer ni reculer, elle avisa une porte sur la gauche : la chambre de ménou ! Élisabeth s'y engouffra et referma le battant derrière elle, silencieusement. Un parfum d'eucalyptus l'enveloppa. Son regard fit le tour des murs. Personne. Ouf! Quand la voie serait libre de nouveau, elle sortirait de son refuge. Mais le pas se rapprochait dangereusement. Épouvantée, elle se tapit dans une encoignure, entre l'armoire et le lit. Ses deux mains écrasaient le sac de pierres sur sa poitrine. Elle retenait son souffle. Une souris prise au piège. Cette toux, ce soupir derrière le vantail... Elle s'était trompée. Ce n'était pas l'oncle Julien qui venait. La porte s'ouvrit. Ménou apparut sur le seuil et tourna le commutateur. La lumière de la justice tomba d'un petit lustre à pendeloques. Élisabeth rentra la tête dans les épaules. La vieille femme se dirigea vers l'armoire, puis, tout à coup, écarquilla les yeux et poussa un cri :

« Élisabeth !... Que fais-tu ici ?

— Rien, ménou, balbutia-t-elle humblement, sans bouger.

— Comment, rien ? J'ai eu si peur en te voyant !... Quelle idée de te cacher ainsi, dans le noir !...

— Je te demande pardon, ménou. Je vais m'en aller. »

Tout en parlant, elle essayait de dissimuler le sac derrière son dos. Ménou remarqua ses efforts et dit :

« Qu'est-ce que tu as là ? »

Au lieu de répondre, Élisabeth détourna les yeux.

« Tu ne veux pas me le montrer ? reprit ménou.

— Non, dit Élisabeth.

— Pourquoi ?

— C'est un secret.

— Tu as des secrets pour moi ? Ce n'est pas gentil !... »

Cette voix était si douce, qu'Élisabeth se sentit engourdie de bien-être. Sa volonté était enchantée, abolie. Le sang se changeait en lait dans ses veines. Soudain, elle se dit que ménou était la seule personne au monde capable de la comprendre et de l'aider. Avec un grand frisson, elle murmura :

« Oh! ménou! si tu savais ce qui m'arrive!

— En voilà des mystères! Tu n'es pas malade, au moins?

— Non. C'est pire! Tu me promets que tu n'en parleras à personne?

— Je te le promets », dit ménou en souriant.

Visiblement, elle croyait à un enfantillage. Élisabeth insista :

« C'est très grave, ménou!

— Raison de plus pour te confier à moi.

— Bien, dit Élisabeth, alors, regarde! »

Elle déposa sa charge sur le lit et écarta les bords du sac. Ménou porta les deux mains à sa bouche. Ses yeux s'agrandirent à la mesure de sa frayeur. Elle gémit :

« Oh! les échantillons minéralogiques!

— Oui, dit Élisabeth avec modestie.

— Petite malheureuse! s'écria ménou. C'était donc toi qui les avais pris?

— Non, ménou.

— Et qui, donc?

— Un garçon. Il vient de me les donner.

— Pourquoi?

— Parce que je suis une fille. »

Ménou eut un haut-le-corps et scruta Élisabeth de la tête aux pieds.

« Eh bien, marmonna-t-elle, c'est du joli! Comment s'appelle-t-il?

— Je ne peux pas te le dire. J'ai promis. Après, s'il se faisait attraper, il penserait que je suis une cafardeuse!

— Ne t'occupe donc pas de ce qu'il pourrait penser, Élisabeth. C'est un petit chenapan. Il mérite une sévère punition!...

— Pas tant que ça, puisqu'il n'a pas volé les pierres pour lui mais pour moi. Il voulait m'offrir un cadeau, tu comprends? Oh! je suis bien embêtée! Qu'est-ce qu'on va faire? Il faut que tu m'aides, ménou!

— Je veux bien, mais dis-moi d'abord son nom.

— Tu me jures sur ta tête que tu ne le répéteras pas à tonton Julien? »

L'essoufflement de ménou traduisait son embarras. Tout en réfléchissant, elle plongea sa main dans le sac. Une améthyste aiguë, royale, brilla entre ses pauvres doigts déformés. Elle contemplait la pierre et devenait plus vieille encore, devant ces prismes purs où se reflétait la lumière des lampes.

« Bon, on tâchera d'arranger ça, dit-elle enfin. Qui est-ce?

— Martin Baysse. »

Ménou laissa tomber la pierre sur le tas et ouvrit une bouche ronde :

« Quoi?

— Oui, ménou.

— Le petit rouquin?... Celui qui se fait rosser par tout le monde?... Celui qui a saigné du nez dans ma cuisine?... »

Élisabeth saluait chaque précision d'un vigoureux hochement de tête.

« Par exemple! reprit Ménou. J'aurais soupçonné n'importe quel garçon, sauf lui! A qui se fier, mon Dieu?

— Il dit qu'il n'est pas costaud mais qu'il est rapide, murmura Élisabeth avec considération.

— Et il est fier de son exploit, il est prêt à recommencer?

— Oh! non, ménou. C'était juste une fois... pour

me montrer qu'il n'était pas le roi des..., qu'il n'était pas une poule mouillée... Mais je lui ai dit que c'était très mal... Il a compris...

— Que comptais-tu faire avec ces pierres, quand je t'ai trouvée dans ma chambre?

— Je voulais les cacher dans le grenier, pour ce soir.

— Et après?

— Après?... je ne sais pas... J'aurais attendu que tout le monde soit endormi et je serais allée les remettre dans la petite armoire de la classe...

— Au risque de te faire surprendre, de te faire traiter de voleuse? Non, non, tout cela est absurde!... Il faut, effectivement, rapporter cette collection minéralogique à sa place, mais ce n'est pas à toi de t'en occuper...

— Et à qui? »

De nouveau, ménou s'assombrit et se tut. Un plan de campagne mûrissait sous son maigre chignon gris. Puis, les rides de son visage s'effacèrent. Une lumière enfantine jaillit de ses yeux.

« Laisse-moi le sac, dit-elle. J'irai moi-même, ce soir, après le dîner. Personne n'en saura rien. »

Suffoquée par la joie, Élisabeth enlaça ménou à pleins bras et la fit tourner deux fois sur elle-même, en roucoulant :

« Oh! ménou, ce que tu es gentille! Qu'est-ce que j'aurais fait sans toi! Merci! Merci! »

Ses baisers tombaient sur les joues, sur le front, sur le nez de la vieille femme, qui se débattait avec de petits rires :

« Veux-tu!... Élisabeth, ça suffit!... Si tu continues, on va nous entendre!... Retourne à tes devoirs!... »

Elle poussa la fillette vers la porte. Sur le seuil, Élisabeth chuchota encore :

« Maintenant, tu peux me demander n'importe quoi, ménou! »

Et elle s'en fut, la conscience allégée.

Quand elle rentra dans sa chambre, Geneviève lui dit :

« T'as été bien longue!

— Oui, répliqua Élisabeth. J'avais mal au ventre. Je me suis promenée un peu, dans le jardin. Maintenant, ça va mieux. »

Elles travaillèrent paisiblement jusqu'à l'heure du dîner. Lorsque la famille se fut assemblée autour de la table, dans la cuisine, l'angoisse d'Élisabeth recommença. Elle observait sa complice, distribuant la soupe, et songeait à l'expédition nocturne qui se préparait. Admirable de dévouement et de maîtrise, ménou ne laissait rien paraître de son souci. Parfois, son regard rencontrait celui de l'enfant, et toutes deux, se comprenant, baissaient les yeux. Cependant, pour ceux qui n'étaient pas dans le secret, cette soirée était une soirée comme les autres. A plusieurs reprises, l'oncle Julien interrogea Élisabeth sur les principales dates de l'histoire de France. Elle répondit à côté. Nul ne s'en étonna. On lui trouvait mauvaise mine. Elle ne prenait pas assez de sommeil. Tante Thérèse envoya les enfants au lit tout de suite après la fin du repas. Un peu plus tard, les grandes personnes montèrent se coucher, elles aussi.

Quand le silence eut reconquis toutes les chambres, Geneviève, pelotonnée sous ses couvertures, chuchota :

« Tu crois que les bandits reviendront?

— Non, dit Élisabeth.

— Pourquoi?

— Parce que... c'est comme ça! Ils n'ont rien volé hier, alors ils n'essaieront plus jamais... »

Mais Geneviève, excitée par les souvenirs de la nuit précédente, insistait à voix basse, dans l'ombre :

« Ce soir, il y aura du brouillard. Ça les arrange..

— Ça ne les arrange pas du tout, dit Élisabeth avec humeur.

— Oh!... écoute!... Ce bruit dans le jardin!...

— J'entends rien.

— Mais si... Crac, crac!...

— Ce que t'es nouille d'avoir peur comme ça!

— Et toi, t'as pas peur?

— Non. »

Élisabeth, qui, la veille, s'était ingéniée à entraîner sa cousine dans les délices de l'épouvante, s'irritait maintenant de la deviner attentive aux moindres rumeurs de la maison. Il fallait que tout le monde fût assoupi, pour que ménou pût travailler sans risques.

« Ça suffit, dit-elle. J'ai sommeil. Bonne nuit.

— Tu ne viens pas dans mon lit? demanda Geneviève.

— Non. Je dors. Et toi aussi, il faut que tu dormes.

— T'es pas gentille », soupira Geneviève.

Élisabeth se mit à souffler tranquillement, à intervalles égaux, comme dans le sommeil. Geneviève ne tarda pas à en faire autant. Mais son repos, à elle, était sincère. Le réveille-matin becquetait à petits coups mécaniques dans sa cage. Les yeux ouverts sur les ténèbres, Élisabeth écoutait passer les minutes.

Après un long temps, elle entendit une porte qui s'ouvrait, dans le couloir. Le pas de ménou se dirigea vers l'escalier. Des marches craquèrent. C'était le commencement d'une nouvelle et terrible aventure. « Mon Dieu, dit Élisabeth, protégez ménou, aidez-la à ne pas se faire pincer! » Toujours priant, elle accompagna la vieille femme, par la pensée, dans le vestibule, dans la cour, dans l'école... Soudain, une autre porte grinça : l'oncle Julien se rendait aux cabinets. Jusque-là, rien de grave. Mais s'il s'avisait de descendre, s'il voyait de la lumière aux fenêtres de la classe, s'il se précipitait, l'œil furieux et les pieds chaussés de pantoufles, sur les traces de la malheureuse, s'il la découvrait devant l'armoire, le sac de pierres à la main!... Ménou, tremblante, blême, le regard traqué, et lui, grandi par le courroux, la désignant d'un doigt de marbre : « Misérable! C'était donc vous qui aviez volé ma collection minéralogique! » Pour sauver Élisabeth, ménou prenait la faute sur elle. Soixante-dix ans de vie vertueuse s'achevaient dans le scandale. L'instituteur traînait sa belle-mère en larmes dans la cuisine. Il éveillait la maison par ses cris. Toute la famille dévalait l'escalier et se groupait, en chemise, autour de l'innocente qui se disait coupable. Tante Thérèse pleurait de honte. Pépitou secouait une figure noble sous son bonnet de nuit à pompon : « Clotilde! Comment as-tu pu? Tu es un monstre! Je te chasse!... » Il montrait la porte du bras, du nez, de la moustache. Après un coup d'œil pitoyable à tous ces visages aimés qui se détournaient d'elle, l'aïeule infortunée se préparait à partir. Alors, Élisabeth faisait un pas en avant et disait : « Ce n'est pas elle, c'est moi! » Le bruit de la chasse d'eau arrêta l'élan généreux de son âme. Douchée de la nuque aux talons, elle reprit conscience de la réalité. Les pantoufles de l'oncle Julien le guidèrent, sans hésitation, vers la chambre conjugale. Tout se tut de nouveau. Geneviève flottait, innocente, parmi les écueils. Élisabeth lui envia son sommeil pacifique. Le premier péril était écarté, mais d'autres pouvaient surgir. L'absence de ménou se prolongeait au-delà des limites prévues. N'avait-elle pas rencontré quelque difficulté dans l'accomplissement de sa mission?

Enfin, le rez-de-chaussée s'anima furtivement, l'escalier s'emplit d'une respiration asthmatique. Élisabeth se glissa hors du lit et entrebâilla la porte. La lampe du couloir s'alluma. Ménou apparut, minuscule dans sa chemise blanche très ample. Elle avait dû prendre un manteau pour sortir et le poser, à son retour, dans le vestibule. Son bonnet de nuit froncé lui couvrait la tête comme un papier coiffant un pot de confiture. En apercevant Élisabeth, elle ralentit le pas et sourit.

« Ça y est? chuchota Élisabeth.

— Oui, répondit ménou. Va vite te coucher. »

Et elle continua son chemin, petit fantôme familier dans la maison endormie. Élisabeth lui envoya trois baisers, du bout des doigts, ferma la porte et grimpa dans son lit. Un poids de mille pierres était tombé de sa poitrine. Soulagée, purifiée, joyeuse, elle montait droit au ciel, où les étoiles étaient à tout le monde.

# 12

A peine les élèves se furent-ils assis à leurs places habituelles, que l'agitation commença. Des visages se haussaient, l'un après l'autre, au-dessus de la masse. Un murmure, lentement amplifié, déferlait aux pieds de l'instituteur :

« Les pierres!... M'sieur!... M'sieur!... Regardez!... Les pierres!... »

L'oncle Julien, d'abord indifférent au tumulte, finit par s'approcher de la petite armoire vitrée et se planta devant elle, les dix doigts plaqués sur ses reins. Tous les minéraux étaient là, rangés côte à côte, comme des oiseaux sur leur perchoir. Ils avaient regagné leur gîte après un voyage de quelques jours, dont nul ne saurait rien. Émerveillée par la prouesse de ménou, Élisabeth attendait la réaction de l'instituteur devant le miracle. Allait-il manifester bruyamment son allégresse ou exiger que le coupable, qui avait eu le courage de rapporter les pierres, eût en plus celui de se dénoncer? Tourné de dos à la classe, le maître continuait à examiner sa collection retrouvée. Enfin, il pivota sur ses talons. Son visage apparut, sec et inexpressif. Les yeux, les sourcils, la moustache étaient peints sur du carton blanc.

« Prenez vos cahiers de français », dit-il.

Et il se mit à dicter, de sa voix habituelle, un texte

où il était question d'une vieille servante, qui recevait une médaille d'argent pour cinquante ans de service dans la même famille. Tout en écrivant, Élisabeth pensait à son oncle et jugeait qu'il y avait de la grandeur dans son attitude. Les choses étaient rentrées dans l'ordre, il ne voulait plus savoir ce qui s'était passé. Son pardon englobait la classe entière. Profitant d'une courte pause entre deux paragraphes, elle tourna la tête vers Martin Baysse. Au même instant, il leva les yeux de son cahier. Une étincelle jaillit du choc de leurs regards. Le garçon avait une figure de diable furieux. Sa colère, son mépris, atteignirent Élisabeth à distance. Elle ne comprit pas le sens de sa grimace, y répondit par un sourire et se pencha de nouveau sur la page à demi noircie :

« ... Dans la fréquentation des animaux, elle avait pris leur mutisme... leur mutisme... et leur placidité... pla-ci-di-té... »

A la sortie de la classe, Élisabeth se posta sur le chemin de Martin Baysse, mais il passa devant elle sans la regarder. Elle en fut contrariée et espéra trouver l'occasion de l'aborder encore, dans le courant de l'après-midi.

L'oncle Julien, qui avait caché son contentement devant ses élèves, le laissa éclater en famille. Jeunes et vieux se réjouirent avec lui de l'heureuse restitution des pierres. Dans la cuisine, autour de la table servie, ce n'étaient que congratulations réciproques et soupirs de soulagement. Geneviève profita de l'euphorie générale pour annoncer à ses parents que M$^{lle}$ Héquet avait l'intention de leur rendre visite dans la soirée.

« Que nous veut-elle encore, celle-là? s'écria l'oncle Julien.

— Je ne sais pas... Elle ne m'a rien dit », murmura Geneviève.

L'oncle Julien leva son couteau et le pointa vers sa femme :

« Je ne tiens pas du tout à la voir! Tu la recevras seule, Thérèse.

— Ce ne serait pas très correct, Julien!

— Et elle, a-t-elle été correcte avec nous?

— Non, évidemment.

— Alors? »

Visiblement, il était pressé de revenir à l'affaire de la collection minéralogique.

« Où en étions-nous? dit-il encore en plantant sa fourchette dans une andouillette à la peau craquante et juteuse. Ah! oui, plus je réfléchis aux événements de ces derniers jours, plus je me persuade que j'ai eu raison d'agir comme je l'ai fait.

— Certainement, mon ami, dit pépitou. La solution d'attente que vous aviez choisie était la plus sage. Il fallait laisser à l'abcès le temps de mûrir.

— Voilà, dit l'oncle Julien, la bouche pleine. Il a mûri et il a crevé tout seul. »

Élisabeth éprouva un léger écœurement au passage de la nourriture.

« Et pourquoi a-t-il crevé tout seul? » reprit l'oncle Julien.

Il promena sur son auditoire le regard incisif dont il accompagnait d'ordinaire ses interrogations sur un point d'histoire ou de géographie. Comme tout le monde se taisait, ce fut lui qui donna la réponse :

« Parce qu'au lieu de traquer le coupable selon les méthodes policières, je l'ai forcé, par mes explications en classe de morale, à prendre, de mieux en mieux, conscience de son crime. J'ai tout misé sur le remords que, lentement, je faisais naître en lui. Soudain, il n'a plus supporté sa honte dans l'anonymat. Il s'est dessaisi de son larcin. Maintenant, il est guéri pour la vie. Certes, je ne sais pas son nom, mais peu m'importe! La punition que je lui aurais donnée, si je l'avais découvert, n'aurait pas été aussi efficace que celle qu'il s'est infligée lui-même! »

Tandis qu'il s'attribuait ainsi le mérite d'avoir récupéré son bien, Élisabeth chercha les yeux de ménou. La vieille femme semblait très intéressée par le contenu de son assiette. Tête basse, elle mangeait, elle mangeait... Enfin, elle leva le front. Ses joues étaient roses. Deux petits plis plaçaient sa bouche entre parenthèses. En voyant Élisabeth qui l'observait par-dessus la table, elle fut saisie d'une quinte de toux et porta la serviette à ses lèvres. Sans rien dire, les deux alliées s'étaient saluées et comprises.

L'oncle Julien était si satisfait de lui, qu'après le repas il s'accorda la récompense de fumer un demicigare.

Pendant les deux heures de classe qui suivirent, Élisabeth essaya en vain de capter l'attention de Martin Baysse. Quand elle se retournait pour l'apercevoir, au fond de la salle, il se dissimulait derrière les épaules d'un autre élève. Ce jeu de cache-cache agaçait la fillette, qui craignait d'éveiller les soupçons de l'instituteur par son attitude indisciplinée.

En regagnant sa place, après la récréation de trois heures, elle trouva un billet, glissé, comme précédemment, dans son cahier de textes. Pour le lire sans être vue, elle souleva le couvercle de son pupitre, à la façon d'un écran, et feignit de chercher quelque chose dans la caisse intérieure. Le message était d'une brièveté terrible :

« T'es une traîtresse. C'est fini entre nous. Adieu. — Le roi des cus. »

« Eh bien, Élisabeth! dit l'oncle Julien. Nous t'attendons! »

Rouge de confusion, elle cacha le billet dans sa poche, rabattit le couvercle et se prépara à écouter la leçon. Encore des chiffres, des divisions, des fractions, des plus, des moins... Les signes d'arithmétique dansaient autour de son tourment. Comment Martin Baysse osait-il lui reprocher d'être une « traîtresse », alors qu'elle ne l'avait pas dénoncé? Comment pouvait-il se traiter de « roi des cus », malgré l'amitié qu'elle lui avait témoignée en venant à son rendez-vous? Aurait-il voulu qu'elle gardât ces pierres volées, au risque d'être prise un jour à sa place? Ne comprenait-il pas, en les voyant de nouveau sur le rayon, qu'elle avait agi, secrètement, dans leur intérêt à tous deux? Ce qui comptait, pour elle, c'était la pensée qu'il avait eue en lui offrant ce cadeau, et non le cadeau lui-même, qu'elle n'avait pas le droit d'accepter. Il fallait le lui expliquer, d'une manière ou d'une autre. « Oui, se dit-elle, je ferai cela. Tout à l'heure, quand on sortira, je l'arrêterai, je l'entraînerai dans un coin, je lui parlerai. Tant pis si ses camarades nous taquinent!... » Pendant qu'elle réfléchissait ainsi, avec une violence désespérée, son regard ne quittait pas les minéraux, alignés sagement dans l'armoire. Ils étaient la cause de son désarroi. Elle les admirait et les détestait à la fois pour leur beauté froide et méchante.

Lorsque l'oncle Julien eut terminé son cours, elle fut la première à se précipiter hors de la classe. Blottie contre le mur de l'école, elle attendait le passage de Martin Baysse. Il parut enfin, dans un groupe d'élèves. Elle le saisit par un pan de son capuchon pour le retenir. D'un geste brusque, il se dégagea. Ses compagnons ricanaient, croyant à une plaisanterie. Quelques voix crièrent :

« Eh! le roi des culs, y a Mimi Pinson qui t'appelle!

— Où vas-tu, *vieillo mulo?* »

Il s'enfuit. Son cartable sautait sur son dos. Tout en courant, il rajustait son béret crasseux sur ses cheveux rouges.

Élisabeth restait sur place, déconcertée. Poussé par ses camarades, Aubert s'approcha d'elle :

« Dis, *lo fillo!*

— Quoi? »

Il émit un gargouillement discret, souleva son tablier par-devant et désigna sa braguette d'un doigt taché d'encre :

« Tu sais pas ce que j'ai là? »

Elle haussa les épaules et rentra, désolée et furieuse, à la maison.

Ménou avait déjà débarrassé les fauteuils de leurs housses, dans le salon, et préparait un plateau avec une bouteille de sirop de coing et des biscuits pour recevoir M^lle^ Héquet. Craignant de rencontrer l'institutrice, Élisabeth se hâta de monter dans sa chambre. Le front appuyé à la vitre, elle rêvait toujours à l'étrange Martin Baysse. « Demain, j'essaierai de lui parler, se dit-elle. Si c'est impossible, je lui écrirai un billet. Un jour ou l'autre, il faudra bien qu'il comprenne. » Cette décision la tranquillisa. Elle avait toute l'année scolaire devant elle pour dissiper le malentendu. Son esprit s'élança sur la route qui menait aux douceurs brumeuses du printemps, aux chaleurs flamboyantes de l'été. Puis, elle s'assit devant la table et réfléchit à la missive, très digne et très belle, qu'elle pourrait écrire au garçon afin de se justifier : « Non, je ne suis pas une traîtresse. Il n'y avait pas moyen de faire autrement. Tu es bête de ne pas me croire. » Malgré un réel effort d'imagination, elle ne trouvait rien de mieux à lui dire. Était-il nécessaire, dans ces conditions, de lui envoyer une lettre? Geneviève entra et posa son sac de classe sur la chaise.

« Je suis revenue avec M^lle^ Héquet, dit-elle.

— Ah! oui? murmura Élisabeth, dont les préoccupations personnelles se situaient à un niveau supérieur.

— Elle est en bas, avec maman et papa. Finalement, il a bien voulu la voir, lui aussi. J'aime mieux ça! Autrement, elle n'aurait pas été contente. Et, en classe, c'est moi qui aurais tout pris! »

En disant ces mots, elle arrondit des yeux bleus effrayés et aspira sa lèvre inférieure sous une rangée de dents petites et blanches. Puis, elle s'affaira :

« Qu'est-ce qu'on a comme devoirs à faire pour demain! »

Élisabeth aussi avait des devoirs à faire, mais cette perspective la laissait indifférente. Pour suivre le mouvement de sa cousine, elle ouvrit des livres, des cahiers, sur la table... En multipliant les préparatifs elle retardait agréablement la minute où il lui faudrait commencer un travail qu'elle jugeait inutile et pénible dans son état. Elle allait se pencher sur un problème de robinets coulant ensemble, quand la voix de tante Thérèse lui accorda un sursis inespéré :

« Élisabeth! Élisabeth!

— T'as encore dû laisser traîner tes affaires dans l'entrée! dit Geneviève.

— J'ai rien laissé traîner! » dit Élisabeth en balançant les épaules.

Et elle sortit, prête à se justifier, même si elle avait oublié ses galoches devant le porte-parapluies et accroché son capuchon à la patère de l'oncle Julien. La maman de Geneviève se tenait au bas de l'escalier. Elle fit signe à sa nièce de descendre plus vite. Élisabeth franchit les dernières marches d'un bond. Tante Thérèse l'accueillit avec un visage de joyeux anniversaire. Les yeux, la bouche, le nez, tout riait en elle, comme si elle se fût préparée à offrir un grand cadeau.

« Ma petite Élisabeth, chuchota-t-elle, j'ai une bonne nouvelle à t'apprendre. M^lle^ Héquet a réfléchi, depuis la visite que je lui ai faite. Elle a vu le délégué cantonal. Elle a compris notre situation... Bref, c'est arrangé !

— Qu'est-ce qui est arrangé? demanda Élisabeth, avec un creux d'angoisse dans la poitrine.

— Tout ! Elle veut bien t'accepter dans sa classe, à l'école des filles. Tu commenceras lundi prochain. Nous sommes ravis de cette solution. Viens vite lui dire bonjour... »

Elle ouvrit la porte du salon. Mlle Héquet était assise là, un oiseau mort sur son chapeau et un petit verre à la main. Le carillon tinta. Écrasée sous le poids de la fatalité, le cœur en miettes, les jambes faibles, Élisabeth s'avança vers la visiteuse, qui, déjà, prenait possession d'elle par le regard.

# 13

ELLES partirent ensemble, à huit heures moins le quart du matin. Il fallait traverser tout le bourg pour arriver à l'école des filles. La pluie descendait d'un ciel incolore sur l'univers résigné. Entre les toits et les pavés luisants, les façades étaient plus ternes que d'habitude. Des boutiquiers entrebâillaient leurs portes sur des intérieurs obscurs, où l'odeur des marchandises s'était renforcée pendant la nuit. Çà et là, une fenêtre, timidement ouverte, laissait entrer un filet d'air dans une chambre à coucher bouleversée. Partout, les ménagères étaient à l'ouvrage. Un gendarme, nimbé de gouttes d'argent, roulait, droit, sur sa bicyclette. Des paysans attelaient un cheval fumant à une charrette vide. Quelques parapluies assemblaient leurs carapaces noires devant l'échoppe du boulanger. Geneviève et Élisabeth marchaient côte à côte, leur cartable à la main. Une poudre d'eau leur mouillait le visage sous le capuchon. Elles croisèrent des garçons qui se rendaient en classe, sac au dos, par petits groupes. Certains reconnaissaient Élisabeth et l'interpellaient gaiement :

« Salut, Mimi Pinson. »

Elle en était émue comme d'un compliment. Geneviève, cependant, feignait d'ignorer les regards qui se posaient sur elles. Collée à l'épaule d'Élisabeth, elle chuchotait :

« Dépêche-toi!... Fais semblant de ne pas les voir!... »

Ce n'était pas facile. Justement, Cassagne et Devaize venaient à leur rencontre.

« Où vas-tu par là, *mo pouleto?* » demanda Cassagne.

Devaize renchérit :

« Eh! la quille, c'est pas ta route, à c'te heure! »

Ils ne savaient pas encore qu'elle les quittait pour toujours.

« Surtout, ne leur réponds pas! » dit Geneviève.

Ce conseil était inutile. La gorge serrée, Élisabeth n'avait pas envie de parler. Elle sourit, secoua la tête et continua son chemin. Un gamin, l'ayant dépassée, lui lança un caillou qui l'atteignit à la fesse. Elle se retourna pour crier tristement :

« Oh! toi, ce que t'es bête, alors! »

Trois filles marchaient loin devant elles.

« Ce sont des amies à moi, dit Geneviève. Tu veux qu'on les rattrape?

— Non », dit Élisabeth.

Un coup de vent balança la pluie comme un rideau. La fumée des toits changea de direction. Élisabeth posa le pied dans une flaque.

« Fais attention! grogna Geneviève. Tu m'as éclaboussée!... »

Elles arrivaient devant la mairie, quand Martin Baysse apparut sur le trottoir. Il était seul. Son capuchon rabattu lui donnait une figure triangulaire de moine. Bouleversée par un fol espoir, Élisabeth accéléra son allure. Les cahiers et les livres dansaient dans son cartable.

« Qu'est-ce qui te prend? » demanda Geneviève.

Comme les filles s'approchaient de lui, Martin Baysse traversa la rue pour les éviter. Élisabeth l'appela :

« Martin Baysse! Martin Baysse! »

Il enfonça ses deux doigts dans les coins de sa bouche et tira la langue.

« T'es bien attrapée! » dit Geneviève.

Martin Baysse s'éloignait déjà à grandes enjambées. D'autres élèves trottaient derrière lui, cloches noires portées par de gros sabots.

« Alors, tu viens? dit Geneviève. Si tu t'arrêtes tout le temps, nous finirons par être en retard! »

Élisabeth obéit, humiliée, consternée, indifférente à son nouveau destin. Bientôt, des glapissements aigus frappèrent ses oreilles. Des visages curieux l'entourèrent. Il n'y avait plus au monde que des filles.

## ŒUVRES DE HENRI TROYAT

*Romans isolés*

FAUX JOUR (Plon)
LE VIVIER (Plon)
GRANDEUR NATURE (Plon)
L'ARAIGNE (Plon) *Prix Goncourt 1938*
LE MORT SAISIT LE VIF (Plon)
LE SIGNE DU TAUREAU (Plon)
LA TÊTE SUR LES ÉPAULES (Plon)
UNE EXTRÊME AMITIÉ (La Table Ronde)
LA NEIGE EN DEUIL (Flammarion)
LA PIERRE, LA FEUILLE ET LES CISEAUX (Flammarion)
ANNE PRÉDAILLE (Flammarion)
GRIMBOSQ (Flammarion)

*Cycles romanesques*

LES SEMAILLES ET LES MOISSONS (Plon)
I. Les Semailles et les moissons
II. Amélie
III. La Grive
IV. Tendre et violente Élisabeth
V. La Rencontre

LES EYGLETIÈRE (Flammarion)
I. Les Eygletière
II. La Faim des lionceaux
III. La Malandre

LA LUMIÈRE DES JUSTES (Flammarion)
I. Les Compagnons du coquelicot
II. La Barynia
III. La Gloire des vaincus
IV. Les Dames de Sibérie
V. Sophie ou la fin des combats

LES HÉRITIERS DE L'AVENIR (Flammarion)
I. Le Cahier
II. Cent un coups de canon
III. L'Éléphant blanc

TANT QUE LA TERRE DURERA... (La Table Ronde)
I. Tant que la terre durera...
II. Le Sac et la cendre
III. Étrangers sur la terre

LE MOSCOVITE (Flammarion)
I. Le Moscovite
II. Les Désordres secrets
III. Les Feux du matin

*Nouvelles*

LA CLEF DE VOÛTE (Plon)
LA FOSSE COMMUNE (Plon)
DU PHILANTHROPE À LA ROUQUINE (Flammarion)
LE JUGEMENT DE DIEU (Plon)
LE GESTE D'ÈVE (Flammarion)
LES AILES DU DIABLE (Flammarion)

*Biographies*

DOSTOÏEVSKI (Fayard)
POUCHKINE (Plon)
L'ÉTRANGE DESTIN DE LERMONTOV (Plon)
TOLSTOÏ (Fayard)
GOGOL (Flammarion)

*Essais, voyages, divers*

LA CASE DE L'ONCLE SAM (La Table Ronde)
DE GRATTE-CIEL EN COCOTIER (Plon)
SAINTE-RUSSIE, *réflexions et souvenirs* (Grasset)
LES PONTS DE PARIS, *illustré d'aquarelles* (Flammarion)
NAISSANCE D'UNE DAUPHINE (Gallimard)
LA VIE QUOTIDIENNE EN RUSSIE AU TEMPS DU DERNIER TSAR (Hachette)
LES VIVANTS, *théâtre* (André Bonne)

*Achevé d'imprimer sur les presses de*

BUSSIÈRE

GROUPE CPI

*à Saint-Amand-Montrond (Cher)*
*en janvier 2002*

POCKET - 12, avenue d'Italie - 75627 Paris Cedex 13
Tél. : 01-44-16-05-00

— N° d'imp. : 17360. —
Dépôt légal : 2e trimestre 1976.

*Imprimé en France*

POCKET - 12, avenue d'Italie - 75627 Paris Cedex 13
Tél. : 01-44-16-05-00

— N° d'imp. : 17360 —
Dépôt légal : 2e trimestre 1976

Imprimé en France